Claire Alexander

Und morgen ein neuer Tag

ROMAN

Aus dem Englischen von
Stefanie Retterbusch

GOLDMANN

Die englische Originalausgabe erschien 2022 unter dem Titel
»Meredith, Alone« bei Michael Joseph, PRH, London, UK.

Sollte diese Publikation Links auf Webseiten Dritter enthalten,
so übernehmen wir für deren Inhalte keine Haftung, da wir uns
diese nicht zu eigen machen, sondern lediglich auf deren Stand
zum Zeitpunkt der Erstveröffentlichung verweisen.

Penguin Random House Verlagsgruppe GmbH FSC˚ N001967

1. Auflage
Deutsche Erstveröffentlichung April 2023
Copyright © der Originalausgabe 2022 by Claire Alexander,
Copyright © der deutschsprachigen Ausgabe 2023
by Wilhelm Goldmann Verlag, München,
in der Penguin Random House Verlagsgruppe GmbH,
Neumarkter Str. 28, 81673 München
Umschlaggestaltung: UNO Werbeagentur, München
Umschlagmotiv: FinePic®
Redaktion: Anne-Catherine Geuder
LK · Herstellung: ik
Satz: Mediengestaltung Vornehm GmbH, München
Druck und Bindung: GGP Media GmbH, Pößneck
Printed in Germany
ISBN: 978-3-442-49433-0

www.goldmann-verlag.de

*Eine Reise von tausend Meilen beginnt mit
einem einzigen Schritt.*

Laotse (und Merediths Therapeutin Diane)

Prolog

Sechs Minuten bleiben mir noch für den Weg zum Bahnhof, mehr als genug in den flachen Stiefeln. Mein Trenchcoat hängt am Haken neben der Haustür, die rote Mütze steckt in einer der Taschen. Meine Handtasche mit allem, was ich für den Tag im Büro brauche, liegt auf dem Küchentisch. Ich habe mir die Haare frisch gewaschen und geglättet und die Lippen mit Gloss geschminkt. Passend zu meiner Mütze – Zufall, aber mir gefällt's.

Irgendwo zwischen Küche und Haustür spüre ich den Keim eines Zweifels, der mir im Hals sitzt. Er sitzt fest, lässt sich nicht herunterschlucken und auch nicht aushusten. Die Brust wird mir eng, die Handflächen glühen. Ein Kribbeln in den Armen wie von winzigen Elektroschocks. Die Augen fest auf den Fußboden geheftet, sehe ich meinen Füßen zu, wie sie über die Holzdielen schlurfen, die ich, vor gerade mal einem Monat, eigenhändig mit viel Sorgfalt und Mühe abgeschliffen habe. Fast ist es, als gehörten meine Füße gar nicht zu mir.

Ich sinke auf die Treppe, setze mich auf die dritte Stufe von unten und versuche zu schlucken. Immer noch starre ich unverwandt auf meine Füße in den dicken Socken. Die trage ich immer in den flachen Stiefeln, weil Schuhe mir immer zu groß oder zu klein sind und ich sie deshalb in der größeren Größe gekauft habe. Stolz und aufrecht stehen die Stiefel unter meinem Mantel am anderen Ende des Flurs, als stünden sie stramm. Ich weiß, dass sie da sind, aber sie bleiben unerreichbar.

Ich brauche bloß zur Tür zu gehen. Die Füße in die Stiefel zu stecken und den Reißverschluss hochzuziehen. In den Mantel zu schlüpfen und die rote Mütze aufzusetzen. Mir die Tasche über die Schulter zu hängen und die Tür hinter mir abzuschließen. Ein paar simple Handgriffe, für die es keine Minute braucht. Wenn ich jetzt gehe, erwische ich den Zug vielleicht noch. Komme vielleicht noch pünktlich ins Büro.

Aber der Keim in meinem Hals wächst unaufhaltsam. Ich ringe um Luft. Niemand da, der mir helfen kann, und ich selbst kann mir auch nicht helfen, weil Arme und Beine brennen, als stünden sie in Flammen.

Irgendwann schaffe ich es, das Handy aus der Handtasche zu ziehen. Drei Stunden sind vergangen, ich habe zwölf verpasste Anrufe und kauere immer noch auf der dritten Stufe von unten.

Tag 1.214

Mittwoch, 14. November 2018

Ich heiße Meredith Maggs und habe das Haus seit 1.214 Tagen nicht mehr verlassen.

Tag 1.215

Donnerstag, 15. November 2018

Als er ankommt, räume ich gerade das Wohnzimmer auf. Zuerst parkt er seinen grauen Wagen vor meinem Haus. Dann marschiert er den Gartenpfad entlang. Er hat einen schmalen Ordner unter dem Arm und lange Beine. In drei großen Schritten ist er an der Tür.

Um 10:57 Uhr läutet der groß gewachsene Mann an meiner Haustür.

Ich mag pünktliche Menschen. Viel Besuch bekomme ich nicht – meine beste Freundin Sadie mit ihren Kindern James und Matilda sowie der Lieferfahrer von Tesco sind die Einzigen, die regelmäßig an meiner Tür schellen. Sadie ist meistens spät dran und immer völlig fertig, aber sie darf das, sie ist alleinerziehende Mutter und hat einen stressigen Job – als Krankenschwester in der Kardiologie im größten Krankenhaus von Glasgow. Der Tesco-Fahrer kommt immer auf die Minute pünktlich.

Ich atme tief durch und folge meinen Füßen in den marineblauen Converse auf ihrem Weg zur Tür. Schaue auf meine rechte Hand, die nach der Klinke greift, zufasst, runterdrückt, zieht. Ich öffne die Tür, ganz langsam, und mustere ihn rasch. Kariertes Hemd, bis zum Hals zugeknöpft, unter marineblauem Dufflecoat. Ein paar Jahre jünger als ich, schätze ich. Oder vielleicht ist er auch bloß viel an der frischen Luft und in der Sonne. Er hat dunkle Haare, an den Seiten kurz, oben etwas länger. Ein freundliches Gesicht – ein offener Blick und ein herzliches Lächeln.

Wie gesagt, viel Besuch bekomme ich nicht. Aber der hier scheint in Ordnung zu sein.

Er reicht mir die Hand. »Meredith? Ich bin Tom McDermott von Helfende Hände, dem Freundesverein. Ich habe mich schon sehr darauf gefreut, Sie endlich kennenzulernen.«

Ich wünschte, das könnte ich von mir auch behaupten, aber zu den Dingen, auf die ich mich freue – und es ist, zugegeben, eine recht kurze Liste –, gehört dieser Besuch ganz bestimmt nicht. Fremde Menschen kennenzulernen war mir immer schon ein Gräuel. Vor allem solche, die mich nur besuchen, um sich zu vergewissern, dass ich Hygiene und Körperpflege nicht vernachlässige, langsam dahinsieche oder schon zum Frühstück Wodka saufe. Wenn alle Kästchen abgehakt und alle Formulare ausgefüllt sind, bin ich im Grunde genommen stinklangweilig.

Ich schüttele Tom McDermott die Hand, weil man das eben so macht. Er ist der erste Mann seit Gavin, der mich besucht – der goldige, liebenswerte Gavin, der es dann doch nicht mit meinen Albträumen aufnehmen konnte –, aber Angst habe ich keine. Tom McDermott wirkt so gar nicht bedrohlich, wie er da im karierten Hemd und Dufflecoat vor meiner Haustür steht.

Trotzdem lasse ich ihn nicht herein. Noch nicht. Und das, obwohl ich ihn, wenn auch widerwillig, selbst eingeladen habe, nachdem Sadie die Broschüre des Vereins unter einer Dose Tunnock's Teegebäck auf meinem Küchentisch deponiert hatte und ich notgedrungen tat, was man von mir erwartete. Dieselbe Broschüre, die Tom McDermott nun aus seinem Ordner fischt und mir unter die Nase hält. Ich verschränke die Hände hinter dem Rücken, als ich die fetten schwarzen Großbuchstaben sehe: *Wir nehmen Sie an die Hand.* Eine kindische Trotzreaktion, die außer mir natürlich niemand bemerkt.

Mein Blick bleibt an den zwei Menschen vorne auf der Broschüre hängen. Vertraute Gesichter – ich sehe sie mehrmals am Tag, schließlich pappen sie, von einem Magneten in Herzform gehalten, seit geraumer Zeit an meiner Kühlschrankfront. Darauf zu sehen sind eine Frau mittleren Alters und ein Mann, alt genug, um ihr Großvater zu sein. Er sitzt winzig klein und verloren in einem Rollstuhl, mit milchig-trüben Augen und wirr abstehenden, fusseligen weißen Haarbüscheln auf dem Kopf, der fast zwischen den Schultern versinkt. Die beiden lächeln sich an und halten sich – getreu des Vereinsmottos – an den Händen.

»Ich dachte immer, solche Vereine seien nur was für alte Leute«, sage ich zu Tom McDermott, bereit, die Broschüre als Beweisstück A anzuführen.

»Tatsächlich sind wir für alle da, die einen Freund oder eine Freundin brauchen. Senioren, Teenager und alles dazwischen.«

»Ich habe Freunde«, sage ich nicht ganz wahrheitsgemäß.

»Aber Freunde kann man doch nie genug haben, oder?«

Darüber muss ich erst mal nachdenken. Wenn ich ehrlich bin, würde mein verschwindend kleiner Freundeskreis nicht mal als Kreis durchgehen – es sei denn, Katzen zählen auch dazu. Ich höre gar nicht richtig hin, was Tom über Lehrgänge und Risikobewertung und Verhaltensregeln erzählt, aber letztendlich siegt die Neugier, und ich lasse ihn ins Haus.

Ich konnte mein beinahe fertiges Puzzle von Gustav Klimts *Der Kuss* nicht vom Couchtisch räumen, also habe ich den Tisch stattdessen ganz vorsichtig an die Wand geschoben. Sollte Tom McDermott einen Tisch brauchen, können wir ja in die Küche durchgehen.

Ich lasse ihn im Wohnzimmer stehen und koche uns einen Tee. (»Kein Zucker – ich bin schon süß genug«, sagt er augenzwinkernd, und irgendwie wirkt es sehr sympathisch und kein bisschen anzüglich.) Als ich wiederkomme, kniet er vor dem Couchtisch und betrachtet fasziniert den *Kuss*.

»Wie lange haben Sie dafür gebraucht?«, fragt er.

»Ein paar Tage, immer mal eine halbe Stunde hier und da«, sage ich und stelle das Tablett mit dem Tee auf den Boden. Ich habe ein paar Schokoladenkekse dazugelegt.

»Wahnsinn«, sagt er, und ich denke, er meint das Puzzle, nicht die Kekse, aber dann greift er nach einem der Doppelkekse mit Schokoladencreme-Füllung und beißt ein Stückchen davon ab. Er bleibt auf dem Boden sitzen, die langen Beine überkreuzt, und spült den Keks mit einem Schluck Tee herunter. Für einen wildfremden Menschen macht er es sich in meinem Wohnzimmer fast schon unverschämt gemütlich. Ich hocke mich ans andere Ende der Couch, die heiße Teetasse angenehm warm in den Händen.

»Meredith, es ist mir wirklich ein Vergnügen, Sie kennenzulernen. Bevor wir zum angenehmen Teil übergehen, möchte ich Ihnen zuerst ein bisschen was über unseren Verein erzählen. Gegründet wurde er 1988 hier in Glasgow von einer Dame namens Ada Swinney, deren Mutter wegen fortschreitender Demenz das Haus nicht mehr verlassen konnte. Sinn und Zweck des Vereins ist heute noch derselbe wie damals – all jenen Gesellschaft, Freundschaft und Unterstützung anzubieten, die sie gerade brauchen.«

Ich weiß nicht, was ich dazu sagen soll, also nippe ich nur an meinem Tee.

»Das Allerwichtigste ist, dass Sie sich zu jeder Zeit wohl und sicher fühlen. Sollte das einmal nicht der Fall sein, können Sie mich einfach bitten zu gehen. Das tue ich dann auch – ohne weitere Fragen!« Er nimmt ein paar Formulare aus seinem Ordner. »Wollen wir den langweiligen Papierkram zuerst erledigen?«

Ich beantworte brav seine Fragen und nicke an den richtigen Stellen, bis die Formulare wieder da sind, wo er sie hergeholt hat.

»Sie scheinen ja ein echter Puzzle-Profi zu sein«, sagt er. »Was machen Sie sonst noch so in Ihrer Freizeit?«

Nach einigen langen Sekunden, in denen Tom McDermott mich erwartungsvoll anlächelt – er hat, wie ich zugeben muss, wirklich warme, freundliche Augen – und ich ihn ausdruckslos anglotze, sage ich schließlich: »Ich lese viel.«

»Ja, das sehe ich!« Er weist auf die Bücher, die eine ganze Wohnzimmerwand einnehmen, und springt dann auf, erstaunlich behände für jemanden mit so langen Beinen. »Eine beachtliche Auswahl haben Sie da, Meredith. Jede Menge Klassiker ... Geschichte ... Kunst ... haben Sie auch ein erklärtes Lieblingsbuch?«

»Eine Gedichtsammlung. Emily Dickinson.« Ich trete zu ihm ans Regal und greife nach einem schmalen orangefarbenen Band, der Rücken weich und runzelig von Jahrzehnten des Gebrauchs und unzähligen Händen, viele davon weitaus älter als meine. Ich habe es in meinem Lieblingsantiquariat gekauft. *Für Violet, immer dein* steht handschriftlich auf der ersten Seite. Wie oft habe ich mich schon gefragt, wer Violet wohl war und wieso ich dieses Buch, das mit einer solchen Hingabe verschenkt wurde, für gerade einmal zwei Pfund habe erstehen können. Welche Geschichte auch immer dahinterstecken mag, mit diesem Büchlein in der Hand fühle ich mich sicher und geborgen.

»Ah. Sie hat eine Beerdigung im Gehirn gespürt, stimmt's? Genial.«

»Sie können es sich gerne ausleihen, wenn Sie möchten«, höre ich mich zu meiner eigenen Verwunderung sagen.

»Liebend gerne. Danke, Meredith. Ich verspreche Ihnen, ich passe gut darauf auf und bringe es wieder mit, wenn ich Sie das nächste Mal besuche.«

Ich bin ein bisschen verdattert. Eigentlich hatte ich erwartet, er würde – höflich, aber bestimmt – ablehnen und sagen, er könne doch unmöglich mein Lieblingsbuch mitnehmen. Aber noch ehe ich mich wieder auf die Couch gesetzt habe, hat er es schon in seinen Ordner gesteckt und sich noch einen Schokoladenkeks genommen.

»Meredith, ich weiß, Sie haben das Haus schon seit geraumer Zeit nicht mehr verlassen«, sagt er.

»Eintausendzweihundertfünfzehn Tage«, sage ich.

»Eine ziemlich lange Zeit«, sagt er wieder.

»Tja, für mich ist sie nur so verflogen.«

»Wir brauchen nicht darüber zu reden, wenn Sie das nicht möchten.« Seine Stimme ist weich und freundlich, ein scharfer Kontrast zu meinem harschen Ton. »Ich bin hier, um Sie besser kennenzulernen. Ich möchte mehr über Sie und Ihr Leben erfahren, was Sie mögen und was nicht, wie Sie Ihre Zeit verbringen. Und ... na ja, vielleicht finden wir auch gemeinsam einen Weg für Sie zurück in die Welt?«

»Ich bin in der Welt«, erkläre ich trotzig.

»Ja, sind Sie. Aber ...«

»Und ich habe eine Katze. Fred.«

»Fred? Rogers oder Astaire?« Er grinst.

Ich nicht. »Bloß Fred.«

»Ich mag Katzen«, sagt er. Und allmählich kommt mir der Verdacht, Tom McDermott wird einfach alles gut finden, was ich sage. Mein Puzzle findet er den Wahnsinn. Er mag Emily Dickinson und Katzen. Und so langsam bereue ich es, ihm meine liebste Gedichtsammlung überlassen zu haben. Gut möglich, dass ich ihn – oder den heißgeliebten, verblichenen orangeroten Einband – nie wiedersehe. Ich überlege, ob ich das Buch zurückverlangen kann. Vielleicht muss er irgendwann aufs Klo und ich kann es heimlich aus dem Ordner mopsen und wieder auf das zweite Brett von oben mogeln, dort, wo es hingehört.

Aber er macht keinerlei Anstalten, aufs Klo zu müssen, und redet stattdessen lieber über Katzen.

»Und was ist, wenn Fred mal krank wird?«, will er wissen.

Tom McDermott unterschätzt mich. Die Fragen habe ich alle schon tausendmal gehört.

»Fred war noch nie krank«, erkläre ich stolz. »Aber für den Notfall habe ich meine beste Freundin Sadie. Sadie würde Fred dann für mich zum Tierarzt bringen.«

»Ach, wunderbar. Und was macht Sadie sonst noch so für Sie?«

»Einmal im Monat holt sie die Medikamente für mich ab. Mehr nicht. Sie ist meine Freundin, nicht meine Betreuerin.« Meine Schultern sind angespannt. »Sonst brauche ich nichts.«

»Und Sie arbeiten ... in Vollzeit?«

»Ich bin freiberufliche Texterin und Autorin, das kommt also auf die Auftragslage an. Aber ich habe genug zu tun.«

»Als Autorin? Klingt spannend.«

»Eigentlich nicht. Ich veröffentliche ja keine Artikel in der *New York Times* oder so was. Ich schreibe bloß Werbetexte und dergleichen, Webinhalte für Unternehmen.«

»Glauben Sie mir, das ist superspannend verglichen mit dem, was ich früher so gemacht habe.« Er zieht eine Grimasse. »Ich wurde letztes Jahr von meinem Job in der Finanzabteilung eines großen Konzerns ›freigestellt‹. Darum mache ich gerade eine kleine Auszeit und überlege mir, wie es weitergehen soll.«

Ich nicke bloß. Smalltalk war noch nie meine Stärke.

»Und Ihre Familie, Meredith? Kommt die Sie oft besuchen?«

Mein Magen schnürt sich zusammen. Hastig trinke ich einen großen Schluck Tee.

»Ist kompliziert«, brumme ich.

»Kompliziert, hm. Das kenne ich«, sagt er verständnisvoll. »Aber wir müssen auch nicht darüber reden, Meredith.«

»Meine Mutter lebt in der Nähe. Und meine Schwester auch. Fiona. Fee. Sie ist anderthalb Jahre älter als ich.«

»Und wie ist Ihre Schwester so?« Eigentlich eine ganz normale Frage.

»Anders als ich. Aber ich weiß eigentlich gar nichts mehr über sie. Wir reden schon lange nicht mehr miteinander. Ich habe sie und meine Mutter schon ewig nicht mehr gesehen.«

»Das klingt *wirklich* kompliziert«, meint Tom leise. Dann wartet er ab, und weil er mir Zeit lässt, ertappe ich mich tatsächlich bei dem Gedanken, ob ich ihm noch mehr erzählen soll. Aber mir fehlen schlicht die Worte, also gehe ich stattdessen in die Küche und hole noch ein paar Kekse.

Eine halbe Stunde später stehe ich an der Haustür und warte darauf, dass Tom McDermott sich verabschiedet und in drei großen Schritten über meinen Gartenpfad marschiert, in sein graues Auto steigt und wegfährt. Ich bin hundemüde von alldem ungewohnten Reden, all den Fragen, all der Sorge um mein Buch, all dem Vorgeben, mein Leben sei eine Zehn, wo es an den meisten Tagen doch nur mit Müh und Not an einer Sechs schrammt.

Er lässt sich Zeit und hat offensichtlich keine Eile zu gehen. Er hat sich bereits mehrfach für meine Gastfreundschaft bedankt, mir in die Augen geschaut und gesagt, dass er nächste Woche wiederkommt, wenn ich nichts dagegen habe. Fred beobachtet uns von seinem Lieblingsplatz, dem gemütlichen Sessel auf dem oberen Treppenabsatz. Für ihn ist Tom auch der erste Mann im Haus. Ich frage mich, ob Katzen so was merken. Irgendwie bin ich ganz froh, dass er nicht runtergekommen ist, um unseren Besucher zu begrüßen.

»Und denken Sie daran, Sie sind zu nichts verpflichtet«, sagt Tom. »Wenn Ihnen meine Witze auf den Keks gehen oder Sie es sich auf Dauer nicht leisten können, dass ich Ihnen dauernd das ganze Gebäck wegfuttere, können Sie mir jederzeit sagen, ich soll Leine ziehen. Ich nehme es Ihnen auch nicht übel, versprochen.«

»Sie haben mein Lieblingsbuch eingepackt, wir werden uns also wohl oder übel wiedersehen müssen.«

»Stimmt auch wieder.« Er lächelt. »Und ich freue mich schon auf das neue Puzzle, an dem Sie dann bestimmt sitzen.«

»Ein Fliesenmosaik«, sage ich. »Ziemlich verzwickt.«

»Na dann, ich kann es kaum erwarten. Bis dahin, Meredith.«

Ich hebe die Hand, um ihm nachzuwinken, aber er bleibt in der Tür stehen.

»Nur noch eins, Meredith ... wenn Sie nichts dagegen haben? Ich frage mich, es muss doch bestimmt irgendetwas geben, das Sie früher gemacht haben, das Ihnen heute fehlt? Etwas, das man zu Hause nicht machen kann?«

Es hat angefangen zu regnen. Tom McDermott knöpft sich den Dufflecoat zu. Hinter seinem Kopf ziehen dichte graue Wolken über den spätnachmittäglichen Himmel auf mich zu. Ich bemerke sie, ohne hinzuschauen. Unauffällig schiebe ich mich rückwärts durch die Tür, weg von alldem da draußen.

»Schwimmen. Ich liebe Schwimmen«, sage ich leise.

»Ich bin Nichtschwimmer«, gesteht er. »Ein bisschen Paddeln kann ich, das war's auch schon. Egal ...« Er zieht den Mantelkragen enger um den Hals und schüttelt sich einen einzelnen Regentropfen von der Nase. »Wenn es so weitergeht, muss ich nach Hause schwimmen. Auf Wiedersehen, Meredith. Machen Sie es gut.«

»Sie auch, Tom McDermott«, flüstere ich, während ich die Tür schließe.

Nachts träume ich, ich paddelte mit Emily Dickinson über einen riesig großen See. Tom McDermott und der alte Mann von der Broschüre sitzen am Ufer und schauen uns zu und winken und mümmeln Schokoladenkekse.

Tag 1.219

Montag, 19. November 2018

Ich schaue auf die Uhr. 8:19 Uhr. Beinahe auf die Minute pünktlich. Mehr als genug Zeit für eine kleine morgendliche Trainingseinheit, bevor ich dann um 8:54 Uhr die Frühstückseier aufsetze. Zwei Eier, fünf Minuten, für den perfekt flüssigen Dotter. Drei Tage hat es gebraucht, bis ich das raushatte, aber das war es wert.

Doch vor den perfekten Eiern kommen zuerst noch zwanzig Minuten Cardio. Es war eine kleine Offenbarung dahinterzukommen, dass bloß zwanzig Minuten Training am Tag – mit einem Ruhetag meiner Wahl dazwischen – mehr als genug sind, um fit und in Form zu bleiben. Ich habe ein Lieblingsworkout auf YouTube, aber hin und wieder mache ich auch mal was anderes, nur der Abwechslung wegen, damit es nicht langweilig wird. Und das Schöne am häuslichen Training, so ganz allein, ist, dass niemand sieht, wie ich nach sechs Runden Liegestützen und Strecksprüngen keuchend nach Luft schnappe.

Auf das Cardio-Training folgt immer ein bisschen Entspannung: Dehnen, Atemübungen und positive Affirmationen. »Ich nehme mich selbst bedingungslos an«, gehört zu den neuesten Sätzen in meinem Repertoire. Heute Morgen kämpfe ich wieder einmal damit, mir das selbst abzunehmen; leicht über die Lippen geht es mir nicht. Diane, meine Therapeutin, sagt, ich soll trotzdem weitermachen, es müsse mir zur Gewohnheit werden, damit der neue Glaubenssatz wirken kann. Ich habe ihr gesagt, ich sei mir nicht sicher, ob man schamlose Lügen als Affirmationen benutzen sollte, was schließlich zu einem langen Hin und Her über Selbstsabotage führte.

Das morgendliche Fitnesstraining beendet, die Eier im Topf, stecke ich zwei Scheiben Sonnenblumenbrot in den Toaster und röste sie golden braun. Ich streiche eine bisschen Butter darauf, schneide sie fein säuberlich in schmale Streifen und platziere sie auf einem Teller. Als Nächstes kommen die Eier in die gepunkteten Becher und werden geköpft (das Beste an der ganzen Sache), und dann setze ich mich mit meinem Tee, die Tasse passend zu den Eierbechern, an den Tisch. Es ist 8:59 Uhr. Perfekt. Solche kleinen Erfolgserlebnisse bereiten mir ein geradezu diebisches Vergnügen.

Danach arbeite ich ein paar Stunden offline, mache mir zum Mittagessen ein Käse-Gurken-Sandwich und gehe schließlich ins Netz. Ich versuche, meine Online-Zeit zu begrenzen, weil ich nur zu gut weiß, wie leicht man sich in den unendlichen Weiten des Webs verfranzen kann. Eine Stunde im Netz kommt einem vor wie zehn Sekunden in der realen Welt. Ich habe mir sogar mal einen Zeitplan erstellt, ihn allerdings schnell wieder verworfen, weil er überhaupt keinen Spielraum ließ für spontane Google-Momente, wie beispielsweise, wenn man ganz dringend ein Rezept für Béchamelsoße braucht oder sich partout nicht an den Namen der fünften Ehefrau von Heinrich dem Achten erinnern kann (der fiel mir neulich zum Thema Frauenfeindlichkeit ein, und immer verwechsele ich die Katherinas).

Ich weiß, manche Menschen halten das Internet für die Wurzel allen Übels, aber ohne Netz könnte ich hier so ganz alleine nicht überleben. Buchstäblich. Alles, was ich zum Leben brauche, kann ich mir bequem nach Hause liefern lassen, oft sogar innerhalb von vierundzwanzig Stunden. Frische Milch und Tampons und Batterien und Bücher. Ich muss nicht mal die Haustür aufmachen, wenn mir gerade nicht nach fremden Menschen ist. Ich habe einen Postkasten an der Haustür, groß genug selbst für Pakete. Eigenhändig angebracht und ziemlich stolz darauf.

Glücklicherweise habe ich irgendwann eine clevere App entdeckt, die meine Verweildauer im Netz nachhält und automatisch die Verbindung trennt, sobald mein Tageslimit von acht Stunden erreicht ist. Bis zu sechs Stunden bin ich der Arbeit wegen online, je nachdem, an wie vielen Projekten ich gerade sitze, mir bleiben also täglich nur noch zwei Stunden für misogyne Monarchen und alles andere. Und jedes Mal wundere ich mich wieder, wenn mein Limit erreicht ist. Aber es zwingt mich dazu, meine Zeit sinnvoll zu nutzen und auch noch andere Sachen zu machen.

Ich lese die neuesten Nachrichten (heute ist Weltmännertag, und sofort rattert mein Hirn einen ganzen Rattenschwanz an Meinungen und Gedanken zum Thema toxische Männlichkeit herunter), dann gehe ich auf GemeinsamSindWirStark, das Online-Selbsthilfe-Forum, bei dem ich mich angemeldet habe, nachdem Sadie mir irgendwann einen Link mit dem Betreff »GUCK DIR DAS AN!!!« geschickt hatte. Wieder mal eine ihrer genialen Ideen. Von denen hat sie viele. Ständig schickt sie mir Links zu neuen Büchern oder Artikeln, immer in der Hoffnung, irgendwas davon könne mir den entscheidenden Schubs versetzen, wieder ein normaler Mensch zu werden. Sie mailt mir Restaurantkritiken, schickt mir Groupon-Deals für Spa-Wochenenden und Nachmittagstee-Angebote. *Nur so*, schreibt sie dazu. Ich lösche sie ausnahmslos, ohne sie überhaupt zu lesen. Ich weiß, Sadie meint es nur gut, aber ich will meine Freizeit nicht damit verplempern, irgendwelche Forschungsarbeiten über Sozialphobien zu lesen oder Bücher über Platzangst von Menschen mit wahllos aneinandergereihten Buchstabenkürzeln hinter dem Namen.

Nur, damit wir uns nicht missverstehen, ich habe so was nicht.

GemeinsamSindWirStark war eine von Sadies besseren Ideen. Ich mag die Anonymität von Internetbekanntschaften, und es ist irgendwie tröstlich zu wissen, dass ich nicht die Verrückteste im ganzen Land bin. Heute sind achtundneunzig User online – ziemlich normal für einen Montagmorgen. Abends und am Wochenende ist deutlich mehr los, logisch. Ich habe das große Glück, von zu Hause zu arbeiten und mir meine Arbeitszeit frei einteilen zu können und nicht im üblichen Neun-bis-fünf-Hamsterrad festzustecken. Das vermisse ich kein bisschen. Oft arbeite ich bis spätnachts – ich finde es herrlich, wach zu sein, während die Stadt ringsum längst schläft.

Ich sage einigen der üblichen Verdächtigen Hallo und erkundige mich, wie ihr Wochenende so war. Janice (WEEJAN) hatte Stress mit ihrer aufmüpfigen Teenie-Tochter, hat es aber in einem Akt bewundernswerter Selbstbeherrschung geschafft, nicht gleich die ganze Quality-Street-Dose leer zu futtern (sie hat bloß acht Pralinen gegessen und sich hinterher auch nicht übergeben). Gary (RESCUEMEPLZ) erzählt von seinem katastrophalen Absturz – allen guten Vorsätzen zum Trotz –, aber was soll er auch machen, wenn die Wartezeit für einen Therapieplatz mittlerweile achtzehn Monate beträgt? Ich erzähle ihm, dass ich zwölf Monate habe warten müssen, bis meine Therapeutin Diane einen Platz für mich freihatte. Sie ist zwar nicht unbedingt mein Lieblingsmensch, aber nach den Gesprächen mit ihr geht es mir immerhin nicht schlechter als vorher. Janice schlägt vor, er solle sich doch für fünfzig Pfund die Stunde selbst einen Therapeuten suchen. Gary meint, die Zeiten seien hart, und er könne es sich nicht leisten, fünfzig Pfund die Stunde für so was hinzublättern. Worauf Janice etwas spitz anmerkt, dass er für Bier und Wodka doch bestimmt genauso viel in der Woche ausgibt, was nicht besonders gut ankommt. Ich lasse die beiden weiter über die Gefährlichkeit eigenmächtiger Selbstmedikation und die Stärken und Schwächen des Gesundheitssystems zanken. Wie üblich werden sie sich endlos im Kreis drehen und am Ende zu keinem Ergebnis kommen. Gerade will ich mich schon ausloggen, als ein privates Chatfenster auf dem Monitor aufpoppt.

CATLADY29: Hallo?

Mein Cursor schwebt unschlüssig über dem Profilbild – eine flauschige weiße Katze, die mir unwillkürlich ein Lächeln entlockt. Rasch überfliege ich die dazugehörigen Angaben: weiblich, 29, Glasgow.

PUZZLEGIRL: Hi! 😊
CATLADY29: Ich weiß nicht, ob ich das so richtig mache. Ich bin zum ersten Mal hier ... Ich brauche einfach nur jemanden zum Reden ... ☹
PUZZLEGIRL: Hey, ja, alles gut. Ich bin Meredith.
CATLADY29: Hi Meredith. Ich bin Celeste.
PUZZLEGIRL: Hi Celeste. Ich habe gesehen, du wohnst in Glasgow? Immer schön, andere Weegies kennenzulernen.
CATLADY29: Dann kommst du auch aus Glasgow? Oh, prima, da hat man gleich das Gefühl, mit einem echten Menschen zu reden. Wo wohnst du denn?
PUZZLEGIRL: Ich bin auf jeden Fall echt. 😊
CATLADY29: Ich bin gerade in eine neue Wohnung in der Stadtmitte gezogen. Um die Ecke von der Kunsthochschule.
PUZZLEGIRL: Echt jetzt? Das ist mein altes Pflaster. Die guten alten Zeiten!
CATLADY29: Ich wohne in der Sanderson Street.

PUZZLEGIRL: Nicht im Ernst. Da habe ich auch mal gewohnt. Hausnummer 48. Wohnung A.
CATLADY29: Meredith, das glaubst du mir jetzt nicht. Ich wohne in 48D.
PUZZLEGIRL: OMG! Wie verrückt ist das denn? Die Wohnung gleich oben drüber!
CATLADY29: Wahnsinn, oder? Bis wann hast du denn hier gewohnt?
PUZZLEGIRL: Ich bin vor ungefähr fünf Jahren ausgezogen. Dachte, es wird Zeit, den Sprung ins kalte Wasser zu wagen und mir was Eigenes zu kaufen. Wie gefällt's dir da?
CATLADY29: Die Lage ist grandios. Aber die Wohnung ist winzig. Kaum größer als ein Katzenklo.
PUZZLEGIRL: LOL! Daran kann ich mich noch gut erinnern. Wo wir gerade bei Katzen sind … wer ist denn die weiße Schönheit auf deinem Profifoto?
CATLADY29: Ah, ja, das ist die Katze meiner Mutter. Lucy. Haustiere sind hier leider nicht gestattet. ☹
PUZZLEGIRL: Ich habe auch eine Katze. Einen Kater, genauer gesagt. Fred heißt er.
CATLADY29: Wow … du Glückliche! Du musst ihn als Profilfoto hochladen, damit ich ihn sehen kann!
PUZZLEGIRL: Mache ich! Er hat es verdient, dass man ihn überall herumzeigt. ☺
CATLADY29: Es ist wirklich nett, dich kennenzulernen, Meredith. Was treibt dich denn hierher?

Meine Finger fliegen nur so über die Tastatur und tippen meine Standardantwort.

PUZZLEGIRL: Das Gemeinschaftsgefühl und die gegenseitige Unterstützung. Ich habe ein paar psychische Probleme.
CATLADY29: Ich hoffe, das war nicht zu übergriffig?
PUZZLEGIRL: Nein, überhaupt nicht. ☺
CATLADY29: ☺ Also, wie läuft das hier so?
PUZZLEGIRL: Na ja, es gibt verschiedene Unterforen zu unterschiedlichen Themen. Depression, Sucht, posttraumatische Belastungsstörungen ... eigentlich alles. Ehrenamtliche überwachen und moderieren das Ganze. Es gibt jede Menge Ratgeberseiten mit Links zu professionellen Beratungsdiensten und anderen Anlaufstellen. Und man kann sich privat unterhalten, sowohl in der Gruppe als auch unter vier Augen. So wie wir beide jetzt.
CATLADY29: Ich finde es ein bisschen einschüchternd, ehrlich gesagt.
PUZZLEGIRL: Hey, schon okay. Ich kann nicht versprechen, dir zu helfen, aber ich höre dir gerne zu, wenn du über irgendwas reden möchtest.

Ich stelle mir vor, wie sie vor ihrem Bildschirm sitzt, hin und her gerissen, ob sie sich dieser wildfremden Frau einfach anvertrauen soll oder lieber nicht. Sich unschlüssig zu entscheiden versucht, ob es helfen würde, jemandem zu erzählen, was ihr gerade durch den Kopf geht oder ihr Albträume bereitet, oder ob das alles nur noch schlimmer machen würde. Die Frage kann ich ihr nicht beantworten. Auch nach beinahe zwei Jahren habe ich Janice und Gary noch nicht die ganze Wahrheit erzählt.

CATLADY29: Eigentlich würde ich am liebsten noch ein bisschen über Katzen reden, wenn du nichts dagegen hast?
PUZZLEGIRL: Ich wüsste nicht, was ich lieber täte.

Am Ende quatschen wir eine halbe Ewigkeit, nicht nur über unsere einvernehmliche Liebe zu Katzen, sondern auch über Liza, die immer noch in 48B wohnt und ihre nassen Höschen zum Trocknen übers Fensterbrett hängt. Ich sage Celeste, ich hätte eigentlich gedacht, sie hätte ihre Lektion gelernt, als eine Windböe einmal ihren schwarzen Spitzentanga direkt vor den Nummer-60-Bus geweht hat, so um 2002. Celeste sagt, sie glaubt nicht, dass Liza heute noch schwarze Spitzentangas trägt, und schickt mehrere Smileys hinterher, und ich muss laut lachen.

Dann fällt mir plötzlich ein, dass Sadie bald hier sein wird – gestern Abend hat sie mir geschrieben, sie wolle zuerst James aus der Schule abholen und dann auf dem Rückweg kurz bei mir vorbeischauen. Ich verabschiede mich von Celeste mit den Worten, dass es schön war, mit ihr zu reden, und das ist noch nicht mal nur so dahergesagt.

Sadie kam irgendwann mitten im fünften Schuljahr in unsere Klasse, einen Kopf größer als die Jungs und genauso kess wie ihre freche Frisur. So blond, dass sie schon fast weiß waren, trug sie die Haare raspelkurz mit freigeschnittenen Ohren. Die anderen Mädchen aus unserer Klasse beäugten sie abfällig hinter dauergewellten Gardinen, aber mich erinnerte sie an die Models aus Mamas Freeman-Versandhauskatalog. Ich hatte weder kringelige Löckchen noch Sadies coole Kurzhaarfrisur; Mama weigerte sich rundweg, Geld für so einen unnötigen Luxus zu verplempern. Ich hatte lange, glatte Haare in immer derselben öden Farbe.

Mr Brokes setzte Sadie in Englisch neben mich, und nach kurzem Kreuzverhör (ja, ich hatte *Twin Peaks* gesehen, wobei ich *Home and Away* und *Neighbors* wesentlich lieber mochte, mein Liebling bei New Kids on the Block war Donnie) wurden wir Freundinnen.

»Du hast den Test bestanden«, erklärte sie mir ein paar Jahre später.

»Du nicht, aber ich hatte Mitleid mit dir«, entgegnete ich, ohne eine Miene zu verziehen.

»Wir sind wie Salz und Pfeffer«, meinte sie. »Grundverschieden, aber zusammen einfach unschlagbar.«

Sie besucht mich, sooft sie kann, manchmal mit den Kindern im Schlepptau. James und Matilda wohnen abwechselnd bei Sadie und ihrem Exmann Steve, der Gitarrist in einer Led-Zeppelin-Coverband ist und sie sechs Monate nach Matildas Geburt für ein Groupie verlassen hat. Sadie ist ein Teufelsweib. Als Steve eines Samstagmorgens über einer Schüssel Frühstücksflocken seinen unmittelbar bevorstehenden Abgang ankündigte, sagte Sadie bloß trocken: »Du hast echt ein Groupie?« Nachdem er dann mit seinem ramponierten Gitarrenkoffer von dannen gezogen war, marschierte Sadie schnurstracks in die Garage und übergoss seine heißgeliebte Gibson Les Paul mit rosaroter Farbe. Dann schoss sie mit der Gitarre in der Hand und erhobenem Mittelfinger ein Selfie und schrieb als Bildunterschrift dazu: *Eine kleine Erinnerung an deine Tochter. Dieselbe Farbe wie ihr Kinderzimmer.*

Das war vor ungefähr einem Jahr, und die beiden verstehen sich inzwischen so gut, wie man sich eben verstehen kann, wenn einer von beiden den anderen erst betrogen und dann schnöde sitzengelassen hat. Steves Groupie hat ihn nur ein paar Wochen, nachdem sie sich in seine Gitarrenriffs verknallt hatte, schon wieder abserviert, woraufhin er postwendend vor der Tür ihres gemeinsamen Zuhauses auftauchte und Sadie auf Knien anflehte, ihm zu verzeihen. Aber da hatte sie längst die Schlösser ausgetauscht. Und als er versuchte, sie mit einem durch den Briefschlitz geklampften Liebeslied zu bezirzen, drehte Sadie die Red Hot Chili Peppers bis zum Anschlag auf und brüllte: »John Frusciante – DAS ist mal ein Gitarrist!«

Einmal im Monat hat Sadie ein kinderfreies Wochenende und versucht dann, so viel wie irgend möglich in diese beiden Tage zu quetschen. Einmal schaute sie zwischen dem dritten und vierten Date des Tages (Mittagessen und Abendessen; Frühstück und Brunch hatte sie schon hinter sich) bei mir vorbei. »Ich habe ein unglaublich schmales Dating-Fenster«, erklärte sie mit hochgezogenen Augenbrauen. »Also hör auf, mich so schief von der Seite anzugucken, stell das Teewasser an, und ich erzähle dir von Larry, der noch bei seiner Mutter wohnt.«

Ich gucke Sadie eigentlich gar nicht schief von der Seite an. Jedenfalls nicht mehr als jeden anderen Menschen. Wenn überhaupt, dann bin ich heimlich fasziniert von ihren Dating-Eskapaden. Es ist so lange her, dass ich eine Verabredung hatte, dass es mir vorkommt wie in einem anderen Leben. »Du solltest dir eine Dating-App runterladen«, hat Sadie mir mal geraten. »Nur so zum Spaß. Man weiß ja nie – vielleicht lernst du da jemanden kennen, für den du wie ein geölter Kugelblitz zur Haustür hinausfegst. Und wenn ich dann später vorbeikomme, finde ich nur noch ein meredithförmiges Loch in der Tür vor.«

Ich lache verlegen. Wir wissen beide nur zu gut, dass es wesentlich mehr brauchen würde, um mich aus dem Haus zu locken.

Der Gedanke, drei volle Tage nicht aus dem Haus zu gehen, von drei vollen Jahren ganz zu schweigen, ist Sadie derart fremd, dass sie es im ersten Monat gar nicht glauben konnte. Bis sie eines

Abends hier hereingeschneit ist und ich unter dem Küchentisch lag. Ab da hat sie es dann ziemlich ernst genommen.

Genauso schwer fällt es Sadie zu begreifen, dass ich damit eigentlich ganz zufrieden bin. Oder zumindest zufriedener als zu der Zeit, als ich unter dem Küchentisch lag. Ich glaube, sie hat es inzwischen kapiert, aber hin und wieder muss sie es trotzdem zur Sprache bringen.

»Und was ist mit Leuten?«, fragt sie dann.

»Was für Leuten?«

»Anderen Leuten! Leute, die man draußen auf der Straße trifft. Irgendwelche dahergelaufenen Leute, die das Leben spannender machen.«

»Welche dahergelaufenen Leute haben mein Leben denn bitte bisher spannender gemacht?«

»Weißt du noch, der eine Abend ... als wir diesen Typen getroffen haben, der dir aus der Hand gelesen hat?«

»Der Typ, der meinte, ich werde mal Köchin, nein, Küchenchefin?«

»Könnte doch noch sein!«

»Tja, aber ich glaube kaum, dass ich in diesem Leben noch sechs Kinder bekommen werde.«

»Man kann nie wissen.«

»Das wüsste ich aber.«

»Okay, dann war er als Wahrsager halt eine Niete. Aber fehlen dir solche Abende nicht? Abende mit ulkigen, interessanten, herrlich bekloppten Leuten?«

»Sadie, an die meisten erinnere ich mich nicht mal mehr. So interessant waren die gar nicht.«

Sie macht ein langes Gesicht, und mir tut es gleich wieder leid. Die Leute, die wir beim Weggehen kennengelernt haben, waren eigentlich nur Beiwerk. Wir haben uns die Welt gemacht, wie sie uns gefällt, Sadie und ich, sind von Bar zu Bar gezogen, haben gelacht und getanzt und uns die Zukunft in den schillerndsten Farben ausgemalt.

»Fehlt dir nicht manchmal der Blickkontakt?« Sie fragt das ganz leise, als fürchtete sie, ich müsse vielleicht weinen. »Anderen Menschen in die Augen zu schauen?«

»Ich schaue dir doch gerade in die Augen«, erwidere ich sanft.

»Ja, aber meine Augen musst du doch allmählich satthaben.«

»Im Leben nicht. Deine Augen sind wunderschön. Je nach Stimmung ändern sie sogar die Farbe.«

Sie schielt mich an und streckt mir die Zunge raus. »Sind sie jetzt immer noch wunderschön?«

Ich lächele sie bloß an, meine lustige Freundin, die einfach alles für mich tun würde.

Aber wie ein Hund mit seinem Knochen lässt sie immer noch nicht locker. »Und was ist mit frischer Luft?«

»Meine Fenster stehen immer offen, und gelegentlich stecke ich den Kopf zur Hintertür raus und nehme einen ordentlichen Atemzug von Glasgows feinstem Stöffchen.«

»Meredith, verarschen kann ich mich selbst.«

»Ich verarsche dich doch gar nicht.«

Und so geht es hin und her, bis einer von uns die Faxen dicke hat und wir über was anderes reden.

»Ich kann es nicht ertragen, dich so zu sehen«, hat sie letztes Jahr an Heiligabend zu mir gesagt, nachdem wir uns beschenkt hatten und ein paar Partykracher hatten knallen lassen und uns dann fest in die Arme nahmen. Sie war auf dem Weg zu Steve, um James und Matilda abzuholen, und dann anschließend nach Hause zu fahren und das Weihnachtsessen für die ganze Familie vorzubereiten.

Ich war einen Schritt zurückgetreten und hatte geseufzt. »Wie, so?«

»So … allein.«

»Ich bin doch nicht allein, Sadie. Ich habe Fred.« Wie immer zur Stelle, wenn man ihn brauchte, miaute er laut aus der Küche. »Und ich bin auch nicht einsam oder unglücklich. War ich mal, aber jetzt nicht mehr.«

»Niemand sollte an Weihnachten allein sein«, hatte sie mir unwirsch erklärt, damit man nicht merkte, wie sehr sie das mitnahm.

»Ich habe Fred«, sagte ich noch einmal. »Ich schaue mir *Manche mögen's heiß* an und setze mich an mein neues Puzzle. Darauf freue ich mich schon.«

»Du und deine Puzzles!« Sie klang schon nicht mehr ganz so unwirsch. Dann boxte sie mich sachte gegen den Arm und zog die Haustür hinter sich zu. Ich blieb eine Weile reglos stehen, die Hand fest gegen meine Seite des Türrahmens gepresst. Manchmal, wenn sie wieder weg ist, fühlt es sich an, als wäre alles Leben aus dem Haus gesaugt worden.

Heute hat James eine Erkältung, Matilda einen neuen Zahn und Sadie einen Kater. »Wir bleiben nicht lange«, verspricht sie, während die drei Mützen und Mäntel und Stiefel im ganzen Flur verteilen. Fred hat für Kinder nichts übrig, er versteckt sich derweil lieber unter meinem Bett.

»Was hast du denn bloß angestellt?«, frage ich sie. »Du siehst ja völlig fertig aus«, setze ich hinterher, wie nur allerbeste Freundinnen es dürfen. »Wobei …« Ich gucke noch mal genauer hin. »Irgendwie siehst du auch *unverschämt gut* aus. Deine Augen strahlen.«

»Ich habe jemanden kennengelernt«, raunt sie mir zu und kann sich das Grinsen nicht verkneifen. Sie guckt mich vielsagend an und meint, das sei nichts für Kinderohren. Während sie eine vollgestopfte Spielzeugtasche auf dem Wohnzimmerboden ausleert und jedem der Kinder einen Keks gibt, koche ich uns einen Tee und türme Naschkram für Erwachsene auf meinen alten Lieblingsteller – eins meiner famosesten eBay-Fundstücke.

»Ich kriege keinen Bissen runter«, erklärt Sadie zwischen zwei Schlucken Tee. »Oh, die sehen aber gut aus. Vielleicht ein ganz kleines Stückchen.« Beherzt beißt sie in einen Schoko-Erdnussbutter-Brownie. »Mer, die sind ja unglaublich!«

»Ja, aber jetzt zu diesem Jemand.«

»Colin«, sagt sie, und ich schwöre, sie wird rot und ihre Augen leuchten, als sie seinen Namen sagt. »Wir haben uns online kennengelernt, vor zwei Wochen.« Sie greift quer über den Tisch nach meiner Hand. »Ich bin ja so happy, Mer.«

Bei zwei Tassen Tee erzählt sie mir dann, dass Colin zweiundvierzig ist, Schreiner, geschieden, keine Kinder, aber überhaupt kein Problem damit hat, eine alleinerziehende Mutter zu daten. (»Ganz im Gegensatz zu den meisten anderen Idioten, die ich so kennenlerne«, setzt sie hinterher.) Er ist großzügig, er ist witzig, er nimmt sich selbst nicht so wichtig, er ist groß, und Fußball interessiert ihn nicht die Bohne. Kurz und gut, er ist Sadies Traummann. »So ganz anders als Steve«, sagt sie. »Mer, ich glaube, ich könnte mich glatt verlieben. Ist das zu glauben?«

Ich kann nicht anders, ich muss einfach mitgrinsen. Aber Sadies kribbeliges Herzrasen führt mir auch überdeutlich vor Augen, dass mir ein wesentlicher Bestandteil menschlicher Gefühlsregungen verwehrt bleibt. Wenn ich an Gavin denke, erinnere ich mich daran, wie es ist, in einer Beziehung zu sein, aber nicht, wie es sich *anfühlt*. Als sei das einer anderen passiert, die mir bloß davon erzählt hat. Mein Leben ist geteilt in ein Vorher und ein Nachher, und das Vorher ist für mich nicht mehr greifbar.

Matilda kommt in die Küche getapst, das ganze Gesicht mit

Schokolade verschmiert. Schneller, als man gucken kann, ist sie zu mir gelaufen und hat den Kopf in meinem Schoß vergraben.

»O je, jetzt bist du voller Schokoflecken!«, kreischt Sadie entsetzt und ist schon aufgesprungen. »Ich hole schnell die Feuchttücher und wische das weg. Tilly, du kleines Ungeheuer, komm her.«

»Zeig mal die Zähne«, sage ich, und sie sperrt den Mund weit auf und legt den Kopf in den Nacken, damit ich besser hineinschauen kann.

»Ist doch nicht schlimm, Sadie«, sage ich und wuschele Matilda durch die Löckchen, die mich am Kinn kitzeln. So nahe ist mir lange niemand mehr gekommen. Ich schlinge die Arme ganz behutsam um das zappelnde kleine Wesen in meinem Schoß und atme den keksigen Kleinmädchenduft ein. Und weiß nur zu gut, dass sie gleich schon wieder weg sein wird. Während Sadie in ihrer Taschenkollektion auf dem Flur herumkramt, begucke ich mir Matildas kleine Füßchen in den gestreiften Söckchen und die schokoladenüberzogenen Finger. Ich kitzele ihr das runde Bäuchlein, und sie gluckst. Ich muss auch lachen, und sie guckt mich an.

»Wow! Hast du viele große Zähne!« Sie nickt begeistert, den Mund noch immer weit aufgerissen. Die blauen Augen lassen meine nicht los, und sie hält erstaunlich still und schaut mich unverwandt an, bis Sadie wieder ins Zimmer gestürzt kommt.

»Oh, ihr beiden, wie süß ihr seid!«, gurrt sie, aber im nächsten Augenblick hat sie mir Matilda auch schon energisch aus den Armen genommen und ist mit ihr ins Wohnzimmer marschiert, und die süße Zweisamkeit ist passé. Mir wird plötzlich kalt, so ganz ohne kleinen warmen Körper auf dem Schoß. Ich ziehe mir die Pulloverärmel über die Hände und verschränke die Arme vor dem Bauch und versuche mich warmzuhalten, wo es sonst schon niemand tut. Und so sitze ich dann da, frierend und bedröppelt, mit einem schmerzhaften Kloß im Hals, bis Sadie zu mir zurückkehrt.

Eine Stunde später sind Sadie und die Kids wieder weg, und ich folge ihren Spuren durchs ganze Haus, fege Krümel auf, wische Schokoladentatzen weg und lege alles wieder dahin, wo es hingehört. Ich weiß, wie schwer es Sadie fällt, sich zu entspannen, wenn die Kinder mit dabei sind. Sie denkt wohl, ich würde mich an der heillosen Unordnung stören, die sie jedes Mal verbreiten, tue ich aber nicht. »Bei dir könnte man vom Boden essen!«, sagt sie immer, und manchmal klingt es fast wie ein Vorwurf.

Es stimmt, aber was erwartet sie denn? Ich wohne allein mit einem äußerst reinlichen roten Kater, der sich mehrmals am Tag hingebungsvoll putzt und über tadellose Toilettenmanieren verfügt. Ein Teller und eine Gabel in der Spüle sind schnell abgewaschen. Bis mein Wäschekorb voll ist, dauert es Tage. Müll mache ich kaum. Und so oder so mag ich es nun mal, wenn alles an seinem Platz ist. Wenn um mich herum das Chaos herrscht, drückt mir das aufs Gemüt.

Aber Kinderchaos ist was anderes. Es erinnert mich daran, dass es Menschen gibt in meinem Leben, denen ich nicht egal bin. Die herkommen, zu mir nach Hause, solange ich hier bin, und ihre Spuren hinlassen. Hinter ihnen herzuräumen gibt mir eine Ahnung davon, wie es wohl als Mutter sein muss. Wie es sein muss, kleine Menschen um sich zu haben, die darauf angewiesen sind, dass man sich um sie kümmert, sie sauber und warm hält, zufrieden und behütet.

Ich wische den Küchentisch ab und denke an Sadie, wie sie eingekuschelt zu Hause auf der Couch liegt und ihr Handy angrinst. Diese ersten aufregenden Textnachrichten, bei denen einem jedes Mal das Herz hüpft vor Glück. Ich weiß nicht, ob mein Herz je wieder hüpfen wird.

Gerade stelle ich Kehrblech und Feger zurück in den Küchenschrank unter der Spüle, als ich Matildas gelbe Schnabeltasse in der großen Zimmerpflanze in der Küchenecke entdecke. Warum sie die wohl ausgerechnet da deponiert hat? Kurz überlege ich, sie einfach dort zu lassen, damit sie sie bei ihrem nächsten Besuch wiederfindet. Aber dann nehme ich sie mit ins Wohnzimmer und stelle sie mitten ins Bücherregal. Ich möchte sie sehen, wenn ich abends hier sitze und puzzele oder ein Buch lese. Sie wirkt völlig fehl am Platz und doch irgendwie ganz heimisch.

Tag 1.222

Donnerstag, 22. November 2018

Tom mit seinem breiten Lächeln und dem Dufflecoat ist wieder da.
»Es tut mir schrecklich leid, Meredith«, sagt er, kaum, dass er auf meiner Couch Platz genommen hat. »Ich habe Ihr Emily-Dickinson-Buch vergessen.«
Mir wird ganz flau. Wäre das Buch nicht gewesen, ich hätte unsere Verabredung heute glatt platzen lassen. Ich mag Tom, aber ich habe gestern bis spät in die Nacht gearbeitet und bin heute nicht in der Laune für ein Plauderstündchen.
»Ach, nicht schlimm«, entgegne ich hölzern. »Ich mache uns erst mal einen Tee.«
Während ich dastehe und darauf warte, dass das Wasser zu kochen anfängt, starre ich mein Spiegelbild in der Ofentür an. Machen Ofentüren älter? Ich weiß es nicht, aber da liegt heute so ein seltsamer Schatten über meinem Gesicht, der mir vorher noch nie aufgefallen ist. In ein paar Monaten werde ich vierzig. Der einzige Mann in meinem Leben ist nur hier, weil er sich zum Zeitvertreib mit wildfremden Menschen anfreundet, während er sich zu entscheiden versucht, womit er zukünftig seine Brötchen verdienen will.
Ich gieße den Tee ein, stapele Kekse auf einen Teller und schlurfe zurück ins Wohnzimmer, wo ich Fred auf Toms Schoß entdecke, auf dem Rücken liegend, die Beine lang ausgestreckt und laut vor sich hin schnurrend. Augenscheinlich hat er keiner-

lei Vorbehalte mehr, Tom mit offenen Pfoten in unserem Haushalt willkommen zu heißen.

»Da mag es einer aber, sich das Bäuchlein kraulen zu lassen, was?«, meint Tom und guckt mich grinsend an.

Fred schaut kurz auf, als ich das Teetablett auf den Couchtisch stelle, dann wendet er sich wieder seinem neuen besten Freund zu.

Judas, denke ich nur.

»Wie war die Woche so, Meredith?«

Ich zucke mit den Schultern. »Wie immer.«

Tom greift nach seiner Teetasse, und Fred springt ihm vom Schoß. In einer kleinen Acht streicht er mir um die Knöchel, und ich bücke mich und kraule ihm das Köpfchen. Damit er weiß, dass ich ihm diesen kleinen Seitensprung gerade noch mal verzeihe.

»Wissen Sie, worauf ich Lust hätte? Puzzeln. Ich habe schon seit Ewigkeiten kein Puzzle mehr gelegt, zuletzt als kleiner Junge, und ich weiß nicht, ob ich das überhaupt noch kann, aber ich würde es zu gerne mal versuchen. Was meinen Sie?«

Zu meinem eigenen Erstaunen meine ich, das sei eine famose Idee. *Der Kuss* ist längst fertig, aber das Mosaikfliesenpuzzle habe ich noch nicht angefangen. Und vielleicht lenkt es Tom ja ein bisschen ab und er hört auf, mir ständig diese vertrackten Fragen zu stellen. »Möchten Sie eins aussuchen?« Ich weise auf die Schachteln in den unteren Fächern meines Bücherregals.

Schnell hat er sich für eins entschieden und zieht es resolut aus dem Regal – Santa Maria del Fiore, die prachtvolle Kathedrale von Florenz in tausend Teilen. »Ganz schön knifflig«, sage ich zu ihm. »Der Teufel steckt im Detail.«

»Ich liebe Herausforderungen«, sagt er zu mir. »Und außerdem, meine Mitspielerin ist schließlich Profi.«

Ich räume das Tablett auf den Boden und verteile die Puzzlestücke auf dem Tisch. »Immer mit dem Rand anfangen«, erkläre ich ihm. »Aber zuerst sortieren wir die Teile nach Farben vor. Das macht die Sache sehr viel leichter.«

Ein paar Minuten arbeiten wir schweigend nebeneinanderher und bringen Ordnung in das Chaos des florentinischen Wahrzeichens. Er sucht die helleren Teile heraus, ich die dunkleren.

»Über hundertdreißig Jahre Bauzeit«, erkläre ich derweil. »Die gigantische Kuppel gehörte von Anfang an zur Planung, aber es hat eine Weile gedauert, bis eine Möglichkeit ausgetüftelt war, sie umzusetzen, weshalb das Deckenloch jahrelang offen blieb.«

»Wow. Die Aussicht von da oben muss überwältigend sein.«

»Jetzt kommt zuerst die Umrandung«, weise ich ihn an. In Gedanken bin ich gerade ganz woanders und stelle mir vor, die vielen hundert schmalen, steilen Treppenstufen der Kathedrale bis ganz nach oben hinaufzusteigen. Wie winzig ich mir vorkommen würde, verglichen mit der Silhouette von Florenz im Hintergrund, und wie riesenhaft groß, endlich oben angekommen. Wie auf der himmelhohen Achterbahn im Camelot Freizeitpark, in der wir als Kinder mal waren. Am höchsten Punkt kommentierte Fee, was sie unten auf dem Boden erkennen konnte, und lachte sich schlapp darüber, wie winzig die Menschen waren. Ich wollte nur in den Himmel hinaufschauen.

Die Zeit verfliegt förmlich, und am Ende bleibt Tom deutlich länger als eine Stunde. »Entschuldigen Sie, Meredith. Sie haben bestimmt noch anderes zu tun.«

»Schon okay. Wenn man eine Kathedrale baut, kann man die Zeit schon mal aus den Augen verlieren.« Zufrieden begutachte ich unser Werk. Der äußere Rand ist fertig, und der Wolkenhimmel nimmt langsam Gestalt an.

Er lacht laut, ein ungewohntes Geräusch in meinem sonst so stillen kleinen Haus. »Meredith, Sie sind echt witzig.«

Verlegen hantiere ich mit dem Tablett herum. »Das hat mir noch keiner gesagt.«

»Viele scheuen sich, das Offensichtliche auszusprechen. Aber das ist eine meiner größten Stärken.« Er zwinkert mir zu. »Und noch mal sorry wegen Ihres Buchs. Ich kann es Ihnen morgen auf dem Weg vorbeibringen.«

Ich überlege kurz. »Nicht nötig. Bringen Sie es einfach nächste Woche mit.«

Tag 1.225

Sonntag, 25. November 2018

Eine Frage, die mir oft gestellt wird, ist, ob mir die Zeit nicht lang wird. Ich schwöre, das wird sie nicht. Zumindest nicht mehr als anderen Menschen auch. Manche Tage und Wochen und Monate zerrinnen mir zwischen den Fingern wie Sand. Meine Tage haben nicht mehr und nicht weniger Stunden als die aller anderen, und ich habe weder Partner noch Kinder, die mir die Zeit stehlen. Für den täglichen Weg zur Arbeit brauche ich ungefähr drei Minuten, nicht drei Stunden wie manch anderer. Und doch ist die Woche manchmal vorüber, ohne dass ich die Holzjalousien im Wohnzimmer abgewischt oder mir den abgesplitterten Nagellack von den Zehen entfernt oder den stetig wachsenden Stapel Post auf dem Fensterbrett aufgemacht habe. Es gibt immer irgendwas, wozu ich nicht gekommen bin, wie die Silikonabdichtung um die Badewanne zu erneuern oder den Kleiderschrank nach Winter- und Sommerklamotten zu sortieren. Ein Einsiedlerleben ohne viel Ablenkung zu führen heißt nicht, mehr zu schaffen als andere. Es gibt Tage, da dusche ich nicht mal.

Sonntage sind die schlimmsten, aber ich tue, was ich kann, um die bedrückende Leere zu füllen. Ich lasse mir die Zeitungen nach Hause liefern, sortiere sie nach Feuilleton, Wirtschaft, Politik etc. und verteile sie auf dem ganzen Küchentisch. Ich backe ein halbes Dutzend Scones und koche eine Kanne Tee, nur für mich alleine. Scones und Teller und Messer und Servietten, und schon sieht es aus wie ein fröhlicher Familientisch. Hände, die nach dem Sportteil greifen oder nach der Hochglanzbeilage. Die Butterdose herumreichen und in die Himbeermarmelade krümeln. Geplapper und Gelächter und im Hintergrund das leise Summen des Radios. Ich frage mich, was Fee wohl heute macht, und ob sie an mich denkt.

Vielleicht essen sie und Lucas und Mama ja auch gerade Scones und trinken Tee. Oder gehen gemeinsam zum Sonntagsessen in den Pub. Da möchte ich nicht dabei sein, aber ich hätte Fee gerne hier. Zumindest die alte Fee. Die Fee, mit der ich mir das Schlafzimmer – und manchmal auch das Bett – geteilt habe. Die Fee, die ich zum Altar geführt habe. Die Fee, die mir ein Gefühl von Geborgenheit gegeben hat, bis dann eines Tages ganz plötzlich damit Schluss war. Für einen flüchtigen Augenblick wünsche ich sie mir so sehnlich herbei, dass es in der Brust zieht. Dann fällt mir wieder ein, wieso sie nicht hier ist, und der Scone in meinem Mund wird zu Stein.

1993

»Warum gibt es eigentlich keine Fotos von uns als Babys?«, fragte ich Fiona.
»Gibt es doch«, sagte sie.
»Gibt es?«
»Mama hat eine Schachtel im Schrank. Mit lauter altem Kram drin. Polaroids. Du und ich in der Badewanne. Du warst ein richtiger Mops.«
»Die will ich sehen«, sagte ich und überhörte den Seitenhieb.
Ich war vierzehn und hatte zum ersten Mal einen Freund. Oft gingen wir zu ihm nach Hause, und ich verbrachte viel Zeit mit ihm und seiner Familie. Unwillkürlich fing ich an, meine eigene Familie etwas kritischer unter die Lupe zu nehmen. Normal war, morgens am Frühstückstisch miteinander zu reden. Normal war, die Wahrheit zu sagen, auch wenn sie wehtat. Normal waren Familienfotos.
Bei Jamies Mum waren sie überall: auf dem Kaminsims, mit Magneten an die Kühlschranktür geheftet, liebevoll in Alben geklebt und bei jeder Gelegenheit hervorgekramt, zum peinlichen Entsetzen der Kinder. Die Wand neben der Treppe war eine kleine Galerie, wo sämtliche Studiofotos (Familienporträts, Abschluss- und Hochzeitsfotos) gut sichtbar hingen, liebevoll in aufeinander abgestimmten Silberrahmen arrangiert. Ich sah Jamies Mum sie zurechtrücken, wenn sie die Treppe hoch- oder runterging, auch wenn sie gar nicht schief hingen. Diese Fotos faszinierten mich am meisten. Nie wäre es mir in den Sinn gekommen, Leute

könnten tatsächlich andere Leute dafür bezahlen, sich in ihrem besten Sonntagsstaat und mit frisch frisierten Haaren vor pastelligen Hintergründen fotografieren zu lassen. Das Foto von Jamie als Kleinkind auf dem Knie seines Dads, daneben seine Mum und seine große Schwester, war für mich wie ein Fenster in eine andere Welt. Alle strahlten fröhlich in die Kamera. Keine leeren Augen. Keine kaum verhohlene Verachtung.

Ich war länger mit Jamie zusammen, als ich es hätte sein sollen. Aber ich war glücklich, wenn ich bei seiner Familie war. Als wir dann schließlich doch Schluss machten, fehlte seine Mum mir mehr als er. Manchmal machte ich auf dem Weg zu meinem Job im Schnellimbiss einen kleinen Abstecher an ihrem Haus vorbei. Sogar hinter zugezogenen Vorhängen konnte ich noch die wohlige Wärme im Haus spüren. So was wünschte ich mir von ganzem Herzen.

»Erzähl mir von den Fotos«, verlangte ich und schaltete den Fernseher aus.

Fiona seufzte, drehte sich aber mit verschränkten Armen auf der Couch zu mir um. »Warum? Die sind steinalt.« Aber ich merkte gleich, dass sie nur so gleichgültig tat. Sie hatte eine diebische Freude daran, etwas zu wissen, was ich nicht wusste. Wir hatten kaum Geheimnisse voreinander, noch nicht. Solange ich denken konnte, teilten wir uns das Zimmer. Ich wusste, dass sie freitags ihren besten BH trug (lila, mit Spitze). Ich wusste, dass sie manchmal im Bett lag und weinte, wenn sie glaubte, ich schliefe.

Ich zuckte die Achseln. Was sie konnte, konnte ich schon lange. »Mach, was du willst. Dann suche ich sie eben alleine.«

Sofort war meine Schwester auf den Beinen. »Ich zeige sie dir«, rief sie.

Leise schlichen wir uns nach oben. Ich weiß auch nicht, warum. Mama war beim Bingo und würde frühestens in ein paar Stunden nach Hause kommen. Trotzdem kam es mir so vor, als wäre sie da. Sie war die knarzende Treppenstufe, der rappelnde Fensterrahmen. Sie war überall und nirgends und alles zugleich.

Seit Monaten schon war ich nicht mehr in ihrem Schlafzimmer gewesen. Es roch nach Nagellack und Zigaretten, und der Spiegel der Frisierkommode war verstaubt. Ich drehte ihm den Rücken zu. Es war ein komisches Gefühl, mich so in ihrem Zimmer zu sehen. Willkommen fühlte ich mich hier nicht. Ich ging lieber zu meiner Schwester, wenn ich mal wieder ins Bett gemacht oder einen Albtraum gehabt hatte.

»Komm schon«, drängte Fiona ungeduldig und zog mich zum Kleiderschrank. Auf Zehenspitzen versuchte sie etwas aus dem obersten Fach zu angeln und zog schließlich eine Schachtel herunter.

Eigentlich hatte ich alles ganz in Ruhe durchgehen wollen, aber meine Schwester hatte anderes im Sinn. Kurzerhand nahm sie den Deckel von der Schachtel und drehte sie um. Zettel und Fotos flatterten auf den Boden.

»Was soll das?«, kreischte ich entsetzt und kniete mich hin, um alles wieder einzusammeln.

Fiona lachte nur. »Hier, schau mal.« Sie hielt mir ein Foto vor die Nase. »Ein dicker Mops in der Wanne.«

Ich riss es ihr aus der Hand und beguckte mir die beiden kleinen Mädchen in unserem avocadogrünen Achtzigerjahre-Badezimmer. Ich saß in der Wanne, die pummeligen Ärmchen und das runde Bäuchlein glänzend vor Nässe. Ich schaute nicht zum Fotografen hinter der Kamera, sondern sah meine Schwester an, und ich lachte. Fiona war bei mir in der Wanne, aber sie stand da, die Arme in die Luft gereckt, und posierte für die Aufnahme. Ich war klein und moppelig, sie groß und dünn. Eine Erinnerung: wir beide vor einem elektrischen Kaminofen, in warme Handtücher gewickelt, wie wir etwas Heißes, Süßes aus Bechern schlürfen. Und dann, wie Fiona nach dem Abtrocknen das Handtuch fallen lässt, auf der Stelle herumhopst und kreischt: »Zähl meine Rippen! Zähl meine Rippen!« Ich weiß nicht mehr, ob sie mich damit meinte oder jemand anderen. Ich kann mich nicht daran erinnern, ob noch jemand bei uns war, aber wir müssen noch zu klein gewesen sein, um uns den heißen Kakao selbst zu kochen. Jemand muss uns die Handtücher vorgewärmt und uns Nacktfrösche dann eingewickelt haben wie menschliche Rouladen. Aber da klafft eine Lücke in meiner Erinnerung.

Ich wollte Fiona nicht fragen, ob sie noch wusste, wer sich um die heißen Getränke und das wärmende Feuer gekümmert hatte. »Erinnerst du dich noch daran, als das gemacht wurde?«

»Nö.« Fiona langweilte sich längst und spielte mit der Schminke auf Mamas Frisierkommode herum. Gerade hatte sie den roten Lippenstift bis zum Anschlag herausgedreht und schminkte sich damit den Mund, den Blick fest auf ihr Spiegelbild geheftet.

Ich legte das Badewannenbild beiseite. Das würde ich mitnehmen, hatte ich beschlossen. Ich konnte mir beim besten Willen nicht vorstellen, dass Mama sich diese Erinnerungen an längst vergangene Zeiten je ansah, geschweige denn merken würde, wenn eins der Fotos fehlte. Meine Wangen fingen an zu glühen; ich war wütend. Fotos gehörten nicht in alte Schuhkartons gestopft und hinten im Schrank versteckt. Die gehörten gerahmt auf Kaminsimse oder auf Kühlschranktüren oder eingeklebt in Fotoalben und allzeit zur Hand. Ich fragte mich, warum sie die überhaupt aufhob. Ob sie sie gemacht hatte? Ich konnte mich nicht daran erinnern, dass sie uns je zugerufen hätte, für ein Foto zu lächeln oder in die Kamera zu gucken. Ich konnte mich nicht daran erinnern, dass wir uns je um ein Polaroid gedrängt und gebannt darauf gewartet hätten, dass geisterhafte Gesichter und Gliedmaßen wie Schemen auf dem Bild erschienen. Ich konnte mich auch an nichts erinnern, was es wert gewesen wäre, fotografisch festgehalten zu werden. Oder auch bloß an einen stinknormalen Tag, der irgendwie schön und besonders gewesen wäre, im Kleinen, ganz unspektakulär.

Ich widmete mich wieder den Fotos. Viele Schwarz-Weiß-Bilder von Leuten, die ich nicht kannte. Auf manchen standen hinten Namen und Datum, die verwackelte, krakelige Schrift unleserlich verblichen. Da war eine bildhübsche Frau im Brautkleid, am Arm eines Mannes, der übers ganze Gesicht strahlte. Hinten stand bloß *1948* drauf. Ich rechnete rasch nach. Mama war Jahrgang 1957.

»Ich glaube, ich habe unsere Großeltern gefunden.«

Fiona hörte auf, sich aufzubrezeln, und kniete sich zu mir. Sie roch nach Mamas Shalimar. Ich hasste den Geruch, ich musste davon würgen.

»Sie hieß Maria«, sagte Fiona und folgte der Silhouette der Braut mit dem Zeigefinger.

»Echt? Woher weißt du das?« Ich war stinksauer, dass Fiona Sachen wusste, von denen ich nichts ahnte. Sie hatte von den Fotos gewusst, sie wusste, wie unsere Großmutter geheißen hatte. Was wusste sie sonst noch alles?

»Ich hab Mama mal über sie reden gehört«, sagte sie. Dann zuckte sie mit den Schultern. »Kann aber auch sein, dass ich das bloß geträumt hab.«

Eigentlich wollte ich ihr böse sein, dass sie das alles nicht so ernst nahm wie ich, aber ich konnte es nicht. Ich verstand sie nur zu gut. Meine Erinnerungen waren genauso düster und unfassbar. Ich wusste nicht, was davon wirklich war und was nicht.

»Erinnerst du dich noch, wie wir in warme Handtücher gewickelt vor einem elektrischen Ofen gesessen und irgendwas Heißes aus großen Bechern getrunken haben?«

Fiona guckte mich ganz komisch an. »Ja. Ja, daran erinnere ich mich«, rief sie. »Heißer Kakao, glaube ich.« Und irgendwas an ihrem Blick, der seltsam ungerichtet schien, verriet mir, dass sie die Wahrheit sagte.

Ich grinste sie an. »Ist mir eben wieder eingefallen«, sagte ich.

»Haben wir immer gemacht nach dem Baden«, sagte Fiona. »Wir haben vor dem Ofen gesessen, damit wir nicht frieren. Es war nicht immer alles schlecht, weißt du.«

Ich sagte dazu nichts, ich wusste es nämlich nicht. Aber ich schwelgte eine Weile in den Erinnerungen meiner Schwester, wie liebevolle Hände uns behutsam aus der Badewanne hoben, uns umarmten und abtrockneten und in Handtücher wickelten, uns Kakao anrührten und den Ofen anmachten. Ich schloss die Augen und versuchte, Mama in dieser Erinnerung zu finden, aber da waren nur die knochigen Knie meiner Schwester an meinem Bein, ihre großen Zehen, mit denen sie neben meinen viel kleineren herumwackelte, und unsere nackten Füße, die sich in der wohltuenden Wärme der glühenden Heizstäbe rekelten.

In den kommenden Wochen schlich ich mich, wann immer Mama beim Bingo war oder mit Tante Linda im Pub, in ihr Schlafzimmer und kramte in der Schuhschachtel mit den Fotos. Es gab bloß eine Handvoll von mir und Fiona, immer wir beide gemeinsam, bis auf zwei Fotos von Mama mit neugeborenen Babys im Arm, die dann wohl wir zwei sein mussten. Auf dem einen stand sie vor einem Rosenstrauch in einem unbekannten Garten. Es hätte auch irgendein beliebiges Baby sein können – das Gesicht war nicht zu erkennen, man sah nur ein winziges Füßchen, das aus einer Falte in der Decke hervorlugte. Mama trug Kitten Heels und eine große Sonnenbrille, sie war dünn und hatte eine Zigarette in der Hand. Ihr Lächeln wirkte ein bisschen schief.

Auf dem anderen saß sie gegen orangerote Kissen gelehnt auf einer braunen Couch. Auf diesem war das Gesicht des Babys besser zu erkennen, ganz rot und runzelig und verzerrt. Mama schaute von der Seite hoch, mit blassem Gesicht und zerzausten Haaren. Müde sah sie aus. Ich glaube, sie wollte sich lieber nicht fotografieren lassen.

Ich wusste nicht, welches der beiden Babys ich war und welches Fiona. Wir sind nur achtzehn Monate auseinander, an Mamas Alter konnte man es also nicht erkennen. Ich nahm an, das auf dem fröhlichen, lächelnden, rauchenden Bild musste Fiona gewesen sein und das auf dem müden, blassen ich. Sie hat immer gesagt, ich sei ein schwieriges Kind gewesen, also wäre es nur logisch, wenn das mit dem roten, verzerrten Gesicht ich wäre.

Eines Nachts schlich ich mich in Mamas Zimmer, während Fiona gerade *Top of the Pops* schaute. Kaum hatte ich die Schranktür aufgemacht, merkte ich, dass irgendwas anders war als sonst. Alles war umgeräumt, viel ordentlicher. Und die Schachtel war weg. Zum Glück hatte ich noch das Foto von Fiona und mir in der Badewanne. Ich versteckte es unter der Matratze. Ein kleines Stück Kindheit war mir geblieben. Ein kleines Stück vom Glück.

Tag 1.227

Dienstag, 27. November 2018

An meiner Haustür hängt ein Schild mit der Aufschrift: *Keine unangemeldeten Besucher.*

»Gilt das auch für mich?«, fragte Sadie mich mit hochgezogenen Augenbrauen, als sie es das erste Mal sah.

Ich ignorierte sie.

»Schon ziemlich ... polterig«, murmelte sie. Ich drehte mich um und ließ sie einfach stehen.

Am meisten hasse ich die Türklingel. Mit jedem Läuten erinnert sie mich unüberhörbar an die große, weite Welt da draußen, zu der ich längst nicht mehr gehöre. Sadie kommt eigentlich nie unangemeldet, und außerdem klingelt sie nicht. Sie klopft laut und vernehmlich an, so ein energisches *Ra-ta-ta-ta-ta* mit dem Knöchel, und ich weiß sofort, dass sie es ist.

Mein polteriges Schild funktioniert allerdings ganz gut, meistens jedenfalls. Die Türklingel schellt nur selten, wenn ich es nicht erwarte, wenn keine Lieferung ansteht, für die es meine Unterschrift bräuchte oder die nicht in den Postkasten passt. Aber nach dem ersten Schreck kann ich das Gebimmel unmöglich ignorieren, es könnte ja jemand sein, der mir wichtig ist. Oder mal war.

Heute nicht. Aber es ist auch niemand, der mir doppeltverglaste Fenster verkaufen will. Es ist ein Junge mit Zahnlücke und einem großen Eimer in der Hand. Und er kommt mir irgendwie bekannt vor.

»Hi, Lady.« Grinsend guckt er zu mir hoch. »Ich wohne gegenüber. Darf ich Ihnen für 'nen Fünfer das Auto waschen?«

Ich konzentriere mich auf das sommersprossige Gesicht, zwinge die störende Straße, im Hintergrund zu verschwinden.

»Tja, also, danke für das Angebot ... aber ich habe gar kein Auto.«

Seine Augen werden groß und rund. »Sie haben kein Auto?«

»Nein.« Ich lehne mich gegen den Türrahmen.

»Wie, echt jetzt?« Ungläubig sieht er sich um, als müsse irgendwo ein verstecktes Auto stehen, das mich Lügen straft.

Ich lächele. »Echt jetzt. Kein Auto.«

»Wow. Und wie kommen Sie dann rum? Also, zur Arbeit und so?«

»Ich arbeite von zu Hause.«

»Wirklich?«

»Ach, jetzt komm – du musst doch schon mal was vom Internet gehört haben. Homeoffice und so.«

»Klar. Aber meine Mum schaltet das WiFi immer aus, wenn mein Bruder und ich zu lange am Bildschirm hängen.«

Er lacht. Und ich schaue in sein sommersprossiges Gesicht und will ihm am liebsten die Wahrheit sagen – dass ich schon seit Jahren nirgendwo mehr war, dass meine Spaziergänge sich auf das Haus beschränken. Aber das geht nicht, sonst bin ich auf alle Ewigkeit die komische Eule von gegenüber, die keinen Schritt vor die Tür setzt. Lieber soll er glauben, dass ich zum Bahnhof laufe und am Bahnsteig stehe und warte, so wie jeder andere Mensch auch. So wie ich es früher gemacht habe, ohne auch nur einen Gedanken daran zu verschwenden.

»Dann wohnst du also gegenüber?«

»Ja.« Er weist auf das Haus mit der japanischen Zierkirsche im Garten.

»Ich liebe euren Kirschbaum!«, sage ich zu ihm. »Der ist so

schön. Immer, wenn er blüht, weiß ich, dass es Frühling wird. Manchmal setze ich mich ins Wohnzimmer, nur um ihn zu bestaunen.«

»Wirklich?« Er kneift die Augen zusammen und guckt mich skeptisch an.

»Sicher. Also … wenn ich gerade nicht arbeite oder so. Aber sag mal, warum wäschst du denn Autos? Sparst du auf irgendwas?«

»Meine Mum hat nächste Woche Geburtstag. Ich will ihr eine Halskette kaufen. Mit Herzanhänger. Und einem kleinen blauen Stein. Die hat sie im Internet gesehen.«

Ich kann sie mir genau vorstellen – zierlich und elegant, wie sie um den Hals einer Frau liegt, die ihren kleinen Sohn fest in den Armen hält. »Klingt toll. Das ist aber nett von dir, deiner Mum so ein schönes Geschenk zu machen.«

Er zuckt die Achseln. »Die ist ziemlich teuer. Darum muss ich auch eine Menge Autos waschen. Ich werd dann mal weiter. Bye, Lady.«

»Du kannst Meredith zu mir sagen.«

»Seltsamer Name.«

Ich lache. »Findest du? Wie heißt du denn?«

»Jacob Alistair Montgomery«, erklärt er mit stolzgeschwellter Brust. »Ich bin zehn Jahre alt.«

»Also gut, Jacob Alistair Montgomery. Pass auf, ich habe zwar kein Auto, aber wie wäre es, wenn du stattdessen meine Haustür und die Stufe davor sauber machst?«

»Ähm … Okay. Klar.«

»Nimmst du eben deine Sachen aus dem Eimer, dann hole ich dir Wasser. Einverstanden?«

»Einverstanden.«

Kurz darauf lasse ihn dann allein mit warmem Wasser, Spüli und Schwamm herumhantieren. Setze mich ans Fenster und nehme mein Buch in die Hand, aber mein Blick geht immer wieder zu dem japanischen Kirschbaum in Jacobs Garten. Noch steht er winterlich kahl da, aber bald wird es Frühling, und dann kommen über Nacht die Blüten. Immer wieder stehe ich staunend vor diesem kleinen Wunder und kann kaum glauben, wie er an einem Tag noch vollkommen nackt und bloß dasteht und am nächsten schon in voller Blütenpracht prangt.

Zehn Minuten später schellt es an der Tür. Gründlich begutachte ich Jacobs Arbeit, sehe mir die Tür an und bücke mich sogar, um die Stufe in Augenschein zu nehmen.

»Gut gemacht, Jacob. Ich bin beeindruckt.«

»Das Ding habe ich auch gleich mitgeputzt.« Er weist auf meinen Postkasten. »Da war Vogelkacke drauf.«

»Na, danke auch. Ich wusste gar nicht, dass meine Tür so fies verdreckt war. Ich bin wirklich froh, dass du vorbeigekommen bist.« Ich ziehe einen Fünf-Pfund-Schein aus der Gesäßtasche meiner Jeans und gebe ihn Jacob.

»Danke.« Grinsend guckt er zu mir hoch. »Mein erster Fünfer.«

»Dann bist du zuerst zu mir gekommen?«

»Nein, zuerst habe ich nebenan geklingelt, aber da hat keiner aufgemacht.«

»Vielleicht war niemand zu Hause? Oder sie haben die Klingel nicht gehört?«

»Kann sein. Oder sie haben einfach keine Manieren.«

»Soll ich dir den Eimer noch schnell ausspülen, ehe du gehst?«

»Ja. Danke, Meredith.«

Tag 1.229
Donnerstag, 29. November 2018

Er hat mir meinen Emily-Dickinson-Band unversehrt zurückgebracht und mich während der Arbeit an unserem florentinischen Puzzle mit einer durchaus unterhaltsamen Diskussion über die jeweiligen Vorzüge von Sylvia Plath und Ted Hughes beglückt, aber dann muss Tom diesen eigentlich durch und durch angenehmen Donnerstag am Ende doch noch versauen.

»Wohnt Ihr Vater eigentlich auch hier in der Nähe, Meredith?«

Ich glotze in meinen Tee, während er geduldig auf eine Antwort wartet.

»Ich weiß nicht, wo er ist. Er ist gegangen, da war ich gerade mal fünf – seitdem habe ich nichts mehr von ihm gehört.«

»Ach, das tut mir leid.«

»Schon okay. Ich kann mich kaum an ihn erinnern.«

Sollte Tom das Thema unangenehm sein, lässt er es sich jedenfalls nicht anmerken. »Muss ganz schön schwer sein, so ohne Unterstützung von der Familie.«

Ich zucke mit den Schultern. »Ich komme schon klar.«

Tom guckt mich an, bis ich wieder aufschaue und ihn ansehe. »Wollen wir noch einen Tee trinken?«, fragt er.

»Gerne.« Ich will schon aufspringen, da streckt er die Hand aus und bremst mich.

»Lassen Sie mich das mal machen. Etwas Milch, kein Zucker, richtig?«

Ich beiße mir auf die Lippen und nicke. Seit Ewigkeiten hat

mir keiner mehr eine Tasse Tee gemacht. Ich lehne den Kopf gegen die Couch und lausche auf das Geklapper aus der Küche. So ungewohnt es für mich auch sein mag, ich weiß, es passiert nichts weiter, als dass Tom auf der Suche nach Teebeuteln und Zucker in meinen Schränken herumkramt. Wie er in meinem Hirn herumkramt, ist mir wesentlich unangenehmer.

»Meine Eltern sind beide tot. Autounfall«, sagt er, kaum, dass er wieder im Wohnzimmer ist.

Ich starre ihn an, starre auf die Teetassen in seinen Händen. Beide habe ich seit Jahren nicht mehr benutzt – die eine hat ein verblasstes Blümchenmuster, auf der anderen prangt der Achtzigerjahre-Werbeslogan der Stadt, *Glasgow's Miles Better*. Woher sollte er auch wissen, dass ich sonst immer dieselbe Tasse benutze.

Er reicht mir die mit dem Werbeaufdruck. »Ist lange her. Ich war gerade zehn. Meine Großeltern haben mich zu sich genommen. Die waren wirklich herzensgut, aber halt … alt. Und altmodisch. Meine Teenagerzeit war ganz schön schwierig. Keine Geschwister, nur ich und meine Großeltern. Ich war ein ziemlicher Einzelgänger damals.«

»Tom, es tut mir so leid.«

»Ich weiß gar nicht, ob ich Ihnen das erzählen sollte. Ist das schlimm?«

»Nein, gar nicht«, sage ich ihm und meine es auch so.

Schweigend sitzen wir auf der Couch und trinken Tee, Toms Geständnis wie ein unerwarteter, aber nicht unwillkommener Gast zwischen uns. Ich glaube, Santa Maria del Fiore wird bis zum nächsten Mal warten müssen.

»Es war nicht immer so, mit meiner Schwester«, sage ich. Meine Schultern entspannen sich ein bisschen, als ich merke, dass es gar nicht so schlimm ist, es laut auszusprechen. »Fee … wir waren mal unzertrennlich. Wir haben uns ein Zimmer geteilt, bis ich irgendwann ausgezogen bin. Aber jetzt … na ja, jetzt gibt es die. Und mich.«

»Die?«

Ich senke den Blick und zupfe an einem losen Fädchen meiner Jeans. Und plötzlich fühlt es sich doch mies an, weil ich nicht weiß, was ich noch sagen soll. Denn da ist nichts außer Scham und Angst und Schmerz. Also halte ich mich an die nackten Tatsachen. »Sie wohnen gar nicht weit von hier. Fee und ihr Mann Lucas. Ganz in der Nähe der Stadt. Und Mama wohnt immer noch in dem Haus, in dem wir aufgewachsen sind, auf der anderen Seite des Parks. Die geht da im Leben nicht weg.«

»Aber Sie haben keinen Kontakt mehr? Überhaupt keinen?«

Ich schüttele den Kopf.

»Haben Sie mal versucht, Ihren Dad ausfindig zu machen?«

»Gedacht habe ich natürlich schon daran. Ich weiß nur nicht, ob er das überhaupt wollen würde. Denn wenn ja … dann hätte er doch längst nach mir suchen können, oder nicht?«

»Vielleicht hat er das ja.«

Ich verziehe das Gesicht. »Schwer wäre es nicht, mich zu finden. Meine Mutter wohnt schließlich immer noch im selben Haus. Und heutzutage ist es doch ein Kinderspiel, Leute übers Internet ausfindig zu machen.«

»Das stimmt. Aber man hört ja immer wieder die verrücktesten Geschichten, oder nicht? Von Geschwistern, die bei der Geburt getrennt wurden und jahrzehntelang fast Haus an Haus wohnen, ohne irgendwas zu ahnen.«

Ich wickele mir eine Haarsträhne um den Finger, so fest, dass die Fingerspitze ganz taub wird. »Vielleicht ist es bequemer, in einer Fantasiewelt zu leben, als das Risiko einzugehen, von der Wirklichkeit enttäuscht zu werden.« *Oder selbst eine Enttäuschung zu sein,* sagt eine Stimme in meinem Kopf.

»Wie ist er denn so in Ihrer Fantasie?«

»Ein guter Mensch. Aber vielleicht ist das auch bloß Wunschdenken. Fee hat das ganz anders gesehen. Oder hat zumindest so getan. Sie meinte immer, wir bräuchten ihn nicht. Wir kämen auch ohne ihn zurecht. So kann man sich selbst in die Tasche lügen.«

»Erinnerungen können manchmal krass unterschiedlich sein.«

»Ich glaube, ich wüsste es, wenn er damals kein guter Mensch gewesen wäre«, kontere ich abweisend. »Ich war zwar noch klein, aber … ich wüsste es. Man erinnert sich doch immer besser an das Schlechte als an das Gute, oder? Und in meiner Erinnerung an ihn gibt es nichts Schlechtes.«

»Wenn Sie Ihren Dad suchen möchten … Ich kann Ihnen gerne dabei helfen. Wenn Sie wollen.«

Ich versuche, mir ein Wiedersehen mit ihm vorzustellen, aber ich wüsste gar nicht, wo ich anfangen soll. Das Ganze erscheint mir durch und durch widernatürlich, mein Vater ist für mich ein wildfremder Mensch.

»Ich überlege es mir«, sage ich zu ihm und schaue auf meine Armbanduhr. Ich möchte nicht unhöflich erscheinen vor diesem reizenden, netten, geduldigen Mann, aber ich kann nicht mehr. Ich möchte nur noch vor dem Fernseher sitzen, mit Fred auf dem Schoß und sonst niemandem im Haus.

»Was gibt es denn heute bei Ihnen zum Mittagessen?«, fragt er mich, und es ist ein so abrupter Themenwechsel, dass ich laut auflachen muss.

Er lacht auch und greift nach seinem Mantel. »Ich merke nur gerade, dass ich einen Bärenhunger habe. Und ich habe Ihre beeindruckende Kochbuchsammlung gesehen. Bestimmt kommt bei Ihnen was Raffinierteres als Fischstäbchen auf den Tisch.«

»Es gibt Spaghetti alla Puttanesca. Mein Leibgericht. Anchovis, Oliven, Kapern, Tomaten, Knoblauch und ganz viel Parmesan. Ich wollte immer mal nach Italien und dort einen Kochkurs besuchen. Von den ganz großen Meistern lernen.«

»Vielleicht eines Tages, wer weiß? Dann können Sie sich auch mit eigenen Augen die Kathedrale anschauen.«

Ich sage ihm nicht, dass ich das schon mal beinahe gemacht hätte. Gavin und ich hatten uns da noch nicht lange gekannt und Pläne für einen Urlaub in der Toskana geschmiedet. Damals, als ich noch dachte, ein ganz gewöhnliches Leben vor mir zu haben – nicht perfekt, das ganz gewiss nicht, aber gewöhnlich irgendwie.

Bevor er geht, bleibt Tom noch ein paar Minuten im Flur stehen und spielt mit Fred und krault ihn unter dem Kinn, bis der gar nicht mehr aufhört zu schnurren.

»Warten Sie kurz«, sage ich zu Tom. Rasch gehe ich in die Küche und durchforste den Gefrierschrank, bis ich gefunden habe, was ich suche.

»Puttanesca-Soße.« Es ist mir fast ein bisschen peinlich, ihm die kleine Plastikdose einfach so in die Hand zu drücken, aber er strahlt übers ganze Gesicht.

»Danke, Meredith! Mein Mittagessen ist gerettet. Sie sind der Hammer.«

Ich erwidere sein Lächeln und muss daran denken, wie ich mir immer, wenn ich Zwiebeln anbrate oder Wasser im großen Topf koche oder das Gewicht der weichen Pasta im Durchschlag spüre, die großen Hände meines Vaters vorstelle, wie sie schnibbeln und rühren und mich vom heißen Herd verscheuchen. Wie gern möchte ich diese Erinnerung mit Tom teilen, ihm erzählen, dass ich immer, wenn ich Spaghetti durch die Zähne ziehe, wieder fünf Jahre alt bin und mit tomatenverschmiertem Mund fröhlich dem Lachen meines Vaters lausche. Aber ich sage nichts, weil ich nicht weiß, ob das meine einzige Erinnerung an ihn ist oder bloß ein Traum.

1986

Es war beinahe zu still. Ich hörte nicht mal Fionas Atem. Ich sah nur die Wölbung unter der Bettdecke, die leichte Krümmung der Hüfte, den hellen Haarschopf, der oben herausguckte. Wie ich sie um diese Haare beneidete. Fast das ganze Jahr über waren sie strohblond, aber im Sommer leuchteten sie in der Sonne honiggolden. Meine hingegen waren das ganze Jahr über unscheinbar mausbraun.

»Wie Pferdeäpfel«, hatte Fiona mal gesagt, und ich hatte nicht mal widersprechen können.

Selbst mit ausgestrecktem Arm kam ich nicht an die Haare meiner Schwester, sonst hätte ich darübergestrichen, bis sie sich rührte. Ich musste unbedingt eingeschlafen sein, bis Mama hereinkam, weil ich partout nicht vortäuschen konnte zu schlafen. Ich kniff die Augen immer zu fest zusammen und sah aus, als hätte ich Verstopfung. Sagte Fiona. Ich versuchte es mit Schäfchenzählen, verlor aber schnell den Faden und musste wieder ganz von vorne anfangen.

Ich war gerade bei dreiunddreißig, als ich die Treppenstufen knarzen hörte. Die Schritte kamen näher. Diesmal würde das mit dem Zählen wohl nicht funktionieren.

Als Erstes sah ich ihre Hände, die weißen Finger, die sich um die Türkante legten. Die Nägel waren in einer anderen Farbe lackiert als vorhin noch – sie musste sie frisch lackiert haben, nachdem sie uns nach oben geschickt hatte. Das grelle Rosa leuchtete fast im schwachen Schlafzimmerlicht.

»Warum schläfst du noch nicht?«, fragte sie mich mit erhobenem Zeigefinger, als sie ins Zimmer trat. Mein Blick ging zu Fionas reglosem Körper.

»Du sollst doch schlafen.« Mama kniete sich zwischen den beiden schmalen Betten auf den Boden. »Kleine Mädchen brauchen ihren Schlaf.«

Ich wusste nicht, was ich sagen sollte – Fiona hätte es gewusst –, also lächelte ich bloß.

Mama schaute mich an, die Lippen ein schmaler Strich. Doch dann lächelte sie ebenfalls. »Komm, wir decken dich schön zu.«

Ich lag ganz still und sah den knallrosa Fingernägeln zu, wie sie an der Bettdecke zupften und sie über meiner Brust glatt strichen. »Es ist ganz wichtig, dass du jetzt schläfst, Engelchen. Du musst morgen in die Schule. Wie willst du denn lernen, wenn du in der Schulbank einschläfst? Du willst doch gute Noten haben, oder nicht? Was aus deinem Leben machen?«

»Glaub schon.«

»Du glaubst schon?« Sie zog die Augenbrauen hoch. »Glauben wird dir im Leben nichts nützen, Engelchen. Eiserner Wille und harte Arbeit, das braucht es. Was willst du denn mal werden, wenn du groß bist?«

Ich zuckte die Achseln. »Hab ich mir noch nie überlegt. Ich schreibe gerne Geschichten.«

»Du schreibst gerne Geschichten?« Sie lachte. »Das ist doch keine richtige Arbeit.«

»Was wolltest du denn mal werden, als du noch klein warst?«

»Heb mal den Kopf hoch.« Sie schaute mich nicht an, aber irgendwas blitzte in ihren Augen, als sie mein Kissen aufschüttelte. »Meredith, eins kann ich dir sagen. Ich hatte den Kopf voller Träume, als ich so alt war wie du. Ich war sehr fleißig in der Schule. Aber dann habe ich euren Vater kennengelernt, und dann kam erst Fiona, und dann du. Lass dir das eine Lehre sein. Mach es nicht wie ich. Lass dir deine Träume nicht von Kindern durchkreuzen, bis du alt genug bist, dich auch um sie zu kümmern.«

»Okay. Ich ... ich glaube, ich kann jetzt auch einschlafen.« Ich war neidisch auf Fiona, die gerade bestimmt alle möglichen schönen Sachen träumte.

Meine Mutter starrte mich eine Weile durchdringend an, dann stand sie auf und ging aus dem Zimmer.

Tag 1.231

Sonntag, 1. Dezember 2018

Celeste und ich chatten inzwischen beinahe jeden Tag miteinander, manchmal bloß ein paar Minuten, manchmal auch länger. Sie ist Friseurin und arbeitet in einem angesagten, trendigen Salon in der Innenstadt und amüsiert mich mit den Geschichten ihrer Kundinnen, die ihr freimütig von ihren Eheproblemen erzählen, und den B-Promis, die immer enttäuscht sind, wenn sie das gemeine Volk am Waschbecken nicht erkennt. Sie sagt immer, dass sie sich fast wie eine Therapeutin vorkommt, wenn sie ihre Kundinnen nach ihren Urlaubsplänen fragt und die ihnen keine Stunde später ganz unverblümt gestehen, mit dem Nachbarn ins Bett zu gehen.

Ich erzähle ihr von dem neuen Projekt für einen Designmöbelhersteller, an dem ich gerade arbeite. Gestern Abend habe ich bis in die Puppen dagesessen und verzweifelt versucht, mir fünfhundert Wörter über eine Chaiselongue und weitere vierhundert über Samtlampenschirme abzuringen, was gar nicht so leicht ist, wie es sich anhört. Celeste sagt, sie beneide mich ein bisschen, weil ich meine eigene Chefin bin und alles. So habe ich das noch nie gesehen, und es ist mal ganz schön, die Sache aus ihrer Sicht zu betrachten, auch wenn sie bloß einen Bruchteil der Geschichte kennt. Niemand im Forum weiß, wie schlimm es wirklich um mich und mein Klosterleben steht. Sie wissen, dass ich ziemlich zurückgezogen lebe, aber die ganze Wahrheit habe ich bisher niemandem erzählt. Je öfter ich mich mit Celeste unterhalte, desto dringender möchte ich mich ihr anvertrauen, aber umso schwerer fällt es mir auch. Unsere noch ganz frische Freundschaft ist so ganz anders als alle anderen Beziehungen in meinem Leben, denn es gibt kein Mitleid und keine Verpflichtungen. Sadie ist meine beste Freundin, aber ich weiß, dass sie sofort ein schlechtes Gewissen bekommt, wenn sie mal keine Zeit hat vorbeizuschauen, oder abends zu müde ist, um mehr als ein paar Textnachrichten zu schreiben. Und so liebenswürdig Tom auch sein mag – er ist vertraglich ja auch dazu verpflichtet, jede Woche am selben Tag zur selben Zeit auf meiner Couch zu sitzen.

Ich weiß, irgendwann werde ich Celeste die ganze Wahrheit sagen müssen, aber noch verdränge ich den Gedanken daran so gut es geht. Sie selbst scheint hingegen überhaupt kein Problem damit zu haben, mir ihr Herz auszuschütten.

CATLADY29: Meredith, ich bin sexuell belästigt worden. O Gott. So, jetzt ist es endlich raus. Du bist die Erste, der ich das erzähle.

Mein Mund wird ganz trocken.

PUZZLEGIRL: O Gott. Wann?
CATLADY29: Vor ein paar Wochen.
PUZZLEGIRL: O nein, Celeste. Ist alles okay? Entschuldige, blöde Frage ...
CATLADY29: Es geht schon. Hätte schlimmer sein können. Ich konnte mich losreißen.
PUZZLEGIRL: Du bist nicht zur Polizei gegangen?
CATLADY29: Nein. Ich habe es niemandem erzählt. Nur dir.
PUZZLEGIRL: Du bist echt mutig, Celeste.
CATLADY29: Ich komme mir aber gar nicht mutig vor. Ich

fühle mich völlig verloren, Meredith. Ich denke an nichts anderes mehr. Und dann muss ich immer weinen.

Ich schlucke gegen den Kloß im Hals an.

PUZZLEGIRL: Was auch immer du gerade empfindest, Celeste, ist absolut normal. Es tut mir so leid, dass du das durchmachen musst, wirklich. Was willst du denn jetzt machen? Ihn anzeigen?
CATLADY29: Keine Ahnung. Ich wollte es bloß jemandem erzählen. Das war ein riesengroßer Schritt. Danke fürs Zuhören, Meredith. Dafür, dass du da bist.
PUZZLEGIRL: Ich bin immer für dich da, Celeste. Und das meine ich ganz ernst. Ich wünschte, ich könnte dir irgendwie helfen. Kann ich irgendwas tun?
CATLADY29: Ganz ehrlich, mit dir zu reden hilft mir wirklich sehr. Es geht mir schon viel besser. Also bleib einfach, wie du bist. ☺
PUZZLEGIRL: Ich gebe mir Mühe. ☺
CATLADY29: Ich muss Schluss machen. Ich bekomme gleich neue Möbel geliefert.
PUZZLEGIRL: Doch nicht etwa eine Chaiselongue? Falls du einen guten Tipp brauchst ...
CATLADY29: ☺☺☺ Ich kann immer noch nicht glauben, dass du mal direkt unter mir gewohnt hast. Es kommt mir irgendwie vor, als hätte das mit uns so kommen müssen.

Ich logge mich aus, koche mir einen Tee, setze mich mit Fred auf die Couch und denke an Celeste, die so viel mutiger ist als ich.

Ich kann sie mir gerade genau vorstellen, denn ich kenne jeden Quadratzentimeter ihrer Wohnung in- und auswendig. Ich frage mich, ob ihr Bett auch unter dem Fenster steht, so wie meins damals. Wie gerne habe ich mich an verregneten Tagen unter die Bettdecke gekuschelt und gelesen und auf die Regentropfen gelauscht, die gegen die Scheiben trommelten. Hoffentlich ist ihr Schlafzimmerfenster dichter als meins. Wenn es wie aus Eimern schüttete, sickerte dort, wo Glas und Rahmen sich trafen, ein dünnes Rinnsal herein.

Aber allen Schönheitsfehlern zum Trotz liebte ich meine kleine Wohnung in 48A. Vierzehn Jahre lang habe ich da gewohnt, wenn auch nicht unbedingt ganz freiwillig; es dauerte eine Weile, bis ich die Anzahlung für etwas Eigenes zusammengespart hatte – dieses Häuschen, das letzte, das Fee und ich uns nach einem langen Tag voller Enttäuschungen angesehen hatten.

»Riecht voll muffig«, hatte Fee mir zugezischt, kaum, dass wir zur Haustür hereingekommen waren. »Und der Türrahmen fällt schon auseinander.«

Entschuldigend hatte ich dem Immobilienmakler zugelächelt. »Aber ein echtes Schnäppchen«, raunte ich ihr kaum hörbar zu. »Du musst mehr das große Ganze sehen.«

»Guck dir nur die Wand an. Da sind bestimmt zwölf Schichten Tapete drauf.«

Ich ignorierte sie geflissentlich und fing an, Türen aufzumachen und in die Zimmer zu spähen. »Im Wohnzimmer ist ein Erkerfenster mit Sitzbank!«

Fee verdrehte bloß die Augen. »Voll das Alte-Tanten-Haus.«

Ich setzte mich auf den Alte-Tanten-Platz im Erkerfenster und ließ mir die Sonne auf den Rücken scheinen. Mehr brauchte ich nicht zu sehen. Ich war zu Hause.

Fiona hatte sich geirrt. Im Flur klebten keine zwölf Lagen Tapete an der Wand. Aber immerhin vier. Mehr als genug. Zehn Sonntage brauchte ich, um auch noch den letzten Rest davon abzukratzen, die Wände zu säubern und in einem Farbton zu streichen, der mal bläulich schimmerte und mal lavendellila, je nach Tageszeit.

Im Wohnzimmer, wo die altersmüden, schmuddeligen Wände früher einmal cremeweiß gestrichen worden waren, machte ich es umgekehrt. Ich entschied mich für eine verwegene Mustertapete – abstrakte Schnörkel in verschiedenen Blautönen und zarte kupferfarbene Umrisse, die manchmal wie Blüten aussahen und manchmal wie geheimnisvolle Seekreaturen aus den Tiefen des Meeres. Ich war mir nicht mal sicher, ob ich sie überhaupt mochte, aber ich hatte so etwas noch nie gesehen, und das war mir Grund genug, sie mit nach Hause zu nehmen. Ich konnte eigentlich gar nicht tapezieren, aber zum Glück sollte die erste Wand, an der ich mich ausprobierte, später fast ganz hinter meinen Bücherregalen verschwinden. Bei der zweiten Wand hatte ich dann den Bogen raus. Ich tapezierte meist abends nach getaner Arbeit, bis mir die Arme schwer wurden und ich irgendwann aufhören musste.

Was für ein unbeschreibliches Glücksgefühl es war, ein ganzes Zimmer voller Bücher zu haben. Die losen Fäden an den dicken Polstern meines Fenstersitzes schnitt ich ab und legte ein Schaffell über die ausgeblichenen Stellen.

Die Vorbesitzer hatten mir einen alten Küchentisch mit wackligen Beinen dagelassen und zwei Bänke. Das sparte mir eine Menge Geld, und ich konnte mir gleich eine neue Couch anschaffen. Zwar reichte es nur für eine ganz schlichte, aber ich türmte unzählige Samtkissen darauf und bunkerte in einem großen Korb warme Kuscheldecken für kalte Abende.

Um Farben oder Stil machte ich mir kaum Gedanken; ich hörte einfach auf mein Bauchgefühl. Und am Ende kam dabei ein Zuhause heraus, das mit reichlich Licht und reichlich Schatten aufwartete, mit viel Platz und noch mehr Gemütlichkeit. Für mich war es schlichtweg perfekt mit seiner unperfekten Tapete und den wackligen Tischbeinen.

James war gerade ein Jahr alt, als ich einzog. Wie ein Wurm wandte er sich aus Sadies Armen und flitzte hurtig die knarzende Treppe hinauf. Wir liefen ihm nach und mussten lachen, wie schnell er auf seinen kurzen Beinchen unterwegs war.

»Er ist einfach nicht zu bändigen.« Sadie seufzte. »Ich bin fix und fertig.«

Stolz zeigte ich ihr oben alles: mein geräumiges Schlafzimmer, das nur darauf wartete, puderrosa gestrichen zu werden; das Badezimmer mit den limettengrünen Fliesen, mit denen ich mich würde arrangieren müssen, bis mein Kontostand sich etwas erholt hatte; das Gästebad, derzeit die Müllhalde meiner Renovierungsarbeiten, vollgestopft bis unter die Decke mit leeren Farbeimern und Tapetenresten.

»Das perfekte Kinderzimmer«, meinte Sadie und stupste mich verschwörerisch in die Rippen, während sie James von einem ausrangierten Farbroller fernzuhalten versuchte.

Ich schnitt eine Grimasse. Das mit Gavin und mir war noch ganz frisch. Er war ein wirklich feiner Kerl, aber an Hochzeit oder Kinderkriegen, oder Hochzeit und Kinderkriegen, war noch lange nicht zu denken. Ich hatte ihn ganz altmodisch kennengelernt, an einem Freitagabend beim Feierabendbier mit den lieben Kollegen. Eigentlich hatte ich bloß auf ein Glas Wein bleiben wollen, mich aber dann doch lieber in Gavins freundlichem Lächeln gesonnt, als ganz allein nach Hause zu gehen, zu meiner ungewaschenen Wäsche und dem Mikrowellengericht For One. Stundenlang hatten wir über Verschwörungstheorien und True-

Crime-Dokus und die schlimmen Geschichten geredet, die man so übers Internet-Dating hörte. Seitdem trafen wir uns mindestens zweimal die Woche.

Sadie hatte recht – als Kinderzimmer wäre der kleine Raum perfekt.

»Oder ein hübsches Büro«, wandte ich ein.

»Meredith, ich brauche dringend Freundinnen mit Kindern. Die Frauen aus den Mutter-Kind-Gruppen sind alle so verdammt ernst und grundgut. Die füttern ihre Kinder ausschließlich bio und setzen sie nie, niemals auch nur für fünf Minuten vor den Fernseher. Behaupten sie zumindest. Ist natürlich alles gelogen.«

»Klingt ja spaßig«, erwiderte ich lachend. »Aber ich glaube, fürs Kinderkriegen ist es mir noch zu früh.«

»Du bist fast fünfunddreißig«, sagte sie. »Wird vielleicht bald mal Zeit, meinst du nicht?«

Ich kitzelte James unterm Kinn, bis er gluckste. »Los, kommt mit. Ich muss euch noch das Wohnzimmer zeigen.«

Eine Stunde später saß ich in meinem Erkerfenster und sah Sadie dabei zu, wie sie ihren kleinen Sohn in den Kindersitz im Auto schnallte. Sie sagte etwas zu ihm, und er schaute rüber zum Haus und winkte. Strahlend vor Mutterstolz sah Sadie mich an. Begeistert winkte ich zurück. Als sie schließlich fort waren, blieb ich noch eine ganze Weile am Fenster sitzen und dachte übers Kinderkriegen nach. Nie hatte ich mir Babynamen überlegt oder mir meine zukünftigen Kinder vorzustellen versucht. Dass die Uhr tickte, wusste ich selbst. Ich wusste bloß nicht, ob ich das mit dem Muttersein hinkriegen würde.

Und ich dachte, ich hätte noch mehr als genug Zeit, mich zu entscheiden.

Heute sieht die Sache ganz anders aus. Dabei ist es, als wäre es erst gestern gewesen, als Sadie und ich in dem kleinen Zimmer standen, das ein Kinderzimmer hätte sein können, und uns überlegten, wo die Wiege stehen sollte.

Manchmal, wenn ich nachts ganz allein im Bett liege, sehne ich mich nach menschlicher Nähe. Aber nicht nach einem Mann – nein, nach einem Baby, das friedlich in meinem Arm schläft und mir mit seinem federleichten Atem die Brust wärmt. Mir einen Grund zum Leben gibt.

2014

Wir hatten uns die Parade von Gavins Fenster aus angeschaut und aus der Vogelperspektive gefiederten Kopfschmuck und übergroße Masken, Saxophone und Trommeln bestaunt. Die Straße war ein Meer aus Menschen, die ausgelassen tanzten und klatschten und jubelten.

»Na komm.« Er hielt mir die Jeansjacke hin, damit ich in die Ärmel schlüpfen konnte. »Stürzen wir uns ins Getümmel.«

»So habe ich Glasgow noch nie erlebt«, sagte ich, während wir uns durch die Byres Road schlängelten. Selbst im dichtesten Gedrängel fühlte ich mich in Gavins Arm sicher und geborgen. Er war groß; er konnte mich wunderbar unter seine Fittiche nehmen. Ich schaute auf unsere Füße – meine blauen Converse und seine verschrammten Lederstiefel –, die im Gleichschritt über das Pflaster liefen. Er war genau wie seine Schnürstiefel: verlässlich, patent, fürs Leben gemacht.

Dreimal so lange wie sonst brauchten wir, bis wir in unserem Lieblingsviertel ankamen – in einer kleinen Kopfsteinpflastergasse, gesäumt von gemütlichen Cafés und Bars. Wir bummelten an den Verkaufsständen vorbei, und als ich gerade nicht hinschaute, kaufte er mir ein Armkettchen mit winzigen Mondsteinperlen und silbernen Sternen. Ich streifte es übers Handgelenk; es lag angenehm kühl auf meiner Haut.

»Ich liebe Mondstein.« Ich gab ihm einen Kuss auf die Wange und fragte mich, ob das jetzt wohl der Moment wäre, ihm zu sagen, dass ich auch ihn liebte, mehr noch als das traumschöne Armband.

Das hatten wir uns in dem halben Jahr, das wir nun schon zusammen waren, noch nie gesagt. Manchmal, wenn wir miteinander geschlafen hatten oder in der Abenddämmerung Hand in Hand durch den botanischen Garten bummelten, spürte ich die Last der Erwartung schwer auf meiner Brust. Dann drehte ich mich weg von ihm oder ging in die Küche und setzte Teewasser auf oder fing an, irgendeine bescheuerte Geschichte aus dem Büro zu erzählen.

»Wollen wir was trinken gehen?«, fragte ich stattdessen.

»Perfektes Timing.« Sachte dirigierte Gavin mich zu einem winzigen freien Tisch in der Ecke des Pubs. »Ich hole uns ein Bier.«

Mein Handy in der Jackentasche vibrierte.

Sag mal, wo steckt ihr Süßen denn? Wir kommen dazu! Fxx

Unschlüssig verharrten meine Finger über den Tasten. Ich tippte ein halbes Dutzend halbherziger Antworten, nur um sie allesamt wieder zu löschen.

»Alles okay?« Gavin setzte sich und reichte mir eine der beiden Bierflaschen.

Dankbar trank ich einen Schluck. »Bloß Fee. Sie und Lucas wollen sich mit uns treffen.«

»Cool. Wo stecken sie denn?«

Ich trank noch einen Schluck und wich seinem Blick geflissentlich aus.

»Ich will mich eigentlich lieber nicht mit ihnen treffen«, gestand ich.

»Was ist das eigentlich mit dir und Lucas?«

Ich hatte ihn Lucas gar nicht vorstellen wollen, aber Fee gab es nur noch im Doppelpack mit ihm, und sie quengelte schon ewig wegen eines gemeinsamen Pärchenabends. »Nie wieder«, hatte ich Gavin hinterher geschworen und das Gefühl der herrlich kühlen Abendluft im Gesicht genossen, eine wunderbare Erfrischung nach zwei Stunden in einem rappelvollen Restaurant, mit einem erzwungenen Lächeln auf den Lippen und geheuchelter Belustigung über Lucas' geschmacklose Witze. »Du bist so eine Mimose, Meredith!«, hatte er mehr als einmal zu mir gesagt, und Fee hatte ihm eifrig beigepflichtet: »War sie immer schon!«

»Bisschen seltsam ist er schon«, war alles, was ich dazu sagte.

»Aber deine Schwester ist echt cool.«

Ich lächelte. »Ja, stimmt. Ich komme mir so mies vor, aber ...«

»Hey.« Er nahm meine Hand und drückte sie fest. »Brauchst du nicht.«

Ich zuckte die Achseln und trank noch einen Schluck Bier.

»Ich habe seit über einem Jahr nicht mehr mit meinem Bruder geredet, schon vergessen?«, sagte er.

»Ja, aber der ist in Hongkong. Das ist was anderes. Wart ihr mal richtig dicke?«

Er schüttelte den Kopf. »Eigentlich nicht. Und wenn wir miteinander reden, ist auch alles wie immer. Wir haben ja keinen Streit gehabt oder so.«

»Tja, siehst du«, sagte ich. »Fee und ich *sind* aber ganz dicke. Wenn ich nicht gleich zurückschreibe, macht sie sich sofort Sorgen.«

»Meredith, du bist fünfunddreißig«, wandte er behutsam ein.

Wie gern ich meinen Namen aus seinem Mund hörte – so weich und melodiös. »Das weiß ich selbst«, erwiderte ich lachend. »Trotzdem macht sie sich Sorgen.« Aber ich schaltete das Handy aus, und wir redeten und tranken, meine Beine unter dem Tisch ganz dicht an seinen.

»Ich wünschte, ich könnte dir helfen«, sagte er wie aus dem Nichts.

»Womit?«, fragte ich verdutzt.

»Mit deinem ganzen Familienkram. Ich weiß, wie sehr dich das belastet. Nur, damit du es weißt ... also, ich bin für dich da. Wann immer du mich brauchst.«

In diesem Moment fühlte ich mich furchtlos und unerschrocken. Vielleicht lag es am Bier. Oder an seinen braunen Augen, die meine nicht losließen, auch dann nicht, wenn ich angestrengt auf meine Finger starrte, die einen Bierdeckel zerfledderten und fahrig an den Mondsteinen und den Sternchen fummelten.

»Weißt du noch, wie ich dir von meinem Dad erzählt habe? Dass er uns sitzengelassen hat, als ich noch ganz klein war?«

»Klar.« Er griff über den Tisch nach meiner Hand wie einer von den Guten.

Ich legte meine Hand in seine, und er hielt sie ganz fest. Seine Hand war warm. Und ich wusste, dieser Mann ist gut für mich.

»Meine Mutter hat immer gesagt, er sei meinetwegen gegangen. Ich habe sie gefragt, was ich denn gemacht habe, dass er gegangen ist, und sie meinte, ich hätte gar nichts gemacht. Sie sagte, er ist gegangen, weil ich für ihn nicht Grund genug war zu bleiben.«

»Scheiße.« Fassungslos starrte er mich an. »Im Ernst?«

Ich nickte. »Ich weiß nicht, wie alt ich war, als sie mir das zum ersten Mal gesagt hat. Ich weiß nicht mal mehr, wo oder wann das war. Aber sie hat es gesagt. Mehr als einmal. Ich höre sie heute noch diese Sätze sagen. Als wäre es gestern gewesen.«

Er fuhr sich mit der Hand durch die Haare. »Verdammt. Das tut mir leid.« Er senkte den Blick, und ich fragte mich unwillkürlich, ob ich es jetzt verbockt hatte. Ob ich ihn verlieren würde, weil selbst das bisschen, das ich ihm erzählt hatte, schon zu viel gewesen war. Aber dann sah er mich wieder an und drückte meine Hand noch fester. »Ich fasse es nicht, dass deine Mum so was gesagt hat, Meredith.«

»Ihre Stimme ... die Stimme, es ist nicht mal mehr ihre ... die hab ich ständig im Kopf. Die Stimme, die mir sagt, dass ich nicht gut genug bin. Ich versuche, sie zu ignorieren, aber es geht einfach nicht.«

»Du weißt aber, dass das nicht stimmt, oder? Du bist mehr als gut genug. Ich wünschte, du könntest dich mit meinen Augen sehen.«

Ich beugte mich über den Tisch und küsste ihn.

Als wir schließlich in den frühen Morgenstunden Hand in Hand durch die versprengten Überbleibsel des Karnevalstreibens nach Hause schlenderten und den anderen Nachtschwärmern verschwörerisch zulächelten, hätte ich ihm beinahe gesagt, dass ich ihn liebe.

Tag 1.240

Montag, 10. Dezember 2018

CATLADY29: Meredith, ich glaube, ich werde zur Polizei gehen.
PUZZLEGIRL: Okay ... und das ist gut, oder? Wie geht es dir damit?
CATLADY29: Ich weiß, es ist schon ein paar Wochen her, aber ich habe einfach das Gefühl, ich muss es tun. Ich muss ständig daran denken, dass er da draußen frei rumläuft und vermutlich andere Frauen anfällt ... wenn ich irgendwas tun kann, damit das aufhört, muss ich es einfach machen.
PUZZLEGIRL: Ich bin so stolz auf dich. Ehrlich.
CATLADY29: Danke, Meredith. Ich habe eine Aussage aufgeschrieben, mit der will ich zur Polizei gehen. Ich weiß, ich werde denen das alles noch mal erzählen müssen, aber ich wollte es erst mal für mich selbst notieren. Darf ich dich um einen Gefallen bitten? Darf ich dir das schicken? Nur zur Sicherheit, ob es irgendwie verständlich ist und ich nicht nur wirres Zeug geschrieben habe.

Ich sage Ja, denn wie sollte ich da Nein sagen? Ich gebe ihr meine Mail-Adresse, und keine Minute später pingt eine Benachrichtigung über den Eingang einer E-Mail auf. Ich öffne sie gleich. Das Herz schlägt mir bis zum Hals.

Sie war auf dem Heimweg von einer Cocktailbar. Sie war mit Freundinnen unterwegs gewesen und musste nur noch das letzte Stückchen bis zu sich nach Hause allein laufen. Sie war vielleicht noch zwei Minuten von der Haustür entfernt, als er unvermittelt hinter ihr stand und ihr den Mund zuhielt – er hatte dicke Handschuhe an, und sie bekam keine Luft mehr. Vor Schreck wurde sie stocksteif. Er zerrte sie in eine kleine Gasse hinter einem Laden und fing an, sie zu betatschen, ihre Brüste zu begrapschen und ihr in den Schritt zu fassen. Irgendwann machte es bei ihr klick, und sie fing an, sich zu wehren. Sie trat nach ihm, so fest sie konnte. Er schlug ihr ins Gesicht, mit Wucht, dann hielt er ihr wieder den Mund zu. Mit der anderen Hand fasste er ihr von vorne in die Jeans. Die Zeit blieb stehen. Dann hörte sie ein Auto auf der Straße und Stimmen, die näher kamen, und er schubste sie auf den Boden und rannte weg. Sie spürte etwas Nasses im Mund und merkte, dass es Blut war, das ihr aus der Nase lief. Eine Weile blieb sie reglos auf dem Boden liegen, dann rappelte sie sich schließlich auf und rannte los – wie sie nach Hause gekommen ist, weiß sie nicht mehr. Das war alles. Das war alles, was sie dazu sagen konnte. Sie glaubt, dass er dunkle Haare und Augen gehabt hatte, und breite Schultern und große Hände, aber das reichte wohl kaum, um ihn bei einer Gegenüberstellung zu identifizieren, oder? Aber versuchen würde sie es. Sie weiß nicht, was sie mir sonst noch sagen soll, und sie hofft, dass sie mir nicht zu viel zumutet damit, zumal wir uns ja kaum kennen, aber dass sie mir sehr, sehr dankbar dafür ist.

Dass ich weine, merke ich erst, als Fred mir auf den Schoß springt und die Nase an meinen Oberschenkel drückt. Den ganzen restlichen Tag drängt sich immer wieder der Gedanke an Celeste in meinen Kopf. Ich sehe sie nach seinem Schlag zurücktaumeln, das Gesicht blutverschmiert. Ich sehe sie nach Hause laufen, weg, nur weg, nur in Sicherheit. Ich liege im Bett, die Augen fest geschlossen, und bin bei ihr. Dann bin ich sie. Ich bin es, die hinter dem Handschuh um Luft ringt. Ich bin es, deren Brust er begrapscht. Ich bin es, deren Körper seine kalte, raue Hand betatscht. Ich bin es, die Blut im Mund hat. Ich bin es, ich bin es, ich bin es.

Tag 1.243

Dienstag, 13. Dezember 2018

Tom McDermott ist wirklich sehr aufmerksam, das muss man ihm lassen.

»Du zupfst ziemlich oft an deinen Ärmeln rum«, sagt er bei Ingwerlimonade (von ihm mitgebracht) und cremegefüllten Mürbeteigkeksen (von mir gebacken). Wir duzen uns inzwischen. Tatsächlich habe ich die Pulloverärmel über die Hände gezogen, leugnen ist also zwecklos. Darum zucke ich bloß mit den Schultern. »Schlechte Angewohnheit.«

Tom lacht. »Da gibt es Schlimmeres. Zehennägelknabbern beispielsweise.«

Ich muss lachen. »Igitt.«

»Wobei man dafür ziemlich gelenkig sein müsste. Eigentlich eine Kunst für sich, oder nicht?«

Ich stecke mir den letzten Keks in den Mund und lasse mir Buttercreme und Marmelade auf der Zunge zergehen. Es schmeckt köstlich. Diesen Keksteig habe ich nach und nach immer weiter verfeinert, und diesmal sind sie mir wirklich perfekt gelungen – zart und buttrig.

Wir reden über dies und das – die schottischen Unabhängigkeitsbestrebungen, was wir zuletzt im Fernsehen gesehen haben, warum man den Wunsch verspüren sollte, an den Zehennägeln zu knabbern. Einer seiner Freunde heiratet demnächst, und Tom ist ein bisschen nervös, weil er Trauzeuge ist und eine kleine Rede halten soll. Ich biete ihm an, sie mir vorher anzuhören, und verspreche, vollkommen objektiv zu sein und es ihm zu sagen, sollten seine Witze nicht zünden.

»Wie stehst du eigentlich zur Ehe, Meredith?«

»Ich habe keinen Schimmer von der Ehe«, sage ich zu ihm und ziehe die Füße unter mich auf die Couch. »Ich war als Kind eher selten bei anderen Kindern zu Hause. Sadies Eltern waren wohl so ziemlich das normalste Ehepaar, das ich kannte. Und die haben sich scheiden lassen, kaum dass Sadie aufs College gegangen ist. Aber das ist wohl auch irgendwie normal, oder? Dass man wartet, bis die Kinder aus dem Haus sind?«

Die Trennung ihrer Eltern war ein Riesenschock für Sadie gewesen, aber es passierte alles ganz schnell und schmerzlos. Die beiden rissen das Pflaster mit einem Ruck ab, und keine vierundzwanzig Stunden später war Bob in eine eigene Wohnung in einem benachbarten Stadtteil gezogen und Sylvia hatte das ehemals gemeinsame Schlafzimmer veilchenlila gestrichen. Als hätten sie das Ganze schon jahrelang geplant.

»Das klingt jetzt vielleicht zynisch, aber ich glaube, meine Eltern sind gestorben, ehe ihre Ehe vor die Hunde gehen konnte. Meine Großeltern ... die schienen immer ganz glücklich miteinander. Ein Jahr, bevor sie gestorben sind, haben sie noch ihre Goldene Hochzeit gefeiert.«

»Fünfzig Jahre ... wow. Ich glaube nicht, dass ich so alt werde, dass ich noch fünfzig Jahre verheiratet sein kann.«

Tom lacht. »Ich auch nicht. Obwohl ... ich muss dir was gestehen.«

»Du hast mich angeschwindelt und bist eigentlich viel jünger?«

Er grinst. »Nein. Angeschwindelt habe ich dich nie. Aber ich bin verheiratet.«

Verdattert glotze ich ihn an. »Du bist verheiratet?« Mein Blick geht unwillkürlich zum Ringfinger seiner linken Hand.

»Den Ring trage ich nicht mehr, aber erst seit Kurzem. Wir haben uns vor einem halben Jahr getrennt.«

»Und wie heißt sie?«

»Laura.«

»Hübscher Name. Klingt nett. Ist sie nett?«

Er reibt sich die Nase. Ist mir schon aufgefallen, dass er das manchmal macht. Ich glaube, immer wenn er gestresst ist. Ob Laura ein netter Mensch ist oder nicht, irgendwie stresst ihn der Gedanke an sie.

»Sie ist sehr nett.«

Ich warte ab, ahne, dass wir womöglich gerade dabei sind, eine Grenze zu überschreiten – eine Grenze, um die wir schon seit Wochen herumtanzen. Immer wieder sage ich mir, dass Tom nur hier ist, weil ich nicht allzu viele Freunde habe und jemandem zum Reden brauche. Aber ich will ihm auch ein Freund sein, obschon ich selber weiß, dass er sicher mehr als nur einen guten Freund zum Reden hat.

»Wir waren drei Jahre verheiratet. Davor fünf Jahre zusammen. Nach der Hochzeit wollten wir keine Zeit mehr verplempern und haben, kaum, dass der große Tag vorbei war, versucht, schwanger zu werden.«

Ich stelle mir Tom mit einem Baby vor der stolzgeschwellten Brust und einem strahlenden Lächeln im Gesicht vor. Er wäre bestimmt ein toller Vater.

»Es klappte sofort. Ein Flitterwochenbaby. Wir konnten unser Glück kaum fassen. Dann gingen wir zur ersten Vorsorgeuntersuchung, und es war kein Herzschlag zu hören.«

»Ach, Tom, das tut mir so leid.«

»Kaum, dass die Ärzte ihr Okay gegeben hatten, versuchten wir es wieder. Auch diesmal wurde sie sofort schwanger. Auch diesmal verloren wir das Baby. Viel später allerdings.« Er senkt die

Stimme, schaut zu Boden. »Laura musste es auf die Welt bringen. Es war ein kleiner Junge. Christopher.«

»Tom, du musst mir das nicht alles erzählen«, flüstere ich. Ich komme mir vor, als hätte ich heimlich das Schloss an seinem Tagebuch aufgebrochen.

»Vier Babys in zwei Jahren haben wir verloren.«

Ich weiß nicht, was ich sagen soll. Ich lege ihm eine Hand aufs Knie und weiß nicht, ob das richtig ist oder nicht. Ganz falsch ist es wohl nicht, denn Tom legt seine Hand auf meine und lässt sie da.

»Das war das Schlimmste, was ich je durchgemacht habe, Meredith. Aber ich dachte, Laura und ich, wir stehen das gemeinsam durch. Was uns nicht umbringt, macht uns stärker, oder nicht?«

»Sagt man so.«

»Sie hat einen Test nach dem anderen machen lassen, aber die Ärzte wussten einfach nicht, warum sie die Babys immer wieder verlor. Wie es schien, passierte es spontan, völlig grundlos. Schließlich beschlossen wir, es noch ein letztes Mal zu versuchen. Na ja, Laura wollte es unbedingt. Ich wollte nicht mehr. Ich konnte den Gedanken nicht ertragen, noch ein Kind zu verlieren.«

Ich ertappe mich dabei, wie ich auf ein Happy End für diese Geschichte hoffe, wohl wissend, dass sie nicht gut ausgegangen ist. Denn wäre sie das, würde Tom jetzt mit Baby vor der Brust und dem Arm um seine Frau durch den Park spazieren, statt mit Tränen in den Augen auf meiner Couch zu sitzen.

»Das Kinderzimmer war hergerichtet. Ein nagelneuer Kinderwagen stand in unserem Loft. Lauras Tante hatte uns eine ganze Kiste selbst gestrickter Babysachen gebracht. Alles war so weit. Mit ein bisschen Glück würde alles gut werden.«

»Möchtest du noch einen Tee? Oder vielleicht was Stärkeres? Ich glaube, in der Küche habe ich noch einen Brandy.«

Er schüttelt den Kopf. »Eines Tages kam ich von der Arbeit nach Hause, und sie war weg. Hatte mir nur einen Brief dagelassen. Mir geschrieben, sie könne meinen Anblick nicht mehr ertragen. Dass sie immer, wenn sie mich sah, unsere vier toten Babys sehe.«

Entsetzt schnappe ich nach Luft. »Das ist ja furchtbar.«

»Ich weiß. War es auch. Seitdem haben wir kaum ein Wort miteinander gewechselt. Sie ist zu ihrer Schwester nach Manchester gezogen. Nicht nur ihre eigene Trauer zu ertragen, sondern meine auch, das war zu viel für sie.«

»Hättest du ihre denn ertragen können?«

»Ich weiß es nicht. Aber versucht hätte ich es.«

Ich drücke sein Knie ganz leicht und ziehe dann die Hand weg. »Ich koche uns jetzt eine Kanne Tee und gucke mal nach dem Brandy. Bin gleich wieder da.«

»Okay, Meredith.«

Und dann stehe ich in der Küche und warte, dass das Wasser kocht, und ich schluchze und ziehe die Pulloverärmel bis weit über die Hände. Der Stoff spannt so fest um die Schultern, dass es fast schon wehtut.

Tag 1.244

Freitag, 14. Dezember 2018

Diane hat lange rote Haare, die sie immer zu einem ordentlichen Dutt ganz oben auf dem Kopf hochsteckt, manchmal mit einem Bleistift drin, einen milchig-weißen Teint und eine unterirdisch schlechte Internetverbindung. Sie wohnt auf der anderen Seite der Stadt, aber wenn man sich gerade mit ihr zu unterhalten versucht, während ihr Bildschirm immer wieder unvermittelt einfriert, kommt es einem vor, als säße sie am anderen Ende der Welt. Es ist unser dritter Videoanruf, und ich habe immer noch meine Zweifel, aber ich habe zwölf Monate darauf warten und Sadie hoch und heilig versprechen müssen, es wenigstens zu versuchen. Und so sitzen wir jetzt hier, und sie versucht, bei mir zu retten, was noch zu retten ist.

Diane weiß längst mehr über mich, als ich je hatte preisgeben wollen. Eigentlich hatte ich gehofft, mich mit einigen vagen Andeutungen über meine Vergangenheit und meine derzeitige seelische Verfassung durchmogeln zu können, aber Diane ist eine Frau mit einer Mission und wild entschlossen, sämtliche dunklen Ecken zu beleuchten.

»Ich möchte, dass sie es mit ein paar Achtsamkeitsübungen versuchen, Meredith«, sagt sie zu mir.

»Okay«, sage ich, denn was bleibt mir auch anderes übrig? Außerdem will ich das hier möglichst schnell hinter mich bringen, damit ich endlich zum Backen komme. Ich möchte herzhafte Scones machen, mit schwarzen Oliven, Fetakäse und getrockneten Tomaten.

»Ich würde Ihnen gerne zwei Aufgaben mitgeben und möchte Sie bitten, beide täglich zu üben. Vielleicht merken Sie bald, dass Sie mit einer von beiden besser zurechtkommen – das ist vollkommen in Ordnung. Und es ist auch ganz normal, wenn Sie sich dabei anfangs ein bisschen komisch vorkommen, aber versuchen Sie einfach, sich darauf einzulassen. Diese Übungen können Ihnen helfen, sich zu erden und Panik- oder Angstgefühle zu mildern.«

»Okay.«

»Als Erstes würde ich Sie bitten, sich jede Stunde einmal gut zehn Sekunden lang zu strecken und dabei zu gähnen.«

»Und wenn ich gar nicht gähnen muss?«

Diane lacht. »Dachte ich mir schon, dass Sie das fragen. Dann tun Sie einfach so, als ob! Dann muss man oft sogar tatsächlich gähnen. Hier, ich zeige es Ihnen.« Und damit reißt sie den Mund ganz weit auf und sagt für eine gefühlte Ewigkeit »Ahh!« Dann hebt sie die Arme über den Kopf und reckt und streckt sich. Alles ganz langsam – ihr dabei zuzusehen hat fast etwas Hypnotisches.

»Bestimmt fragen Sie sich jetzt, was das alles soll?«, sagt Diane, als ihr Gesicht wieder ganz normal aussieht und die Arme da sind, wo sie hingehören.

Ich sage nichts und denke mir nur: *Aber so was von, Diane.*

»Tja, das Gähnen unterbricht Ihre Gedanken und Gefühle. Es bringt Sie zurück ins Hier und Jetzt. Beim Strecken sollten Sie darauf achten, ob vielleicht irgendwo Verspannungen sitzen. Wenn ja, könnten Sie so was sagen wie ›ganz locker‹ oder auch einfach ›Hallo‹.«

»Hallo?«

»Es geht um Achtsamkeit ohne Wertung. Nehmen Sie sich noch mal zwanzig Sekunden Zeit, um die Verspannung zu beobachten, dann können Sie sich wieder dem widmen, was Sie gerade machen – kochen, lesen, essen, puzzeln.«

»Verstehe.«

»Die zweite Übung nennt sich die Rosinenmeditation.«

Ich kann nicht anders – ich muss laut lachen. »Rosinen mag ich.«

Sie lächelt. »Das ist doch schon mal ein guter Anfang. Und es ist wieder ganz einfach. Sie nehmen eine Rosine und versuchen, sie ganz achtsam zu essen. Ich würde empfehlen, dass Sie sich dazu ein ruhiges Plätzchen suchen, wo Sie ungestört sind. Stecken Sie sich die Rosine in den Mund und kauen Sie ganz langsam. Versuchen Sie, mit allen Sinnen dabei zu sein – Riechen, Fühlen, Schmecken. Wie ist die Konsistenz? Wie fühlt sie sich im Mund an? Wie schmeckt sie? Haben Sie keine Eile zu schlucken – behalten Sie die Rosine im Mund. Und nach dem Schlucken lächeln Sie.«

»Lächeln?«

»Vertrauen Sie mir, Meredith.«

Manchmal trifft es mich wie ein Faustschlag aus dem Nichts. Wobei, das stimmt nicht ganz. Es packt mich eher wie eine eiserne Faust.

An der Kehle fängt es an: eine eiskalte Schraubzwinge um den Hals, die sich langsam schließt, fest und immer fester, bis ich keine Luft mehr bekomme. Wird es richtig schlimm, habe ich irgendwann das Gefühl zu ersticken.

Dann wandert der Druck langsam nach unten. Zuerst in die Brust. Mein Herz rast, als wolle es ein Loch ins Brustbein hämmern. Binnen Sekunden bin ich schweißgebadet. Mir wird so unerträglich heiß, dass ich mir die Kleider vom Leib reißen will. Würde ich auch, wenn Arme und Beine nicht längst taub wären. Mein Kopf spielt derweil verrückt, und alles dreht sich. Inzwischen kenne ich das Gefühl und weiß aus Erfahrung, dass es irgendwann wieder aufhört, und doch denke ich jedes Mal: *Diesmal stirbst du.* Zu einem anderen Gedanken bin ich nicht fähig. Mein Herz pocht weiter wie verrückt. Verzweifelt ringe ich um Luft. Und dann habe ich Sternchen vor Augen, wie damals als Kind, wenn ich mir die Handballen ganz fest auf die geschlossenen Lider gedrückt habe. Beine und Füße kribbeln, bis sie unter mir nachgeben. Mit ein bisschen Glück klappe ich auf irgendwas Weichem zusammen.

Das war's – jetzt ist es aus, sagt die Stimme in meinem Kopf. Meine ist es nicht, aber vielleicht die meiner Mutter. *Und du stirbst ganz allein.*

Wie lange es dauert, bis ich mich schließlich wieder aufrappeln kann, weiß ich nicht – eine halbe Minute, eine halbe Stunde, eine Stunde. Wenn ich mich wieder rühren kann, krieche ich ins Bett und schlafe und schlafe.

Wie Diane und ihre Rosinen mir dabei helfen sollen, ist mir ehrlich gesagt schleierhaft.

1990

»Na, wie sehe ich aus?« Mit einer Pirouette kam sie ins Wohnzimmer geschwänzelt.

Fiona musterte sie kurz und wandte sich dann wieder dem Fernseher zu. »Bombig«, erklärte sie tonlos.

»Meredith? Sieht deine Mama hübsch aus?«

»Und wie. Das Kleid ist wunderschön.«

»Das alte Ding?« Mit beiden Händen strich sie den Stoff glatt, knickte kokett in der Hüfte ein und machte einen Schmollmund, als sei ich ein Mann, den sie verführen wollte. Peinlich berührt rückte ich auf dem Fußboden ein Stückchen von ihr ab.

»Wo gehst du denn heute Abend hin?«, fragte Fiona, der das im Grunde genommen völlig schnuppe war. Eigentlich erwartete ich, Mama würde ihr sagen, das ginge sie einen feuchten Dreck an, aber sie hatte augenscheinlich gute Laune.

»Mit Tante Linda in den Pub und dann, wer weiß? Wo uns die Nacht hinführt.« Keck stolzierte sie durchs Wohnzimmer und bewunderte sich im Spiegel über dem Kaminsims, als würde sie gleich mit einem Hollywood-Schönling über den roten Teppich flanieren, statt mit Tante Linda im Pub um die Ecke zu versacken – Tante Linda, die weder unsere Tante war noch überhaupt irgendwie mit uns verwandt, aber einfach immer schon da gewesen war und mir manchmal, wenn Mama nicht hinguckte, heimlich eine Pfundnote zusteckte.

Ihr linkes Bein war nur eine Handbreit von meiner Schulter entfernt, und ich sah ein paar kurze Haarstoppel unterhalb des

Knies, die dem Rasierer entgangen waren. Sie war so blass, dass ihre Haut fast bläulich schimmerte. Ich schaute auf und sah, wie sie sich die Haare aufschüttelte und dann in ihrer Handtasche nach den Zigaretten kramte. Die Handtasche war silbern, passend zu den Schuhen.

Sie hatte sich richtig aufgetakelt, und das bestimmt nicht für Tante Linda.

Wenn ich ehrlich war, fand ich das Kleid absolut grässlich. Es sah aus wie billiges, dünnes Plastik, das über den spitzen Knochen spannte. Ich stellte mir vor, wie die Hüftknochen den Stoff durchstachen und auf Tante Linda und die anderen Leute im Pub zeigten.

Sie schminkte sich den Mund mit einem Lippenstift, den ich noch nie gesehen hatte. Sonst trug sie immer Knallrot oder Rosa. Der neue Nude-Ton stand ihr überhaupt nicht. Aber sie schien zufrieden und schüttelte ein letztes Mal ihre Haare auf.

»Wartet nicht auf mich!«, flötete sie uns im Hinausgehen über die Schulter zu.

»Amüsier dich gut«, rief ich ihr nach.

»Genau das habe ich vor, Engelchen, genau das habe ich vor!«

»Hasst du sie eigentlich?«, fragte Fiona, kaum dass die Haustür hinter unserer Mutter in ihrem Plastikkleid ins Schloss gefallen war.

»Fiona!« Erschrocken drehte ich mich zu ihr um, aber sie klebte immer noch vor dem Fernseher, den Mund zu einem dünnen Strich zusammengekniffen.

»Was denn? Tu doch nicht so, Meredith. Wir wissen beide, dass sie eine alte Hexe ist. Sie hasst uns genauso wie wir sie.«

»Meinst du wirklich?« Was meine Schwester da sagte, weckte eher meine Neugier, als dass es mich verstörte.

Fiona zuckte die Achseln. »Die Frau hat keinen Funken Liebe im Leib«, stellte sie nüchtern fest.

»Natürlich liebt sie uns«, sagte ich. »Passiert das nicht ganz von selbst, wenn man Mutter wird?« Ich war noch zu jung, um Genaueres übers Kinderkriegen zu wissen, aber ich hatte die Frauen im Park gesehen, wie sie verzückt ihre Babys angurrten, und genug Erwachsenenfernsehen geguckt, um zu wissen, dass dieses Mutterwerden irgendwas mit Magie zu tun haben musste.

»Am Anfang hat sie mich vielleicht noch liebgehabt«, meinte Fiona. »Aber als du dann kamst, war damit endgültig Schluss.«

Fassungslos starrte ich sie an, bis sie sich schließlich vom Fernseher losriss. »War nur Spaß! Herrgott noch mal, Meredith, jetzt heul doch nicht. Sie hat mir ins Gesicht gesagt, ich hätte ihr die Eingeweide rausgerissen, als sie mich auf die Welt gebracht hat, das würde sie mir nie verzeihen. Sie hätte gedacht, ich wolle sie umbringen.«

»Hat sie dir mal irgendwas davon erzählt, wie ich auf die Welt gekommen bin?«

»Nein. Aber ich weiß es noch.«

»Lügnerin. Da warst du nicht mal zwei. Wenn man noch so klein ist, kann man sich an nichts mehr erinnern.«

»Tja, tue ich aber. Sie hat es nicht mehr rechtzeitig ins Krankenhaus geschafft, also musste sie dich auf dem Küchenboden rausquetschen. Eine Riesensauerei, überall Blut. Tagelang hast du nur geschrien.«

»Das glaube ich dir nicht«, schmollte ich beleidigt, stinksauer, dass sie mir den Start ins Leben so vermasseln musste.

Schweigend saßen wir eine Weile nebeneinander. Sie schaute fern, und ich starrte blicklos auf den Bildschirm. Es interessierte mich nicht die Bohne, was ein Rudel Ärzte so Dringendes über einen Patienten in einem der Krankenbetten zu besprechen hatte.

»Sie liebt uns«, erklärte ich störrisch.

Fiona seufzte. »Und wenn schon? Sobald wir alt genug sind,

sind wir hier raus. Ich suche mir einen Job oder beantrage Sozialhilfe. Vielleicht geben sie uns sogar ein eigenes Haus, wenn wir sagen, dass wir obdachlos sind. Wir sagen, sie hat uns einfach vor die Tür gesetzt und ist dann abgehauen.«

Ich hatte gar nicht gewusst, wie sehnlich ich mir das wünschte. Mein Magen zog sich zusammen vor Angst und Vorfreude. Hoffnung sogar. »Nimmst du mich mit?«

Verdattert glotzte sie mich an. »Natürlich nehme ich dich mit, du verrücktes Huhn. Meinst du, ich gehe ohne dich? Wir sind doch ein Team.«

Ich grinste breit. »Und wann? Wann können wir hier weg?«

»Sobald ich sechzehn werde.«

»Das dauert ja noch ewig«, murrte ich, und meine Vorfreude schnurrte zusammen wie ein Ballon, dem die Luft ausging.

»Nur Geduld«, befahl Fiona streng.

»Versprochen?«, fragte ich sie. »Versprichst du mir, dass wir zusammen weggehen?«

»Versprochen.« Noch nie hatte ich meine Schwester so ernst gesehen, also musste ich ihr wohl oder übel glauben.

Tag 1.245

Samstag, 15. Dezember 2018

CATLADY29: Die Polizei hat sich gemeldet.
PUZZLEGIRL: Und?
CATLADY29: Nix, eigentlich. Die haben ja auch kaum Anhaltspunkte. Irgendein x-beliebiger Typ, den ich nicht mal richtig gesehen habe, und kein einziger Augenzeuge. Sie meinten, die Ermittlungen laufen noch und sie sagen mir Bescheid, sollte sich was Neues ergeben.
PUZZLEGIRL: Geht's dir einigermaßen? Ich denke dauernd an dich.
CATLADY29: Bisschen besser, würde ich sagen.
PUZZLEGIRL: Ach, da bin ich aber froh. Ich weiß, ich sagte es bereits, aber du bist so tapfer.
CATLADY29: Danke, Meredith. Wie war deine Therapiesitzung gestern?
PUZZLEGIRL: Ganz okay. Als Hausaufgabe soll ich grundlos gähnen und Rosinen essen.
CATLADY29: Klingt spannend! Und Versuch macht klug, oder nicht?
PUZZLEGIRL: Vermutlich ... 🙂
CATLADY29: Ich komme mir vor wie ein Teenie, der sich mit seinem Schwarm verabreden will, aber wollen wir Telefonnummern austauschen?
PUZZLEGIRL: 🙂 Sicher, gerne.

Ich tippe die Ziffern sorgfältig eine nach der anderen ein und klicke auf Senden. Nur Minuten, nachdem ich mich ausgeloggt habe, summt mein Handy.

Hey, Meredith! Hier ist deine neue Freundin Celeste.

Ich lächele. Ich habe eine neue Freundin. Celeste. Und dann mache ich etwas, worüber ich selbst staunen muss.

Hallo, neue Freundin Celeste! Möchtest du vielleicht zu Kaffee/Tee und Kuchen vorbeikommen? Morgen? Meredith x

Ich lese die Nachricht ein, zwei, drei Mal, den Finger über dem kleinen Pfeil, der nur darauf wartet, meine Einladung loszuschicken. Dann lese ich sie noch mal und lösche sie. Ich lege das Handy auf den Tisch und mache mich auf die Suche nach Fred. Der liegt auf meinem Bett, so fest zusammengeringelt, dass ich im ersten Moment gar nicht weiß, wo vorne und hinten ist. Ich hocke mich vor ihm auf den Boden und starre ihn an. Wenn er jetzt aufwacht, verschicke ich die Nachricht.

Er wacht nicht auf, aber man weiß ja, wie eigensinnig Katzen sind, und ich kann Fred schließlich nicht alle wichtigen Entscheidungen überlassen. Eine von Dianes liebsten Affirmationen – »Ich wähle Vertrauen statt Furcht« – kommt mir in den Kopf, und ich nehme das zum Anlass, runterzugehen und den angefangenen Gedanken von eben zu Ende zu bringen.

Hallo, neue Freundin Celeste! Möchtest du vielleicht zu Kaffee/Tee und Kuchen vorbeikommen? Morgen? Mer x

Schnell klicke ich auf den Pfeil, ehe ich es mir noch mal anders überlegen kann. Zeit, zappelig zu werden, bleibt mir nicht, denn sie antwortet prompt.

FURCHTBAR gerne. Schick mir deine Adresse, und ich komme. Abgemacht! X

Tag 1.246

Sonntag, 16. Dezember 2018

Ich bin schon in aller Frühe auf den Beinen, weil ich meinen Haushalt erledigt haben will, ehe Celeste herkommt. Den Anfang macht Freds Katzenklo – reglos und ohne zu blinzeln sitzt er auf dem Fensterbrett in der Küche und starrt mich unverwandt an, während ich es saubermache –, danach fege und wische ich die Böden, schrubbe das ganze Badezimmer (zu meinem eigenen Erstaunen sind mir die limettengrünen Fliesen inzwischen irgendwie ans Herz gewachsen) und wechsele die Bettwäsche. Ich reiße alle Fenster im Haus auf und genieße den kalten Luftzug auf der Haut. Weil ich beim Putzen schon ordentlich ins Schwitzen gekommen bin, hänge ich meinen Sport gleich noch hintendran. Fünfzig Mal laufe ich die Treppe hoch und runter, bleibe aber sieben Sekunden hinter meiner persönlichen Bestmarke: neun Minuten, dreiundzwanzig Sekunden.

Erschöpft lasse ich mich auf den Boden fallen, warte, bis mein Herzschlag sich wieder beruhigt hat, und mache ein paar Dehnübungen. Fred gesellt sich zu mir und streckt und reckt sich genüsslich auf dem Teppich.

Doch mein Kopf kommt trotz aller Anstrengung nicht zur Ruhe. Ich habe zwar keine Ahnung vom Online-Dating, aber Celeste im wahren Leben kennenzulernen fühlt sich ein bisschen an, als fieberte ich auf ein Blind Date hin. Ich muss an Sadies erste Verabredung mit einem Mann denken, mit dem sie vorher gut zwei Monate lang angeregt gechattet hatte. »Ich glaube fast, ich bin ein bisschen verknallt«, hatte sie mir am Abend vor dem großen Date gestanden und praktisch Herzchen in den Augen gehabt. Ihren Berechnungen zufolge hatten sie mindestens zweihundert Stunden miteinander geredet und hin und her geschrieben, unzählige Nachrichten und spätabendliche Anrufe, nachdem die Kinder ins Bett gegangen waren. »Das sind, was, fünfzig Dates, mit ein paar Übernachtungsbesuchen dazwischen«, hatte sie gesagt und mir verschwörerisch zugezwinkert.

Aber als Sadie und Jason (oder Justin, Julian, irgend so was) sich endlich live und in Farbe gegenüberstanden, war von Liebesherzchen keine Spur.

»Nichts!«, hatte sie gejault, als sie mir von ihrem Date berichtete. Wie ein Häufchen Elend hatte sie an meinem Küchentisch gesessen und sich die Augen aus dem Kopf geheult, als sei ein naher Angehöriger gestorben.

»Gar nichts? Nicht mal das leiseste Knistern?«

»Nichts. Das war wie ein Date mit dem Nachbarn meiner Oma.« Sie fing an, hektisch in ihrer Handtasche zu kramen. »Ich brauche dringend eine Zigarette. Stört es dich?«

Ich runzelte missbilligend die Stirn, machte aber die Tür zum Garten weit auf. »Puste bitte in die andere Richtung. Und was hast du gegen den Nachbarn deiner Oma?«

»Überhaupt nichts.« Sie hielt sich innen am Türrahmen fest und blies den Rauch theatralisch ins spätnachmittägliche Dämmerlicht, wie ein Seifenopernstar am Rande eines längst überfälligen Nervenzusammenbruchs. »Er war nett. Ein ganz normaler Typ. Aber ich will keinen netten, ganz normalen Typen. Ich will Schmetterlinge. Ich dachte, endlich hätte ich einen ganzen Schwarm davon im Bauch. Aber schon beim ersten Wort waren sie mausetot. Oder sie sind weggeflattert oder was auch immer.«

Und nun stehe ich an genau derselben Stelle wie Sadie und ich damals. Ganz langsam mache ich die Tür zum Garten auf, und die frische Luft schlägt mir entgegen. In zwei Stunden kommt Celeste, und ich will nicht der Nachbar ihrer Oma sein. Ich will sie umhauen, das ist ja wohl das Mindeste.

Sie kommt in zwei Stunden, und ich bin noch immer nicht fertig. Ich habe geduscht, bin aber danach wieder in den Bademantel geschlüpft, und nun kleben mir die nassen Haare am Kopf wie eine Kältehaube. Was trägt man zur ersten Verabredung mit einer Frau, mit der man seit Wochen mehr oder minder jeden Tag gechattet hat, aber die man nicht erkennen würde, wenn sie einem auf der Straße begegnete? Ich weiß alles und nichts über sie.

Ein schneller Blick in den Kleiderschrank. Meine übliche Alltagskluft aus Leggins und Sweatshirt kommt nicht in Frage – viel zu schluffig. Aber es soll auch nicht aussehen, als hätte ich mich ihretwegen aufgebrezelt wie das alte Tantchen im besten Sonntagsstaat. Neue Sachen shoppe ich eher selten – warum auch? –, und vor zwei Jahren hat Sadie drei große Tüten gebrauchter Klamotten und ebensolcher Erinnerungen zum Secondhandladen der Wohlfahrt gefahren. Auf einem Kleiderbügel unter einer dicken Strickjacke versteckt entdecke ich schließlich ein fast vergessenes Jeanshemd, das ich schon ewig habe und nie anziehe und von dem ich mich trotzdem nicht trennen kann. Leggins und Jeanshemd, was Besseres fällt mir nicht ein. Vielleicht kann ich mir ja, wenn es gut läuft mit Celeste – wenn meine vielen Puzzle sie nicht verschrecken – und sie wiederkommt, demnächst mal was Neues gönnen. So ein süßes weit schwingendes Kleidchen mit großem Kragen zum Beispiel.

Nur noch eine Stunde, bis sie da ist, und ich habe mir noch immer nicht die Haare geföhnt und geglättet. Ich knie vor dem großen Spiegel in meinem Schlafzimmer und mustere mein Gesicht mit dem blassen Teint und den müden Augen. Zwar nehme ich mit geradezu religiösem Eifer meine Vitamin-D-Tabletten, aber die Sonne auf der Haut können sie auch nicht ersetzen. Celeste ist neunundzwanzig und keine Klosterschwester. Sie hat Entsetzliches erlebt und versteckt sich trotzdem nicht vor der Welt. Bestimmt hat sie einen strahlend frischen Teint, da bin ich mir ganz sicher.

Irgendwas rumpelt in meinem Magen, während ich mit dem Haarglätter hantiere. Meinem Blick im Spiegel weiche ich geflissentlich aus, aber ich weiß es jetzt schon. Ich weiß, was ich gleich tun werde.

Mit halb geglätteten Haaren gehe ich nach unten und schreibe Celeste eine Nachricht.

Celeste, es tut mir wahnsinnig leid! Mir geht es nicht gut. Können wir unsere Verabredung vielleicht verschieben?

Augenblicklich erscheinen drei kleine Punkte, die anzeigen, dass sie zurückschreibt. Ich glaube, mir wird schlecht. Das habe ich nun davon, sie angelogen zu haben.

Ach, Mer, das tut mir leid! Mach dir meinetwegen keine Gedanken! Natürlich können wir die Verabredung verschieben. Sag mir einfach, wenn ich irgendwas für dich tun kann. Fühl dich gedrückt xxx

Ich möchte ihr sagen, was für ein unglaublich entzückender Mensch sie ist und wie schrecklich leid es mir tut, aber mir ist so elend und ich habe so ein schlechtes Gewissen, dass ich diese

Unterhaltung sofort beenden muss. Ich schalte das Handy aus und lege mich auf die Couch. Sekunden später ist Fred da und rollt sich in meiner Armbeuge zusammen. Mir ist übel. Matt ziehe ich die Decke über uns beide und warte, bis der Tag vorbei ist.

Tag 1.255

Dienstag, 25. Dezember 2018

Es ist Weihnachten, und ich habe getan, was getan werden muss. Was alle tun. Vielleicht sogar noch ein bisschen mehr. Ich habe eine Handvoll Karten verschickt, um ein paar liebe Menschen daran zu erinnern, dass ich noch lebe. Die Weihnachtskarten, die ich selbst bekommen habe, stehen als kleine, aber feine Sammlung auf dem Kaminsims. Unbestrittene Glanzstücke sind die selbst gebastelte Karte von James mit einem Engel auf einem Lamettabaum, von dem er behauptet, das solle ich sein, und eine übergroße »Meiner einzig wahren Liebe zu Weihnachten«-Karte von Sadie, die sich wie immer für wahnsinnig witzig hält. Ich habe mir einen echten Weihnachtsbaum liefern lassen und ihn mit bunten Lichtern und einem großen glänzenden Stern als Spitze dekoriert, weil ich den frischen Tannenduft so mag, auch wenn Fred ständig an den unteren Ästen herumspielt, sodass binnen Tagen fast alle Nadeln abgefallen sind. Baum und Weihrauch-und Myrrhe-Duftkerzen und Glühwein haben sich zu einem festtäglichen Großangriff auf sämtliche Geruchsnerven zusammengebraut.

Den Glühwein habe ich in meinem großen Topf mit dem Kupferboden gekocht. Ewig lang habe ich ihn sachte und um Achtsamkeit bemüht umgerührt, bis ich mir schließlich zum Geschenkeeinpacken ein Becherchen davon gönne. Ich habe so wenig Geschenke einzuwickeln, dass sie leicht in einer Stunde zu verpacken wären. Aber ich lasse mir Zeit und bin den ganzen Abend damit beschäftigt. Ich benutze braunes Packpapier, weil es im Gegensatz zu dem Glanz-und-Glitzer-Papier recycelbar ist, habe es aber mit rot-weißer Packschnur etwas aufgehübscht und den Namen der/des Beschenkten mit Filzstift in verschnörkelter Schönschrift draufgemalt. Nach dem Geschenkeverpacken schaue ich mir *Das Wunder von Manhattan* an (beide Versionen), den *Polarexpress* und *Ist das Leben nicht schön?* Dazu gibt es heiße Schokolade mit Schlagsahne und Marshmallows und Lebkuchen und dunkle Trüffel mit Meersalz-Karamell. Den Lebkuchen habe ich selbst gebacken, aber die Trüffel in ihrer edlen rosa Blechdose sind gekauft, von einer hippen, teuren Webseite. Jeder sollte mindestens einmal in seinem Leben dunkle Trüffel mit Meersalz-Karamell probiert haben. Ich habe auch einen beschwipsten Weihnachts-Gewürz-Kuchen gemacht, nicht, weil ich so was besonders mag, sondern weil es so etwas Weihnachtliches hat und man mit der Zubereitung mehrere Stunden beschäftigt ist, womit ich einen gähnend leeren Samstagvormittag herumbekommen habe. Gottesdienstbesuche und Schulkrippenspiele und Freiluft-Eislaufbahnen und überfüllte Supermärkte fallen bei mir ja weg, darum ist es wichtig, sich beschäftigt zu halten. *Alle Jahre wieder* heißt es fleißig sein. Sadie hat mir Dutzende Fotos von James' Krippenspiel geschickt. Er war ein Kamel und schien nicht besonders glücklich in seiner Rolle. Per FaceTime versicherte ich ihm, er habe das ganz großartig gemacht, schließlich sind Kamele für ihre Verdrießlichkeit bekannt, und wer will schon einer der drei Weisen sein? Ich habe ihm gesagt, dass die meisten Weisen gar nicht so weise sind, wie sie denken. Er musste kichern, und dann hat Matilda ihm das Handy aus der Hand gerissen und es sich vor ihr verkrustetes Nasenloch gehalten, während sie mir »Jingle Bells« vorsang.

Gestern dann stand Tom plötzlich vor der Tür – unangemeldet, aber ich verzieh ihm gnädigerweise, weil er eine Weihnachtsmannmütze mit Klingelglöckchen auf dem Kopf hatte. »Ich besuche bloß eben alle meine liebsten Menschen!«, sagte er. Er blieb auf ein großes Stück Weihnachtskuchen und meinte, das sei der beste, den er je gegessen habe. Ich hatte ihm ein Geschenk besorgt – einen kuschelig weichen Schal in dezentem Schottenkaro –, es eingepackt und hinter dem Fernseher versteckt. Nur für den Fall, dass er mir was schenkt. Und tatsächlich hatte er ein Geschenk für mich dabei, sehr zu meiner Freude. Es war mir aber auch ein bisschen peinlich, weil er es mir nämlich im Wohnzimmer überreichte, weshalb ich sein Päckchen umständlich hinter dem Fernseher hervorangeln und ihm dann irgendwie erklären musste, warum es nicht bei den anderen Geschenken unter dem Weihnachtsbaum lag. Aber er lachte nur und meinte, er hätte auch nicht gewusst, ob ich ihm was schenke, und ob die ganze Bescherungsetikette nicht ganz schön kompliziert sei? Ich fragte ihn nicht, ob er all seinen anderen Vereins»freunden« auch was schenkte. Ich wollte es gar nicht wissen.

Am Weihnachtsmorgen öffne ich gleich nach dem Aufwachen die Geschenke, weil man das halt so macht, und weil es hilft, diesen Dienstag ein bisschen besonderer werden zu lassen als alle anderen Dienstage. Toms Geschenk entpuppt sich als Notizbuch mit dicken cremeweißen Seiten und weichem Ledereinband in sattem Lohbraun, vorne mit meinen geprägten Initialen versehen. Ich bin hin und weg.

Sadie kommt auf dem Heimweg von ihrer Nachtschicht im Krankenhaus auf ein paar Schokocroissants vorbei. Sie trägt Weihnachtsbaumohrringe und hat Lametta ums Stethoskop gewickelt. Von ihr bekomme ich einen hohen, schlanken Parfumflakon mit genau demselben Duft, den ich damals mit einundzwanzig getragen habe. Ich nebele mich sofort generös damit ein, und es ist, als stünde ich an einem Freitagabend in Sadies Schlafzimmer und machte mich fertig zum Weggehen. Nach vierundzwanzig Tagen nonstop Weihrauch und Myrrhe eine wohltuende Abwechslung. Der Duft weckt schöne Erinnerungen. Wir reden über die Läden, in die wir früher gegangen sind, und die Leute, mit denen wir uns immer getroffen haben, bis Sadie schließlich losmuss, um die Kinder bei Steve abzuholen.

»Bestimmt können sie es kaum erwarten, endlich nach Hause zu kommen und mit ihren Weihnachtsgeschenken zu spielen«, meint sie entschuldigend.

»Kann ich verstehen«, versichere ich ihr, wohl wissend, dass sie schier ausflippen würde vor Freude, wenn ich mir einfach die Jacke schnappen und ihr sagen würde, sie soll eben kurz warten, ich komme mit. Doch ich drücke ihr bloß die Geschenke für die Kinder in die Hand – eine Schachtel Wildtierfiguren für James, weil er später mal Zootierpfleger werden will, und eine übergroße Einhorn-Handpuppe für Matilda, die sie bestimmt ganz toll finden wird. Dann drücke ich ihr einen Kuss auf die Wange und wünsche ihr frohe Weihnachten.

Der durchdringende Parfumduft hängt noch den ganzen Tag in der Luft, auch als Sadie längst weg ist. Er ist viel süßer und schwerer als alles, was ich heutzutage so tragen würde, und das weiß sie auch. Sie hat mir ein Fläschchen Nostalgie geschenkt.

Ich helfe Fred, sein Geschenk auszupacken, eine Plüschmaus, mit Katzenminze gefüllt, und schaue ihm amüsiert dabei zu, wie er eine halbe Stunde lang vollkommen durchdreht, um anschließend auf die Couch zu kippen und den restlichen Tag selig zu verschlafen. Ich setze mich neben ihn und esse eine Portion von dem Curry, das ich schon vor ein paar Tagen vorbereitet habe, den Teller vorsichtig auf den Knien balancierend. Truthahn mag ich nicht – freiwillig würde ich den an keinem Tag des Jahres essen, warum also ausgerechnet heute?

Ich schreibe ein bisschen mit Celeste, die sich beschwert, ihr Stiefvater läge auf der Couch und schnarche so laut, dass ihre Mum und sie den Fernseher kaum noch hören. Ich antworte ihr, Fred neben mir sei keinen Deut besser. Dann sagt sie mir, dass sie ihrer Mum und ihrem Stiefvater endlich von dem Überfall erzählt hat, und dass ihre Mum schrecklich weinen musste, aber beide ihr eine große Hilfe sind.

Ich kuschele mich neben Fred auf die Couch und sehe James Steward zu, wie er den Sinn des Lebens zu ergründen versucht. Ich esse Käse und Kräcker und schließlich auch noch das letzte Stück Gewürzkuchen, obwohl ich schon längst keinen Hunger mehr habe. Ich mache die Flasche Sekt auf, die Sadie mitgebracht hat, und trinke sie viel zu schnell leer. Ich muss an meine Schwester denken und mache die Augen zu, und um fünf Minuten vor Mitternacht weckt mich mein Handy.

Es ist Mama, ihre Stimme klingt tonlos. Sie fragt mich, wo ich den ganzen Tag gesteckt habe, warum sie kein Geschenk von mir bekommen hat. Ja, meine Karte hat sie bekommen. Nein, sie hat dieses Jahr selber keine verschickt. Alles bloß Zeitverschwendung, das. Für mich liegt auch etwas unter dem Weihnachtsbaum, das bekomme ich aber nur, wenn ich endlich aufhöre, mich wie eine Mimose aufzuführen, und mich mal wieder bei ihr blicken lasse. Fiona und Lucas sind gerade weg, sagt sie, und mir dreht sich der Magen um. Sie waren den ganzen Tag da, sagt sie. Lucas hat den Truthahn tranchiert und zwei Portionen Trifle verdrückt. Ich wünsche ihr frohe Weihnachten und lege auf, ehe sie fertig ist mit Reden. Ich mache das Handy aus. Am zweiten Weihnachtstag bekomme ich eine Panikattacke.

1998

Er kam an einem scheußlichen Sonntagnachmittag in unser Leben, während der Glasgower Dauerregen unablässig wie ein lästiger, unerwünschter Besucher gegen die Fensterscheiben im Wohnzimmer trommelte. Mama und ich sahen uns einen Schwarz-Weiß-Film an, aber ich schaute gar nicht richtig hin. Ich sehnte mich nach ein bisschen Farbe.

»Hey!«, schallte Fees Stimme durch den Flur. Sie klang irgendwie anders. Was sie als Nächstes sagte, verstand ich nicht. Dann ging mir auf, dass sie anscheinend mit irgendwem redete. Ich hörte, wie Jacken und Schuhe ausgezogen wurden, und gedämpftes Gelächter. Ich guckte Mama an, aber die glotzte nur starr auf den Fernseher, wo sich eine junge Frau mit leidendem Blick an den Arm eines deutlich älteren Mannes mit versteinerter Miene klammerte.

Wir brachten nur selten Besucher mit nach Hause. Sadie gelegentlich, wobei die meistens nur verdruckst im Flur herumstand, während ich mir, so schnell ich irgend konnte, meine Jacke schnappte und die Schuhe anzog. Jungs nie. Aber jetzt war plötzlich einer da, mitten in unserem Wohnzimmer, der womöglich größte Mensch, der je in unser Haus gekommen war. Wie ein Riese aus dem Märchen stand er da, bis Fee ihm schließlich sagte, er solle sich setzen.

»Das ist Lucas«, sagte sie.

Ich murmelte Hallo, Mama schaltete den Fernseher stumm und musterte ihn von Kopf bis Fuß.

»Schön, Sie kennenzulernen«, sagte Lucas. »Ich habe schon viel von Ihnen gehört.«

Mama lächelte. »Ach, wirklich? Was denn?«

Wir warteten alle mit angehaltenem Atem, wurden aber nicht allzu lange auf die Folter gespannt. Fiona hatte ihm anscheinend eingebläut, was er sagen sollte.

»Dass Sie die beste Fischpastete überhaupt machen, zum Beispiel«, sagte Lucas.

Die Fischpastete machte immer ich. Aber Mama nahm das Kompliment trotzdem dankend an. »Ich glaube, es ist noch eine im Gefrierschrank«, sagte sie. »Möchtest du vielleicht zum Essen bleiben?«

Fiona strahlte über das ganze Gesicht, und Lucas nickte begeistert. »Ja, gerne, Mrs Maggs. Das wäre sehr nett.«

»Dann gehe ich mal und mache uns was zu essen.« Im Vorbeigehen reichte Mama Fee die Fernbedienung.

Stumm saßen wir da, bis MTV mit Getöse das Schweigen brach.

»Was habt ihr so gemacht?«, fragte Fee mich, die neben Lucas auf unserer schmalen Couch saß. Als könnte ich ihr darauf eine irgendwie interessante Antwort geben. Ich sah zu, wie sie ihre Hand in seine schob; wie seine Hand sich um ihre schloss.

»Nicht viel. Ich habe ein bisschen gebacken. Sticky Toffee Pudding. Können wir zum Nachtisch essen.«

»Super.« Sie stupste ihn in die Seite.

»Klingt gut«, erklärte er pflichtschuldig. Ich schaute auf seine Füße in den schmuddeligen weißen Sportsocken. Sie sahen gigantisch groß aus neben Fees.

»Wir sind jetzt zusammen«, verkündete Fee. »Lucas hat mich eben im Auto auf dem Weg hierher gefragt, ob ich seine Freundin sein will.«

»Glückwunsch«, sagte ich. Und zu ihm: »Du musst ganz schön mutig sein.«

Fee und ich lachten, und er grinste. Aber das Grinsen ging nicht bis zu den Augen.

Wir schauten MTV, bis Mama uns zum Essen rief. Es war eigenartig, den Tisch für vier zu decken. Man würde annehmen, das wäre genau die richtige Anzahl an Leuten für den kleinen quadratischen Tisch, war es aber nicht. Ich weiß nicht, ob es daran lag, dass er so groß war, oder weil es so ungewohnt nach jungem Mann roch, oder weil er mit den langen Armen einfach an mir vorbei nach dem Salz griff und es mir jedes Mal hochnotpeinlich war, wenn ich ihn unter dem Tisch versehentlich mit dem Fuß streifte. Vielleicht war es auch alles zusammen. Oder ich war bloß neidisch, wie Mama später meinte. »Eines Tages hast du sicher auch einen Freund«, sagte sie, nachdem die Haustür hinter Fee und Lucas ins Schloss gefallen war.

»Kann sein«, brummte ich. Ich wusste, dass meine Schwester sich bloß in Ruhe von ihm verabschiedete, aber mein Herz hörte nicht auf zu hämmern, bis sie schließlich wieder hereinkam, allein, ohne ihn.

Von da an war Lucas ein regelmäßiger sonntäglicher Gast an unserem Tisch. Mama machte immer irgendwas warm, das ich zuvor gekocht hatte. Sie tat dann, als hätte sie es selbst gekocht, und Fee und ich spielten brav mit. Und immer deckte ich freiwillig den Tisch, damit Salz und Pfeffer und Tomatensoße auch ganz bestimmt direkt vor Lucas' Platz standen. Nie wieder sollte er an mir vorbeigreifen müssen.

Tag 1.257

Donnerstag, 27. Dezember 2018

Tom ist im Puzzeln deutlich besser, als wir beide erwartet hätten, und unsere Miniaturversion von Santa Maria del Fiore ist schon beinahe halb fertig.

»Wir sollten uns zu einem Puzzle-Wettbewerb anmelden«, sagt er zu mir. »Angeblich gibt es da dicke Preisgelder abzusahnen.«

Ich muss schmunzeln. »Verlockende Aussicht. Was wolltest du eigentlich als Kind werden, wenn du mal groß bist?«

»Privatdetektiv«, erwidert er todernst.

Ich lache laut auf. »Und dann bist du ein Finanzheini geworden? Oder warst du eigentlich verdeckter Ermittler und solltest Finanzbetrügereien im ganz großen Stil aufdecken?«

»Ach … ja, das wäre wohl wesentlich aufregender gewesen. Aber … nein. Ich habe leider bloß stinklangweilige Geldanlagen und Rentenfonds verkauft. Und du? Wovon hast du als Kind geträumt?«

»Ich wollte was Kreatives machen. Kreativer als das, was ich heute mache. Ich hätte mir gut vorstellen können, mal Küchenchefin zu werden oder Reporterin. Tatsächlich habe ich bei einer Zeitung gearbeitet, bevor … du weißt schon. Die Sache hier. Nicht gerade knallharter Investigativjournalismus. Aber auf einem guten Weg dorthin. Schrittchen für Schrittchen.«

»Und dann ging es nicht mehr?«

Ich nicke. »Meine Chefin war echt verständnisvoll. Aber es

gestaltet sich schon etwas schwierig, für eine Lokalzeitung zu berichten, wenn man das Haus nicht mehr verlässt.«

Ich finde das Teil mit den Fischgrätziegeln, das ich die ganze Zeit gesucht habe, und drücke es mit dem Gefühl tiefster Befriedigung in die kleine Lücke, die noch mitten in der Kuppel klaffte. Dann verfallen wir in geselliges Schweigen und legen weiter Puzzleteilchen um Puzzleteilchen.

»Wie ist es eigentlich so für dich, mit mir zu puzzeln? Einem blutigen Anfänger?«

Ich lache. »Ganz okay. Aber du weißt schon, dass ich nebenher auch noch andere Puzzles mache, wenn du nicht da bist?«

»Hab ich mir schon gedacht«, sagt er kleinlaut.

»Es ist eigentlich gar nicht so übel, wenn du hier bist«, erkläre ich etwas linkisch.

»Ich bin auch gerne hier«, erwidert er.

»Vielleicht bin ich doch keine solche Eigenbrötlerin, wie ich immer dachte.«

»Eine Eigenbrötlerin zu sein ist nichts, wofür man sich schämen müsste, Meredith. Ich finde, sich selbst zu genügen, gern mit sich allein zu sein, dazu braucht es eine innere Stärke, auf die man stolz sein kann.«

»Möglich.« Endlich schaue ich ihn an. »Meistens komme ich mir nicht besonders stark vor.«

»Meredith, du bist einer der stärksten Menschen, die ich kenne.«

»Im Ernst?«

»Aber sicher. Sonst würde ich es doch nicht sagen.«

»Ich glaube, ich wäre gerne stärker.«

Er schaut aus meinem Erkerfenster. »Die Welt da draußen, Meredith, ist groß und weit. Und sie wartet nur auf dich.«

2001

Ich hatte Billys klitzekleine Stellenanzeige am Anschlagbrett der Bücherei entdeckt:

PR-Assistent/in gesucht.
Berufserfahrung nicht erforderlich.
Flexible Arbeitszeiten.

»Ich wollte unbedingt jemanden, der gerne liest«, erklärte er mir, als ich ihn fragte, warum er die Annonce ausgerechnet an diesem Brett ausgehängt hatte. Die einzige andere Bewerberin arbeitete in der Bücherei, aber zum Glück befand Billy, es sei fairer, jemandem den Job zu geben, der noch keinen hatte.

Das Einstellungsgespräch verlief kurz und schmerzlos, viel zu erzählen gab es nicht. Ich hatte eine Eins in Englisch und bis vor zwei Wochen, als sie plötzlich Pleite machten, in einem Callcenter gearbeitet. Bill nickte, machte sich ein paar Notizen und erklärte dann, ich könne den Job haben, vorausgesetzt, ich könne gleich am Montag anfangen.

Bevor ich dazustieß, war sein Laden eine ausgemachte Ein-Mann-Show. Der Sitz der Agentur war ein Büro, kaum halb so groß wie Mamas Wohnzimmer. Meinen Schreibtisch musste er in eine verstaubte alte Abstellkammer quetschen. Ich nieste den ganzen Tag, und mein Ekzem brach wieder aus. Einen Arbeitsvertrag hatte ich nicht, er bezahlte mich jeden Freitag bar auf die Hand und warnte mich eindringlich, er würde mich umgehend auf die

Straße setzen, wenn es nicht genug zu tun gäbe. Zu tun gab es aber immer mehr als genug. Es machte mir einen Heidenspaß, eigentlich alltägliche Produkte oder Serviceleistungen so blumig zu umschreiben, dass uns die Lokalzeitungen die Pressemitteilungen aus den Händen rissen. Was sie manchmal taten, manchmal auch nicht. Pflegeprodukte fürs Hundefell oder italienische Restaurants waren nun mal nicht unbedingt schlagzeilenträchtig.

Es gab auch noch einen zweiten Geschäftszweig, mit dem ich allerdings nichts zu tun hatte. Ich war zwar ein Neuling im PR-Business, aber selbst ich konnte mir denken, dass Presseerklärungen für Lokalzeitungen zu schreiben ganz bestimmt nicht genug Geld einbrachte, um die Miete und mein Gehalt zu bezahlen, geschweige denn die Hypothek für das pompöse Anwesen in einem der nobelsten Vororte von Glasgow, in dem Bill mit seiner Frau und den beiden Kindern residierte.

Regelmäßig kamen irgendwelche Leute zu uns ins Büro, nur um meist rasch wieder mit Bill zusammen zu verschwinden, vorgeblich zu einem gemeinsamen Business Lunch. Eines Tages, ich las gerade die Zeitung, schaute mir daraus plötzlich ein Gesicht entgegen, das mir irgendwie bekannt vorkam. Die Frau war erst vor ein paar Tagen hier gewesen und mit Bill zum Mittagessen gegangen. Wie ich nun erfuhr, war sie Krankenschwester in einem großen städtischen Krankenhaus. Sie war an die Öffentlichkeit gegangen, um aufzuzeigen, wie Personalengpässe und unhaltbare Arbeitsbedingungen zum vermeidbaren Tod eines Patienten beigetragen hatten.

Danach achtete ich ein bisschen genauer darauf, wer da bei uns so ein und aus ging.

Bill hielt nicht viel von Lob oder konstruktiver Kritik. Aber eines Tages, ich hatte ungefähr ein halbes Jahr bei ihm gearbeitet, schaffte es eine meiner Pressemitteilungen über einen Friseursalon, der nun auch Kinderbetreuung anbot, auf Seite fünf. In der Verfasserzeile stand natürlich ein anderer Name, aber der gesamte Artikel stammte von mir, mit höchstens hier und da ein paar kleinen Änderungen.

»Du bist eine verdammt gute Schreiberin«, erklärte Bill, ohne von seinem Monitor aufzuschauen. »Besser als ich.«

Ich wurde rot und murmelte ein Dankeschön. So ein Kompliment von ihm wog schwer.

»Du solltest an die Uni gehen. Oder wenigstens am College einen Journalismuskurs belegen.«

»Würde ich ja gerne. Aber das kann ich mir nicht leisten.«

»Klar kannst du das. Zieh einfach wieder bei deiner Mutter ein. Bewirb dich auf ein Stipendium oder nimm einen Studienkredit auf. Es haben schon Leute mit viel weniger Geld studiert.«

»Danke, aber ich bin ganz happy mit meinem Job.«

Am nächsten Morgen stapelten sich College-Broschüren vor meiner Tastatur. Ich starrte nur wortlos auf Bills Hinterkopf. »Was zum Teufel soll das bitte?«

»Reinschauen kann ja wohl nicht schaden, oder?«, sagte er, ohne sich umzudrehen.

»Vermutlich nicht.« Ich legte die Broschüren beiseite und würdigte sie keines Blickes mehr, bis ich zu Hause war.

Dort angekommen, las ich sie alle, von vorne bis hinten. Ich sah mir die Fotos der lächelnden jungen Vorzeigestudenten mit dem frischen Teint und den strahlend weißen Zähnen an. Keiner von denen wirkte irgendwie gestresst oder überarbeitet oder abgebrannt. Ich stellte mir vor, wie es wäre, in einem großen Hörsaal zu sitzen, und tagaus, tagein neue, spannende, interessante Dinge zu lernen.

Am nächsten Morgen, noch vor der Arbeit, warf ich sämtliche Broschüren in die Altpapiertonne. Alle, bis auf eine. In der blätterte ich hin und wieder und überlegte, wie es wohl wäre, als Studentin zu dem gotischen Glockenturm der Glasgower Universität aufzuschauen, statt als x-beliebige Passantin. Im großen runden Lesesaal zu sitzen und zu lernen, mit meinen Freunden durch den Kreuzgang zu flanieren wie die Studis auf Seite neunzehn. Dann ließ ich sie wieder unter meinem Bett verschwinden.

Ich bewarb mich nie an der University of Glasgow und auch sonst an keiner Uni, keinem College, keiner Abendschule. Stattdessen arbeitete ich weiter für Bill, bis der eines Morgens auf dem Weg ins Büro einen Herzinfarkt erlitt und in der Sauchiehall Street einfach tot umfiel. Ich suchte mir einen Job in einem anderen Callcenter, wo ich Leute zu ihrer Zufriedenheit mit ihrem Energieversorger befragte.

Tag 1.269

Dienstag, 8. Januar 2019

Ich weiß, dass etwas mit Celeste nicht stimmt, kaum, dass ich ans Telefon gegangen bin. Da hat sie noch kein Wort gesagt. Ihr Atem ist mehr ein Keuchen.

»Ich glaube, ich hab ihn eben gesehen«, japst sie und schnappt hörbar nach Luft. »Im Supermarkt.«

»Was? Wen?«

»Den Mann, der mich überfallen hat. Vielleicht. Ich weiß es nicht. Ich bin mir ziemlich sicher, dass er es war. Er hat mich angeguckt, Meredith.«

»Ach, Celeste.« Ich sinke auf die Couch. »Wie grässlich.«

Sie schnieft laut in den Hörer. »Ich weiß ja, dass er es bestimmt gar nicht war. Aber für den Bruchteil einer Sekunde war er es. Und ... o Gott, wird mir das jetzt immer so gehen? Lasse ich jetzt jedes Mal meinen Einkaufswagen stehen, wenn mich irgendwo ein großer Mann mit dunklen Haaren schief anguckt?«

»Nein«, erwidere ich. »Aber es ist noch ganz frisch. Das ist doch nur verständlich. Was hattest du denn im Einkaufswagen?«

»Was?«

»Ich will wissen, was du im Einkaufswagen hattest.«

»Weiß ich nicht mehr ... Süßkartoffeln ... Brokkoli ... Ananassaft. Das war's, glaube ich. Ich war gerade erst reingegangen.«

»Okay. Was hattest du sonst noch auf dem Einkaufszettel?«

»Ähm ... Käse. Eier. Milch. Brot. Müsli. Joghurt. Mein Wocheneinkauf.«

»Meine Therapeutin sagt, ich soll einfach irgendwelche Sachen aufzählen, wenn ich das Gefühl habe, in Panik zu geraten«, erkläre ich ihr. »Wie den Inhalt meines Kleiderschranks oder die letzten zehn Bücher, die ich gelesen habe. Fünf Nahrungsmittel, die mit ›A‹ anfangen. Es hilft tatsächlich, glaube ich.«

»Ich glaube, allein vom Reden geht es einem schon besser. Danke, Meredith. Du weißt immer genau das Richtige zu sagen.«

»Echt? Dabei komme ich mir meistens total nutzlos und verloren vor.«

»Bist du aber nicht. Du solltest Therapeutin werden.«

Ich lache. »Tut mir leid, dass du deinen armen Einkaufswagen im Stich lassen musstest.«

»Mir auch«, heult sie. »Mein Kühlschrank ist gähnend leer.«

Ich war gerade dabei, Suppe zu kochen, als sie angerufen hat. Apfel und Pastinake, dazu frisch gebackenes Brot. Celeste klingt, als könne sie einen Teller heiße Suppe vertragen. Ich zögere zuerst, dann springe ich ins kalte Wasser.

»Komm doch zu mir, was meinst du? Wir könnten zusammen essen.«

»Das ist echt lieb von dir, Mer. Tausend Dank für das Angebot. Aber mir ist gerade nicht danach, vor die Tür zu gehen.«

»Kann ich gut verstehen.«

»Es geht mir schon viel besser, Mer.«

»Ich wünschte bloß, ich könnte mehr für dich tun.« Es ist mir ganz ernst. Sobald wir aufgelegt haben, fängt sie bestimmt wieder an zu weinen.

»Im Juni werde ich dreißig. Meine Mum meint, ich soll eine große Party schmeißen. Eigentlich ist mir gerade gar nicht nach feiern, aber ich glaube, ich muss wohl. Mum meint, sie kümmert sich um alles – ich brauche nur zu kommen.«

»Sadie hat zu meinem Dreißigsten eine Überraschungsparty im

Pub um die Ecke organisiert«, erzähle ich ihr. Was ich nicht sage, ist, dass es meine allererste Geburtstagsparty überhaupt war. »Ich dachte die ganze Zeit, Sadie und meine Schwester wollten bloß mit mir was trinken gehen.«

»Oh, wie nett.«

»War es auch. Zumindest anfangs. Bloß, dass meine Mutter irgendwann reingeschneit ist und eine Szene gemacht hat. Es ist einfach ... entspannter, wenn sie nicht dabei ist.«

Wobei, eine Vollkatastrophe war der Abend nicht. Nach dem Pub haben wir Mama noch nach Hause begleitet, und nachdem sie endlich ins Bett gegangen war, haben Fiona und ich in der Küche eine kleine After-Party gefeiert. Haben mit Käse überbackene Ofenfritten gleich schüsselweise in uns reingestopft, Wodka getrunken und zur Musik aus dem Radio getanzt.

»Wie lieb von deiner Mum, dass sie dir eine Geburtstagsparty ausrichten will«, sage ich.

»Ich weiß. Sie ist ein Schatz. Sie macht sich nur immer viel zu viele Sorgen um mich.«

Ich überlege kurz, wie es wohl wäre, eine Mutter wie Celestes zu haben, die Geburtstagspartys organisiert und weinen muss, wenn sie nur daran denkt, was ihrem armen Kind angetan wurde.

»Die Party wird bestimmt der Knüller«, sage ich zu ihr.

»Wenn ich mich wirklich bequatschen lasse, soll ich dir dann auch eine Einladung schicken?«

Ich zögere kurz, dann sage ich: »Gerne. Ich liebe Post im Briefkasten.«

Sie lacht. »Ich würde mich echt freuen, wenn du kommst, Mer.«

»Ich mich auch.« Was ja auch stimmt. Ich weiß nur nicht, wie ich das hinbekommen soll.

Nur Minuten, nachdem wir aufgelegt haben, kommt mir unvermittelt eine Idee. Wären die Rollen vertauscht und ich hätte dagesessen und in den Hörer geheult, säße Celeste bestimmt längst neben mir auf der Couch, damit ich mich an ihrer Schulter ausweinen kann. Was ja wohl unbestritten besser wäre als bloß ein offenes Ohr am Telefonhörer, zwei Meilen weit entfernt am anderen Ende der Stadt. Wäre ich wirklich so eine gute Freundin, wäre ich jetzt für sie da. Sie braucht mich. Ist das nicht Grund genug, endlich all meinen Mut zusammenzunehmen und aus dem Haus zu gehen?

Die komplette nächste Stunde grübele ich angestrengt darüber nach, ob das tatsächlich irgendwie zu schaffen sein könnte. Was müsste ich tun, um Celeste zu besuchen? Ein Taxi rufen. Ins Taxi steigen. Smalltalk mit dem Taxifahrer machen, bis wir da sind. (Ich habe auf Google Maps nachgesehen, um diese Tageszeit dürfte es mit dem Auto ungefähr acht Minuten dauern.) Das Taxi bezahlen, aussteigen, zu Celestes Haustür gehen.

Ruhelos laufe ich im Wohnzimmer auf und ab. Starre aus dem Fenster, auf der Suche nach einem Zeichen – tanzenden Mäusen etwa oder einem pfeifenden Schwein. Ich lege mich auf den Boden und atme ganz tief in den Bauch. Dann stehe ich wieder auf und beschließe, einfach einen Schritt nach dem anderen zu machen. Also gehe ich zuerst aufs Klo, um die Blase zu entleeren, fädele mit Zahnseide, kämme mir die Haare. Weil es vorhin geregnet hat, suche ich eine Viertelstunde vergeblich nach einem Regenschirm, nur um schließlich entnervt aufzugeben. Ich ziehe mir Jacke und Converse an. Nehme die Handtasche aus dem Schrank im Flur und überlege mir dann, dass ich die gar nicht brauche, also hänge ich sie wieder zurück. Nehme fünfzig Pfund aus meinem Bringdienst-Budget – Sadie besorgt mir immer Bargeld am Automaten, wenn keins mehr da ist. Dieses

Wochenende verzichte ich einfach auf mein Thai-Curry – das ist Celeste mir wert.

Damit sind sämtliche Vorbereitungen getroffen, ab jetzt gilt es. Zuerst muss ich ein Taxi rufen. Was leichter ist als gedacht. Es ist ja auch nicht so, als würde ich nicht regelmäßig mit irgendwelchen Leuten telefonieren – Sadie, Celeste, dem Thai-Restaurant, diesen nervigen Umfragefuzzis, die mindestens dreimal die Woche anrufen.

Kaum habe ich nach dem Anruf bei der Taxizentrale aufgelegt, summt mein Telefon. Eine SMS: Mein Fahrer ist unterwegs, und nun weiß ich auch Marke und Model des Wagens und das dazugehörige Kennzeichen. Der technische Fortschritt seit meiner letzten Taxifahrt ist wirklich beeindruckend. Und dann trifft mich die Erkenntnis wie ein Schlag: Gleich wird ein Auto vor meinem Haus halten und mit vorfreudig tickendem Taxameter darauf warten, dass ich herauskomme.

Diesmal ist es wie eine kleine Explosion in den Untiefen meines Gehirns. Fast verliere ich die Besinnung – ich sehe nur noch Schatten, und die Stille ist ohrenbetäubend. Ich strecke die Hände aus, bis ich etwas Festes ertaste. Es ist die Wand. Ich drücke die Fingerspitzen dagegen, bis ich den Druck im ganzen Arm spüre, dann geben meine Knie nach, und ich lasse mich auf den Boden sinken. Jetzt, wo ich nicht mehr hinfallen kann, kann ich mir endlich gefahrlos die Jacke vom Körper reißen. Schweiß rinnt mir in die Achselhöhlen, den Rücken herunter ins Kreuz, in die Schuhe. Ich bekomme die Converse nicht von den Füßen. Es ist, als hätte ich sämtliche feinmotorischen Fähigkeiten verloren, und die Doppelknoten zu lösen, die ich eben noch so sorgfältig gebunden habe, übersteigt schlicht meine Fähigkeiten.

Es dauert eine ganze Weile, bis mir aufgeht, dass das hartnäckige Summen nicht in meinem Kopf ist, sondern aus meiner

Jackentasche kommt. Ungeschickt fummele ich das Handy heraus, wische ungerichtet darauf herum.

»Taxi für Maggs? Wartet vor der Tür.«

Ich ringe um Luft. »Es ... es tut mir leid. Ich muss das leider stornieren.«

»Mist, verdammt. Bisschen spät dafür.«

»Sorry. Sorry.«

»Alles okay bei Ihnen, Miss? Brauchen Sie vielleicht Hilfe?«

»Alles gut. Tut mir leid.« Ich lege auf, und das Handy gleitet mir aus den klammen Fingern.

Tag 1.271

Donnerstag, 10. Januar 2019

»Wie fühlt sich deine Depression an, Meredith?«, fragt Tom. Es regnet – wir sitzen im Wohnzimmer, schauen zu, wie das Wasser an den Erkerfenstern hinunterläuft, und futtern Biscotti, die Tom zur Feier der Fertigstellung von Santa Maria del Fiore mitgebracht hat.

Dabei ist mir ehrlich gesagt gar nicht nach Feiern zumute nach meinem vermasselten Versuch, Celeste einen Besuch abzustatten. Ich habe Tom nichts davon erzählt, es ist mir viel zu peinlich, dass ich tatsächlich geglaubt habe, ich könne mich einfach so quer durch die Stadt chauffieren lassen, wo ich es doch nicht mal schaffe, einen Fuß vor die Haustür zu setzen. Die Scham wiegt tonnenschwer, ein erdrückendes Gewicht, und ich weiß nicht, ob ich noch die Kraft habe, das eine ganze Stunde lang vor ihm zu verbergen.

»Wie eine Last. Eine ständige Last«, sage ich tonlos.

»Und du bist nie unbeschwert?«

»Okay. Vielleicht nicht ständig. Wenn ich puzzele oder Fred auf meinem Schoß liegt, ist sie nicht ganz so schwer. Oder wenn ich bei Kerzenschein auf der Couch liege und lese.«

»Und wenn andere Leute hier sind? Wie Sadie oder ich?«

»Kommt drauf an.«

»Worauf?«

»Ach, ich weiß auch nicht. Ob ich meine Tage habe. Ob du dumme Fragen stellst. Du bist nicht mein Therapeut, Tom.« Langsam verliere ich die Geduld.

»Stimmt, bin ich nicht. Ich bin bloß ein Mensch mit Depressionen, der mit einem anderen Menschen mit Depressionen darüber redet.«

»Du hast Depressionen?«, frage ich überrascht. Wobei, mir ist gelegentlich schon aufgefallen, wie ein dunkler Schatten über sein Gesicht huscht. Pausen, die ein bisschen zu lang sind, bevor er lächelt. Rückblickend nur klitzekleine Hinweise, die die meisten Menschen übersehen würden, weil sie viel zu sehr mit sich selbst beschäftigt sind. Aber ich habe alle Zeit der Welt, so was zu merken, und in meinem Leben gibt es auch dunkle Schatten und ein-bisschen-zu-lange Pausen.

»Habe ich. Schon ziemlich lange. Sie kommen und gehen. Ich kann also gut nachvollziehen, was du mit der Last meinst. Für mich ist sie wie ein Gefühl drohenden Unheils. Als würde gleich was Schlimmes passieren, auch wenn mein Hirn mir tausend Mal sagt, dass es überhaupt keinen Grund dazu gibt.«

»Ja, das kann ich gut verstehen«, sage ich leise. Am liebsten möchte ich ihn in den Arm nehmen oder zumindest ein bisschen näher rücken, aber ich glaube, so weit sind wir noch nicht. Dennoch: Tom ist ein echter Freund geworden, geht mir plötzlich auf. Ich freue mich auf seine Besuche, auch wenn er mich mit seinen Fragen oft an meine Grenzen und darüber hinaus bringt. Ich mag ihn. Ich will nicht, dass er Depressionen hat; bei dem Gedanken bekomme ich einen Kloß im Hals. Das wünsche ich ihm nicht.

»Okay, lass uns was ausprobieren. Ich zuerst.«

»Okay«, brumme ich argwöhnisch.

»Ich hatte das erste Mal mit zwanzig eine Depression.«

»Ich mit sieben. Ich konnte nicht aufstehen; es war, als wäre mein ganzer Körper zu Stein geworden. Ich habe Mama gesagt, ich hätte Halsschmerzen, und durfte drei Tage die Schule schwänzen. Bin die ganze Zeit im Bett geblieben. Ich weiß noch, wie Fee mir Saftpäckchen und Chipstüten gebracht hat.«

Sollte ihn das schockieren, so lässt er es sich zumindest nicht anmerken. »Die Diagnose kam dann mit fünfundzwanzig.«

»Ich war achtzehn.«

»Der erste Mensch, dem ich davon erzählt habe, war meine damalige Freundin. Sie hat versucht, mich so gut es ging zu unterstützen, aber verstanden hat sie es nicht so richtig.«

»Ich habe es Sadie erzählt. Sie war stinksauer. Wütend, weil ich ihr nie was davon gesagt habe.«

»Findest du, sie hatte ein Recht darauf, wütend zu sein?«

Ich zucke die Achseln. »Hinter Wut steckt doch meistens anderes, oder? Ablehnung oder Angst oder Traurigkeit. Ich glaube, das alles ist gleichzeitig auf sie eingeprasselt. Sie hat es sehr persönlich genommen, dass ich sie nicht um Hilfe gebeten habe. Ich glaube, es hat ihr Angst gemacht, weil sie nicht kapiert hat, was das jetzt bedeutet, und sie war traurig, weil ich nicht mehr derselbe Mensch für sie war. Ich meine, war ich schon – bin ich noch –, aber wir alle stecken andere doch in Schubladen, oder nicht? Kleben ihnen ein Etikett auf die Stirn. Dingsbums ist so-und-so ...«

»Dabei sind wir dafür eigentlich alle viel zu kompliziert.«

»Tja, ja. Wenn wir es denn zulassen.«

»Wie meinst du das?«

»Ich glaube, manche Menschen wollen einfach keine tieferen Gefühle empfinden. Weil es ihnen zu anstrengend ist. Meine Mutter und meine Schwester meinen, die Depression sei meine Ausrede für alles.«

»Wie lange nimmst du schon Antidepressiva?«

»Seit zwanzig Jahren, immer mal wieder«, sage ich.

»Ganz schön lange. Gibt's sonst noch was, das du dagegen tust?«

Ich sage ihm die Wahrheit. »Zu Hause bleiben.«

1997

»Was kann ich denn heute für Sie tun?«, fragte Dr. Frost und schob mir eine Schachtel Papiertaschentücher über den Schreibtisch zu. Dr. Frost war ein drahtiger alter Herr mit einer ausgesprochen nüchternen, sachlichen Art. Die Uhr tickte, das wusste ich selbst, aber ich konnte und konnte einfach nicht aufhören zu schluchzen, und gerade heute hätte mir ein nettes Wort gutgetan.

Zum ersten Mal seit Jahren war ich wieder in einer Arztpraxis. Mama hielt nicht viel von Ärzten; sie wusste selbst am besten, ob man krank war oder nicht. Aber ich war inzwischen achtzehn, konnte also auch allein hingehen. Die ganze Woche war ich nicht zur Arbeit gegangen, hatte verschämt etwas von Periodenschmerzen gemurmelt und mich unter der Bettdecke verkrochen.

»Ich glaube, ich habe eine Depression«, erklärte ich Dr. Frost mit zitternder Stimme.

Er reichte mir einen Fragebogen und einen Kugelschreiber. »Seien Sie ganz ehrlich.«

Leiden Sie bei dem, was Sie tun, unter Freudlosigkeit/Lustlosigkeit?
Leiden Sie unter gedrückter Stimmung oder dem Gefühl von Hoffnungslosigkeit?
Leiden Sie unter Einschlaf- oder Durchschlafschwierigkeiten, oder schlafen Sie zu viel?

Leiden Sie unter dem Gefühl, sich selbst oder Ihre Familie zu enttäuschen?

Und so weiter und so fort. Langsam arbeitete ich die ganze Liste durch. Ja, ja, ja bei jeder Frage. Aber »ja« war keine Auswahlmöglichkeit. Ich musste mich entscheiden zwischen:

Überhaupt nicht.
An einzelnen Tagen.
An mehr als der Hälfte der Tage.
An beinahe jedem Tag.

Bei der letzten Frage zögerte ich kurz.

Beschäftigt Sie der Gedanke, lieber tot sein zu wollen, oder der Gedanke, sich selbst zu verletzen?

Fee und Sadie nennen mich immer Mer, aber ich habe mal einen Film gesehen mit einer Figur namens Meredith, die alle nur »Death« nannten. Mehr als einmal habe ich bei mir gedacht, dass das eigentlich ein viel passenderer Name für mich wäre. Mein Kuli schwankte zwischen *an mehr als der Hälfte der Tage* und *an beinahe jedem Tag*. Aber ich beschloss zu schwindeln. Was machte es schon für einen Unterschied? Bei den anderen acht Fragen hatte ich schon genügend Punkte gesammelt.

Ich gab Dr. Frost den Fragebogen zurück und wartete ab, während er ihn überflog.

»Habe ich bestanden?«

»Es gibt keine richtigen oder falschen Antworten«, sagte er und sah mich über den Rand seiner Brille an.

»Verstehe«, sagte ich und kam mir vor, als säße ich im Büro des Rektors.

»Miss Maggs, das Ergebnis des Tests deutet darauf hin, dass Sie eine Depression haben.«

»Okay.« Das war die erwartbarste Antwort, die ich je bekommen hatte. »Und jetzt?«

»Jetzt bekommen Sie ein Rezept von mir.« Dr. Frost kritzelte etwas auf einen Block. »Eine Tablette am Tag – und in sechs Wochen kommen Sie wieder. Es kann bei diesen Medikamenten mitunter eine Weile dauern, bis sie wirken, also machen Sie sich bitte keine Gedanken, wenn es nicht gleich besser wird.«

»Ich mache mir ständig Gedanken.« Mein Lachen klang erzwungen und hohl.

Sein Blick huschte kurz zur Uhr, ehe er mich wieder ansah. Meine sieben Minuten waren um. »Versuchen Sie es mit diesen Tabletten, Miss Maggs. Und dann sehen wir weiter.«

»Okay«, sagte ich wieder. Ich würde die Tabletten nehmen. Ich würde tun, was man mir auftrug. Ich würde weiter auf einen Lichtblick hoffen. Ich würde mir Mühe geben, Mer zu sein, und nicht Death.

»Wo warst du?« Mama stand im Flur, als ich nach Hause kam. Sie trug ihren Mantel und hatte die Handtasche über der Schulter. Ich wusste nicht, ob sie gerade kam oder ging. Ich hoffte Letzteres, aber sie kam mir nach, als ich in die Küche ging, und sah zu, wie ich das weiße Papiertütchen aus der Apotheke auf den Tisch fallen ließ.

»Was ist das?«

Ich seufzte. Lügen war zwecklos. Sie bekam ohnehin immer alles heraus, was sie wissen wollte. »Medikamente.« Ich nahm die Tüte und stopfte sie in die Tasche meiner Jeansjacke.

Irgendwas blitzte in ihren Augen, und sie streckte die Hand nach den Tabletten aus. »Lass Mama mal sehen – sei ein braves Mädchen. In der Familie sollte man keine Geheimnisse voreinander haben.«

»Das ist kein Geheimnis, Mama. Ich habe es dir doch gerade gesagt – es ist Medizin.«

»Was denn für eine Medizin? Ich finde nicht, dass du krank aussiehst.« Die Hand noch immer nach mir ausgestreckt, kam sie näher. Ich starrte auf die tief eingegrabenen Furchen in ihrer offenen Handfläche.

»Antidepressiva.«

»Hör auf zu murmeln, Meredith. Du bist kein kleines Kind mehr.«

»Antidepressiva«, sagte ich lauter.

Meine Mutter lachte. »Weswegen solltest du denn depressiv sein?«

Ich starrte sie an. »Ist kompliziert.«

»Meredith, du bist alles andere als kompliziert. Versuchst du etwa schon wieder, dich mit aller Gewalt interessant zu machen?« Sie stand jetzt direkt vor mir, so dicht, dass ihr langer Fingernagel die weiche Haut unter meinem Kinn kitzelte. »Du brauchst keine Glückspillen. Du musst bloß endlich erwachsen werden. Gib sie mir.«

»Nein.«

»*Nein?*« Wieder blitzte es in ihren Augen.

»Das sind meine Tabletten.«

Endlich ließ sie die Hand sinken und kam mit ihrem Gesicht ganz dicht an meins. Ich roch Zigarettenrauch und sah, wie das Make-up in die feinen Fältchen um den Mund gelaufen war.

»Zeig her.«

»Lass mich.« Adrenalin rauschte mir in den Adern. Ich musste mich konzentrieren, mit beiden Füßen fest auf dem Boden zu stehen, und fragte mich, wann Fiona wohl aus dem Friseursalon nach Hause kommen würde. Würde sie doch jetzt bloß in die Küche poltern und sich lauthals über verstopfte Waschbecken und alte Weiber mit schwabbeliger Kopfhaut beschweren.

An etwas anderes als an Mama zu denken, und sei es auch nur für einen Augenblick, war ein Fehler. Mit der Ohrfeige hatte ich nicht gerechnet. Ihre Handfläche traf meine Wange mit einer solchen Wucht, dass sich in meinem Kopf alles drehte.

Ich hasse dich. Die Stimme war in meinem Kopf, aber die Worte galten ihr. Ich schluckte die Tränen herunter, bis sie aus der Küche gegangen war, die Tablettenschachtel in der weißen Papiertüte in meiner Jackentasche noch immer fest umklammert.

Tag 1.279

Freitag, 18. Januar 2019

Diane trägt immer etwas Grünes – mal eine Seidenbluse, mal ein Haarband, mal eine glitzernde Brosche. Ich nehme an, irgendwer muss ihr mal gesagt haben, wie toll die Farbe ihre kastanienbraunen Haare zum Leuchten bringt, und seitdem trägt sie nichts anderes mehr. Und es stimmt – Grün ist ihre Farbe. Heute ist es ein olivgrünes Polohemd. Ich hasse Polohemden – davon kriege ich Beklemmungen.

Ich erzähle ihr von meinem gescheiterten Versuch, das Haus zu verlassen, und sie macht derweil im Hintergrund beruhigend-zustimmende Geräusche.

»Das war ein Riesenschritt für Sie, Meredith, auch wenn Sie das vermutlich ganz anders sehen.« Ich zucke die Achseln.

»Sie haben Celeste bisher noch gar nicht erwähnt«, sagt sie.

»Wir sind auch noch nicht so lange befreundet. Wir haben uns in einem Selbthilfeforum kennengelernt. Sie hat etwas Schlimmes erlebt und mir ihr Herz ausgeschüttet. Ich wollte gerne für sie da sein.«

»Weiter so«, sagt sie. »Sie machen Fortschritte. Würden Sie mir einen Gefallen tun? Immer, wenn Ihnen negative Gedanken übers Scheitern kommen, kehren Sie sie einfach um. Sehen Sie Ihr Scheitern als Lehrstunde. Wir können aus unseren Fehlern lernen und es beim nächsten Mal anders machen und besser.«

»Ich versuch's.«

»Prima. Und wie kommen Sie mit Ihren Achtsamkeitsübungen voran?«

»Ich bleibe dran«, sage ich zu ihr. Was ich ihr nicht sage, ist, dass ich am allermeisten darauf achte, dass Fred bloß keine Rosinen frisst, weil die für Katzen giftig sind.

»Okay«, sagt Diane. »Denken Sie daran, es braucht alles seine Zeit. Behalten Sie die täglichen Übungen bei. Und vergessen Sie das Atmen nicht. Außerdem möchte ich Sie bitten, noch etwas Neues zu versuchen. Haben Sie schon mal von kognitiver Verhaltenstherapie gehört?«

Ihre grünen Augen starren mir aus dem Laptop-Display entgegen. Ich schaffe es, den Blick nicht abzuwenden, und nicke.

»Die kognitive Verhaltenstherapie beschäftigt sich damit, wie Gedankenprozesse unsere Gefühle beeinflussen. Ich glaube, das könnte für Sie sehr hilfreich sein, weil feste Strukturen doch ein großer Bestandteil Ihres Lebens sind und das eine sehr strukturierte Herangehensweise ist.«

»Verstehe.«

»Ich möchte Ihnen für nächste Woche eine Hausaufgabe mitgeben.«

»Okay.« Wundert mich nicht. Diane liebt Hausaufgaben beinahe genauso innig wie die tiefe Bauchatmung.

»Ich möchte, dass Sie sich Stift und Papier nehmen und sich an einen ruhigen, geschützten Ort zurückziehen. Dann denken Sie darüber nach, das Haus zu verlassen, und schreiben auf, was Sie dabei empfinden. Schreiben Sie alles auf, was Ihnen in den Sinn kommt, auch wenn es Ihnen lächerlich erscheint oder keinen Sinn ergibt. Beim nächsten Mal bringen Sie Ihre Notizen mit, und dann sprechen wir gemeinsam darüber. Klingt das machbar?«

»Das klingt prima, Diane.«

Tag 1.284

Mittwoch, 23. Januar 2019

Googelt man »Wie schneidet man sich selbst die Haare«, erhält man grob geschätzt 1.320.000.000 Treffer. Aber auch hier gilt wie sonst im Leben: Man sollte die Sache nicht unnötig verkomplizieren.

Ich lege mir vor dem Badezimmerspiegel Kamm, Haargummi und Frisierschere zurecht. Schon als Kind wusste ich, dass Haushaltsscheren beim Haareschneiden nichts zu suchen haben. Einmal habe ich Mama angebettelt, mit mir zum Friseur zu gehen, weil ich unbedingt einen Pony haben wollte. Aber sie lachte mich bloß aus.

»Kinderkram, das kann ich auch selbst«, hatte sie geschnaubt und in der Klimbimschublade unter der Spüle gekramt, bis sie gefunden hatte, was sie suchte: eine riesengroße Küchenschere mit orangenem Griff. Entsetzt hatte ich zuerst die Schere angestarrt und dann sie. Sie hatte bloß gelächelt. Fiona drückte sich derweil auf der anderen Seite des Zimmers in der Nähe der Tür herum, nur für den Fall, dass Mama auf dumme Ideen kam und sich noch ein weiteres Versuchskaninchen ausguckte.

Ich kämme mir die Haare, bis sie mir glatt auf den Rücken fallen, und betrachte mich im Spiegel. Ich habe mir die Haare schon seit Monaten nicht mehr geschnitten, und die Spitzen reichen bis zum BH. Mit neun konnte ich beinahe darauf sitzen. Mama hat mir jeden Morgen vor der Schule zwei Zöpfe geflochten, so fest, dass mir spätestens mittags der Kopf davon wehtat. Eines Morgens, als unsere Lehrerin kurz aus dem Klassenzimmer gegangen war, hatte ich mir in einem Anflug trotzigen Aufbegehrens die Zopfgummis aus den Haaren gerissen und die lange, wallende Mähne freigeschüttelt, die mir bis über die Schultern fiel.

»Du siehst aus wie eine Prinzessin«, hatte eine meiner Klassenkameradinnen hingerissen geschwärmt. »Solche Haare will ich auch.« Für den Rest des Tages schwebte ich auf Wolke sieben. Doch im Bus nach Hause holte Fiona mich unsanft auf den Boden der Tatsachen zurück. »Mach dir die Haare lieber schnell wieder zusammen«, warnte sie mich. »Sonst dreht Mama noch durch.«

»Dann hilf mir mal«, sagte ich und drückte ihr die Zopfgummis in die Hand. »Allein kann ich das nicht.«

Mit vereinten Kräften bekamen wir irgendwie zwei ziemlich windschiefe Zöpfe hin. Unsere kleinen Hände mussten sich gegen das Geschaukel des Busses mit den dicken widerspenstigen Haarsträhnen abmühen.

»Lass mich vorgehen«, hatte Fiona mir zugeraunt, als wir über den Gartenweg zur Haustür liefen. »Ich versuche sie abzulenken.«

Sie konnte eine tolle große Schwester sein, wenn sie wollte.

Aber all unsere Mühe war umsonst gewesen. Mama sah auf den ersten Blick, dass wir an ihrem akkuraten Flechtwerk herumgepfuscht hatten. »Magst du deine Zöpfe nicht?«, fragte sie mich.

Hätte ich einfach den Mund gehalten, ich wäre vielleicht noch glimpflich davongekommen. Aber nach ein paar Stunden als Prinzessin war ich ungewohnt aufsässig.

»Nein«, erklärte ich. »Davon kriege ich immer Kopfweh. Und kann mich in der Schule nicht konzentrieren.«

»Warum sagst du das denn nicht?«, hatte sie erwidert und mich fest an sich gezogen. Mit herunterhängenden Armen ließ ich ihre Umarmung über mich ergehen und guckte mich verdattert um, bis mein Blick Fionas traf. Die zuckte nur mit den Schultern, genauso ratlos wie ich. Mama hatte es sonst nicht so mit Zuneigungsbekundungen. Genauso unvermittelt, wie sie mich in die Arme genommen hatte, ließ sie mich auch wieder los.

»Warte hier«, befahl sie und ging in die Küche.

Wieder sah ich Fiona an, und wir wechselten einen nervösen, hoffnungsvollen Blick. Damals hatten wir noch Hoffnung.

Gleich darauf kam Mama wieder raus auf den Flur, aber sie hatte keinen Schokoladenkeks oder so was in der Hand, als Trost für zwei Jahre Zopf-Kopfschmerzen. Nein, stattdessen sah ich etwas Orangenes aufblitzen; eine klobige Schere, die sie am Griff um den ausgestreckten Zeigefinger kreisen ließ.

»Komm her, Haareschneiden – die sind schon viel zu lang.« Sie griff nach meinen Zöpfen und rieb die Spitzen zwischen den Fingern. Dann legte sie mir die Hände auf die Schultern und drehte mich langsam zum Spiegel an der Wand.

»So, Mamas Friseursalon ist eröffnet.« Mein Blick traf ihren im Spiegel, und ich versuchte aller Angst zum Trotz zu lächeln. Sie lächelte nicht. Sie machte genauso ein Gesicht wie sonst immer, wenn sie etwas Wichtiges zu tun hatte, wie einen Knopf anzunähen oder Schecks auszustellen, um die Rechnungen zu bezahlen. Fee drückte sich irgendwo im Hintergrund herum und guckte wie gebannt zu.

»Ja, die sind viel zu lang«, erklärte Mama. »Kein Wunder, dass dir der Kopf wehtut, Engelchen. Was du da für ein Gewicht mit dir herumschleppst.«

Ich verstand das nicht – meine Haare kamen mir nicht zu schwer vor. Aber Mama wusste alles am besten, also sagte ich lieber nichts.

»Ich habe mal im Fernsehen gesehen, wie man das macht«,

sagte sie zu mir, nahm einen meiner Zöpfe und klappte die Schere weit auf. Fee hatte Augen und Mund auch ganz weit aufgesperrt; ich sah es im Spiegel.

Ein Zopf fiel zu Boden – und tatsächlich, der dumpfe Aufprall klang richtig *schwer*.

»So, und jetzt der andere! Wir wollen ja nicht, dass du Schlagseite bekommst«, sagte Mama und lachte.

Ich brachte keinen Ton heraus. Meine Kehle war wie blockiert, als wäre mein Herz zu Stein geworden und wollte mir aus dem Mund springen, wäre mir aber im Hals stecken geblieben wie ein riesengroßer Felsbrocken, der einen Höhleneingang versperrt.

Mama merkte nicht, wie mir die stummen Tränen über die Wange liefen. Hochkonzentriert runzelte sie die Stirn und passte auf, dass die Enden gleich lang waren. Meine neue Frisur ging mir nicht mal mehr bis zum Kinn. Endlich trat sie zurück, um ihr Werk zu betrachten.

»Gar nicht schlecht fürs erste Mal.«

»Es ist ... kurz«, krächzte ich.

Sie lächelte und sah mir im Spiegel in die Augen. »Das wächst wieder nach.«

»Ist doch gar nicht so schlimm«, versicherte Fiona mir später, als sie in unserem Kinderzimmer hinter mir kniete und mir behutsam die Haare kämmte. Ich saß da und weinte lautlos und brachte es nicht über mich, noch mal in den Spiegel zu schauen. Ich wusste, dass sie log.

»Ich sehe schrecklich aus«, schluchzte ich. »So kann ich doch nicht in die Schule gehen.«

»Das kriegen wir schon hin«, sagte Fiona sehr bestimmt. Sie schnappte sich eine Ausgabe von *Smash Hits*, die unter ihrem Bett lag, und fing an, darin zu blättern. »Schau mal!« Sie hielt mir das aufgeschlagene Heft unter die Nase. »Ein, zwei Monate, dann hast du einen richtig stylischen Bob. Wie Winona Ryder.«

Ich war noch zu klein, um zu wissen, wer Winona Ryder war, und es dauerte mehr als nur ein, zwei Monate, bis meine Frisur auch nur annähernde Ähnlichkeit mit einem stylischen Bob hatte. Selbst der Haarreif, den ich am nächsten Morgen in der Schule trug, konnte kaum davon ablenken, wie kurz meine Haare waren. Meine neue Frisur war *das* Gesprächsthema auf dem Pausenhof. Fiona wich während sämtlicher Pausen und über Mittag nicht von meiner Seite, bereit, jedem ins Gesicht zu springen, der es wagte, sich über mich lustig zu machen. Tat aber niemand. Die Jungs kicherten nur blöde. Und die Mädchen starrten mich mit großen Augen von Weitem misstrauisch an wie ein wildes Tier.

Ich muss an die neunjährige Meredith denken und daran, wie tapfer sie war, während ich mir die Haare in der Mitte scheitele und beiderseits über die Schulter nach vorne fallen lasse, sodass sie auf meiner Brust liegen. Ich greife nach der Schere. Kühl liegt sie in meiner Hand, und noch eine Erinnerung – eine viel frischere – blitzt unvermittelt auf: Wasser und Blut, die um meine Füße strudeln und in den Abfluss gurgeln, mein Körper, der auf den glatten Boden der Duschwanne sinkt. Gänsehaut am ganzen Körper, als ich, mit schmerzenden Gliedern, wieder zu mir komme, die offene Klinge schimmernd in einem kleinen Rechteck aus nachmittäglichem Sonnenlicht, das durch das Badezimmerfenster fällt.

Tag 1.294

Samstag, 2. Februar 2019

Celeste kommt heute vorbei, ein spontaner Besuch, den wir erst gestern Abend verabredet haben, und ich bin so aufgeregt, dass ich partout nicht stillsitzen kann. Ihr noch mal abzusagen geht nicht, ich will ja nicht als Wortbrecherin dastehen. Wenn ich eins von Mama gelernt habe, dann, wie unglaublich wichtig es ist, was andere über einen denken. Rastlos tigere ich durchs ganze Haus und spähe in jeden Winkel und in jede Ecke, bemüht, alles mit ihren Augen zu sehen, stets auf der Suche nach verräterischen Spuren, die schreien: »Hier wohnt eine Frau, die nie aus dem Haus geht.«

Wer weiß, vielleicht nehme ich heute all meinen Mut zusammen und erzähle ihr die ganze Geschichte.

Sie kommt pünktlich auf die Minute, und ich reiße ihr die Tür sperrangelweit auf, mit einem, wie ich inständig hoffe, entspannten, einladenden Lächeln im Gesicht, und nicht der verzerrten Fratze einer Wahnsinnigen, die abwechselnd zwanghaft geputzt, tief in den Bauch geatmet und Rosinen gefuttert hat, um sich irgendwie wieder zu beruhigen.

Doch meine Sorge ist unbegründet. Ihr Gesicht ist gar nicht zu sehen, versteckt hinter einem gewaltigen Blumenstrauß – traumschöne frische Blüten in knalligem Orange, Gelb und Rosarot. Ich kann gar nicht anders, als übers ganze Gesicht zu strahlen.

»Hallo«, piepst sie, und ein Gesicht lugt hinter den Blumen

hervor. Ein entzückendes Gesicht, akkurater Bob, Sommersprossen auf der Nase und eine kleine Lücke zwischen den Schneidezähnen.

»Hallo.« Ich erwidere ihr Lächeln und nehme das Blumenbouquet aus ihren ausgestreckten Armen entgegen. »Wow, Celeste, vielen Dank. Die sind aber schön.«

»Ich freue mich so! Endlich ein Gesicht zu deiner Stimme«, ruft sie.

»Geht mir genauso«, entgegne ich. Und meine es auch so, sehr zu meiner eigenen Verblüffung.

Ich stelle die Blumen in eine Vase, die ich erst aus den verstaubten Untiefen meines Küchenschranks kramen muss. Ich bin es gar nicht mehr gewohnt, Blumen geschenkt zu bekommen. Seit Gavin hat mir niemand mehr welche mitgebracht. Ich lasse mir Zeit, die samtzarten Blüten behutsam zu arrangieren. Celeste ist derweil mit Fred beschäftigt, und ich stecke die Nase in den Strauß und atme den unbeschreiblichen Duft ein – eine betörend süße Frische, wie sie nicht mal die teuerste Duftkerze nachahmen kann. Ich stelle die Vase auf einen Ehrenplatz auf dem Fensterbrett im Wohnzimmer, während Celeste staunend mit den Fingerspitzen die Bücherreihen im Regal entlangfährt. »Hast du die wirklich alle gelesen?«

Ich führe sie kurz durchs Haus, und sie aaaht und hmmmt und oooht an den richtigen Stellen und lacht über Fred, der uns in jedes Zimmer nachläuft. Sie bewundert meine alten gerahmten Reklame-Plakate von Capri und Sizilien, die am oberen Treppenabsatz an der Wand hängen, und erzählt mir dann, ihr Onkel sei Italiener.

»Echt? Wow.« Sofort muss ich an Schulferien unter heißer südlicher Sonne denken und sehe die kleine Celeste, wie sie fröhlich durch alte Kopfsteinpflastergässchen hüpft.

»Er wohnt schon sein Leben lang in Paisley«, sagt sie, als könne sie Gedanken lesen. »Hat einen kleinen Imbiss in der High Street.«

Wir müssen beide lachen.

»Ich versuche gerade, ein bisschen Italienisch zu lernen«, verrate ich ihr.

»Meredith, du Kosmopolitin!«

Wir gehen wieder in die Küche, und ich koche uns eine Kanne Tee und schneide den Pekannuss-Walnuss-Kuchen auf, während Celeste das Tausend-Teile-Puzzle von Salvador Dalis *Christus des Heiligen Johannes vom Kreuz* betrachtet, das fast den ganzen Küchentisch einnimmt. Eigentlich hatte ich gehofft, es gestern Abend fertig zu bekommen, aber die Sitzung mit Diane hat mich so geschlaucht, dass ich nach dem Abendessen auf der Couch eingeschlafen bin. Gegen Mitternacht wurde ich wieder wach, überhitzt und verwirrt und mit steifem Nacken. Und weil ich nicht mehr einschlafen konnte, habe ich dann gebacken.

»Das ist grandios, Meredith.« Celeste bestaunt noch immer das Puzzle.

»Es fehlt nur noch ein Stückchen Himmel«, sage ich. »Hast du das Original mal gesehen? Es ist hier in Glasgow.«

»Ach, ehrlich?«

»Ja. Seit 1952 hängt es im Kelvingrove Kunstmuseum. Ich war völlig hin und weg, als ich es das erste Mal gesehen habe.« Plötzlich habe ich ein sehnsüchtiges Ziehen in der Brust.

Celeste nippt an ihrem Tee. »Ich muss zu meiner Schande gestehen, dass ich seit Urzeiten nicht mehr im Kelvingrove war. Seit einem Schulausflug. Ich hab von Kunst überhaupt keine Ahnung. Nicht wie du.«

Mit einer abwehrenden Geste wische ich das Kompliment beiseite und werde trotzdem rot dabei.

»Hey, vielleicht können wir ja mal zusammen hingehen? Du könntest mich ein bisschen herumführen.«

Und da ist sie plötzlich – die Gelegenheit, ihr endlich die Wahrheit zu sagen. Ich schaue auf meine Hände, aus dem Fenster, zurück zu dem blöden Puzzle. Überallhin, nur nicht ihr in die Augen. Ich komme mir lächerlich vor mit meinem Papp-Abziehbildchen dieses grandiosen Meisterwerks (in dem noch dazu ein gigantisches Loch klafft, gleich unter Jesus Christus' linker Achselhöhle), wo das Original noch nicht einmal drei Meilen entfernt im Museum hängt.

»Ich gehe nicht viel raus.« Mehr bringe ich nicht über die Lippen.

»Na, dann mal los. Hol deinen Mantel – wir machen uns gleich auf den Weg. Wir gehen, wohin du willst.«

Ich schaue sie an, sehe ihr begeistertes Gesicht und verziehe meins. *Sag es ihr, auf der Stelle*, kommandiert die Stimme in meinem Kopf.

»Ist das Forum gut gegen die Einsamkeit?«

Sag es ihr, sofort.

»Das ist noch nicht alles«, sage ich und hoffe inständig, sie möge die einzelnen Punkte im Kopf verbinden und es endlich kapieren.

Doch sie nimmt bloß meine Hand und drückt sie sachte. »Du bist so ein toller Mensch, Meredith. Ich wünschte, du könntest sehen, was ich sehe.«

»Das hat Gavin auch immer gesagt.«

»Gavin?«

»Das war mein ... jemand, den ich mal kannte.«

»Tja, dein Gavin hatte recht. Mal im Ernst, Meredith. Du bist so unsagbar nett und liebenswert. Und schräg.«

Ich weiß, sie meint es nur gut, aber mir ist das alles unfassbar peinlich. Ich wollte keine Komplimente hören. »Schräg‹, heißt das nicht eigentlich ›durchgeknallt‹?«, scherze ich.

»Nein, was denkst du denn! Schrägsein ist was Gutes.«

»Okay, dann erobern wir uns das Schrägsein zurück. Und puzzeln kann ich auch, nicht zu vergessen.«

»Du bist eine Puzzlemeisterin. Und du magst Katzen. Wir Katzenleute müssen zusammenhalten.«

Wie aufs Stichwort kommt Fred in die Küche getigert. Er springt neben Celeste auf die Bank und stupst mit der Pfote ihren Ellbogen an. Lachend nimmt sie ihn auf den Schoß. »Verstehst du jetzt, was ich meine?« Sie schiebt mir über den Tisch ihr Handy zu. »Hier, schieß mal ein Foto von mir und dem roten Räuber. Wobei, nein, komm her. Wir knipsen ein Selfie.«

»Ich hab noch nie ein Selfie gemacht«, muss ich zu meiner Schande gestehen und setze mich zu ihr.

»Tja, dann ist es mir eine Ehre, mit dir auf deinem ersten Selfie zu sein.« Sie hält das Handy auf Armeslänge von uns weg und dreht es so, dass wir im Display erscheinen. Fred hat keine Lust auf Fotos. Er fängt an, sich die Pfote zu putzen und das Ohr, und als wir uns anschließend das Foto anschauen, sieht man nur ein verwackeltes flauschiges orangerotes Fellknäuel auf Celestes Schoß. Celeste strahlt frisch und fröhlich in die Kamera, mit blitzenden weißen Zähnen und glänzenden Haaren. Ich lächele ziemlich schief und gucke haarscharf an der Kamera vorbei.

»Ich find's toll«, verkündet Celeste. Sie legt den Arm um mich und drückt mich. Ein ungewohntes Gefühl, aber eigentlich ganz angenehm. Für Celeste zum Glück etwas ganz Selbstverständliches. Meine linkische Unbehaglichkeit scheint ihr gar nicht weiter aufzufallen. Beherzt schwingt sie das Bein über die Bank und springt in einer geschmeidigen Bewegung auf, und mir bleibt es erspart, mich irgendwie aus ihrer Umarmung lösen zu müssen wie ein unpassendes Puzzleteil, das mit Gewalt in die verkehrte Lücke gequetscht wurde.

Celeste ist gerade weg, und Fred sitzt auf dem Platz im Erkerfenster und drückt sich die Nase an der Fensterscheibe platt. Ich überlege, ob ich mir Sorgen machen muss, dass er meinen Blumenstrauß anknabbert, aber er schnuppert bloß kurz an den Blüten und starrt dann wieder nach draußen. Eine Szene wie ein Stillleben – sie erinnert mich an die Webseite mit den gefälschten Van-Gogh-Gemälden, über die ich mal gestolpert bin. Zwischen den *Sonnenblumen* hatte sich eine dicke schwarze Katze eingeschlichen, die mit diabolischem Blick an einem der Stengel kaute. Fred neigt glücklicherweise nicht zur Zerstörungswut, weshalb ich hoffe, dass er die Blumen in Ruhe lässt. Ich will schon »wie lange halten Schnittblumen?« googeln, begnüge mich dann aber mit der Hoffnung, dass sie möglichst lange frisch bleiben.

Und dann liege ich also auf der Couch und bewundere den Strauß – und überlege, mir ein Blumenpuzzle zu kaufen, wobei ich fast befürchte, die teuflische schwarze Katze hat mir die Freude an den *Sonnenblumen* vergällt –, während Fred auf dem Fensterplatz sitzt und Celeste nachtrauert. Bestimmt mag er sie lieber als mich. Ich könnte es ihm nicht verdenken. Ich mag sie auch lieber als mich.

Sie hat mir schon unser Selfie gemailt. (Betreff: Jubel, Trubel, Heiterkeit!) Ich stelle es als neues Hintergrundbild auf meinem Handy ein, obschon ich darauf aussehe wie ein erschrockenes Erdmännchen. Kurz schaue ich es mir an, dann ändere ich es wieder auf mein Lieblingsbild von Fred als kleinem Kätzchen, wie er zusammengeringelt am Fußende meines Bettes liegt.

Laut Handy ist es 16:48 Uhr. Sonst hätte ich samstags um diese Zeit längst die Wäsche gemacht, das Abendessen vorbereitet, ein bisschen Italienisch gelernt und die Tesco-Bestellung für die kommende Woche aufgegeben. Nichts davon habe ich geschafft, und ich kann mich auch nicht dazu aufraffen.

Ich schaue mich im Wohnzimmer um, sehe die alphabetisch geordneten Bücher, die ordentlich aufgestapelten Puzzles. Ich muss an Dalis Gemälde denken, das unvollendet auf meinem Küchentisch liegt. Mein Blick geht über die anderen Schachteln. Der Grand Canyon, in die schillernden Farben eines Sonnenuntergangs getaucht. Roms historische Silhouette. *Das Floß der Medusa* von Théodore Géricault. *Kathedrale von Salisbury von den Wiesen* von John Constables. Ich sammele Schachteln voller Orte, die ich nie besuchen, Kunstwerke, die ich nie sehen werde.

1993

»Wenn du überall auf der Welt hinkönntest, wohin würdest du wollen?«, fragte Sadie mich und hakte sich bei mir unter. Wir kamen gerade aus der Schule und waren auf dem Weg zu ihr nach Hause, Fingernägel lackieren und die *Chart Show* gucken, die sie samstags für uns aufgezeichnet hatte.

»Ins Kelvingrove Kunstmuseum«, antwortete ich wie aus der Pistole geschossen.

»Meredith Maggs.« Abrupt blieb sie stehen, ohne meinen Arm loszulassen. Ich wurde zurückgerissen, und der Rucksack knallte mir unsanft gegen die Schultern.

»Was denn?«, fragte ich und starrte sie an.

»Von allen Orten auf der ganzen Welt? Da würdest du hinwollen?«

»Jetzt im Moment, ja.«

»Das große olle Museum um die Ecke von der Uni?«

»Ja.«

»Nicht nach Paris oder Australien oder New York oder an den Amazonas?«

»Nö.«

»Warum zum Teufel das denn?«

Ich schluckte. »Weil ich da schon seit Jahren hinwill, aber sie lässt sich einfach nicht überreden.«

»Deine Mum?«

Ich zögerte kurz, dann nickte ich. Unsere Freundschaft war noch ziemlich frisch, und ich versuchte mit allen Mitteln, sie von Mama und der traurigen Realität zu Hause fernzuhalten.

Sadie warf einen Blick auf die Uhr. »Komm schon«, sagte sie grinsend und zerrte mich am Arm zurück zur Schule. »Ich glaube, da fährt ein Bus in die Stadt, gegenüber vom Park.«

»Wo willst du hin?«

»Was glaubst du denn? *Ins Kelvingrove Kunstmuseum, verdammt noch mal.*«

Tatsächlich fuhr ein Bus von der anderen Seite des Parks, aber er fuhr nicht in die Stadt – zumindest nicht dahin, wo wir hinwollten. Ich kauerte auf dem niedrigen Mäuerchen um den großen Parkplatz, während Sadie den Busfahrer löcherte.

»Wir müssen den 38er nehmen«, sagte sie, ließ den Rucksack neben meinen Füßen auf den Boden fallen und hockte sich zu mir. »Der nächste fährt angeblich in sieben Minuten.«

»Hast du genug Geld dabei?«

Sie klopfte sich auf die Jackentasche. »Ich habe eine Bankkarte. Ich hebe noch was ab, sobald wir da sind.«

»Du hast eine Bankkarte?«

»Du nicht?«

»Nein«, gestand ich. Seit Kurzem jobbte ich an den Wochenenden im Imbiss um die Ecke. Mama kassierte die Hälfte meines Lohns ein, den Rest stopfte ich in eine alte Schuhschachtel unter meinem Bett.

»Geh zur Clydesdale Bank«, sagte Sadie. »Die geben dir zwei Kinokarten gratis, wenn du bei denen ein Konto eröffnest.«

Ich hätte ihr zu gern gesagt, wie froh ich war, sie zur Freundin zu haben, so ein hübsches junges Mädchen, das sich benahm wie eine Erwachsene und alles wusste, was Mädchen in unserem Alter wissen mussten. Stattdessen nickte ich nur. »Kinokarten. Cool.«

Die Linie 38 kam siebzehn Minuten zu spät und war proppenvoll. Wir quetschten uns in ein kleines Eckchen und klammerten uns an die Haltestange über unseren Köpfen, um nicht das Gleichgewicht zu verlieren. Trotzdem wurden wir jedes Mal, wenn der Bus um eine Kurve fuhr oder anhielt, hin und her geschleudert wie Puppen. Einmal landete Sadies Nase in der Achselhöhle eines wildfremden Mannes. Wortlos verzog sie das Gesicht und tat, als müsse sie würgen, und ich musste so laut lachen, dass es durch den ganzen Bus schallte. Die Fahrt war so unterhaltsam, dass ich beinahe vergessen hätte, wo wir eigentlich hinfuhren. Aber der behäbig fließende Stadtverkehr brachte uns schließlich doch noch ans Ziel, und da war es, gleich vor meiner Nase: ein imposanter roter Sandsteinpalast mit Türmchen auf dem Dach.

Es war nur noch eine Stunde bis zum Ende der Öffnungszeit und mucksmäuschenstill im Museum. »Schau mal!« Sadie wies auf die Spitfire, die über uns von der Decke hing. Ich verdrehte mir fast den Hals, weil ich mir alles gleichzeitig ansehen wollte – das hohe Bleiglasfenster, den gewaltig großen ausgestopften Elefanten, die antiken Kostüme, die stolz in ihren Schaukästen standen. Mit großen Augen beguckten wir die Gemälde und verstanden nicht, warum es uns zu manchen mehr hinzog als zu anderen.

»Hätte ich doch bloß eine Kamera dabei«, sagte ich zu Sadie.

»Beim nächsten Mal«, sagte sie. »Wir machen einen Tagesausflug. Wir bringen uns ein Picknick mit und essen es draußen auf dem Rasen.«

Ich drückte ihre Hand.

Neugierig steckten wir die Köpfe in jeden Raum, erkundeten jeden Korridor und kamen uns dabei sehr erwachsen vor, bis wir zufällig auf einen Schatz stießen, von dem wir gar nicht wussten, dass wir ihn gesucht hatten. *Christus des Heiligen Johannes vom Kreuz. Salvador Dali, 1951*, stand auf der kleinen Karte. Ich schaute auf, und die Kinnlade klappte mir herunter.

Tag 1.299

Donnerstag, 7. Februar 2019

Ich kann einfach nicht aufhören zu kratzen. Das winzige Ekzem unten am Daumenballen, das nie so ganz weggeht, zieht sich über die gesamte Handfläche.

»Das habe ich schon, solange ich zurückdenken kann«, erkläre ich Tom. »Ich weiß, ich sollte lieber aufhören zu kratzen, aber das ist sauschwer.«

»Brauchst du was vom Arzt? Oder soll ich dir was aus der Apotheke besorgen?«

»Ich mache nach dem Baden heute Abend was von meiner Salbe drauf. Aber ... danke.« Keine Ahnung, wie es so weit gekommen ist, aber mittlerweile macht es mir gar nichts mehr aus, dass Tom gelegentlich irgendwelche Sachen für mich erledigt. Wie zum Beispiel mir Bio-Hühnerbrust mitzubringen, wenn Tesco mal wieder die Hälfte meiner Bestellung vergessen hat, oder Fred auf dem Schoß festzuhalten, damit ich ihm die Krallen schneiden kann. Und ich komme mir dabei nicht mal wie ein Sozialfall vor.

»Mama hat immer gesagt, sie bindet mir die Hand am Tischbein fest, damit ich mich nicht mehr kratze«, sage ich ganz beiläufig, während ich ihm eine Tasse Tee einschenke und einen Früchte-Scone auf den Teller lege. Ich frage gar nicht mehr, ob er was von meinem jeweiligen Gebäck der Woche möchte. Er sagt immer Ja und isst alles, was ich ihm vorsetze.

»Das soll ein Witz sein, oder?« Sein entsetztes Gesicht führt mir wieder mal vor Augen, wie unterschiedlich unsere Kindheit gewesen sein muss.

»Nein. Manchmal habe ich mich nachts im Schlaf so schlimm gekratzt, dass die Bettwäsche morgens voller Blutflecken war.«
Er zuckt zusammen. »Autsch.«

Irgendwann wurde das Jucken so schlimm, dass ich Mama anflehte, mir was vom Arzt zu besorgen. Es war mir ganz egal, für wie schwach und waschlappig sie mich halten würde.
»Was machst du auch immer so ein Theater«, erwiderte sie. »Lass einfach die Finger davon, dann heilt es ganz von selbst.«
Aber je mehr ich kratzte, desto größer wurde die wunde Stelle. Nach ein paar Wochen zog sie sich über den ganzen Handrücken bis zur Oberseite des Handgelenks. Ich wagte kaum hinzuschauen, wenn ich in der Badewanne lag, und stellte mir schaudernd vor, wie der Ausschlag sich immer weiter ausbreitete, über die Arme, den Rücken, die Brust, bis er meinen ganzen Körper überzog.

»Du machst mich wahnsinnig«, schimpfte Mama eines Morgens, als ich einfach nicht aufhören wollte zu weinen, doch dann packte sie meine Hand und schaute sich die Stelle genauer an.

»Ich glaube, das ist ein Ekzem«, warf Fiona ein. »Hat ein Junge aus meiner Klasse auch. Zweimal am Tag muss er da so eine ganz fies stinkende Salbe draufschmieren, und schwimmen darf er auch nicht, weil es vom Schwimmbadwasser schlimmer wird.«

Ich fing an, haltlos zu schluchzen. Mir doch egal, ob ich Theater machte. Auf die Schwimmstunden mit Tante Linda immer donnerstags nach der Schule freute ich mich die ganze Woche über. Nach der Stunde stieg sie meist noch zu mir ins Wasser und planschte ein bisschen im Nichtschwimmerbecken herum, weil sie sich die Haare nicht nass machen wollte. Ich übte, unter Wasser die Luft anzuhalten, und wandte und schlängelte mich wie eine Meerjungfrau. Hinterher kämmte sie mir behutsam die Knoten aus den Haaren, während ich dasaß und Kartoffelchips mit Essig und Salz aus dem Snackautomaten futterte. Die Silbermünze aus dem Schließfach durfte ich behalten. Die hortete ich in einer alten Keksdose unter meinem Bett, meine geheime Schatzkiste.

»Unsinn.« Mama rümpfte angewidert die Nase und ließ meine Hand abrupt los. »Das ist kein Ekzem.«

»Nicht?« Ich schöpfte wieder Hoffnung. Vielleicht konnte ich doch weiter zur Schwimmstunde gehen.

»Ganz bestimmt nicht.«

»Was soll es denn sonst sein?«, wollte Fiona wissen. »Ist sie vielleicht gegen irgendwas allergisch?«

»Sie hat miserable Gene, weiter nichts«, meinte Mama hämisch. Mit den Zähnen zog sie eine Zigarette aus der Schachtel, dann ließ sie das schwere silberne Feuerzeug mit den eingravierten Initialen an der Seite aufschnappen.

»Das verstehe ich nicht«, schniefte ich und rieb hinter meinem Rücken mit dem Daumen der anderen Hand über die juckende Stelle.

»Wie auch.« Mama legte den Kopf in den Nacken und blies einen Rauchkringel in die Luft. Ich sah zu, wie er aufstieg, größer und größer wurde und sich dann in Nichts auflöste.

»Du hast einfach eine schlechte Veranlagung«, sagte sie schließlich. »Und mit dem Alter wird das nur noch schlimmer, also gewöhn dich am besten schon mal dran. Eines schönen Tages wachst du auf und bist von Kopf bis Fuß verkrustet. Dann wird dir keiner mehr zu nahe kommen wollen. Schade, schade. Aber so ist das Leben. Man muss es nehmen, wie es ist.«

Mit vor Entsetzen aufgerissenem Mund starrte ich sie an. »Was soll das heißen, ›schlechte Veranlagung‹?«

»Dein Vater, Engelchen, hatte eine furchtbar schlechte Haut. Ständig hat er sich geschuppt, wie eine Schlange, die sich häutet. Und wenn du mich fragst, bei dir ist es noch viel schlimmer. Wir werden dir einen Staubsauger unters Bett stellen müssen.« Lachend blies sie eine Rauchwolke aus.

»Und Fiona?«, fragte ich. »Warum hat die das nicht?«

»Ach, die hat einfach Glück gehabt. Sie hat meine makellose Haut geerbt. Wie gesagt, Engelchen, da kann man nichts machen.«

Ich rannte in mein Zimmer, schlug die Tür hinter mir zu und hielt unter der Bettdecke die Luft an. Eigentlich dachte ich, sie würde mir aufgebracht hinterherkommen. Kam sie aber nicht. Irgendwann musste ich wohl eingeschlafen sein, jedenfalls wachte ich davon auf, dass jemand sich auf mein Bett setzte. Ich war ganz erhitzt, und es dauerte einen Moment, bis ich wieder wusste, wo ich war.

»Ich mache dir einen Termin beim Arzt«, flüsterte Fiona. »Morgen früh rufe ich da an – und tue, als wäre ich sie. Wir versuchen, gleich nach der Schule einen Termin zu bekommen, und beeilen uns ganz doll.«

»Danke«, krächzte ich. Die rohe rote Haut an meiner Hand pochte.

»Und das mit unserem Dad, das stimmt nicht.«

»Woher willst du das wissen?«

»Kannst du dich daran erinnern, dass er sich gehäutet hat wie eine Schlange?«

»Nein«, antwortete ich. Tatsächlich konnte ich mich kaum noch an ihn erinnern. Sein Gesicht war im Laufe der Jahre fast zur Unkenntlichkeit verblasst. Wenn ich die Augen fest zumachte und versuchte, ihn mir vorzustellen, war es beinahe, als fischte ich auf dem Grund eines trüben Tümpels nach ihm.

Hatte er meine Augen, die blau oder grün oder grau sein konnten, je nach Lichteinfall und dem, was ich gerade anhatte? War er blond wie Fiona oder dunkelhaarig wie ich? Manchmal, wenn ich es schaffte, ihn aus dem Tümpel zu ziehen, trieben seine Gesichtszüge knapp über seinem Kopf – und ließen sich einfach nicht festmachen. Selbst in meinen Träumen blieb er gesichtslos, eine unfassbare, verschwommene Gestalt, die stumm durch unser Leben glitt. Aber Schlangenschuppen hatte er in meinen Träumen nicht. Daran hätte ich mich ganz bestimmt erinnern können.

Seufzend zog ich mir die Bettdecke über den Kopf. Ich wusste, dass Mama mir bloß eins auswischen wollte. Immer musste sie das letzte Wort haben, und nie ließ sie mich gewinnen.

Fiona zog mir mit einem Ruck die Bettdecke weg, und wir starrten einander wortlos an, bis eine schließlich blinzeln musste. Gegen sie gewann ich auch nie.

»Erinnerst du dich noch an ihn?«, wollte ich wissen.

»Ja«, sagte sie.

»Erzähl mir von ihm.«

»Ich erinnere mich an einen großen Streit, ein paar Tage, bevor er gegangen ist. Es war ein warmer Tag. Sie waren in der Küche … Ich kam rein, und Mama hat mich angeschrien, ich solle sofort nach oben gehen.«

»Wie hat er ausgesehen? Was für eine Haarfarbe hatte er?«

»Hellbraun.«

Mein Herz wurde ganz schwer, wie ein Gewicht in meiner Brust. »Warum hat er uns nicht mitgenommen?«

Sie zuckte nur die Achseln. »Er wollte uns wohl nicht.«

Das wollte ich ihr nicht glauben. Ich kratzte mich an der Hand.

»Aber egal, wichtig ist doch nur, dass er nicht schuppig war, Meredith. Ich erinnere mich noch genau an seine Haut. Die war glatt. Ganz normale glatte Menschenhaut.«

Das tröstete mich nicht. »Aber dann wäre ich ja das einzige Mängelexemplar in der Familie.« Ich legte mich wieder hin und drehte meiner Schwester den Rücken zu. Ich zog mir die Bettdecke über den Kopf und träumte davon, endlich von hier wegzukommen.

»Ich habe mich gekratzt, bis ich Blut unter den Fingernägeln hatte«, erzähle ich Tom.

Manchmal wird sein mitfühlender Blick mir zu viel. Ich nehme unsere Teller, fege die Scones-Krümel in den Müll und räume ganz unnötig in der Küche herum. Er lässt mich.

1999

Sie half mir packen und tat nicht mal, als freute sie sich für mich.
»*Fee.*«
»Nimmst du den mit?«, fragte sie und wedelte mit dem Lockenstab vor meiner Nase herum. Wir benutzten ihn beide schon seit Jahren nicht mehr. »Kannst du behalten«, sagte ich zu ihr. »Ich reise mit leichtem Gepäck. In meiner neuen Wohnung gibt's nicht viel Stauraum.«
Meine Schwester verdrehte die Augen und machte sich nicht die geringste Mühe, es vor mir zu verbergen.
»Kommst du am Wochenende zum Essen?« Ich packte die letzten Bücher in die Kiste und klebte zwanzig Jahre Realitätsflucht mit Paketband zu.
»Mal sehen. Kann sein, dass ich keine Zeit habe.« Sie machte den Schrank auf und fing an, in meinen Sachen herumzuwühlen.
»Wieso denn nicht?«, wollte ich wissen.
»Ich bin mit Lucas verabredet. Und das geht dich gar nichts an.«
Ich biss mir auf die Lippen und versuchte, mir eine Antwort zu verkneifen. Wenn einer mich auf die Palme bringen konnte, dann sie. »Tja, dann musst du ihn halt mitbringen. Ich hole uns was. Was du willst. Pizza? Curry? Gebratener Reis Spezial?«
Sie murmelte irgendwas, das ich nicht verstand.
Ich ließ sie schmollen und fing an, Bettdecke und Kissen in einen großen Müllsack zu quetschen. Eigentlich brauchte ich dringend neue – die hier hatte ich schon als Kind gehabt. Aber das musste noch warten. Seit einem Jahr arbeitete ich im Call-

center und hatte gespart wie besessen, um genug Geld für die Kaution zusammenzukratzen, für die erste Monatsmiete und die Rechnungen, und um einen kleinen Notgroschen beiseitezulegen. Das hatte ich im Fernsehen gelernt. Als Erwachsener brauchte man so was.

Für die meisten Menschen wäre meine erste eigene Wohnung sicher nichts Besonderes gewesen. Im Gegenteil, sie war sogar besonders un-besonders. Aber die meisten Menschen hatten als Kind vermutlich auch von einer Villa mit Garten und moderner Küche und gigantischem Fernseher geträumt. Einer extravaganten Badewanne mit Löwenfüßen. Einem Freiluft-Whirlpool. Einem gewienerten Wagen in der Einfahrt. Vielleicht sogar zwei in der Doppelgarage. Meine Träume waren immer schon eine Nummer kleiner gewesen. Ich war überglücklich mit der winzigen Parterre-Wohnung, in der sich die Tapete von den Wänden schälte. Die keine Badewanne hatte, bloß eine enge Duschkabine mit einer Tür, die nicht richtig schloss. Nicht mal einen Fernseher gab es. Aber ich hatte vor dem Umzug absichtlich keine neuen Möbel gekauft. Mama hatte uns immer eingebläut, bloß nicht das Schicksal herauszufordern. Sie sagte, sie wisse aus eigener Erfahrung, dass einem das Leben am liebsten dann die Pläne durchkreuzt, wenn man am wenigsten damit rechnet.

»Hey, das ist meins.« Fiona angelte ein blaues Kapuzenoberteil aus dem Haufen zerknüllter Klamotten, die sie achtlos auf den Boden geworfen hatte.

Ich schaute auf. »Das hat ein Brandloch am Ärmelbündchen.«

»Ist aber trotzdem meins.«

»Dann nimm es. Und zieh Leine, wenn du so ein Stinkstiefel sein musst. Ich schaffe das auch alleine.«

Miesepetrig funkelte sie mich an, zog sich das blaue Oberteil über den Kopf und stopfte verstockt die Arme in die Ärmel. Aber sie zog nicht ab, sie saß bloß da und guckte mich an. Ich guckte zurück. Es war ein heißer Sommer gewesen, ihr Gesicht war voller Sommersprossen, und die blonden Haare waren stellenweise fast weiß. Ich stellte mir vor, wie sie noch in zehn Jahren in diesem Zimmer sitzen würde, in demselben Oberteil mit Brandloch am Ärmel. Dieselben Klamotten, dasselbe Zimmer, dasselbe Leben.

»Fee.« Ich krabbelte zu ihr rüber und griff nach ihrer Hand. Sie zog sie weg, aber ich packte sie und hielt sie fest.

»Aua. Du tust mir weh.«

»Mir egal. Rede mit mir.« Ich wollte es von ihr hören. Ich wollte sie sagen hören, ich solle nicht gehen. Ich solle nicht ohne sie gehen. Und irgendwie wollte ich auch hören, dass sie neidisch war, dass ich jetzt ging. Dass, obwohl sie doch immer die Anführerin gewesen war, die Entscheiderin, ausgerechnet ich nun den ersten Schritt in die Freiheit wagte.

»Ich kann es halt nicht ausstehen, wenn du dich ohne zu fragen an meinem Kram bedienst.«

Noch ehe ich zum Gegenschlag ausholen konnte – denn wenn hier eine das machte, dann sie –, drückte sie meine Hand. Wie auf Kommando prusteten wir beide laut los vor Lachen.

»Ich weiß, das ist nicht leicht für dich. Aber es wird Zeit. Nein, eigentlich ist es längst überfällig. Wir hatten eine Abmachung, schon vergessen?«

»Meredith, da waren wir, was, zehn, als wir uns das geschworen haben. Nie im Leben hätten wir als Teenager zusammen ausziehen können.«

Ich nickte. »Okay, aber ich habe noch ganze sechs Jahre gewartet. Und ich habe dir gesagt, du sollst mitkommen. Du und ich. Nur wir zwei.«

Sie zuckte die Achseln. »Ich ziehe dann wohl mit Lucas zusammen.«

Das war so gar nicht, was ich hören wollte. Wie ein penetranter Gestank hatte Lucas sich irgendwie in unserem Leben festgesetzt und war unerklärlicherweise immer noch da, wesentlich länger als erhofft. In seiner Nähe kriegte ich regelmäßig eine Ekelgänsehaut. Immer glotzte er mich mit zusammengekniffenen Augen einen Moment zu lange an und streifte mich im Vorbeigehen, auch wenn mehr als genug Platz war.

Wahllos fing ich an, Klamotten in einen Müllsack zu stopfen.

»Tja, ewig kannst du hier jedenfalls nicht bleiben.«

»Ich weiß, ich weiß. Vielleicht stirbt sie ja bald. Hast du sie in letzter Zeit mal husten gehört? Dann gehört die Bude mir. Ganz allein. Und ich kann noch mal von vorne anfangen.«

»Wie kannst du nur so was Schreckliches sagen?«, brummte ich.

»Was denn? Jetzt tu nicht so, als hättest du das nicht auch schon mal gedacht: Wie viel besser es wäre, wenn sie nicht mehr da wäre.«

»Wir beide könnten so viel Spaß haben, Fee. Du und ich, allein in der großen Stadt.«

»Das ändert doch nichts, das weißt du selbst.«

»Du hast es mir versprochen, weißt du noch?« Ich versuchte, ganz beiläufig zu klingen. »Damals ... und ich habe dir geglaubt.«

»Das war auch so gemeint! Ich habe es ja selbst geglaubt.«

»Und was ist jetzt anders als damals? Komm schon, Fee. Wir fangen noch mal ganz von vorne an, nur du und ich.«

Sie seufzte. »Meredith, du ziehst in eine Ein-Zimmer-Wohnung.«

»Na und? Wir haben uns doch schon immer ein Zimmer geteilt.« Ich musste mich ein bisschen umsetzen, damit ich keinen Krampf im Fuß bekam, aber ich ließ ihre Hand nicht los. »Und wenn du dir nicht das Zimmer mit mir teilen willst, dann suchen wir uns halt was Größeres. Ich könnte mal fragen, ob ich die Kaution zurückbekomme.«

»Ach, weißt du, ich freue mich schon drauf, endlich mein eigenes Zimmer zu haben«, antwortete sie betont lässig. »Und packen ist mir zu anstrengend. Umzüge sind so ziemlich das Stressigste, was man sich antun kann, wusstest du das?«

»Auch nicht stressiger, als hierzubleiben.«

Sie lachte. »Kann sein.«

»Du bist beinahe zweiundzwanzig. Du hast einen Job.«

»Im *Supermarkt*.«

»Trotzdem ist das ein Job. Sie kann dich nicht festhalten. Ich verstehe nicht, warum du hierbleiben willst.« Jetzt wurde ich langsam wütend. Am liebsten hätte ich ihr eine gescheuert. Stattdessen kniff ich ihr mit dem Fingernagel unten in den weichen Daumenballen. Sie zuckte nicht mal.

»Ich will ja nicht hierbleiben.«

»Was denn dann?« Und wenn ich bitten und betteln musste. Es war mir egal. »Ich verstehe dich nicht.«

»Wart's ab, eines Tages wirst du es verstehen«, sagte meine Schwester und ließ meine Hand los.

Viel hatte ich nicht, aber all meine Sachen in Sadies Auto unterzubringen war fast wie eine Partie Tetris zu spielen. Wir brauchten mehrere Anläufe (und etliche Zigarettenpausen), bis wir auch noch den letzten Sack in die kleine Lücke auf den Rücksitz gequetscht hatten. Fiona kam raus und setzte sich auf die Mauer und lachte uns aus. Mit anpacken tat sie nicht.

»Ich sehe zwar nach hinten nix mehr, aber es wird schon gehen«, meinte Sadie und schnippte ihre Kippe auf die Straße. »Es ist ja nicht weit.«

»Ich muss nur eben noch meine Jacke holen«, sagte ich und

wies zum Haus, wo meine Schwester sich in der Tür herumdrückte.

»Soll ich mitkommen?«

»Das schaffe ich schon. Dauert auch nicht lange. Aber trotzdem danke.«

Fiona hatte meine Jeansjacke schon über dem Arm. Ich streckte die Hand danach aus, und sie drückte sie fest an sich. »Das ist echt krass komisch«, flüsterte sie.

»Ist ja nicht weit«, sagte ich, rang ihr die Jacke ab und zog sie rasch über, damit sie sie nicht noch mal in Geiselhaft nehmen konnte.

»Ich weiß, aber ...«

»Ich weiß.« Noch nie waren wir einen ganzen Tag getrennt gewesen. Und wir hatten beide keinen Schimmer, wie das Leben jetzt weitergehen würde. Vorfreude und Angst hielten sich bei mir fast die Waage. Aber worauf sollte sie sich schon freuen?

»Das ist doch lächerlich.« Fiona starrte an die Decke, wie immer, wenn sie krampfhaft versuchte, nicht zu heulen. »Ich muss gleich los zur Arbeit. Meine Schicht beginnt um zwei. Komm her, du Doofi.« Und dann nahm sie mich fest in die Arme, drehte sich abrupt um und rannte die Treppe hinauf.

»Ich rufe dich heute Abend an«, rief ich ihr nach. Ohne sich noch mal umzudrehen, zeigte sie mir den Finger.

Ich schaute mich im Flur um, sah das Glas mit den Münzen auf der Ablage beim Telefon und die Schale mit dem verstaubten Potpourri, die schon immer da gestanden hatte. Es war Zeit zu gehen. Ich atmete tief durch und ging ins Wohnzimmer.

Sie war noch im Morgenmantel und guckte *Supermarket Sweep*. Die Haare waren aufgedreht, das Gesicht glänzte.

»Mama, ich bin dann jetzt weg.«

Ihr Kopf fuhr herum, ein breites aufgesetztes Lächeln im Gesicht. »Komm und unterhalte dich noch ein bisschen mit deiner Mutter, wir gucken was Schönes. Ich kann das auch ausschalten und mein *Barnaby*-Video anmachen.«

»Ich hasse *Barnaby*«, sagte ich zu ihr.

»Ach ja?« Sie starrte mich an, als sei ich eine Wildfremde, die gerade uneingeladen in ihr Haus spaziert war. Ich starrte zurück.

»Aber *Chiiiief* Inspectooooor!«, rief sie. Sie versuchte witzig zu sein, und es brach mir fast das Herz.

»Ich muss los. Das Auto ist gepackt. Sadie wartet draußen.«

»Sadie Schmadie. Wie du meinst. Spielverderberin.«

»Ja, so kennt man mich. Also. Bis dann. Auf bald.«

Sie zündete sich eine Zigarette an und nahm einen tiefen Zug.

»Vielleicht lädst du uns mal ein?«

»Sicher ... sobald ich eingerichtet bin. Muss es ja hübsch machen für euch. Die Tapete ist potthässlich.«

»Du wirst mir fehlen, Engelchen.«

»Wirklich?«

Erstaunt schaute sie mich an, die Zigarette reglos auf halbem Weg zu den Lippen. »Was für eine Frage. Du bist meine Tochter.«

Ich suchte etwas – irgendetwas – hinter den glasigen Augen.

»Pass auf dich auf, ja? Und nicht so viele von den Dingern.«

»Was, von den Dingern?« Sie fuchtelte mit der Zigarette herum.

»Ach, du kennst mich doch, Engelchen. Ich kann allem widerstehen ...«

»Nur der Versuchung nicht«, sagten wir wie im Chor. Ich lächelte schief.

Sie stemmte sich von der Couch. Sie war zwar gerade einmal dreiundvierzig, hätte aber genauso gut zehn Jahre älter sein können. Die Zigaretten halfen nicht gerade, aber es war mehr als fahler Teint und gelbe Zähne und Falten, die sie alt aussehen ließen. Sie hatte sich schon lange aufgegeben. Meine schlimmste Angst war, einmal so zu enden wie sie.

Ich war ein bisschen größer als sie, aber nicht viel. Wortlos standen wir uns mitten im Wohnzimmer gegenüber, bis sie mich schließlich in die Arme nahm. Ich ließ es ein paar Sekunden geschehen. Dann tätschelte ich ihr sachte den Rücken. Sie schien so zerbrechlich in meinen Händen.

»Ich muss los«, sagte ich. »Viel zu tun.«

Sie trat einen Schritt zurück und verschränkte die Arme vor der Brust. »Dann los, verschwinde.« Ihr Blick ging schon wieder zum Fernseher.

Ich schloss die Wohnzimmertür hinter mir. Noch ehe ich an der Haustür war, hörte ich sie hinter mir lachen.

»Ich habe den ganzen Abend versucht, dich anzurufen, wo warst du denn?«

Fiona hickste. »Mit Mama im Pub.«

»Du gehst sonst nie mit ihr ins Pub.« Ich drehte mich auf die Seite, zog mir die Bettdecke bis zum Kinn und starrte auf die kahlen weißen Wände. Mir hatte der Elan gefehlt, schon Bilder aufzuhängen.

»Tja, heute Abend aber schon«, sagte sie. »Besser, als zu Hause rumzuhocken und irgendeinen Mist im Fernsehen zu glotzen.«

»Wo war Lucas denn? Du hast doch gesagt, ihr wärt heute Abend verabredet.«

»Der muss arbeiten. *Mal wieder*.« Lucas machte Nachtschichten in einer Großschlachterei. Und schmeichelte sich mit Steaks bei Mama ein, die er angeblich umsonst bekam. Ich hatte da so meine Zweifel.

»Du hättest herkommen können.«

»Hmm. Nächstes Mal. Du hast ja noch nicht mal einen Fernseher.«

Meine Bettdecke roch genau wie unser altes Schlafzimmer:

nach *Impulse*-Deo und Räucherstäbchen und einem Hauch Zigarettenqualm. Ich atmete tief ein.

Fionas Atem klang irgendwie flach. Ich konzentrierte mich auf die Hintergrundgeräusche. Eine Tür, die zufiel, laufendes Wasser.

»Lässt du dir ein Bad ein?«

Sie lachte. »Ich koche Kaffee.«

»Himmel, Fee. Um die Zeit kannst du doch keinen Kaffee mehr trinken! Du tust ja kein Auge zu.«

»Na und? Du kannst ja wach bleiben und mir Gesellschaft leisten.«

Ich wackelte mit den Zehen. Die waren immer noch eiskalt, aber der kleine elektrische Heizlüfter und die Bettdecke taten langsam ihre Wirkung. Ich schloss die Augen und stellte mir meine Schwester in unserer Küche vor. Sie hockte sicher mit ausgestreckten Beinen auf der Arbeitsplatte, die Zehen an der Tischkante. Geräuschvoll schlürfte sie mir ins Ohr, gerade als ich mir vorstellte, wie sie die Tasse ansetzte.

»Ich wünschte, ich wäre jetzt bei dir«, flüsterte ich.

»O nein, gar nicht wahr. Du hast doch jetzt deine eigene schicke Wohnung.«

»Die ist alles andere als schick, Fee.« Mal abgesehen davon, dass es keine Heizung gab, klemmte der Riegel an der Tür, der Teppich war abgewetzt und der Kühlschrank klein wie eine Schuhschachtel. Das alles hatte ich übersehen, als ich sie mir das erste Mal angeschaut hatte. Ich hatte nur die große Freiheit gesehen.

Wieder schlürfte sie an ihrer Kaffeetasse. »Der schmeckt ja scheußlich.«

»Wie war's denn im Pub?«

»Gar nichts war. Tante Linda war da, und Bruce und Kenny. Als ich gegangen bin, haben die gerade an der Bar Tequila-Shots gekippt.«

»Ach herrje. Die wird schön hinüber sein, wenn sie nach Hause kommt. Geh lieber schnell ins Bett.«

»Wer weiß, ob sie überhaupt heimkommt. Kenny hat an ihr geklebt wie eine Schmeißfliege. Vermutlich gehen sie nachher zu ihm – er wohnt ja nur ein paar Häuser weiter.«

»Auweia.«

»Ich weiß. Tante Linda hat nach dir gefragt.«

»Du fehlst mir«, sagte ich laut. Ich wusste, dass Betrunkene Geflüster oft überhören.

»Du rufst mich jetzt aber nicht jeden Abend an, um mir das zu sagen«, erwiderte sie lässig. »Sonst muss ich deine Nummer blockieren.«

Ich wartete und hoffte, sie würde in der nachfolgenden Stille vielleicht was Nettes sagen. Aber wie Fiona nun mal war, tat sie nichts dergleichen.

»Ich weiß nicht, ob das mit dem Auszug so eine gute Idee war.«

»Natürlich war das eine gute Idee, du Doofi. Der ganze Himmel liegt dir zu Füßen.«

»Die ganze Welt meinst du.«

»Ja, oder so.«

Ich drehte mich auf den Rücken. »Ich dachte, du wolltest nicht, dass ich ausziehe.«

»Tja, bist du aber. Da müssen wir jetzt durch.«

»Müssen wir wohl. Da ist ein Riss an der Decke. Der ist mir noch gar nicht aufgefallen.«

»Wie schön. Was sonst noch?«

Ich schaute mich in dem winzigen Zimmerchen um, sah die fleckigen Wände und das Bettlaken vor dem Fenster.

»Da gibt's nicht viel zu erzählen. Ist alles ganz schlicht. Wenn ich erst mal gestrichen und Gardinen aufgehängt habe, wird es bestimmt ganz nett.«

»Ich bringe dir eine Zimmerpflanze mit. So was verschenkt man doch zur Hauseinweihung, oder?«

»Keine Ahnung«, sagte ich lachend. »Klingt jedenfalls sehr erwachsen. Und ich weiß nicht, ob das hier als Haus durchgeht.«

»Tja, erwachsen bist du ja jetzt.«

»Du auch bald.«

»Hmm. Das sehen wir noch. Warte mal kurz. Ich muss nur eben das Telefon hinlegen. Und schnell den Pyjama rausholen.«

Ich schloss die Augen und sah sie vor mir in unserem – ihrem – Schlafzimmer. Heilloses Chaos – bestimmt noch wüster als vorher, weil ich nicht mehr da war. Fiona hinterließ Unordnung wie eine Hunnenhorde. Anziehsachen ließ sie einfach in einem Haufen vor dem Bett liegen und stieg morgens beim Aufstehen drüber. Und sie schminkte sich vorm Ins-Bett-Gehen auch nicht ab.

»Mir zu anstrengend, jetzt noch Zähne zu putzen«, nuschelte sie, als könne sie Gedanken lesen.

»Was für einen Pyjama hast du an?«

»Den uralten lilanen mit den Punkten. Den, den du nicht leiden kannst.«

»Ich kann ihn wohl leiden. Ich kriege nur Kopfweh davon.«

»Tja, jetzt musst du ihn ja nicht mehr sehen, oder?«

»Hat eben alles auch sein Gutes.«

»Ganz schön frech. Warte. Muss mich mal eben zurechtlegen.«

Ich lauschte auf die gedämpften Geräusche, sah sie vor mir, wie sie das Kopfkissen aufschüttelte und aufpasste, dass die Zehen nicht unter der Bettdecke rausguckten. Ich hörte das Klicken, als sie die Nachttischlampe ausknipste. Das machte ich dann auch, drückte die Nase in die Bettdecke und lauschte auf den Atem meiner Schwester. Es war fast, als wäre ich wieder zu Hause.

»Du fehlst mir auch, Meredith«, hörte ich sie verschlafen sagen. Still horchte ich auf ihren Atem, der immer tiefer wurde und schließlich in sanftes Schnarchen überging, ehe ich endlich auflegte. Ich hatte sie immer darum beneidet, so prompt einschlafen zu können. Ich hingegen lag noch stundenlang wach und starrte in die fremde Dunkelheit, bis meine müden Augen Schatten und Schemen zum Gesicht meiner Schwester zusammenzufügen begannen.

Tag 1.307

Freitag, 15. Februar 2019

Eigentlich bin ich vor den Sitzungen mit Diane sonst nie nervös. Aber heute, mit meinem Notizbuch auf dem Schoß, kann ich kaum stillsitzen vor Anspannung. Und fünf Minuten zu früh bin ich auch dran. Ich sitze vor dem aufgeklappten Laptop und atme ein paar Mal tief durch, geleitet von ihrer Stimme in meinem Kopf. *Ein durch die Nase, aus durch den Mund.* Fehlt nur noch die Pling-Plöng-Musik im Hintergrund.

Ihr Gesicht erscheint auf meinem Bildschirm. Mit den in Wellen gelegten Haaren sieht sie aus wie ein Hollywood-Star der Glamour-Ära. Sofort sehe ich sie vor mir, wie sie am Arm eines feschen Dandys in einer Satinrobe über das Tanzparkett schwebt.

»Meredith, Hallo!«, begrüßt sie mich lächelnd. »Wie geht es Ihnen heute?«

»Weiß nicht so genau«, muss ich gestehen und winke mit dem Notizbuch. »Ich bin mir nicht sicher, ob ich meine Hausaufgaben richtig gemacht habe.«

Wie ein aufsässiges Schulkind habe ich es bis zur allerletzten Minute aufgeschoben. Gestern Abend dann habe ich mich endlich neben Fred auf die Couch gekuschelt und ernsthaft darüber nachgedacht, das Haus zu verlassen.

Das Notizbuch ist brandneu, ich habe es nur für diesen Zweck bei meinem Lieblings-Online-Schreibwarenhändler gekauft. Es hat einen glänzenden blauen Einband mit tanzenden Pferden drauf. Vorne habe ich meinen Namen eingetragen, wie früher

in der Schule: *Meredith Maggs*. Auf der ersten Seite steht nur ein einziges Wort:
Panik.

Noch ehe Diane mich danach fragen kann, halte ich ihr die beinahe leere Seite hin. »Das ist alles. Mehr habe ich nicht aufgeschrieben. Ich bin Texterin und habe nur ein einziges Wort zustande gebracht.« Ich klappe das Notizbuch wieder zu und lasse mich gegen die Rückenlehne des Sessels fallen. Ich bin so müde. Am liebsten möchte ich nur noch auf die Couch, fernsehen und Fred streicheln.

»Meredith«, sagt sie sanft. Tröstlich. »Was Sie da gemacht haben, ist vollkommen in Ordnung. Es gibt kein Richtig oder Falsch. Ich sage es immer wieder, eins nach dem anderen. Sie haben Zeit. Sie sind hier in einem geschützten Raum. Schauen wir uns Ihr Wort gemeinsam etwas genauer an.«

»Okay.«

»Das wird schon, Meredith«, sagt sie. »Allein, dass Sie hier sind, einmal im Monat, macht schon einen gewaltigen Unterschied.«

In den nächsten vierzig Minuten reden wir über all das, was ich nicht aufschreiben konnte. Wie ich immer das Gefühl habe, das Herz wolle mir aus der Brust springen. Wie es mir die Kehle zuschnürt und ich keine Luft mehr bekomme. Wie ich fürchte, gleich zu sterben.

Hinterher fragt sie mich: »Wie fühlen Sie sich jetzt?«

»Müde. Aber ganz okay.«

»Ich bin stolz auf Sie, Meredith«, sagt sie. »Und ich möchte Ihnen gerne eine neue Hausaufgabe mitgeben. Wir können so langsam mit der Konfrontationstherapie beginnen, die Sie dabei unterstützen soll, schrittweise das Haus zu verlassen und Ihre Nervosität in den Griff zu bekommen.«

»Ich liebe Hausaufgaben«, antworte ich trocken. Wenn Diane

lacht, reißt sie den Mund ganz weit auf, und man sieht nur blitzend weiße Zähne, keine Plomben. Einmal ist der Bildschirm eingefroren, just als sie lachte. Sie sah aus wie eine wunderschöne Wildkatze. Ich habe sie nur angestarrt und abgewartet, dass sie wieder zum Leben erwacht, und mir dabei vorgestellt, wie ihr Gesicht durch meinen Bildschirm kracht und ihre Zähne sich bis aufs Blut in meinem Hals verbeißen.

»*Meredith.*«

»Entschuldigung. Was haben Sie gesagt?«

»Ich möchte, dass Sie fünf Schritte vor die Tür machen.«

Nach unserem Termin bleibe ich noch eine ganze Weile mit dem Notizbuch in der Hand auf der Couch sitzen. Mal sehen, vielleicht schreibe ich später noch was hinein. Ich schaue aus dem Erkerfenster und sehe den grauen Wolkenwirbeln am Himmel zu. Ich weiß nicht, ob sie aufziehen oder verwehen. In den letzten Wochen brachen sich hin und wieder himmlisch helle Sonnenstrahlen einen Weg durch das winterliche Grau. Sie erinnern mich an das hoffnungsvolle Ende von Shelleys »Ode an den Westwind«: *Wenn Winter naht, kann fern der Frühling sein?* Als ich mich am frühen Nachmittag im Erkerfenster über mein Puzzle beuge, taucht die Sonne meine Wangen in warmes Licht.

Lebte ich auf einem Bauernhof, wäre jetzt Lämmerzeit. Noch wohne ich zwar nicht auf dem Land, aber wer weiß? Vielleicht ja eines Tages. Meine Zukunft wird kommen wie der Wechsel der Jahreszeiten. Aber eins nach dem anderen. Ich habe Zeit.

Tag 1.324

Montag, 4. März 2019

Betreff: EINLADUNG FOLGT!

Es ist ein todsterbenslangweiliger Vormittag, und ich schlage mich gerade mit dem Bürokram herum, als die Benachrichtigung auf meinem Bildschirm aufploppt. Reglos starre ich das weiße Feld an, bis es wieder verschwindet. Was heute länger zu dauern scheint als sonst.

Danach kümmere ich mich wieder um meine Rechnungen, kann mich aber nicht mehr konzentrieren, jetzt, wo ich weiß, dass die E-Mail da ist. Und nur darauf wartet, dass ich sie öffne. Mich dem Unvermeidlichen stelle.

Celestes Geburtstagsparty ist am Samstag in dreizehn Wochen. Also noch über drei Monate hin. In drei Monaten kann eine ganze Menge passieren. Aber es kann auch rein gar nichts passieren. Selbst heute wundere ich mich oft noch, wie schnell die Zeit auch in meiner Abschottung verfliegt. Man braucht nicht zur Arbeit zu pendeln oder im Büro zu arbeiten oder sich mit Freunden zum Essen zu verabreden oder die Kinder herumzufahren, um zu wissen, wie es ist, am Ende des Tages dazustehen und keinen Schimmer zu haben, warum man nichts von dem geschafft hat, was man sich eigentlich vorgenommen hatte.

Langsam dämmert es mir, dass ich mich entscheiden muss. Ich kann die kommenden drei Monate wie üblich ungenutzt verstreichen lassen, behaglich eingesponnen in meinen sicheren Kokon, und nirgendwohin gehen. Oder aber ich kann an meine Grenzen und darüber hinaus gehen – für Celeste, weil sie es mir wert ist, vor allem aber für mich selbst.

Ich kann das schaffen, denke ich, und mein Magen krampft sich prompt zusammen. Ich muss nur weitermachen mit Dianes Konfrontationstherapie. Ich muss mich für Vertrauen statt Furcht entscheiden. Ich stelle mir vor, wie ich in den Scottside Bowling Club spaziere, und das Gesicht, das Celeste machen wird, wenn sie mich sieht. Ich werde das asymmetrische schwarze Kleid anziehen, überlege ich. Das hängt schon seit vier Jahren unangetastet in meinem Kleiderschrank, alltäglich verschmäht für Leggings und Sweatshirts. Ich werde mir Locken in die Haare drehen und ein bisschen Selbstbräuner auflegen. Mich richtig schick machen.

Was sollte mich daran hindern?

Ich selbst hindere mich daran, grolle ich.

Und – was willst du jetzt machen?, gebe ich spitz zurück.

Überlass das mir, erwidere ich.

Und klicke auf die E-Mail.

Tag 1.327
Donnerstag, 7. März 2019

Ich weiß zwar nicht, ob ich es zu Celestes Party schaffen werde, aber für sie kochen kann ich. Der Gedanke, sie hier bei mir zu Hause zu haben, macht mich immer noch ein bisschen nervös, aber das liegt nicht am mangelnden Vertrauen in meine Kochkünste. (Ich bin keine Sterneköchin, aber die Messer in meiner Küche sind scharf, ich kenne mich mit Gewürzen aus und probiere immer brav vor dem Servieren.) Was mir Sorgen macht – was mir immer Sorgen macht –, ist vielmehr die Angst, die Wahrheit könne ans Licht kommen und sie könne noch vor dem ersten Bissen wieder gehen. Schrägsein findet sie gut, das wissen wir inzwischen, aber ich weiß nicht, ob »schräg« meine gegenwärtige Lebenslage gänzlich zutreffend umschreibt.

Aber als ich ihr dann die Tür aufmache, geht mir auf, dass sie längst keine Fremde mehr ist. Schließlich war sie schon mal hier, und wir hatten einen schönen Nachmittag, und anscheinend fand sie mich nett genug, um noch mal wiederzukommen. Ich freue mich, sie hierzuhaben – mein Haus wirkt immer ein bisschen sonniger, wenn sie da ist.

Ich glaube, das liegt an ihrem Mund, der immer aussieht, als wollte er gleich lächeln. Ganz anders als meiner – meine Mundwinkel zeigen von Natur aus nach unten. Ich muss mir Mühe geben, mehr zu lächeln und meine Mundwinkel gen Himmel zu ziehen.

Ich frage mich, wie sie so fröhlich sein kann, nach allem, was sie erlebt hat.

»Ich gehe jetzt zum Selbstverteidigungskurs«, erzählt sie mir. »Unsere Trainerin ist fünfzig und kommt aus Govan. Die ist hart wie Stahl. Unglaublich. Diese Woche haben wir den Handballenschlag gelernt. Direkt unters Kinn. Paff!«

»Du tust genau das Richtige«, sage ich zu ihr. Ganz im Gegensatz zu mir.

»Einfach köstlich, Mer«, schwärmt sie zwischen zwei Löffeln Chili. »Ich bin als Köchin eine Niete.« Sie trinkt einen Schluck Wein und grinst mich fröhlich an. »Wenn du zu mir kommst, kriegst du höchstens einen Schinken-Käse-Toast. Wenn du Glück hast.«

»Tja, dann ist es doch prima, dass ich so gerne koche«, antworte ich und hoffe, dabei ganz natürlich zu klingen. »Du musst halt immer herkommen.«

»Hat deine Mum dir das beigebracht?«

»Nein. Bei uns zu Hause wurde nicht gekocht. Alles, was bei uns auf den Tisch kam, kam aus der Tiefkühlabteilung im Supermarkt.«

Kaum im Teenie-Alter, verkündete Mama damals, wir seien nun alt genug, uns ab sofort selbst ums Einkaufen und Kochen zu kümmern. Und solange wir brav alles besorgten, was sie so brauchte, war sie zufrieden. Die lebenswichtigsten Dinge schrieb sie immer in Großbuchstaben auf den Einkaufszettel. WEIß-WEIN. ZIGARETTEN. HAARSPRAY. Von ihren Sachen durften wir um Himmels willen nichts vergessen, aber alles andere war ihr egal. Bis in die Küche reichte Mamas Kontrollzwang nicht. Also beluden wir den Einkaufswagen mit unseren Lieblingssachen aus der Tiefkühlung: Pizza, Pancakes, lachende Kartoffelgesichter, Pommes in Riesentüten, Viennetta. Gelegentlich warf ich eine Tüte Erbsen mit in den Wagen, nur der frischen Farbe wegen.

Manchmal saß Mama auf dem Fensterplatz in der Küche, ein

Glas Wein in der einen Hand, eine Zigarette in der anderen, und sah uns dabei zu, wie wir unsere gefrorenen Köstlichkeiten zubereiteten. Am frühen Abend war sie immer am unkritischsten. Angenehm angeschickert vom dritten Glas Wein, die Zigarettenschachtel noch voll und ihre Töchter direkt unter ihrer Fuchtel. Wenn wir aufgegessen hatten, war die Weinflasche meist leer, das stille Zuschauen war unverhohlener Verachtung gewichen, und wir flehten sie in Gedanken an, endlich einzuschlafen. Ich spülte ab, Fiona leerte den Aschenbecher, dann machten wir die Lichter aus und huschten schnell ins Bett, wie zwei Mäuschen, die Angst hatten, die Katze zu wecken.

»Hattest du eine schwere Kindheit, Mer?«, fragt Celeste mich sanft.

»Wenn ich das wüsste«, sage ich ehrlich. »Aber ich habe keine Ahnung, wie andere Kinder aufgewachsen sind.«

Ganz sachte drückt sie meine Hand und lässt sie nicht mehr los. Und so sitzen wir da und reden. Ich erzähle ihr von meinem Leben mit Mama, kleine Einblicke, wie etwa, dass wir immer auf Zehenspitzen an ihrem Schlafzimmer vorbeigeschlichen sind, um sie nicht zu wecken, dass ich stundenlang in der Badewanne ausgeharrt habe, obwohl das Wasser längst kalt war, weil nur das Badezimmer eine Tür hatte, die man abschließen konnte, dass ich mit zwanzig ausgezogen bin und das Gefühl hatte, nun würde das Leben endlich anfangen. Es fühlt sich gut und richtig an, sie einzuweihen, aber nicht zu viel auf einmal. Ich will sie ja nicht gleich in die Flucht schlagen.

2001

»Ach, du bist es.« Mama musterte mich abschätzig. »Hast du was mitgebracht?« Ihr Blick blieb an der Weinflasche hängen, die ich mir unter den Arm geklemmt hatte.

Seufzend reichte ich sie ihr. »Auch schön, dich zu sehen, Mama.«

»Deine Schwester ist hinten«, warf sie mir im Weggehen über die Schulter zu. Ich folgte ihr und schloss die Haustür hinter mir. Ich war gerade dabei, mich endgültig abzunabeln, und seit Monaten nicht mehr hier gewesen. Aber es sah noch genauso aus wie früher, und es roch auch so. Daran würde sich wohl nie was ändern. Ungeöffnete Briefe stapelten sich auf dem Tischchen im Flur, Schuhe und Jacken türmten sich auf dem Boden. Zigarettenqualm und Staubsauger-Duftkugeln. Ich schob das unbehagliche Gefühl im Bauch beiseite und sagte mir wieder, dass ich nur wegen Fee hier war. Wir telefonierten jeden Tag, aber ich hatte sie schon seit Wochen nicht mehr gesehen.

Sie war in der Küche und butterte gerade die Burgerbrötchen. »Mer!« Fröhlich kam sie auf mich zugehopst und drückte mir einen Kuss auf die Wange. »Jetzt wird gegrillt!«

»Ich seh's«, sagte ich. »Ich wusste gar nicht, dass wir einen Grill haben.«

»Den hat Lucas sich von seinem Dad ausgeborgt«, sagte sie.

Ich streifte die Jacke ab und schaute aus dem Fenster. »Lucas' Dad ist hier?« Ich sah zu, wie ein Mann in Jeans und roter Trainingsjacke an den Knöpfen eines überdimensionierten Gasgrills herumfummelte. Das Riesending nahm Mamas winzigen Garten – eigentlich gar kein richtiger Garten, bloß ein Dutzend schmuddeliger Betonplatten mit einer Handvoll verwelkter Pflanzen in angeschlagenen Terrakotta-Töpfen – fast zur Hälfte ein. Neben seinem Dad stand Lucas, blinzelte in die Sonne und trank Bier aus der Dose.

»Und seine Mum auch.« Fee zeigte mit dem Buttermesser auf eine Frau mittleren Alters mit akkuratem Bob und Sonnenbrille. Sie schien Tante Linda zuzuhören, die wie gewöhnlich ohne Punkt und Komma plapperte.

Mein Blick ging zurück zu Lucas und seinem Dad. »So wird er in fünfundzwanzig Jahren aussehen. Wusstest du, dass Haarausfall genetisch bedingt ist?«

»Hey, Schluss damit. Komm, mach dich lieber nützlich und schneide ein paar Scheiben Käse.«

Sie war ungewohnt schweigsam, während wir einvernehmlich Brötchen butterten und Käsescheiben abschnitten. »Was gibt's denn zu feiern?«, fragte ich. »Sonst lädt sie doch nie Gäste ein.« Mama hatte sich inzwischen zu Tante Linda und Lucas' Mum gesetzt und lachte über irgendwas, das eine von ihnen gesagt hatte. Man sah die schwarzen Plomben in den Zähnen. Sie ertappte mich dabei, wie ich sie heimlich beobachtete, und ich guckte schnell wieder auf den Käse.

»Sie versteht sich ganz gut mit Lucas' Eltern«, erklärte Fee mir. »Hin und wieder geht sie mit seiner Mum zum Bingo. Sie heißen übrigens Karen und George.«

»Karen und George«, murmelte ich.

Meine Schwester wuselte durch die Küche, stellte Pappteller, Salat, Tomatenketchup, Mayonnaise bereit. Ich half ihr, alles auf dem kleinen Tischchen anzurichten.

»Ich glaube, Lucas will mit mir Schluss machen«, sagte sie unvermittelt.

»Was?«, fragte ich und starrte sie an. »Wie kommst du denn darauf?«

»Er hat schon die ganze Woche grottenschlechte Laune und ist ganz furchtbar genervt. Und er sagt mir nicht, warum.«

»Das bildest du dir sicher nur ein«, versuchte ich sie zu beruhigen, dabei hätte ich am liebsten gesagt: »Am besten kommst du ihm zuvor. Mach mit ihm Schluss, ehe er mit dir Schluss machen kann. Du hast was Besseres verdient.« Beim Gedanken daran, meine Schwester könne Lucas tatsächlich auf den Mond schießen, wurde ich ganz hibbelig vor Freude, nur um gleich Gewissensbisse zu bekommen.

»Ja, hoffentlich«, brummte sie. »Ich schau mal nach, ob die Burger schon fertig sind.«

»Fee.«

Sie blieb stehen und sah mich erwartungsvoll an. »Was?«

»Ich meine bloß ... bist du glücklich?«

»Natürlich bin ich glücklich, Meredith. Und kurz vorm Verhungern bin ich auch.«

Ich biss mir auf die Lippen. »Es ist nur ...«

»Mer, raus damit.« Sie wurde langsam ungeduldig.

»Ich bin auch am Verhungern«, sagte ich ihr.

»Super.« Sie grinste. »Dann lass uns essen gehen.«

Wir aßen Georges etwas zu durchgebratene Burger und Würstchen – »Lieber Kohle als Lebensmittelvergiftung«, witzelte er – und machten Smalltalk, bis die Sonne allmählich unterging.

»Dir ist ja eiskalt, Liebes«, sagte Tante Linda und rubbelte mir mit den trockenen warmen Händen über die Arme. »Hier, du kannst meine Strickjacke haben. Ich habe schon wieder Hitzewallungen. Verflixte Wechseljahre.« Von meiner Widerrede wollte sie nichts hören und legte mir die Jacke um die Schultern. »Du könntest ein bisschen mehr Speck auf den Rippen vertragen, wenn ich mir dich so anschaue.«

»Ich esse aber genug«, erwiderte ich wahrheitsgemäß.

»Das ist die Nervosität. Hast du von deiner Mutter«, sagte sie wie nicht anders erwartet. So ging das schon ewig, schon seit ich ein Teenager gewesen war. Damals hatte ich mich immer darüber geärgert; heute waren diese Sätze so vertraut-behaglich wie ihre weiche, uralte lila Strickjacke mit den ausgefransten Ärmelbündchen. Nie hatte sich sonst jemand unnötig um mein Gewicht gesorgt oder darauf bestanden, dass ich mir etwas überziehe, damit ich nicht friere.

Ich wusste nicht, was ich sagen sollte, also nahm ich Tante Linda in den Arm und drückte sie ganz feste. Ich merkte, wie Mama uns anstarrte, spürte ihre Blicke auf meinem Rücken. Ich zog Tante Linda noch ein bisschen fester an mich. Just in diesem Augenblick hörte ich plötzlich meine Schwester losquieken, und alle verstummten und glotzten Lucas an, der auf einer der Betonplatten auf die Knie gegangen war und eine Ringschachtel hochhielt.

Ich sah, wie Fee in Tränen ausbrach, ihn an den Händen fasste und auf die Füße zog. Ich sah, wie sie sich ihm an den Hals warf, an ihm hochsprang und die Beine um ihn schlang. Das Gesicht an seinem Hals vergrub und sich von ihm herumwirbeln ließ. Wir Umstehenden sagten gar nichts und ließen ihnen diesen besonderen Moment – höfliche Zurückhaltung allenthalben. Schließlich rief Mama laut: »Das schreit nach Sekt!« Ich sah sie an, und mit einem Mal begriff ich, dass sie es gewusst haben musste, natürlich hatte sie es gewusst, er war ja ein braver Junge und hatte sie erst um Erlaubnis gefragt, und Mama lud sonst nie Gäste ein. Ich starrte sie an, starrte ihr ins Gesicht, und sie starrte zurück, und so sehr ich mich auch bemühte, ich schaffte es einfach nicht, mich so mitzufreuen, wie sie es anscheinend tat.

Tag 1.329

Samstag, 9. März 2019

Ich habe genug Rosinen gegessen. Ich habe genug in den Bauch geatmet. Ich habe genug Affirmationen aufgesagt.
  Es ist so weit, habe ich Diane gestern in einer E-Mail verkündet. *Ich werde das Haus verlassen.*
  Wunderbar, schrieb sie zurück. *Machen wir einen Plan.*
  Natürlich werde ich nicht allzu weit gehen, aber ich will gut vorbereitet sein.
  Überlegen Sie sich, was Ihnen ein Gefühl von Sicherheit geben könnte, sagt Diane. *Ein Mantel? Bequeme Schuhe? Etwas in der Hand?*
  Ich ziehe meinen kuscheligsten Hoodie an und die Converse und nehme eine Handtasche vom Haken unten im Garderobenschrank. Die ist leer bis auf meine Busfahrkarte (schon ewig abgelaufen), eine beinahe aufgebrauchte Tube Handcreme, ein bisschen loses Kleingeld und ein Haargummi. Umgehängt fühlt sie sich viel zu leicht an.
  Ich schaue mich im Flur nach etwas um, das ich benutzen kann, um mich auf dem Boden zu halten. Schließlich lande ich in der Küche, wo ich mir die Pfeffermühle vom Tisch schnappe und sie in die Tasche stecke. Perfekt in Form und Gewicht passt sie genau ins Hauptfach.
  Ich zögere.
  Das ist ein großes Ding.
  Meine Hand liegt auf dem Türgriff. Diane und ich haben ver-

einbart, dass ich von zwanzig rückwärts zählen soll. Bei fünf angekommen soll ich die Tür aufmachen. Bei eins mit beiden Füßen auf der Schwelle stehen. Dann fünf Schritte den Pfad hinuntermachen, mich umdrehen, wieder reingehen, Wasser aufstellen und mir einen schönen Lakritztee kochen.

Ich habe einen Plan und fühle mich für alle Eventualitäten gewappnet. *Zwanzig ... neunzehn ... achtzehn ... siebzehn ...* zähle ich im Kopf. Bei fünfzehn lässt mich ein lauter Knall auf der anderen Seite der Tür aufschrecken. Ich stopfe die Hände in die Taschen und trete einen Schritt zurück. Es ist bloß der Briefträger, wie mir dann aufgeht, der die Bücher bringt, die ich gestern bei Amazon bestellt habe, eine Kulturgeschichte Italiens und ein brandneuer Krimi, den man unbedingt gelesen haben muss. Die liegen nun in meinem Kasten und warten darauf, dass ich sie rausnehme, und der Briefträger ist sicher längst beim Nachbarn. Aber der Moment ist hin.

Ich ziehe Tasche und Schuhe aus. Morgen versuche ich es noch einmal.

WEEJAN: Ich hatte gestern Abend das schlimmste Date aller Zeiten. DAS ALLERSCHLIMMSTE. ☹
PUZZLEGIRL: Was ist denn passiert?
RESCUEMEPLZ: Oh, erzähl!
WEEJAN: Es war ein Blind Date. Meine Freundin Edie hat geschwärmt, er sei eins zweiundachtzig groß und sehe aus wie ein Rugbyspieler. Tja, soll ich euch was sagen? Er ging mir nur knapp bis zur Schulter und hätte seitlich locker durch die Dielenritzen gepasst.
RESCUEMEPLZ: LOL ICH LACH MICH KAPUTT 😄
CATLADY29: Awwww, Janice! Deine Freundin Edie braucht wohl eine Brille! Und, was hast du gemacht?

WEEJAN: Na ja, ich war vorher beim Friseur und habe mich schon auf den Chardonnay gefreut, also dachte ich mir, ich mache das Beste draus.
RESCUEMEPLZ: Tja, wie heißt es so schön, wahre Schönheit kommt von innen!
WEEJAN: Hmm, das hatte ich auch gehofft. Aber der Typ war ein echter Vollpfosten. Zuerst sagt er mir, er hat sich gerade schon ein Bier bestellt, und ich soll mir doch selbst was zu trinken holen, die nächste Runde geht dann auf ihn. Ich meine, ich habe echt nichts dagegen, meine Drinks selbst zu zahlen, er braucht mir bloß nicht gleich auf die Nase zu binden, was für ein knauseriger Geizkragen er ist! Ich hole mir also ein GROSSES Glas Weißwein, und ratet mal, was er dann meinte, sagen zu müssen?
PUZZLEGIRL: ??
WEEJAN: Er sagte, Zitat: »Ein Moment auf den Lippen, ein Leben lang auf den Hüften.« Ist das zu fassen?
PUZZLEGIRL: Unverschämtheit!
RESCUEMEPLZ: LOL
CATLADY29: Du hast ihm hoffentlich dein Weinglas ins Gesicht gekippt!
WEEJAN: Das nicht. Aber ich habe es in einem Zug ausgetrunken, das leere Glas auf die Theke gestellt und bin gegangen.
PUZZLEGIRL: Gut gemacht 😊
CATLADY29: Woohoo!
WEEJAN: Dann bin ich in den Bus gestiegen, nach Hause gefahren und habe eine ganze Dose Quality Street leer gefressen.
PUZZLEGIRL: ☹
CATLADY29: ☹

RESCUEMEPLZ: Übergeben hast du dich aber hoffentlich nicht?
WEEJAN: Ich war kurz davor, aber nein.
PUZZLEGIRL: Bravo, Janice. Du machst das echt toll.
WEEJAN: Ich habe mich seit sechs Wochen nicht mehr übergeben.
RESCUEMEPLZ: Unfassbar, dass du sogar die mit Kokos gegessen hast. Die sind so fies.
CATLADY29: Ich stehe total auf die Kokosdinger! Aber am liebsten mag ich die mit Karamell.
RESCUEMEPLZ: Die grünen Dreiecke sind die Besten.
PUZZLEGIRL: Ich mag die lilanen.
WEEJAN: Tja, ich mag sie alle. Leider.
PUZZLEGIRL: Ach, Janice. Wie geht's dir heute?
WEEJAN: Ganz okay, Liebes. Aber fürs Erste keine Blind Dates mehr. Und kein Quality Street.
CATLADY29: Tja, man kann nie wissen – vielleicht wartet dein Traumprinz schon um die nächste Ecke.
WEEJAN: Ha! Das glaube ich erst, wenn ich ihn sehe.
CATLADY29: Er wäre ein Glückspilz, wenn er dich bekommt.
WEEJAN: Awww Leute.
RESCUEMEPLZ: *gähn*
WEEJAN: LOL
RESCUEMEPLZ: Und wegen derartiger Deppen werden wir netten Jungs schief angeguckt.
CATLADY29: Hast du eigentlich eine Freundin oder einen Freund, @RESCUEMEPLZ?
WEEJEAN: Oh, fang bitte nicht damit an, Liebes.
RESCUEMEPLZ: Ich halte mir alle Möglichkeiten offen 😊
WEEJEAN: Lol, so könnte man es wohl auch sagen.
CATLADY29: Dann sind wir also alle Single?

PUZZLEGIRL: Sieht ganz danach aus!
CATLADY29: Früher dachte ich, einen Freund zu haben sei das Allerwichtigste im Leben. Heute bin ich mir da nicht mehr so sicher.
WEEJEAN: Wie recht du hast, Liebes.
RESCUEMEPLZ: Zuerst muss man sich selber lieben.
CATLADY29: Ich arbeite daran!
PUZZLEGIRL: Leichter gesagt als getan.
WEEJEAN: Aber wir sind auf dem richtigen Weg 😊

2002

Mama saß auf der Treppe vor dem Haus und rauchte, als ich ankam. »Du kommst zu spät«, sagte sie.

»Der Bus hatte Verspätung«, erklärte ich ihr und stopfte die Hände in die Jackentaschen. »Dir auch Hallo.«

Verächtlich schnaubte sie den Rauch aus den Nasenlöchern. Sie saß da wie ein wildes Tier, das mich mit großen, dunklen, unberechenbaren Augen herausforderte.

Fee ging ohne es zu merken dazwischen und stapfte mit einem zum Bersten vollgestopften Müllsack in jeder Hand an Mama vorbei. Sie strahlte, als sie mich sah. »Da bist du ja! Wir packen gerade alles in den Lieferwagen«, sagte sie und marschierte mit langen Schritten zu dem weißen Kastenwagen, der vor dem Haus stand. Über die Schulter brüllte sie mir noch zu: »Geh einfach hoch und schnapp dir, was du tragen kannst. Lucas ist oben und baut eben den Schrank ab.«

»Nimm einfach all meine Möbel mit«, schimpfte Mama empört und drückte ihre Zigarettenkippe auf der Stufe aus. »Am Ende sitze ich ganz allein in einem leeren Haus. Wer soll es dann merken, wenn ich hinfalle und mir das Bein breche? Ich könnte einfach verhungern.«

»Du kommst schon zurecht. Du bist fünfundvierzig, nicht fünfundachtzig.«

»Ich bin achtundvierzig«, brummte sie.

Ich drückte mich an ihr vorbei und ließ sie rauchend und über das Alter meckernd auf der Treppe sitzen. Die Ironie des Ganzen schien ihr nicht aufzugehen. Ich schlich nach oben und war plötzlich wieder das kleine Mädchen, das sich vor den harschen Worten und dem bedrückenden Schweigen zu verkriechen versucht. Langsam schob ich die Tür zum Kinderzimmer auf.

»Meredith. Hast du dich also doch noch entschlossen, uns mit deiner Anwesenheit zu beehren.« Lucas klang wie ein Schuljunge, der seinen Text vom Skript eines Erwachsenen ablas.

»Der Bus hatte Verspätung«, sagte ich und hasste mich dafür, dass ich immer glaubte, mich entschuldigen zu müssen. So war ich einfach – nie wollte ich, dass irgendwer sauer auf mich war, auch wenn es dazu überhaupt keinen Grund gab.

»Hier, fass mal eben mit an, ja?«

Ich holte tief Luft. »Klar. Was soll ich machen?«

Es dauerte einen Moment, bis er antwortete. Ich spürte seine Blicke. Ich selbst guckte überallhin, nur nicht zu ihm – die Klebereste an der Wand erinnerten mich daran, wo früher mal unsere Teenie-Poster gepappt hatten, die ausgeblichenen rosa Gardinen, die schon, solange ich zurückdenken konnte, müde vor dem Fenster hingen, der halb abgebaute Kleiderschrank, in dem mal meine Sachen gehangen hatten.

»Halt das, ich drehe eben die Schrauben raus«, sagte er.

Mit beiden Händen hielt ich die Seitenwand des Schranks fest. So nah war ich ihm noch nie gewesen; ich konnte sein Aftershave fast schmecken. Angestrengt lauschte ich darauf, was unten im Haus passierte, und hoffte inständig, Fee möge gleich hochkommen. Aber es waren keine Schritte auf der Treppe zu hören, nur entfernte Stimmen.

»Ich gehöre ja jetzt quasi zur Familie«, raunte Lucas mir leise zu. Widerwillig sah ich ihn an. Er hatte Mitesser auf der Nase, einen Fünf-Tage-Bart ums Kinn. »Nächstes Jahr um diese Zeit bin ich dein Bruder.«

»Schwager«, korrigierte ich ihn hastig.

»Freust du dich auch schon darauf?«

»Was zum Teufel redest du da?« Nervös klammerte ich mich an das billige Holz.

Er lachte, dass die metallischen Füllungen blitzten. »Komm schon, Meredith. Jetzt tu doch nicht so prüde. Ich hab genau gesehen, wie du mich anguckst.«

Am liebsten hätte ich ihm ins Gesicht gespuckt. Ich stellte mir vor, wie ihm die Spucke von der Wange tropfte. Aber das würde ich natürlich nie machen. Dazu war ich viel zu nett. Stattdessen wurde ich stocksteif. Er glotzte mich weiter unverwandt an, und ich hielt den Atem an, bis Fee schließlich ins Zimmer platzte und uns anblaffte, warum es so verdammt lange dauerte, den beschissenen Schrottschrank abzubauen.

Nachher saßen wir auf der Treppe vor Mamas Haus und tranken Tee aus angeschlagenen Tassen, während wir Lucas hinterherschauten, der mit dem Lieferwagen wegfuhr.

»Endlich ziehst du aus«, sagte ich zu ihr und stupste sie mit der Schulter an.

Sie stupste zurück. »Nur ein paar Jahre später als geplant.«

»Ich weiß, dass wir damals nicht einfach hätten ausziehen können, sobald du sechzehn geworden bist«, sagte ich leise zu ihr. Ich hörte Mama in der Küche herumrumoren, aber sie hatte die unschöne Angewohnheit, urplötzlich wie aus dem Nichts hinter einem zu stehen. »Das wäre zu viel für dich gewesen, die Verantwortung für uns beide. Du hast auch so schon genug getan.«

Sie zuckte mit den Schultern. »Ich habe getan, was ich konnte.«

»Und du hast es gut gemacht«, versicherte ich ihr.

»Nächstes Jahr heirate ich.« Sie sagte es ganz nüchtern, als müsse sie sich immer noch selbst vergewissern.

Ich trank meinen Tee und schaute Mut suchend in den Himmel. Jetzt war der Moment, ihr zu stecken, was Lucas vorhin oben zu mir gesagt hatte und wie unwohl ich mich immer in seiner Nähe fühlte. Wie sehr ich die Gesellschaft des Mannes, der meine Schwester vorgeblich liebte, verabscheute. Ich stellte mir die Szene vor, fand aber nicht die richtigen Worte, fand keinen glücklichen Ausgang für diese Geschichte. Ich fragte mich, ob ich ihn missverstanden, mir das alles nur eingebildet haben könnte, und ob man je über den Menschen hinauswachsen konnte, zu dem man erzogen worden war. Oder ob man dazu verdammt war, sich ein Leben lang so zu sehen, wie man es als Kind gelernt hatte.

Fee und ich saßen schweigend auf der Treppe, die leeren Tassen in der Hand, bis der weiße Lieferwagen zurückkam.

Tag 1.330

Sonntag, 10. März 2019

Nach dem gestrigen Fehlversuch ist mein neuer Plan ganz simpel. Raus – und wieder rein –, und das so schnell wie irgend möglich. Eine Handtasche brauche ich für den kurzen Weg bestimmt nicht.

Ich habe Diane gestern Abend eine E-Mail geschickt und ihr gesagt, dass ich es nicht geschafft habe, es aber heute noch mal versuchen will.

»Recht so«, schrieb sie zurück. »Und immer daran denken: Das ist kein Scheitern. Das ist eine Möglichkeit zum Lernen.«

Langsam mache ich die Tür auf. Draußen ist es klar, aber kalt. Der Wind beißt im Gesicht. In meiner Straße ist es für einen Sonntagnachmittag ungewöhnlich still. Mein Blick geht zu Jacobs Kirschbaum. Die kupferbraune Rinde ist noch nackt. Vor ein paar Tagen habe ich Jacob und seine Mum von meinem Platz im Erkerfenster aus gesehen. Fröhlich plaudernd spazierten sie mit Einkaufstüten in den Händen zum Haus. Er schaute sie mit seinem kleinen sommersprossigen Gesicht an und sagte etwas, worüber sie laut lachen musste. Ich sah ihnen nach, bis die Haustür hinter ihnen ins Schloss fiel.

Heute habe ich einen neuen Plan. Zählen muss ich dafür nicht. »Sobald wieder ein Auto vorbeifährt, gehe ich raus«, sage ich mir. Früher habe ich ständig solche Händel mit mir selbst gemacht.

Erst sage ich noch das Alphabet vorwärts und rückwärts auf, und dann gehe ich ins Bett.

Sobald der Vogel auf dem Zaun da drüben zwitschert, frage ich Mama, ob ich heute Abend zu Sadie darf.
Wenn die letzte Seifenblase zerplatzt ist, steige ich aus der Badewanne.
Immer noch ein bisschen Zeit schinden.
Heute dauert es nicht lange, bis ein roter Mini vorbeirauscht. *Sobald er verschwunden ist, gehe ich raus,* schwöre ich mir. Ich lasse ihn nicht aus den Augen, folge ihm, bis er nur noch so groß ist wie ein Spielzeugauto, und sehe dann zu, wie er um eine Straßenbiegung verschwindet.
Ich atme tief durch und mache einen Schritt.

Noch nie war ich mir meiner selbst so bewusst – mir und meines Körpers. Es ist, als spürte ich jede einzelne Faser. Mein Bauch zieht sich zusammen, mein Herz hämmert, die Haut innen an den Handflächen ist heiß und juckt. Höllenlärm explodiert in meinen Ohren – ein weißer Wagen donnert röhrend vorbei. Ich muss daran denken, was Diane gesagt hat, ihre Ermahnung, das Atmen nicht zu vergessen. »Es muss nicht immer Flucht oder Kampf sein, Meredith. Erden Sie sich in Ihrem Körper. Lassen Sie die Luft durch die Nase hereinströmen – eins, zwei, drei, vier. Und dann durch den Mund wieder raus – ein, zwei, drei, vier. Sie sind hier. Alles ist gut.«

Alles ist gut. Ich stehe auf dem Treppenabsatz vor meinem Haus, und ich glaube nicht, dass ich sterben werde.

Heb die Beine, wispert ein Stimmchen in meinem Kopf. *Mach schon. Du kannst es. Nur noch einen winzigen Schritt.*

Und dann tue ich es. Ich mache fünf zaghafte, zittrige Schrittchen, und ich vergesse das Atmen nicht.

Zur Feier des Tages gibt es eine dreilagige Biskuittorte mit Schlagsahne und Beerenfüllung; womöglich der beste Victoria Sponge Cake, den ich je gebacken habe. Vielleicht sollte ich Celeste anbieten, ihr eine Geburtstagstorte zu backen. Ich bin aus dem Haus gegangen – ist der Gedanke da so weit hergeholt, ich könnte auch zu ihrer Party gehen? Ich tanze durch die Küche und schlecke Buttercreme vom Löffelrücken.

Ich schreibe Diane eine E-Mail: *Ich habe meine Hausaufgaben gemacht.*

Sie schreibt zurück: *Sie sind 'ne Wucht.*

2003

Fees Junggesellinnenabschied war wie jeder Freitagabend im Bonnie Bairn auch, nur mit Plastikkrönchen, Satinschärpen und blinkenden Ansteckern. Wir acht – Fees älteste Freundin Jayne, ihre Kolleginnen Shirley und Lisa, Sadie, Mama, Tante Linda, ich und die zukünftige Braut – hatten uns an einen der kleinen Tische gequetscht und holten abwechselnd Getränke von der Theke.

»Lustig, was?«, meinte Fee und stieß mir mit dem Ellbogen in die Rippen. Sie hatte ganz glänzende Augen vor Aufregung und Weißweinschorle. Grinsend stieß ich mit ihr an. Wie gerne wollte ich genauso glücklich sein wie sie. Aber ich konnte einfach nicht vergessen, warum wir hier waren, Schnapsgläschen mit grünem Gebräu exten und jeden Mann, der sich in unsere Nähe wagte, johlend aufforderten, die Braut zu küssen. Bisher hatten wir siebzehn schmuddelige Goldmünzen – erklärtes Ziel war es, ein ganzes Pintglas vollzubekommen. »Am Ende nimmt die Braut das Geld mit nach Hause«, hatte Tante Linda uns erklärt, wobei ich vermutete, dass Shirley sich das anders vorgestellt hatte. Fee meckerte immer, dass Shirley sich gerne darum drückte, sich an den Geburtstagsgeschenken für die Kolleginnen zu beteiligen.

»Kommt, wir spielen ein Spiel«, schlug Jayne vor. Sie kramte in ihrer Handtasche und angelte schließlich einen Spiralblock und einen Kugelschreiber mit einem flauschigen rosa Pompon heraus. »Es heißt ›Mr und Mrs‹. Lucas' Antworten habe ich schon, jetzt brauchen wir nur noch deine, Fee, und dann schauen wir mal, ob ihr übereinstimmt!«

Fee stöhnte. »Himmel, Jayne. Okay ... aber erst brauche ich noch einen Schnaps. Wer ist dran mit der nächsten Runde?«

»Ich.« Sadie stand auf, strich sich hüftwackelnd den Jeansmini glatt und nahm ihre schmale Umschlag-Clutch. »Weißt du was, ich hole gleich zwei. Dann sind wir eine Weile versorgt. Mer, hilfst du mir eben?«

Brav trottete ich hinter ihr her zur Theke. Wie üblich mussten wir uns den Weg durch Feierabendbiertrinker und Hardcore-Stammgast-Säufer bahnen. Der Laden kam mir noch vernebelter vor als sonst – vielleicht qualmten die Leute heute ja noch mehr als gewöhnlich, als allerletztes trotziges Aufbegehren gegen das unmittelbar bevorstehende Rauchverbot sozusagen. Für Mama war das ein ganz heikles Thema, immer wieder erzählte sie wehmütig von den guten alten Zeiten, als man noch tun und lassen konnte, was man wollte, und rauchen konnte, wo man wollte, im Bus, in der Schule, sogar anderen Leuten mitten ins Gesicht, wenn einem gerade danach war.

Wie aufs Stichwort zündete Sadie sich eine Zigarette an. »Ich dachte, du brauchst vielleicht eine kleine Pause«, sagte sie. »Wobei deine Mutter heute Abend erstaunlich handzahm ist.«

»Sie ist immer verträglicher, wenn Tante Linda dabei ist.« Ich schaute rüber zu unserem Tisch. Mama und ihre einzige Freundin hatten die Köpfe zusammengesteckt, während die anderen sich gerade über irgendwas auf Lisas Handy schlapp lachten. Das Gesicht meiner Mutter schien nur aus scharfen Kanten und tiefen Falten zu bestehen – kein Wunder, wenn man sein halbes Leben lang rauchte und missbilligend die Stirn runzelte. Meine Schwester gleich daneben strahlte vor Freude übers ganze Gesicht. Würde man sie aus diesem runtergekommenen ollen Pub im Glasgower East End holen und auf die Seiten einer Brautzeitschrift setzen, sähe sie aus wie all die anderen strahlend schönen

Bräute, die vorfreudig dem schönsten Tag ihres Lebens entgegenfieberten.

»Also, ich heirate ganz bestimmt nicht«, erklärte ich.

»Sie hörten dazu die Chef-Brautjungfer, meine Damen und Herren«, lachte Sadie. »Gut, dass du keine Rede halten musst.«

»Herrje, kannst du dir das vorstellen? Aber es würde ja doch nichts nützen. Bis es an die Reden geht, hat sie den Widerling längst geheiratet.« Ich lachte, Sadie nicht.

»Denkst du das wirklich, Mer?« Sie nahm einen tiefen Zug von ihrer Zigarette und sah mich mit zusammengekniffenen Augen an.

»Komm schon, Sadie. Du weißt, dass ich ihn nicht ausstehen kann.«

»Weiß Fee das auch?«

»Dass er ein Widerling ist?«

Sie zog die Augenbrauen hoch.

Ich seufzte und ließ die Schultern hängen unter der Last, die mich seit Monaten bedrückte.

»Sie weiß, dass Lucas und ich nicht die besten Freunde sind. Aber ich glaube, das stört sie nicht weiter. Sie versucht, ihn so gut es geht von uns abzuschirmen. Damit ihre bekloppte Familie nicht auf ihr Eheleben abfärbt. Ich kann es ihr ehrlich gesagt nicht mal verübeln.«

»Du wirst immer der wichtigste Mensch in ihrem Leben sein, Mer«, sagte Sadie sanft.

Ich schüttelte den Kopf. »Leider nein, Sadie. Nach der Hochzeit steht der Ehepartner an erster Stelle. So ist das nun mal. Oder sollte es zumindest sein, in einer perfekten Welt. Und Fee wünscht sich eine perfekte, heile Welt. Und die wünsche ich ihr auch.«

»Vielleicht solltest du trotzdem mit ihr darüber reden.« Sadie hakte sich bei mir unter und zog mich sachte zur Theke.

»Was, heute Abend? Bei ihrem Junggesellinnenabschied? Mach

dich nicht lächerlich. Der Zug ist abgefahren. Sie heiratet in einer Woche. Außerdem, alles wird gut. Er liebt sie, und nur das zählt. Sie wird mir bloß ganz schrecklich fehlen. Sie war immer ... da.«
»Sie ist immer noch da.«
»Ja, aber er auch.«
Mit einem Tablett voller Gläser gingen wir zurück zu unserem Tisch, wo das Quiz schon ohne uns angefangen hatte. (»Selber schuld, was müsst ihr auch so rumtrödeln«, zischte Mama.) Viel hatten wir nicht verpasst. Bisher hatte Fee null Punkte, weil sie und Lucas sich bei keiner der folgenden Fragen einig gewesen waren: wer zuerst »Ich liebe dich« gesagt hatte, wer mehr Kinder wollte, wer in ihrer Beziehung die Hosen anhatte und wer der beste Tänzer/Sänger/Autofahrer/Koch war. Fee und ihre Freundinnen lachten sich schief, weil der Bräutigam offenkundig keinen Schimmer von seiner Braut hatte. Ich warf Sadie einen vielsagenden Blick zu und kippte meinen Schnaps.

Der Tag, an dem Fee und Lucas heirateten, sollte eigentlich nass und windig werden, aber der Wetterfrosch hatte sich wohl geirrt.
»Die Sonne scheint!« Mit einem Ruck riss Fee die fadenscheinige rosa Gardine zurück, wie ein kleines Mädchen am Weihnachtsmorgen, das schon beim Aufwachen auf Schnee hofft. Es fühlte sich seltsam an, in meinem alten Bett aufzuwachen, mit der kratzigen Decke und den verbliebenen Postern mit den aufgerollten Ecken an der Wand.
»Ich kann unmöglich allein hier schlafen«, hatte Fee mich angefleht. »Und es bringt Unglück, wenn Lucas und ich uns am Morgen vor der Trauung sehen.« Also hatten wir gemeinsam in unserem alten Zimmer übernachtet, hatten leise über das Nachttischchen hinweg, das noch die Spuren unser kindlichen Aufkleber-Macke trug, miteinander getuschelt, genau wie damals mit

sechs, mit acht, mit zehn, mit sechzehn. Uns gefragt, wie die Hochzeit wohl werden wird, und es noch immer nicht ganz fassen können, dass eine von uns bald jemandes Ehefrau sein sollte.

»Vergiss mich nicht«, hatte ich in die Dunkelheit geflüstert, als ich sicher sein konnte, dass sie längst eingeschlafen war.

Ich hatte schlecht geschlafen und war immer wieder aus Albträumen hochgeschreckt.

»Komm schon, wir müssen uns fertig machen.« Fee war schon auf den Beinen und schlüpfte in den Bademantel, auf dem hinten in dicken Lettern das Wort *Braut* prangte. »Meredith, zieh deinen Bademantel an!«

Ich lief ihr nach, die Treppe hinunter, und die *Brautjungfer* lag schwer auf meinen Schultern. Aus der Küche schlug uns der Duft von gebratenem Speck entgegen. Mama hatte Fee zur Feier des Tages ein echtes englisches Frühstück versprochen. Vielleicht würde der Tag doch gar nicht so übel.

Ausnahmsweise beklagte Fee sich heute nicht über den bröseligen Speck oder die Gummi-Eier. Tatsächlich rührte sie kaum etwas an. »Ich bin viel zu nervös!«, quiekte sie und lehnte Mamas angebotenen Toast mit ausgestreckter Hand ab wie eine kapriziöse Hollywood-Diva am Filmset. Aber sie grinste, und ihre Augen strahlten. Ich wusste ganz genau, dass sie nicht sonderlich nervös war. Sie hatte nur dieses Bild einer Braut am Morgen der Hochzeit im Kopf, und sie spielte die Rolle perfekt.

Dafür, dass sie sonst eigentlich nicht besonders eitel war, brauchte sie heute verflixt lange, um genau den richtigen Nagellack passend zum Brautstrauß auszusuchen und die goldene Mitte zwischen hochgesteckten und offenen Haaren zu finden. Eine große Hilfe war ich ihr nicht, also kommandierte sie mich ab, das Kleid zu holen, weil wir sonst niemals pünktlich in die Kirche kommen würden.

»Ein Pfund Strafe ins Sparschwein, jedes Mal, wenn du das sagst«, rief ich ihr über die Schulter zu, während ich ins Schlafzimmer flitzte. Sie lachte, froh, dass ich ihr kleines Spiel mitmachte. Wir hatten kein Brautjungfernkleid mit langen Ärmeln finden können, und für etwas Maßgeschneidertes reichte das Budget nicht, also hatten wir uns – im Flüsterton, während Mama gerade den Preis der Brautdiademe monierte – darauf geeinigt, dass ich einfach einen passenden fliederfarbenen Paschmina dazu tragen würde.

»Du kannst tragen, was du willst«, raunte Fee mir zu und drückte ganz leicht meinen Ellbogen.

»Was ist das denn?«, wollte Mama wissen, als es ans Bezahlen ging.

»Ein Paschmina«, antwortete Fee spitz.

»Eine Stola? Für eine Hochzeit im Juni?« Mama starrte mich an.

»Na ja, wir sind hier schließlich in Schottland. Bestimmt wird es kalt wie eine Hundeschnauze.« Fee zwinkerte mir zu und legte eine Hand auf den Paschmina. Sie wusste, dass Mama im Brautmodenladen keine Szene machen würde.

Der Paschmina schmiegte sich wolkenweich an meine Haut. Das waren womöglich die besten zwanzig Pfund, die Mama je für mich ausgegeben hatte, und sie ahnte nicht einmal, warum. Ich war zwar noch immer nicht ganz überzeugt, dass Flieder meine Farbe war, aber es war der am wenigsten unschöne von all den vielen schlimmen Pastelltönen. Und wie Fee so treffend sagte, Schwarz konnte ich als Brautjungfer unmöglich tragen. So waren nun mal die Regeln.

»Mer! Ich brauche dich hier!«

Sie sah bezaubernd aus. »Du strahlst ja richtig«, sagte ich. »Man sagt das immer so über Bräute, aber bei dir stimmt es.«

»Ehrlich?« Grinsend guckte sie mich an. »Scheiße. Mer. Ich bin eine Braut.« Sie fasste mich an den Händen. »Ich bin eine Braut, verdammt noch mal!«

Ich grinste zurück. »Ich weiß. Wie zum Teufel ist das bloß passiert?«

»Du musst den Reißverschluss zuziehen. Wie spät ist es? Meinst du, ich sollte ein bisschen zu spät kommen? Nur ein paar Minütchen? Das ist doch so üblich, oder, als Braut?«

Ich drehte sie zum Spiegel um. »Fünf Minuten könnten nicht schaden. Er soll ruhig ein bisschen zappeln, was?« Vorsichtig zog ich am Reißverschluss und passte auf, sie nicht einzuklemmen. »Bitte sehr. Perfekt.«

»Danke, Mer.«

Wir schauten einander – und uns selbst – im Spiegel an.

»Hasst du ihn?«, fragte sie und schaute meinem Spiegelbild tief in die Augen.

»Nein«, gab ich zurück.

»Gut. Er liebt mich nämlich, Mer. Er liebt mich wirklich, weißt du?«

»Ich weiß«, sagte ich sanft. Ich drückte ihr einen Kuss auf den Hinterkopf. »Komm schon. Wir müssen zu einer Hochzeit.«

Sie wirbelte herum und fasste mich wieder an den Händen. »Ich werde nie wieder in diesem Zimmer schlafen. Komm, wir sollten uns anständig verabschieden.« Und damit zog sie mich zu ihrem Bett, und wir hopsten darauf herum, bis wir ganz außer Atem waren und Mama von unten hochbrüllte, wir sollten nicht so einen Krawall machen und uns verdammt noch mal beeilen.

Wir kamen fünf Minuten zu spät, aber von Lucas keine Spur.

»Ich fasse es nicht«, zischte Fee. »Heute ist mein Hochzeitstag, und ich hocke hier in einer gottverdammten Abstellkammer.«

»Das ist keine Abstellkammer«, sagte Mama.»Wir warten bloß noch auf Lucas. Er darf dich vorher nicht sehen, das weißt du doch. Das bringt Unglück. Beruhige dich, Fiona. Du wirst ganz rot im Gesicht. Wenn du dich so aufregst, zerfließt dir bloß das Make-up. Denk an die Fotos.«

Ich sah meiner Schwester zu, die aufgebracht in dem kleinen Raum auf und ab lief. »Los, nichts wie raus hier«, sagte sie.

»Echt?«, fragte ich hastig, ehe Mama etwas sagen konnte. »Du willst es doch nicht durchziehen?«

Fee guckte mich befremdet an. »Natürlich ziehe ich das durch. Sei nicht albern, Meredith. Ich meinte, raus aus diesem Kämmerchen. Hier drinnen kriege ich Platzangst.«

»Ja, schon klar«, murmelte ich. »Ich mache eben das Fenster auf.«

»Misch dich bloß nicht ein, Meredith«, herrschte Mama mich an. Sie schaute auf die Uhr. »Er ist dreizehn Minuten zu spät, Fiona. Vielleicht hat er es sich anders überlegt. Wie lange wollen wir auf ihn warten?«

»Ruf ihn an, Meredith!«, flehte Fee. »Finde raus, was zum Teufel da los ist. *Bitte.*«

»Ich hab seine Nummer gar nicht«, antwortete ich hilflos.

»O Gott ... Das ist alles so furchtbar. Mein Leben ist im Eimer«, jammerte Fee.

Mama seufzte.

Vier Minuten später trudelte Lucas schließlich ein, ein bisschen zerknittert und mitgenommen, aber abgesehen davon willens und bereit, meine Schwester zur Frau zu nehmen. Fee richtete sich schnell das Krönchen, puderte sich Nase und Kinn und hielt Mama die Wange für ein Küsschen hin, die danach rausging und sich auf ihren Platz setzte.

Wir hakten uns unter für den Gang zum Altar. »Bestimmt ist

er bloß verkatert«, raunte sie mir zu. »Er war gestern Abend mit den Jungs saufen.«

»Wie clever, am Abend vor der Hochzeit.« Die Bemerkung konnte ich mir einfach nicht verkneifen.

Sie seufzte. »Wem sagst du das.«

Die Flügeltür zum Hauptraum der Kirche war das letzte Hindernis. Ich blieb stehen.

»Was?«, fragte sie ungeduldig.

»Ich will, dass du dir ganz sicher bist.«

»*Bin* ich. *Los* jetzt.«

»Das ist ein großes Ding, so eine Hochzeit. Und du bist noch so jung.«

»Meredith, Schluss damit. Ich heirate. Wäre mein blöder Verlobter pünktlich gewesen, wäre alles längst vorbei.«

»Okay, okay. Nur eins noch. Es tut mir leid. Es tut mir leid, dass unser Dad nicht da ist, um dich zum Altar zu führen.«

»Und wenn er da wäre, ich würde mich immer noch lieber von dir zum Altar führen lassen.«

Ich streichelte ihr die Wange. »Du bist so hübsch. Ich weiß nicht, ob er dich überhaupt verdient hat.«

»Niemand hat mich verdient«, meinte sie augenzwinkernd. »Und jetzt *komm* schon.«

Tag 1.333

Mittwoch, 13. März 2019

Ich sitze in der Küche und bin gerade dabei, das neue Tausend-Teile-Puzzle vom Bahnhof Antwerpen-Centraal Station anzufangen, als es an der Haustür klingelt. Ich wappne mich innerlich für ein bisschen Smalltalk mit dem Tesco-Lieferanten – der kommt heute eine Viertelstunde zu früh, höchst ungewöhnlich eigentlich. Aber es ist nicht der Tesco-Bote.

»Deine Haare sind so lang«, ist das Erste, was meine Schwester zu mir sagt. Das Erste, was sie seit drei Jahren zu mir sagt.

Schwankend klammere ich mich an den Türrahmen. Wahllose, unwillkommene Erinnerungen prasseln auf mich ein, harsche Worte drängen sich ungebeten in meinen Kopf. Ich atme durch die Nase ein und lasse die Luft dann langsam und hörbar wieder durch den Mund ausströmen. Ganz reglos stehe ich da, starre sie an, halte mich mühsam aufrecht und atme einfach nur ein und aus, unfähig, auch nur ein Wort zu sagen.

Fee sieht mich an und wartet. Sie weiß nicht, was ich machen werde, und ich weiß es auch nicht. Endlich platze ich heraus: »Ich dachte, du bist der Tesco-Bote.« Das ist das Einzige, was ich gerade herausbringe. Diesen Augenblick habe ich mir nicht einmal in meinen kühnsten Träumen vorzustellen gewagt, weil er zu groß ist, zu gewaltig, und ich kann ihn nur ertragen, wenn ich dabei an meine Einkäufe denke.

Sie sieht verändert aus. Die Haare sind kürzer, grau meliert, und die Brille habe ich auch noch nie gesehen. Sie trägt einen wattierten Parka mit riesengroßer Fellkapuze, dazu Poloshirt, Jeans und Schnürstiefeletten aus dem Schnäppchenmarkt. Ihre Wangen sind gerötet: ob vor Nervosität oder vom eisigen Wind weiß ich nicht. Die Hände hat sie tief in den Taschen vergraben, und sie hat keine Handtasche dabei.

Es ist einfach nur Fee. Meine Schwester. Auf meiner Türschwelle.

Ich starre sie an, zwinge sie, etwas zu sagen. »Ich ... ich ... es tut mir leid ... ich wusste nicht ...« Sie räuspert sich. »Ich wusste nicht, was ich machen soll. Ich wusste nicht mal, dass ich herkommen würde. Aber ich bin heute Morgen aufgewacht und dachte, es ist Zeit. Ich bin gleich nach der Arbeit losgefahren.«

Noch immer sage ich kein Wort. Aber ich mache die Tür auf und trete einen Schritt beiseite, um sie einzulassen.

Schweigend gehen wir in die Küche, weil keine von uns beiden sich traut, belangloses Zeug zu reden. Ich setze Wasser auf und werfe Teebeutel in die Kanne. Ich stehe mit dem Rücken zu ihr, aber zu wissen, dass sie da ist, ist fast zu viel für mich. Ich fange wieder an, bewusst zu atmen, versuche, Jahre des Schmerzes und der Kränkung wegzuatmen.

»Ich habe ihn verlassen«, sagt sie schließlich.

Ich umklammere die Teekanne, warte ein paar Sekunden, ehe ich den Deckel abnehme und kochendes Wasser hineinschütte. Ich tue Dinge, die ich ohne nachzudenken kann, die ich nicht mal vermasseln könnte, wenn ich es wollte. Ich nehme zwei Tassen aus dem Schrank, Milch aus dem Kühlschrank, Zucker, Teelöffel. »Wie viel?«, frage ich mit einem flüchtigen Blick zu ihr.

»Was?« Fragend sieht sie mich an.

»Zucker?« Als sei die Frage, wie sie ihren Tee trinkt, wichtiger als die Tatsache, dass sie nach sechzehn Jahren Ehe ihren Mann verlassen hat.

»Einen Löffel«, sagt Fee.

Ich reiche ihr die Tasse und sehe, dass sie den Ring noch trägt.

»Du trägst deinen Ehering noch«, sage ich. Es klingt wie ein Vorwurf.

»Ich bin noch nicht so weit, ihn abzunehmen«, sagt sie kleinlaut. »Aber ich habe Lucas verlassen. Vor einer Woche bin ich ausgezogen.«

»Warum?«, frage ich. »Warum ausgerechnet jetzt? Warum jetzt, nach all den Jahren? Warum nicht damals schon?«

Eine Erinnerung platzt mir unvermittelt in den Kopf: meine Beckenknochen, schmerzhaft gegen den Rand der Spüle gepresst; der Geruch von abgestandenem Bier; unmelodische Klavierklänge von irgendwo aus dem Haus. Ich balle die Hand fest zur Faust, bis meine Fingernägel sich in die Handfläche bohren, um mich wieder ins Hier und Jetzt zurückzuholen.

Fiona nippt an ihrer Tasse, aber der Tee ist noch zu heiß, und sie verzieht das Gesicht. Ich glaube, sie wartet auf die Aufforderung, sich doch an den Küchentisch zu setzen. Früher hätte sie sich einfach ganz freimütig auf einen der Stühle gesetzt, unter Geschwistern braucht es keine Aufforderung. Aber jegliche Vertrautheit zwischen uns ist lange verloren. Und ich will mich nicht setzen. Ich habe das Gefühl, die Situation besser kontrollieren zu können, wenn ich stehe, hier mitten in meiner Küche, in Pantoffeln, während ich darauf warte, dass meine Schwester mir in die Augen schaut. Dass sie etwas sagt.

Das Läuten der Türklingel ist wie eine Erlösung.

»Das ist bestimmt der Tesco-Lieferant«, sagt sie.

»Warum?«, frage ich wieder, nachdem ich meine Einkäufe in der Küche abgestellt habe. Fahrig hantiere ich herum, mache mich daran, alles wegzuräumen, während ich in Gedanken ganz woanders bin. Geistesabwesend stopfe ich ein ganzes Huhn in eine schon übervolle Gefrierschrankschublade, stapele Konservendosen wahllos ins falsche Regal.

»Er ist ein brutales Arschloch«, sagt sie.

»Ach, *echt*«, murmele ich leise.

»Ich habe viel zu lange gebraucht, das einzusehen. Ihn zu sehen, wie er wirklich ist. Es tut mir so leid, Meredith. Ich ... ich kann es mir selbst nicht erklären. Es war ... als wäre ich eine Marionette, verstehst du? Er hatte mich völlig in der Hand, und es hat Jahre gedauert, bis ich das endlich kapiert habe. Es tut mir leid.«

Wie lange habe ich darauf gewartet, das zu hören. Vier kleine Worte, die alles oder nichts bedeuten können. Ich weiß nicht, was ich erwartet habe – was dann passieren, was ich dann empfinden würde. Alles ist noch genauso wie vorher. Fred streicht mir schnurrend um die Beine. Sein Schwanz mit dem samtweichen Fell streift meine Knöchel, dann huscht er davon. Am liebsten möchte ich ihn auf den Arm nehmen, ihn an mich drücken, ins Wohnzimmer gehen und mir einen alten Film ansehen, den ich schon tausend Mal gesehen habe. Ich will, dass Fee geht und ihr »Es tut mir leid« mitnimmt.

»Es tut mir leid«, sagt sie wieder.

»Setz dich«, sage ich zu ihr, fege die Puzzleteile von Antwerpen-Centraal wieder zusammen und stopfe sie unsanft in ihre Schachtel. Setze den Deckel drauf, schiebe sie auf die andere Seite des Tischs, weit weg von uns.

Wir sitzen einander gegenüber, warten, trinken Tee. Immer, wenn ich sie anschaue, muss ich den Blick gleich wieder abwenden, weil sonst der Schmerz durch meinen ganzen Körper fährt wie ein Blitzschlag.

»Meredith, es tut mir leid.«

»Hör auf, das dauernd zu sagen.«

»Ich weiß nicht, was ich sonst sagen soll. Wenn es die Sache besser macht, mein Leben ist ein Desaster.«

»Es geht hier nicht nur um dich, Fiona«, blaffe ich sie an. Sie guckt gekränkt, aber das ist mir gleich. Ich will, dass meine Worte sie genauso treffen, wie ihr Schweigen mich getroffen hat.

»Ich wollte dir nicht glauben«, sagt sie. »Es war leichter, ihm zu glauben. Ich weiß nicht, wie ich das je wiedergutmachen soll. Ich meine, willst du das überhaupt?«

»Ich weiß es nicht«, antworte ich ganz ehrlich. Ich betrachte meine Finger, lang und schlank, die meine Tasse halten. »Ich verstehe immer noch nicht, warum du hier bist. Was ist denn jetzt anders?«

Als ich endlich wieder aufschaue, laufen ihr die Tränen übers Gesicht. »Ich habe wieder ein Baby verloren.«

»Ach, Fee«, flüstere ich und bin selbst ganz erschrocken von dem überwältigenden Mitgefühl, das mich allem Schmerz zum Trotz erfasst.

Wir waren vierundzwanzig und fünfundzwanzig und hielten uns für erwachsen. Aber eigentlich waren wir noch Kinder.

So lange war ich noch nie mit Lucas allein gewesen wie an diesem Tag im sterilen Krankenhauswartezimmer, wo wir saßen, während meine Schwester blutend in einem Zimmer den Gang hinunter lag. Sie war zuerst meine Schwester, damals, an diesem Tag, und dann erst seine Frau.

»Sag mir noch mal ganz genau, was passiert ist«, verlangte ich.

Er schaute von seinem Handy auf, mit Augen wie zwei kalte graue Steine. »Sie hat einfach geblutet. Hab ich dir doch schon gesagt.« Unwirsch, als wolle er bloß seine Ruhe haben.

»Als du aus dem Pub nach Hause gekommen bist?«

»Ja. Ich dachte, sie schläft. Ich hab mir ein Käse-Toast gemacht und bin nach oben ins Schlafzimmer gegangen. Sie war im Badezimmer. Lag da auf dem Boden.«

»Bewusstlos.« Das war keine Frage.

»Jep.« Sein Handy summte, er schaute drauf. »Bewusstlos.«

»Und was hast du dann gemacht?«

»Ich hab meinen Käse-Toast gegessen.«

»Du hast deinen Käse-Toast gegessen?«

»*Ich hab meinen Käse-Toast gegessen.*«

Ich ballte die Fäuste. Er machte sich über mich lustig. Eine Schwester hastete an uns vorbei und lächelte uns flüchtig zu. Ich konnte nur hoffen, dass sie nicht glaubte, wir gehörten zusammen, ein Pärchen, das sich über Banalitäten wie Käse-Toasts unterhielt, während es aufgeregt und nervös auf den Ultraschall wartete, bei dem es zum ersten Mal sein Baby sehen würde. Mir wurde übel bei der Vorstellung.

»Meredith, ich dachte, sie ist sternhagelvoll. Es war zwei Uhr morgens.«

»Sie war nicht sternhagelvoll.« Wütend funkelte ich ihn an. »Sie hatte eine Fehlgeburt.«

»Tja, das konnte ich aber nicht wissen, oder? Ich wusste ja nicht mal, dass sie schwanger war. Und du auch nicht, so wie's aussieht.«

Ich verschränkte die Arme und versuchte, mich zu beherrschen. Fee war schon ziemlich lange in dem Zimmer den Gang hinunter.

»Ich gehe jetzt mal nachfragen, was da los ist.«

Er zuckte die Achseln, zog sich den Kragen der Jacke bis zu den Ohren und glotzte wieder ins Handy.

Erst zehn Minuten später durfte ich endlich zu ihr. »Wir haben heute so viele Notfälle«, erklärte eine der Schwestern entschuldigend, als sie mich in Fees Zimmer führte. »Aber Sie können sie nachher schon wieder mit nach Hause nehmen.«

»So bald?«

»Aber ja. Es sei denn, ihr Zustand verschlechtert sich. Zu Hause in ihrem eigenen Bett ist sie am besten aufgehoben. Sie können uns jederzeit anrufen, sollten Sie sich irgendwie Sorgen machen.«

Fee sah aus wie ein Kind, wie sie mit schmalem, blassem Gesicht in den Kissen lag. »Ich habe eine Windel an«, sagte sie zu mir, und dann mussten wir beide heulen.

Ich setzte mich auf den kalten Plastikstuhl und nahm ihre Hand.

»Weiß Mama es?«, fragte sie.

»Ich hab sie noch nicht angerufen«, gestand ich. »Ich wollte dich erst sehen.«

»Ich rufe sie an, wenn ich wieder zu Hause bin. Ist ja Quatsch, dass sie herkommt. Sie hasst Krankenhäuser.«

»Wer hasst die nicht? Aber ich finde, du dürftest nicht hier auf der Station liegen. Überall Babys. Wie unsensibel.«

»Wo soll ich denn sonst hin?«, fragte sie leise. »Aber es ist schon okay. So was kommt halt vor.«

»Wusstest du es?« Ich dachte an Lucas' Seitenhieb und fragte mich, warum sie mir so eine kolossale Neuigkeit verschwiegen hatte.

Sie nickte. »Meine Periode kam nicht. Die ist sonst immer pünktlich. Und meine Brüste waren steinhart. Ich wollte es dir sagen. Ich wollte dich heute anrufen und dich fragen, wie du es fändest, bald Tante Meredith zu sein.«

»Ach, Fee.«

»Es war nicht geplant. Lucas ... der ist noch nicht so weit. Wo steckt der eigentlich?«

»Im Wartezimmer am Handy.«

»Bestimmt schreibt er seiner Mum und seiner Schwester, was passiert ist.«

»Er ist ein Arsch, Fee. Willst du wirklich ein Kind von dem?«

Sie zog die Hand weg. »Meredith, er ist mein Mann. Natürlich will ich ein Kind von ihm.«

»Ernsthaft?«

»Ja, ernsthaft. Ich liebe ihn.«

»Er hat dich nicht verdient.«

Sie seufzte. »Das würdest du bei jedem Mann sagen.«

»Gar nicht wahr. Er hat einen Käse-Toast gegessen, während du bewusstlos auf dem Badezimmerboden gelegen hast. Es gibt da draußen eine Menge Männer, die so was nicht machen würden.«

»Tja, dann sieh mal zu, dass du einen von denen heiratest«, motzte sie.

»Ich heirate nicht. Was für ein Blödsinn.«

»Wenn du meinst.«

»Meine ich.« Ich griff wieder nach ihrer Hand, und sie ließ mich. »Wenn du ein Kind bekommst, werde ich die beste Tante Meredith überhaupt«, versprach ich ihr.

»Das weiß ich doch.« Sie drückte meine Hand. »Ich hab dich lieb, Mer.«

»Ich dich auch.«

»Kannst du Lucas reinschicken?«

Danach saß ich allein im Wartezimmer und starrte in die Seiten uralter Zeitschriften, ohne auch nur ein einziges Wort zu lesen. Ich saß da, bis Fee und Lucas Hand in Hand aus dem Zimmer kamen. Sie hatte rote, verquollene Augen, seine waren immer noch kalt und steingrau.

Ich sitze auf dem Boden, mit dem Rücken gegen die Heizung. Da ist ein kleiner Knubbel im Linoleum, der einfach nicht weggeht, so fest ich auch drücke. Ich fahre mit dem Daumen darüber. Hin und her, hin und her. Mein Blick schweift durch die Küche. Ich würde jetzt Eintopf kochen, wenn sie nicht da wäre. Das ärgert mich. Ich starre auf ihren Rücken, der sich über den Tisch beugt.

»Wo wohnst du denn jetzt, wenn du zu Hause ausgezogen bist?«

Sie wird stocksteif. Ich kann es mir längst denken. Aber ich will es von ihr hören.

»Was meinst du denn?«

»Bei ihr?«

Sie dreht sich um, sieht mich an, zerrissen und müde. »Meredith, wo sollte ich denn sonst hin?«

»Weiß sie, dass du hier bist?«

Sie schüttelt den Kopf, ohne mich anzusehen.

»Ich müsste eigentlich Eintopf kochen.«

»Tut mir leid«, sagt sie zum vierzigsten Mal.

Kurz überlege ich, einfach anzufangen zu kochen und sie dumm am Tisch sitzen zu lassen. Aber ich bleibe, wo ich bin, während mein Hinterteil auf dem harten Boden langsam einschläft. Ich reibe, reibe, reibe über den winzigen Knubbel.

»Weißt du noch, als wir einmal bei Tante Linda gewohnt haben? Ich muss ungefähr acht gewesen sein … Und du sechs.«

»Ganz vage«, erwidere ich argwöhnisch.

»Sie hat uns aus der Schule abgeholt und uns in ihren großen roten Wagen gesetzt. Hat uns gesagt, wir dürften ausnahmsweise bei ihr übernachten. Wir waren völlig aus dem Häuschen.«

»An den roten Wagen erinnere ich mich nicht mehr. Aber ich weiß noch, wie froh ich immer war, wenn wir bei Tante Linda sein durften. Ich wollte gar nicht mehr nach Hause.«

»Ich auch nicht. Weißt du, warum wir so lange da waren? Eine ganze Woche, glaube ich.«

»Ich weiß es nicht, Fiona, und es ist mir auch egal. Ich habe keine Lust, jetzt in Erinnerungen an einen Besuch bei Tante Linda zu schwelgen. Was bitte hat das mit alldem hier zu tun?«

Mit einem Ruck dreht sie sich auf der Küchenbank zu mir um und schaut mich an. Ihr Blick ist verzweifelt. »Mama hat versucht, sich umzubringen, und beinahe hätte es geklappt.«

Es läuft mir eiskalt den Rücken runter, obwohl ich noch immer gegen die warme Heizung lehne. »Woher zum Teufel weißt du das?«

»Ich habe ein Gespräch belauscht zwischen Tante Linda und einer Sozialarbeiterin. Sie haben darüber geredet, dass Mama in eine psychiatrische Klinik eingeliefert werden sollte. Die Sozialarbeiterin hat Tante Linda gefragt, ob wir so lange bei ihr bleiben können, bis sie eine Pflegefamilie für uns gefunden haben.«

»Und das sagst du mir erst jetzt?«

»Wann hätte ich dir das denn sagen sollen?« Fionas Stimme klingt jetzt schneidend. »Damals mit acht? Neun? Zehn? Was wäre ich denn bitte für eine große Schwester gewesen, dir zu erzählen, dass unsere Mutter so todunglücklich war, dass sie versucht hat, sich selbst das Leben zu nehmen und uns für immer zu verlassen?«

»Fiona, ich wünschte, sie hätte uns für immer verlassen.«

Ihr Atem geht schnell und flach. Sie reibt sich seitlich das Kinn, wie immer, wenn sie nervös ist.

»Ich sage dir das nicht, damit du Mitleid mit ihr hast.«

»Warum denn dann?«

»Meredith, es ist viel passiert, von dem du überhaupt nichts weißt.«

»Bestimmt. Aber es ist auch viel passiert, von dem ich *sehr wohl* weiß. Dass ich nie werde vergessen können, ganz gleich, wie viele verdammte Therapiesitzungen ich auch mache.«

»Ich gebe mein Bestes, Meredith.« Ihre Stimme ist zittrig; sie versucht krampfhaft, nicht zu weinen. Ich glaube, ich habe sie in all der Zeit, die ich sie nun schon kenne, erst zweimal weinen gesehen.

Ich muss daran denken, was sie alles durchgemacht hat, und werde weich. »Das weiß ich. Aber vielleicht ist es einfach zu spät.«

»Vielleicht. Aber ich will es wenigstens versuchen.«

Ich drücke mit dem Daumen auf den Knubbel im Bodenbelag, bis es wehtut. »Versuchen kannst du es.«

»Ich weiß, dass du das meiste abbekommen hast. Das weiß ich nur zu gut. Aber an mir hat sie es auch ausgelassen.«

»*Was* hat sie an uns ausgelassen, Fiona? Mutter zu sein? Einsam zu sein? Einen miserablen Männergeschmack zu haben?«

»Ich glaube, sie hatte auch keine schöne Kindheit.«

»Nimm sie jetzt bloß nicht in Schutz.«

»Tue ich gar nicht«, versichert meine Schwester rasch. »Ich versuche bloß, es irgendwie zu verstehen.«

»Das habe ich schon lange aufgegeben.«

»Ich glaube, du bist mir da ein paar Jahre voraus.«

»Da kommst du auch noch hin. Wenn du willst.«

»Können wir ... zusammen dahinkommen?«

»Wie du schon sagtest, ich bin dir ein paar Jahre voraus.«

»Das stimmt. Hör zu, Meredith ...«

Ich warte und kann die vielen Jahre des Schweigens fast greifbar zwischen uns spüren.

»Ich glaube dir. Das mit Lucas. Ich glaube es dir. Es tut mir leid, dass ich dir das nicht früher schon gesagt habe.« Sie klingt verzweifelt.

»Warum jetzt? Nach all der Zeit? Was ist jetzt anders?«

Dicke Tränen laufen ihr übers Gesicht. Ich muss mich zusammenreißen, sie nicht in den Arm zu nehmen und zu trösten, und warte einfach nur ab.

»Ich habe endlich begriffen, wie er wirklich ist, Mer«, flüstert sie.

Ich weiß, dass das längst nicht alles ist. Dass sie noch viel mehr sagen könnte. Aber ich will es nicht hören, nicht jetzt.

»Meredith, es tut mir so leid. Bitte gib mir eine Chance, es wiedergutzumachen.«

Ich fühle mich ganz taub, als hätte ich in der vergangenen Stunde die Gefühle eines ganzen Lebens aufgezehrt. Mein Magen knurrt; ich habe Hunger.

»Ich muss mir was zu essen machen«, sage ich. »Ich glaube, du gehst jetzt besser.«

Aber als sie dann weg ist und die Haustür hinter ihr ins Schloss gefallen ist, koche ich nicht. Ich bleibe noch eine ganze Weile auf dem Küchenboden sitzen. Irgendwann lasse ich mir ein heißes Bad ein, zünde Lavendel-Duftkerzen an und bleibe im Wasser liegen, bis ich irgendwann anfange zu zittern. Ich liege da und lasse den Tränen freien Lauf und weine schluchzend um die beiden kleinen Mädchen, um die verlorene Zeit, die sie nicht zurückholen können, und um die Mutter, die lieber sterben wollte.

2015

Ich spülte gerade die Weingläser, als Lucas in die Küche kam. Er lehnte sich gegen die Arbeitsplatte, nahm einen großen Schluck aus seiner Bierflasche und musterte mich von oben bis unten, wie er es immer machte.

»Weißt du was, Meredith? Irgendwie hatten wir nie die Gelegenheit, uns mal richtig kennenzulernen.«

Wir hatten reichlich Gelegenheiten gehabt. Weihnachten, Geburtstage, Sonntagsessen. Es braucht nicht viel, um jemanden ein bisschen besser kennenzulernen. Für den Anfang reicht eine simple Frage. »Wie war die Woche, Meredith?« »Wie läuft es so bei dir, Meredith?« »In letzter Zeit irgendwelche guten Filme gesehen, Meredith?«

»Was willst du denn wissen?«, fragte ich bemüht locker. Locker und lässig, so wie Fiona. Ich guckte konzentriert auf Mamas Weingläser. Eins hatte oben am Rand einen dunklen Lippenstiftabdruck. Behutsam versuchte ich, ihn mit dem Fingernagel abzukratzen.

Lucas trat näher. »Du hast Seifenblasen am Ellbogen«, nuschelte er gedehnt.

Ich lachte nervös.

»Hier – lass mich mal.« Und noch ehe ich was dagegen sagen konnte, rubbelte er auch schon mit Mamas Geschirrtuch an meinem Arm herum. Es fühlte sich so grundverkehrt an, dass es beinahe wehtat, obwohl er mich kaum berührte und es im nächsten Moment schon vorbei war.

»Bitte lass das«, sagte ich leise.

Er lachte, hob die Hände und ließ das Geschirrtuch fallen. Er machte sich über mich lustig. »Dir hat's wohl lange keiner mehr besorgt, was, Meredith? Was hast du eigentlich für ein Problem mit Männern? Was hast du bloß an dir, das sie so abstößt?«

»Lass mich in Ruhe, Lucas.«

Aber er ließ nicht locker. »Fiona hat gesagt, du hattest kein Date mehr seit … Wie hieß er noch mal? Gary?«

Ich wich seinem Blick aus und konzentrierte mich auf Mamas Weingläser, aber ich wusste, dass er dastand und grinste – und es war kein nettes Grinsen. Man hörte es ihm förmlich an.

»Gavin«, sagte ich. »Und ich hatte erst kürzlich eine Verabredung.« Ich war mit Toby essen gewesen, einem der Layouter von der Arbeit, vor etwa einem Monat. Nichts Aufregendes, aber ich hatte Mama und Fiona davon erzählt, weil ich wusste, dass so was bei ihnen Eindruck schindete. Bei Pizza und billigem Rotwein belanglosen Smalltalk zu machen, war in ihren Augen eine annehmbarere Beschäftigung für einen Freitagabend, als (allein) eine True-Crime-Doku zu gucken oder (allein) mit teuren Malstiften herumzukritzeln oder (allein) zu stricken (obwohl ich gerade an einem fliederfarbenen Strickjäckchen für meine schwangere Kollegin Louise saß, die ein kleines Mädchen erwartete).

»Soll das heißen, deine Schwester lügt?«

»Nein«, sagte ich rasch.

Er kam näher, bis ich seinen Bieratem riechen konnte. Ich riss mich zusammen, um nicht angewidert zurückzuweichen, und stemmte die Füße fest in den Küchenboden. Im Seifenschaum in der Spüle suchte ich nach vertrauten Formen, wie damals als kleines Mädchen, wenn ich auf dem Rücken im Gras gelegen und in den Himmel gestarrt hatte, felsenfest überzeugt, in den vorbeiziehenden Wolken einen alten Mann mit Hakennase gesehen zu haben oder eine Erdbeere oder einen Wal. Manchmal sogar ein Herz, wenn ich Glück hatte.

Im Schaum war nichts zu erkennen, aber es lenkte mich ein bisschen von der Anspannung ab. Mein ganzer Körper war stocksteif. Im Bauch hatte es angefangen und war mir bis in die Brust gestiegen, hatte meine Lunge ausgefüllt und war mir dann im Hals stecken geblieben, hart und schwer und unverrückbar wie ein eiserner Türstopper.

Lucas legte mir den Arm um die Schulter, und ich wich zurück, aber es war zu spät. Er hatte lange Arme und einen festen Griff, und ich bin dünn. Räuspernd krächzte ich aufhören, aber das Wort löste sich auf, noch ehe ich es aussprechen konnte. Mein letzter Gedanke, ehe er meinen Oberkörper gegen die Spüle drückte und meinen Rock hochschob, war, wie unerwartet stark er doch war für einen Mann, der ständig trank und keinen Sport machte.

Tag 1.334

Donnerstag, 14. März 2019

»Du siehst müde aus.«

»Geht schon.« Er hat recht, ich bin müde, aber nicht zu müde, um meinen Schutzwall zu verteidigen. Mir ist heute nicht danach, Tom hinter die Festungsmauern zu lassen.

»Ich weiß nicht, ob ich dir das glauben soll.«

»Ich weiß nicht, ob ich einen Pfifferling darauf gebe.« Ich schaue ihm in die freundlichen Augen und versuche, seinen Blick stahlhart und ungerührt zu erwidern. Nicht leicht angesichts seines unerbittlichen Mitgefühls. Ich weiß nicht, wie er das immer macht.

»Du hast nicht zufällig was Leckeres gebacken? Ich habe einen Bärenhunger.«

»Nein«, lüge ich. Auf meiner Küchenarbeitsplatte türmen sich zweiundsiebzig Käse-Scones, aufgestapelt zu einem veritablen Tupperware-Berg – das Ergebnis einer schlaflosen Nacht. Der Stapel muss ihm aufgefallen sein; so ein Plastik-Everest ist ja kaum zu übersehen. Aber ich will wissen, was passiert, wenn er mich beim Schwindeln erwischt.

»So kenne ich dich gar nicht«, stellt er nüchtern fest. Derweil male ich mir aus, wie der Turm einstürzt und die Scones kreuz und quer durch die ganze Küche kullern. Keine Ahnung, was ich mit zweiundsiebzig Scones anstellen soll. Tom tut, als sei nichts.

»Du glaubst echt, du kennst mich.«

»Meinst du nicht, dass wir uns inzwischen tatsächlich ganz gut kennen? Ich sehe dich öfter als die meisten meiner Freunde.« Mit zusammengekniffenen Augen gucke ich ihn an. »Ach was.« Da ist so ein komisches Gefühl in meiner Magengrube. »Meredith, entschuldige ... das ist jetzt ganz falsch rausgekommen. Meine *anderen* Freunde, wollte ich sagen.«
»Auch egal.«
»Meredith, natürlich bist du für mich eine Freundin.«
»Ach?«
»Warum wundert dich das?«
»Weiß auch nicht. Sag du es mir, wo du mich doch so gut kennst.«
Tom seufzt. »Möchtest du einen Tee?«
»Nein, danke. Ich habe heute früh schon fünf Tassen getrunken. Ich bin seit vier Uhr morgens auf den Beinen. Bedien dich. Du weißt ja, wo alles ist.«
»Also doch müde. Meinetwegen musst du nicht so tun, als wäre alles bombig.« Tom sucht hinter meiner gepunkteten Tasse nach einer, die ich sonst nicht benutze. Ich schätze ihn dafür, dass er inzwischen weiß, dass ich meine Lieblingssachen habe. Dass ich ihm das nicht erst erklären muss.
»Tue ich doch gar nicht«, gifte ich seinen Rücken an.
»Meredith, ist irgendwas?« Er dreht sich um und lehnt sich gegen die Arbeitsplatte, überkreuzt die langen Beine unten an den Knöcheln. »Du kannst immer mit mir reden. Ich will dir helfen.«
»Ich glaube nicht, dass du mir helfen kannst, Tom. Und außerdem gehört das doch auch gar nicht zu deinen Aufgaben, oder? Du bist nicht mein Therapeut. Du bist nicht hier, um meinen Dachschaden zu reparieren. Du bist bloß da, um dich zu vergewissern, dass ich noch am Leben bin. Und nicht mausetot auf der Couch liege und vom armen verhungernden Fred angefressen werde.«

Ich sage das nur halb im Scherz. Den Gedanken habe ich tatsächlich hin und wieder. Was, wenn ich sterbe? Tagelang könnte ich hier liegen, ohne dass es irgendjemandem auffällt. Noch bin ich gesund und munter, aber was, wenn ich unvermutet einen Herzinfarkt erleide oder ein Hirnaneurysma und, zack, ist es aus?

»Ja, auch das. Wobei ich kaum glaube, dass Fred dich anfressen würde, es sei denn, du riechst durchdringend nach Thunfisch.«

»Ha, ha.«

»Aber egal, natürlich bin ich nicht hier, um irgendwas bei dir zu reparieren. Ich bin hier, um dir deinen Tee wegzutrinken und dein Gebäck wegzufuttern.«

Ich muss lachen.

»Lass mich nur eben meinen Tee austrinken, dann verschwinde ich wieder und lasse dich in Ruhe, einverstanden?«

»Na schön. Wobei … Ach, was soll's – ich trinke auch eine Tasse. Wo du schon mal dabei bist.«

»Fein, fein.«

»Es ist ja auch nicht so, dass ich nicht mit dir reden will, Tom. Es ist bloß …«

»Schwierig. Verstehe ich.«

»Bis du hier reingeschneit kamst, habe ich eigentlich nie mit irgendwem über mich geredet. Ich meine, ich rede natürlich mit Sadie, aber die kennt mich schon immer, die weiß, wie es ist … und wie es war. Sie kennt Fiona, sie weiß … alles.«

»Sie gehört zu deinem Leben, zu deiner Geschichte.«

»Genau. Bei dir … bei dir gibt es immer so viel zu erklären. Mir brummt der Schädel, wenn ich nur dran denke.«

»Na ja, vielleicht brauchst du mir ja gar nicht alles zu erklären? Vielleicht nur das, von dem du denkst, es könnte helfen, darüber zu reden?«

»Vielleicht …« Plötzlich habe ich einen Kloß im Hals. Ich

trinke einen Schluck Tee, aber das tut weh. Ich weiß nicht, ob mir deswegen die Tränen kommen, aber plötzlich sind sie da und laufen mir über beide Wangen.

»Meredith ...«, sagt er ganz sanft, und ich muss noch mehr weinen.

»Entschuldige, das ist albern.«

»Du brauchst dich nicht zu entschuldigen, verstanden? Trink deinen Tee.« Er kramt ein frisches Taschentuch aus der Hosentasche und legt es mir hin. Er ist der einzige Mann, den ich kenne, der immer ein frisch gewaschenes und gebügeltes Stofftaschentuch in der Hosentasche hat.

»An was für einem Puzzle sitzt du gerade?«

»Antwerpen-Centraal.«

»Wow. Kniffelig. Also ... pass auf ... was machst du, wenn du, sagen wir, ein bestimmtes Puzzleteil einfach nicht finden kannst? Ein Stückchen Sonnenuntergang, nehmen wir mal an. Wirfst du dann das ganze Puzzle an die Wand?«

»Natürlich nicht. Nie. Ich ... ich würde vermutlich eine kleine Pause machen. Die Blumen gießen. Ein Buch lesen. Sadie anrufen. Backen.«

»Und wenn du dich dann wieder an dein Puzzle setzt, findest du das Teil dann?«

»Meistens schon. Früher oder später findet man sie alle. Oder ich mache einfach irgendwo anders weiter.«

»Genau das machen wir hier auch, Meredith.«

»Mich irgendwie wieder zusammensetzen?«

Tom lacht. »Uns Zeit lassen. Verschiedenes ausprobieren. Alles zu seiner Zeit.«

»Wirklich clever, dein kleiner Puzzlevergleich, Tom.«

»Danke. Aber du verstehst schon, was ich meine, oder? Freundschaften brauchen Zeit. Alles braucht seine Zeit.«

»Ich habe meine Schwester gestern gesehen. Sie stand plötzlich vor der Tür.«

»Wow. Und, wie war das für dich?«

»Ich glaube, ich habe es noch gar nicht richtig kapiert. Ich weiß nicht, wie es mir damit geht.«

»Verständlich.«

»Ihr Mann hat mich vergewaltigt.«

Kaum ausgesprochen, frage ich mich, ob ich das gerade wirklich laut gesagt habe, oder vielleicht doch eher so was wie »Möchtest du einen Käse-Scone? Entschuldige, dass ich dich angeschwindelt habe. Natürlich hab ich was gebacken. Ich hab heute früh um vier zweiundsiebzig Käse-Scones gebacken, weil ich nicht schlafen konnte, und wäre ich auch nur einen Augenblick länger im Bett liegen geblieben, hätte ich vermutlich das schärfste Messer aus der Küchenschublade geholt und mir die Pulsadern aufgeschlitzt.«

Ich scheine es tatsächlich gesagt zu haben, denn Tom starrt mich an, als hätte ich plötzlich zwei Köpfe oder so was.

»Der Mann deiner Schwester?«

Ich nicke. »In der Küche im Haus meiner Mutter. Sie und Fiona waren im Wohnzimmer. Fiona wollte es mir damals nicht glauben, aber jetzt sagt sie, sie glaubt mir. Meine Mutter habe ich seit dem Abend nicht mehr gesehen.«

Tom ist weiß wie die Wand. »Meredith ... wow ... Das tut mir so leid. Was für ein ...«

»Albtraum.«

»Hm ... ja, ein Albtraum. Ich meine ... mir fehlen die Worte. Tut mir leid, ich ... damit habe ich nicht gerechnet.«

»Ich auch nicht.«

»Was glaubst du, wie es jetzt weitergeht, mit dir und deiner Schwester?«

»Keine Ahnung.«

»Was wünschst du dir denn, wie es weitergehen soll?«

»Keine Ahnung«, sage ich abermals und fühle mich dabei so hilflos. »Sie hat ihn verlassen. Sie möchte es irgendwie wiedergutmachen.«

Fee hat mir gestern Abend geschrieben. *Ich bin für dich da. Wann, wo, wie auch immer du mich brauchst. Lass mich dir helfen, Mer.*

Das hättest du mir damals sagen sollen, habe ich gedacht. Aber nachdem ich im Kopf mehrere Antworten durchgegangen war, schrieb ich bloß: *Das geht mir zu schnell.*

Sofort kam ihre Antwort zurück: Verstehe ich. Ich hab dich lieb. xxx

Du hast kein Recht, mir das zu sagen, habe ich empört gedacht und das Telefon wutentbrannt in die Nachttischschublade geknallt. Dann habe ich nach dem nächstbesten Buch gegriffen – irgendeins, das Sadie mir geliehen hat, über emotionale Entgiftung – und denselben Absatz gleich viermal gelesen. Nur um danach die Schublade wieder aufzumachen.

Ich hab dich auch lieb, habe ich ihr geschrieben, denn das stimmt, trotz allem.

»Ich bin froh, dass du da bist«, sage ich zu Tom. »Ich glaube, ganz allein wäre das heute ziemlich heftig geworden.«

Er sieht mich mit seinem mitfühlenden, sorgenden Blick an und lässt mir wie immer genügend Raum, selbst zu entscheiden, wie es weitergehen soll.

»Wollen wir einfach hier sitzen und gar nichts weiter machen?«, frage ich ihn.

Er greift nach der Fernbedienung. »Genau das machen wir.«

2015

Ich ging an dem Abend zu Fuß von Mama nach Hause, so wie immer. Von Tür zu Tür waren es genau siebenundzwanzig Minuten. Fiona und Lucas stiegen fast zeitgleich ins Auto. Ich sah, wie meine Schwester im Vorbeifahren die Hand hob und mir zuwinkte. Ich hatte die Hände fest zu Fäusten geballt und tief in den Manteltaschen vergraben.

Ich starrte dem Wagen nach, bis er auf dem Weg zu ihrer Drei-Zimmer-Neubau-Wohnung am Stadtrand um die nächste Ecke bog. Ich fragte mich, worüber sie wohl gerade redeten. Ob sie das Essen, das ich mitgebracht hatte – Chow Mein und gebratenen Reis Spezial –, mit dem von ihrem Chinesen verglichen? Oder darüber lachten, wie Mama versucht hatte, auf dem Klavier die »Ode an die Freude« zu spielen, wie sie mit eingesunkenen Augen angestrengt in das vergilbte Liederbuch geguckt und sich mit den Schneidezähnen auf die Unterlippe gebissen hatte, während ihre mageren Finger sich über die Tasten spannten. Ob sie sich fragten, warum Meredith noch immer nicht verheiratet war, warum Meredith sich nicht einfach mal locker machte und mittrank, warum Meredith immer so unentspannt sein musste.

Mich mitzunehmen boten sie mir schon lange nicht mehr an, weil ich immer dankend ablehnte. Ich ging gerne zu Fuß. Ungefähr zehn Minuten dauerte es, alle falsche Freundlichkeit und Gefälligkeit abzuschütteln, während ich an nichts anderes denken konnte, als endlich nach Hause zu kommen und laut in ein Kissen zu schreien.

»Meredith!« Ihre Stimme ließ die Stille ringsum zerspringen. Ich blieb stehen.

Barfuß und mit einem alten Trenchcoat über dem Paillettenkleid stand Mama auf der Straße. Sie verschwand fast darin; er war so lang, dass er beinahe über den Gehweg schleifte. Der Gürtel fehlte. Sie musste die Arme verschränken, damit er nicht aufflatterte. Ich hatte diesen Mantel noch nie gesehen. Kurz fragte ich mich, wo sie den wohl herhatte, aber ich wollte es eigentlich gar nicht wissen.

Ein Moment kann das ganze Leben verändern, zum Guten wie zum Schlechten. Menschen tun ihren ersten und ihren letzten Atemzug. Autos verunglücken, Flugzeuge stürzen ins Meer. Heilung nach Jahrzehnten des Schmerzes kann mit einer schlichten Geste beginnen.

Oder einer Frage wie: »Alles in Ordnung?«

Irgendetwas in der Art hätte ich mir an diesem Abend von ihr gewünscht. Es hätte so viel ausmachen können, hätte den Horror ein wenig abmildern können. Hätte mir die Hoffnung geben können, dass ich, vielleicht, eines Tages, darüber hinwegkommen könnte, was Lucas mir eben angetan hatte.

Aber das war kein solcher Moment.

»Ich brauche ein bisschen Geld.« Sie verzog das Gesicht, als hätte ich sie um einen Gefallen gebeten, dabei wollte ich doch bloß nach Hause und in mein Kissen schreien.

Ich atmete tief durch. »Wofür?«

Sie zuckte mit den Schultern. »Dies und das. Hilf deiner alten Mama ein bisschen, ja?«

»Ich habe kein Geld dabei. Ich überweise dir was, sobald ich zu Hause bin.«

»Du bist ein braves Kind, Engelchen.« Irgendwie klang das fast wie eine Beleidigung, als wäre ich bloß brav, weil ich nichts anderes war. »Komm doch noch mit rein und trink ein Gläschen mit mir, hm? Ein kleiner Absacker. Nur wir beide.«

»Nein danke, Mama.« Langsam rückte ich von ihr ab. »Ich bin müde. Danke fürs Abendessen. Ich kümmere mich um das Geld. Fünfzig Pfund. Aber mehr auch nicht.«

»Jawohl, Ma'am.« Sie hob die Hand zu einem spöttischen Salut. Wie sie so dastand auf dem Bürgersteig, sah sie aus wie ein kleines Mädchen, das seiner Mutter die Sachen aus dem Schrank stibitzt hatte. Ihre Miene war nicht zu deuten.

Ich wurde nicht festgehalten.
Ich wurde nicht betäubt.
Ich wurde nicht mitten in der Nacht in eine dunkle Gasse gezerrt.
Er hat mir nicht den Mund zugeklebt.
Er hat mir nicht die Hände hinter dem Rücken gefesselt.
Er hat mir nicht die Unterwäsche vom Leib gerissen.

Unvermittelt wurde es eiskalt auf meinem kurzen Heimweg. Ich ging schneller, und um mich von der einsetzenden Kälte abzulenken, hielt ich Ausschau nach den Häusern, die ich noch aus meiner Kindheit kannte. Manche hatten sich seitdem verändert, hatten moderne Anbauten und neue Fenster bekommen und schicke Autos in der Auffahrt. Andere, wie das von Mama, sahen noch genauso aus wie damals, bloß älter und verwohnter, mit verwitterter Fassade, fadenscheinigen Gardinen und ungepflegtem Rasen. Mr Lindsay, mein alter Mathelehrer, hatte eine Affäre mit Mrs MacGowan, der Englischlehrerin, gehabt. Ich fragte mich, wer wohl jetzt in dem Bungalow mit der grauen Tür wohnte.

Julianne Adair, ein Mädchen aus meiner Grundschulklasse, wohnte damals nur vier Häuser vom armen Mr Lindsay entfernt. Das Haus gehört immer noch ihren Eltern, aber den Sommer über steht es leer, weil sie den mit ihrem Wohnmobil am Loch Lomond verbringen. Mama kann die Adairs nicht ausstehen; sie meint, die hielten sich für was Besseres, seit sie damals vierundzwanzigtausend Pfund im Lotto gewonnen haben. Mama mag es nicht, wenn Leute sich für was Besseres halten. Das Glück oder den Fleiß der anderen scheint sie als persönlichen Affront zu empfinden.

Und dann musste ich an Julianne Adair denken, wie ich so nach Hause lief. Die hatte ich seit Jahren nicht mehr gesehen. Keine Ahnung, wo sie jetzt steckte und ob sie auch heute noch den ganzen Sommer bei ihren Eltern im Wohnmobil am Loch Lomond verbrachte. Ich weiß noch, wie die anderen Kinder sie immer gepiesackt haben, weil sie so schielte. Im siebten Schuljahr hatte sie dann eine Augen-OP, das Schielen verschwand, und danach fing *sie* an, die anderen Kinder zu piesacken. Ich erinnere mich vage an eine Reiberei mit Sadie auf dem Mädchenklo – ich muss sie mal fragen, was damals eigentlich los war. Sie hat bei so was ein viel besseres Gedächtnis als ich.

Der Gedanke an Julianne Adair, ein Mädchen, das mir damals schon völlig gleich gewesen ist, und heute erst recht, eine Frau, die ich womöglich mein ganzes Leben lang nicht wiedersehen werde, half mir, irgendwie nach Hause zu kommen.

Ich habe nicht versucht, mich loszureißen.
Ich habe mich nicht gewehrt.
Ich habe mir keinen Nagel abgebrochen, habe keine Hautreste unter den Fingernägeln.
Ich habe nicht geblutet.
Ich habe nicht geweint.

Tag 1.341

Donnerstag, 31. März 2019

Es ist ungewohnt heiß für diese Jahreszeit. Der Frühling ist da und fühlt sich fast wie Sommer an. Jacobs Kirschbaum steht in voller Blüte. Innerhalb von Tagen sind die Knospen aufgesprungen, und der Baum sieht aus wie eine gigantische rosarote Zuckerwattewolke. Ich habe Celeste ein Foto davon geschickt und ihn Tom gezeigt, als der vormittags vorbeikam.

»In ein, zwei Wochen ist alles vorbei«, sagte ich, »und der Bürgersteig sieht aus wie ein dicker rosa Flokati.«

»Ein kurzes Leben«, sinnierte er. »Genau wie unseres.«

Ich starrte ihn an. »Ja, aber er blüht jedes Jahr. Jedes Frühjahr erwacht er wieder zum Leben.«

Nachdenklich betrachtete er den Baum. »Vielleicht sollten wir ein bisschen achtsamer mit unserem Leben umgehen«, sagte er.

»Du bist heute echt komisch drauf«, brummte ich und ließ ihn einfach vor der Haustür stehen.

Ich habe die Fenster im ganzen Haus aufgerissen, und die Zimmer sind voller Sonnenflecken und schimmernder Staubwolken und den fernen Stimmen der Kinder, die draußen in den Vorgärten spielen. Ich klemme die Tür zum Garten auf, und Tom und ich schleifen unsere Küchenstühle so nahe wie möglich an den kleinen kahlen Betonflecken, der kaum als Garten durchgeht. Aber die Mauern ringsum sind hoch, und der Himmel ist blau.

Ich nehme die große Pflanze aus dem Topf und drehe den Topf

um – als kleiner Behelfstisch zwischen unseren Stühlen. Wir trinken heute ausnahmsweise keinen Tee. Weil wir nämlich der einhelligen Meinung sind, zu wenig frisches Obst zu essen, habe ich uns mit meinem neuen Smoothie-Maker, der fast schon futuristisch wirkt, wie er da so modern und hochglänzend auf meiner Arbeitsplatte in der Küche steht, Smoothies gemacht.

»Was für ein herrlicher Tag.« Genüsslich strecke ich die Beine aus, bis meine Zehen beinahe über die Türschwelle ragen. Meine Füße sind nackt, und angetan betrachte ich das Ergebnis meiner abendlichen Pediküre. Ich habe mir die Zehennägel in einem dunklen, satten Bordeauxrot lackiert. Gestern Abend sahen sie beinahe schwarz aus, aber im hellen Morgenlicht schimmern sie blutrot. Ich bin hochzufrieden.

Fast will ich Tom vorschlagen, auch Schuhe und Socken auszuziehen, überlege es mir aber noch mal anders. So dicke sind wir noch nicht, dass es nicht irgendwie seltsam wäre, wenn er barfuß durch mein Haus liefe. Neben seinen Turnschuhen wirken meine Füße winzig klein. Ich wackele mit den Zehen und genieße das luftige Gefühl auf der Haut.

Mal abgesehen davon, dass er mir mehrmals glaubhaft versichert, ich sei unglaublich, weil ich es doch tatsächlich bis ans Ende meines Gartenpfads geschafft habe, sagt Tom nicht viel, was ihm so gar nicht ähnlich sieht. Sonst ist er eigentlich eine ziemliche Plaudertasche.

»Hey, ist alles okay?« Ich gebe mir Mühe, ganz beiläufig zu klingen.

»Bestens, ja«, erwidert er, ohne mich anzuschauen. Er hat den Blick auf einen Punkt in der Ferne jenseits meiner Gartenmauern geheftet.

»Das glaube ich dir nicht«, sage ich zu ihm und muss an die Kirschblüten denken.

Er seufzt. »Bloß einer dieser Tage.«

»Diese Tage sind echt ätzend.«

Er nickt. »Das kannst du laut sagen.«

»Wie ist der Smoothie? Ich hab dauernd Himbeerkerne zwischen den Zähnen, das macht mich total kirre. Typischer Anfängerfehler.«

»Also, ich finde ihn echt lecker. Wie vom Doktor verschrieben.«

Schweigend sitzen wir da. Ich schau einem Vögelchen zu, das auf dem Zaun landet und wieder wegfliegt, und frage mich, wo es wohl herkommt und wo es hinwill. Wie es sein muss, einfach kommen und gehen zu können, wie es einem gefällt. So klein zu sein, dass man auf dem dünnsten Zweig sitzen kann, ein zierlicher Hochsitz, von dem aus man die ganze Welt sieht.

»Wenn du ein Tier wärst, welches wärst du am liebsten?«

Er lacht. »Du stellst immer die tollsten Fragen, Meredith Maggs. Ich muss gestehen, darüber habe ich mir eigentlich noch nie Gedanken gemacht. Ich meine, ich liebe Katzen.«

Er weist auf Fred, der auf der Betonplatte gleich vor der Tür liegt. Er ist ein echter Stubentiger, weiter raus traut er sich nie.

»Aber wärst du gern eine Katze?«

Tom betrachtet meinen kätzischen Kumpel. »Hmm. Ich weiß nicht. Vielleicht ein Äffchen. Ich wollte immer schon gelenkiger sein. Mich mit meinen kleinen Affenfreunden von Ast zu Ast durch den Urwald zu hangeln, tolle Vorstellung.«

Ich muss lachen und sprühe dabei versehentlich einen Schluck Smoothie über mein Sweatshirt. Mir vorzustellen, wie Tom kopfüber am Schwanz von einem Ast baumelt, ist einfach zu viel.

»Mist«, stöhne ich und schaue mich nach einem Lappen um, um die Schweinerei wegzuwischen. Das Geschirrtuch hängt am Ofengriff auf der anderen Seite der Küche. »Da hast du es. Mit mir kann man sich nirgends blicken lassen!« Ich lache und krempele das Sweatshirt von unten auf, ziehe es mir rasch über den Kopf.

Und dann lacht plötzlich niemand mehr. Tom starrt auf meine Arme, die ich sonst nie entblöße.

»Meredith ...«

»Nein, Tom. Nein, nicht.« Ich springe auf, so hastig, dass ich eine ganze Kettenreaktion in Gang setze, wodurch es noch schwieriger wird, wegzukommen von ihm, von seinem erschrockenen, fragenden Blick. Mein Stuhl kippt hintenüber. Ein Bein bleibt am Blumentopf-Tischchen hängen und katapultiert Toms Smoothie durch die Luft. Das Glas zerschellt, Fred springt erschrocken auf und macht einen Satz. Ich breche in Tränen aus und laufe kopflos aus der Küche.

Es vergeht mindestens eine halbe Stunde, bis ich höre, wie die Haustür zugeht. Wie lange Tom wohl gebraucht hat, um einzusehen, dass ich nicht wieder aus dem Bad herauskommen werde?

Ich atme aus.

Das Licht im Bad ist gedämpft – ich mag keine harsche Beleuchtung, nirgendwo im Haus –, aber nicht so gedämpft, dass ich nicht die vielen silbrigen Kerben sehen könnte, die sich mit fast unerträglicher Präzision in parallelen Linien über die Innenseite meiner Unterarme ziehen. Vor diesem Hintergrund leuchten zwei frischere grellrote Streifen. So frisch, dass sie nicht einmal vernarbt sind. So hässlich, dass Tom nicht anders konnte, als sie mit offenem Mund anzustarren, so wie Leute ein totes Tier am Straßenrand anglotzen oder einen Unfall auf der Autobahn.

Ich bin nicht mehr dazu gekommen, Tom zu erzählen, was für ein Tier ich gerne wäre. Ich schließe die Augen und stelle mir vor, ich wäre ein Delfin in einem endlosen Ozean, mit glatter, narbenfreier Haut und einem stromlinienförmigen Körper, der mühelos durch das Wasser gleitet, Meile um Meile, schnell wie ein Torpedo. Ich nehme den Bademantel vom Haken der Badezimmertür, schlüpfe mit den Armen hinein und ziehe den Gürtel fest um die Taille.

2015

4 Uhr früh. Mir war heiß und kalt. Ich war hundemüde und hellwach. Es war, als zöge und zerrte alles an mir. Als würde mein Körper förmlich zerrissen.

Ich lag, vollständig bekleidet, auf dem Bett, seit ich von Mama nach Hause gekommen war. Ich konnte mich nicht daran erinnern, die Haustür abgeschlossen zu haben. Womöglich hatte ich Wasser aufgesetzt, aber ich konnte mich nicht daran erinnern, Tee getrunken zu haben. Ich hatte ihr kein Geld überwiesen; bestimmt würde sie mich morgen stinkwütend anrufen.

Ich fühlte mich schmuddelig. Ich zupfte an meinem Rock, der sich auf meinen bloßen Beinen hob und wieder senkte. Ich hatte Gänsehaut an den Schienbeinen. Am liebsten hätte ich mir die Kleider vom Leib gerissen, aber sie waren mein Schutzschild; den wollte ich nicht ablegen, noch nicht jedenfalls. Ich drehte mich auf den Bauch und kniff ganz fest die Augen zu.

5 Uhr morgens. Mir taten die Augen in den Höhlen weh. Es brauchte alle Kraft, die ich noch hatte, um mich auf die Seite zu drehen, mich zusammenzuringeln wie ein Tausendfüßler. Ich stellte mir vor, ich wäre ein Kind, warm und schläfrig, und schützende Arme legten sich um mich. Ich fragte mich, wie es wohl sein musste, sich so sicher zu fühlen, dass man glaubte, es könne einem nichts Schlimmes widerfahren, niemals.

6 Uhr morgens. Ich hörte, wie nebenan bei den Nachbarn die Tür zuschlug, leise Schritte vor dem Haus, ein Automotor, der stotternd ansprang. Saira war Ärztin in der Notfallambulanz und arbeitete oft sonn- und feiertags. Wir sahen uns nur selten: Ihre Schichten gingen bis spätabends oder sogar bis in die Nacht, aber ich wusste, dass sie ebenfalls alleine lebte. Wenn wir uns doch mal begegneten, nickten wir und lächelten einander zu, fragten »Wie geht's?« und antworteten »Gut, danke«. Ich überlegte, ob ich sie um eine Pille bitten sollte, um endlich schlafen zu können.

7 Uhr morgens. Mir war kalt. Ich wickelte mich in die Bettdecke wie ein Burrito, bemüht, mich dabei so wenig wie irgend möglich zu bewegen. Dann machte ich die Augen wieder zu.

Im Kopf hörte ich Fionas Stimme, damals als junges Mädchen: *Denk an was Schönes.* Das sagte sich so leicht. Irgendwann wurde ich mal gefragt, welches meine liebste Kindheitserinnerung aus den großen Ferien sei. Ich habe geschwindelt und irgendwas vom Strand erzählt, wie ich einen Krebs gefunden und meiner Schwester damit so einen Schrecken eingejagt hatte, dass sie ihr Eishörnchen in den Sand fallen ließ. Aber wir sind nie am Strand gewesen.

Ich musste daran denken, wie Fiona und ich uns einmal auf Handtüchern in den Garten hinter dem Haus gelegt und uns von Kopf bis Fuß mit Speiseöl eingeschmiert hatten, weil man davon angeblich schön braun werden sollte. Wir lasen Zeitschriften und zeigten auf Klamotten, die uns gefielen, und Make-up-Looks, die wir ausprobieren wollten, wenn Mama das nächste Mal im Pub war und wir uns ungestraft an ihren Schminksachen vergreifen konnten. Wir lutschten Wassereis, von dem wir ein klebriges Kinn bekamen, und blinzelten hinter unseren billigen Sonnenbrillen in die Sonne. Trotz des Speiseöls holten wir uns einen schlimmen Sonnenbrand, und als wir am nächsten Morgen aufwachten, waren wir krebsrot und unsere Haut brannte und war so heiß, dass wir sie kaum berühren konnten.

Ich musste daran denken, wie Fiona und ich uns einmal in einer warmen Julinacht aus dem Haus geschlichen hatten und in Pyjama und Flipflops zur Frittenbude um die Ecke gelaufen waren. Ich weiß gar nicht mehr, warum wir ohne Abendessen ins Bett gegangen waren. Wir ertränkten unsere Fritten in Essig, futterten sie auf den Schaukeln im Park und spülten sie mit Irn-Bru-Limo runter. Wir hockten auf den Schaukeln und schaukelten und aßen und redeten gar nicht viel, bis die Papiertüten leer waren und wir ganz fettige Hände hatten.

Es war dunkel. Alles im Schlafzimmer schien fremd. Der Schrank stand bedrohlich lauernd in der Ecke, die Blätter meiner Lieblingspflanze streckten sich mir entgegen wie gierige Hände.

Der Durst war schließlich stärker als der Wunsch, sich nicht zu bewegen. Ganz vorsichtig stand ich auf und zuckte vom dumpfen Schmerz im Kopf zusammen. Ich musste mich wieder hinlegen.

6 Uhr nachmittags. Ich hatte den ganzen Tag geschlafen, fühlte mich aber noch elender als zuvor. Ich knipste die Nachttischlampe an und blinzelte in die plötzliche Helligkeit. Allmählich wurde alles wieder wie immer. Mein Schrank war nur ein Schrank, und meine Pflanze hegte keinerlei bösen Absichten.

Ich ging ins Badezimmer und hielt den Kopf unter den Wasserhahn und ließ mir das kalte Wasser in die Kehle rinnen, eine gefühlte Ewigkeit lang. Es lief mir den Hals hinunter, und das Kragenbündchen meines T-Shirts wurde nass. Es war mir egal.

Ich überlegte zu machen, was ich jeden Sonntagabend machte. Ich bügelte die Sachen für den nächsten Tag, hängte das Kleid am Bügel an die Schranktür. Ich wischte die Arbeitsflächen in der Küche ab – unnötig eigentlich, schließlich hatte ich den ganzen Tag weder gekocht noch gegessen. In meinem Magen hatte sich ein nagendes Loch aufgetan, aber an Essen war nicht zu denken. Ich goss meine Pflanzen und zerrte die Papiertonne bis an die Straße. Ich ließ die Jalousien herunter, zog die Gardinen zu, nahm eine Plastikdose mit gefrorenem Ratatouille aus dem Gefrierschrank und stellte sie in den Kühlschrank, als Abendessen für einen der nächsten Tage.

Dann nahm ich ein Bad. Ich streifte das Oberteil ab, den langen Rock, die Unterwäsche. Die würde ich nie wieder anziehen. Mit den Zehen schob ich sie in die hinterste Ecke des Badezimmers. Ich ließ die Wanne mit heißem Wasser volllaufen, so heiß, wie ich es eben noch aushalten konnte, und sank hinein. Ich schrubbte mich mit einem Waschlappen ab, bis meine Haut rosarot glänzte wie ein Lachsfilet. Das Unbehagen dabei fühlte sich gut an. Ich wusch mir die Haare. Einmal, dann noch mal. Ich ließ das Wasser ablaufen und brauste mich mit eiskaltem Wasser aus dem Duschkopf ab. Der Schock verschlug mir beinahe den Atem, aber ich zwang mich, unter dem kalten Strahl sitzen zu bleiben, bis mein Körper so taub war, dass ich meine Glieder kaum noch spürte.

Zähneklappernd wickelte ich mich in ein Handtuch und hinterließ nasse Fußtapsen auf dem Weg ins Schlafzimmer.

Ich frottierte und föhnte mir die Haare, damit sie sich über Nacht nicht kräuselten und am nächsten Morgen wild in alle Richtungen abstanden. Ich machte es grob und schnell, mit dem Rücken zum Spiegel. Und vertrieb mir die Zeit damit, die Bücher im Regal zu zählen. Es brauchte ein paar Anläufe, aber anscheinend waren es einhundertzwölf.

Zum Schluss putzte ich mir die Zähne und kroch wieder ins Bett. Ich ließ das Licht an, machte die Augen zu und versuchte, an etwas Schönes zu denken.

Tag 1.342

Freitag, 22. März 2019

Es ist nicht schwer, meine Arme versteckt zu halten. Ich bin ohnehin meist allein, und trotzdem trage ich nur selten kurze Ärmel. Ich will den unschönen Anblick meiner geschundenen Haut nicht länger ertragen müssen als unbedingt nötig. Mit ein bisschen Mühe schaffe ich es manchmal wochenlang, höchstens einen flüchtigen Blick auf meine bloßen Arme zu werfen. Ich schließe die Augen unter der Dusche und bade bei gedämpftem Licht. In Glasgow wird es selten so warm, dass lange Ärmel ungemütlich werden, und wenn doch, reiße ich eben sämtliche Fenster auf. Es ist wirklich keine Hexerei.

Gestern mit Tom in der Küche, da war es nicht zu warm. Es war sehr angenehm. Meine Zehennägel sahen toll aus, und es ging mir eigentlich ganz gut, bis ich unbedingt eine bescheuerte Frage stellen und zur falschen Zeit einen Schluck von meinem Smoothie trinken musste, und schon war der ganze Tag versaut.

Es ist erst kurz nach Mittag – ich habe nur einen halben Teller Tomatensuppe herunterbekommen und den Rest für Fred auf den Boden gestellt –, aber ich habe schon sechs verpasste Anrufe von Tom. Ich frage mich, wie oft er es noch versuchen wird. Ich gucke auf das Handy neben mir auf der Couch. Geschrieben hat er mir auch schon. Dreizehn Nachrichten, so viele habe ich sonst nie. Bisher habe ich keine einzige davon gelesen, weil ich nicht weiß, was ich ihm antworten soll.

Ich muss mich beschäftigt halten. Ich schalte das Radio ein –

ganz laut – und mache mich daran, die Küchenschränke aufzuräumen. Eine Arbeit, bei der ich mich konzentrieren muss und nicht so schnell auf dumme Gedanken komme, die aber mein übermüdetes Hirn auch nicht überfordert. Die vergangene Nacht war hart. Stundenlang habe ich an meinem Eiffelturm-Puzzle gesessen und mir geschworen aufzubleiben, bis wenigstens das obere Drittel fertig ist. Gegen drei Uhr morgens musste ich schließlich die Segel streichen und brauchte doch noch gut eine Stunde, bis ich endlich eingeschlafen bin. Zwischen Einschlafen und neun Uhr morgens wurde ich mehrfach wach und musste mich mühsam aus bizarren, unerklärlichen Träumen voller sich langsam bewegender Gestalten und gesichtsloser Widersacher kämpfen. Selbst Fred hielt sich lieber fern. Sein Lieblingsplatz am Fußende des Bettes blieb die ganze Nacht leer.

Stunden später habe ich immer noch ganz verquollene Augen, und meine Pupillen sind winzige schwarze Stecknadelköpfe. Ich habe ein Ekzem am Kinn, und meine Wangen sind knallrot. Gut sieht das nicht aus. Aber zum Küchenschränkeaufräumen reicht es.

Ich fülle eine tiefe Schüssel mit warmem Wasser und Seife. Wo ich schon mal dabei bin, kann ich die Schränke auch gleich auswischen. Ich habe sieben Küchenschränke – das wird Stunden dauern. Ich spüre, wie die Spannung in meinen Schultern ein wenig weicht. Ein ganzer langer Tag ohne irgendwas zu tun ist die Hölle für mich. Zumindest das Problem wäre erst einmal gelöst.

Ich stelle Freds Schälchen mit der Tomatensuppe auf die Arbeitsplatte, um Platz für den Inhalt des ersten Schranks zu machen, und merke jetzt erst, dass er es nicht angerührt hat.

Er liegt nicht auf dem lila Sessel im Wohnzimmer und auch nicht auf seinem gemütlichen Liegeplatz auf dem oberen Treppenabsatz oder unter dem Bett. Ich suche das ganze Haus ab, dreimal, und schaue überall nach, wo er sonst gerne ist, und auch da, wo er gar nicht hinkäme, selbst wenn er es wollte, wie im Kleiderschrank und dem Badezimmerschränkchen. Was man halt so macht, wenn man zunehmend verzweifelt ist. Ich rufe nach ihm, bis ich nur noch schluchzen kann.

Er ist nicht im Haus. Ich reiße die Hintertür auf und sehe mich in meinem winzigen eingemauerten Gärtchen um. Draußen steht ein kleiner Bistrotisch mit passenden Stühlen, die früher mal strahlend blau waren, aber inzwischen ganz verblichen und verrostet sind. Ein paar leere Blumentöpfe, in denen sich das Regenwasser sammelt; die Vögel benutzen sie gern als Tränke. Ansonsten ist da nur noch eine verschlossene Gartenkiste mit allerhand Werkzeug, die ich seit Jahren nicht mehr aufgemacht habe. Nichts, wo Fred sich verstecken oder versehentlich eingesperrt worden sein könnte. Womöglich ist er über die Mauer gesprungen. Ich habe ihn noch nie so hoch springen gesehen, weiß aber, dass Katzen das mühelos schaffen. Er könnte über die Mauer gesprungen und jetzt wer weiß wo sein.

Den Kopf in den Händen, sitze ich wie ein Häufchen Elend am Küchentisch und überlege krampfhaft, wann ich ihn das letzte Mal gesehen habe. Ich arbeite mich langsam rückwärts, als würde man einen Film zurückspulen, und muss das ganze schlimme Spektakel notgedrungen noch mal durchmachen. Fred hat auf dem warmen Beton gelegen und geschlafen, als Tom und ich an der Gartentür saßen. Mein Glas ist auf dem Boden zerschellt, und er ist hochgeschreckt. Dann ist er losgerannt, aber nicht ins Haus. Als ich irgendwann wieder nach unten gekommen bin, war Tom weg, jede noch so kleine Glasscherbe war sorgfältig eingesammelt und weggeworfen worden, und die Hintertür war zu.

Ich muss Tom anrufen. Ich will zwar nicht, aber er ist der Einzige, der mir vielleicht weiterhelfen kann.

Beim zweiten Klingeln geht er ran. »Meredith?«

»Ich rufe nicht wegen gestern an«, sage ich hastig. »Fred ist weg. Hast du ihn gesehen, bevor du gegangen bist?«

»Ich weiß nicht. Ist alles okay? Ich habe mir solche Sorgen gemacht.«

»Tom, bitte. Ich weiß nicht, wo Fred ist. Nur deswegen rufe ich an.«

»Okay. Habe ich ihn gesehen? Ich glaube nicht, nein. Jedenfalls nicht im Haus. Lag er nicht draußen? Ich wüsste nicht, dass er danach reingekommen wäre. Mist ... Und ich habe die Tür zugemacht. Tut mir leid, Meredith. Daran habe ich nicht gedacht.«

»Könnte er vielleicht unbemerkt an dir vorbeigehuscht sein?« Ich weiß nicht, warum ich ihn das frage, Fred ist schließlich nicht im Haus.

»Vermutlich schon. Könnte er sich vielleicht irgendwo verstecken?«

»Ich habe schon überall nachgeschaut.«

»Meredith, es tut mir so leid. Alles.«

Ich weiß nicht, was ich sagen soll. Blicklos starre ich aus dem Küchenfenster und beiße mir auf die Lippe. Der Gedanke an ein Leben ohne Fred ist unerträglich.

»Ich komme rüber und helfe dir suchen.«

»Danke«, sage ich leise.

Zwei Stunden später habe ich drei verschiedene Küchenaufteilungen ausprobiert und kann mich trotzdem noch immer nicht entscheiden, ob die Tassen lieber ganz links über dem Wasserkocher stehen sollen oder ganz rechts neben den Tellern und Schüsseln. Ein dumpfer Schmerz hat sich hinter meinen Augen festgesetzt, und ich habe keine Ahnung, wie spät es ist. Ich bekomme nichts herunter. Ich glaube, mein Magen ist auf Erbsengröße zusammengeschrumpft. Ich bringe es nicht über mich, Freds Suppe auszuschütten, obwohl sie schon eine runzelige Haut angesetzt hat.

Es klingelt, und ich stürze hastig zur Tür. Ich bin auf das Schlimmste gefasst, aber Tom mit leeren Händen vor der Tür stehen zu sehen, gibt mir den Rest.

»Es tut mir so leid, Meredith. Ich bin die ganze Straße abgelaufen, wieder und wieder, und sämtliche drumherum, aber keine Spur von ihm. Bestimmt kommt er bald nach Hause. Er ist doch eine Hauskatze.«

»Danke trotzdem.« Ich suche die Straße hinter ihm nach einem orangenen Farbtupfer ab. Meine Stimme klingt eigenartig; ich weiß nicht, wie ich mich vor Tom verhalten soll, gerade jetzt.

»Ich habe überall meine Nummer hinterlassen, bei sämtlichen Nachbarn. Aber hör mal, er kommt ganz bestimmt zurück. Vielleicht ist er irgendwo falsch abgebogen, aber er ist clever – er wird den Heimweg schon finden. Bestimmt vermisst er dich schon und will wieder nach Hause.«

»Danke, jetzt geht's mir noch mieser«, murmele ich.

»Entschuldige.« Tom sieht aus, als kämpfe er mit den Tränen.

»Hör auf, dich zu entschuldigen, Tom. Du kannst doch nichts dafür.« Ich ziehe mir die Pulloverärmel noch weiter über die Hände. Es ist kälter geworden – kein Tag, um mit nackten Zehen in der Sonne herumzuwackeln.

»Darf ich kurz reinkommen?«

»Ich bin müde. Ich kann nicht ... wegen Fred. Ich kann an nichts anderes denken als an Fred.«

»Verstehe ich. Lass uns überlegen, was wir jetzt machen. Wir hängen Suchplakate auf – hast du ein Foto von ihm?«

Ich nicke. »Tausende.«

»Sehr gut. Du schickst mir ein aktuelles Foto, und ich drucke die Plakate aus. Morgen komme ich wieder, und dann erweitern wir den Suchradius. Klopfen an alle Türen. Wir finden ihn, ganz bestimmt, Meredith.«

»Du bist ein feiner Kerl, Tom.«

Er zuckt die Achseln. »Ich weiß ganz bestimmt, dass er wiederkommt. Vielleicht sitzt er schon an der Hintertür und wartet.«

»Dann sollte ich wohl lieber mal nachsehen.«

»Ja, aber ... bleib nicht die ganze Nacht in der Küche sitzen, ja? Schlaf ein bisschen. Du siehst hundemüde aus.«

»Ich sehe beschissen aus.«

»Du siehst hundemüde aus. Und hör mal, du weißt doch, dass du mit mir reden kannst? Egal worüber. Sag mir ruhig, ich soll Leine ziehen und mich um meinen eigenen Kram kümmern, wenn dir danach ist. Mir macht das nichts aus. Aber ich würde es mir nie verzeihen, wenn dir etwas zustößt, das ich womöglich hätte verhindern können.«

»Wie beispielsweise, dass ich mich umbringe, meinst du?« Ich verschränke die Arme und schiebe den rechten Daumen ins linke Ärmelbündchen. Streiche über die erhabene Stelle.

»Denkst du manchmal daran?« Tom sieht mich unverwandt an, mir direkt in die Augen. Er fährt sich mit der Hand durch die Haare. »Herrje, Meredith. Ich fasse es nicht, dass wir hier vor deiner Haustür stehen und über so was reden.«

Ich halte seinen Blick. Reibe weiter mit dem Daumen.

»Und, tust du?«

»Manchmal«, wispere ich.

»Meredith.« Er streckt die Hand nach mir aus, aber ich weiche zurück. Stumm murmele ich noch ein »Tut mir leid« und schaue in seine tieftraurigen braunen Augen, dann schließe ich die Tür. Ich drehe den Schlüssel im Schloss, hake die Kette ein und gehe langsam rüber in die Küche, um dort auf Fred zu warten.

2015

Ich hörte es klicken. Schritte. Dann war Sadie auf den Knien, ihr Gesicht ganz dicht vor meinem. Noch nie hatte ich sie so ernst gesehen. Ihre Lippen bewegten sich, aber ich hörte die Worte nicht. Ich versuchte sie anzulächeln, aber meine Lippen fühlten sich ganz komisch an, wie ausgeleiert, unnormal. Aber es fühlte sich ja auch sonst nichts normal an. Nicht seit letztem Monat, als mein Leben in der Küche meiner Mutter in tausend Stücke zersprungen war.

Sadies warme Finger befühlten meine Stirn, dann legten sich ihre Hände fest, aber sanft auf meine Schultern und dirigierten mich auf den Boden. Mit beiden Händen packte sie mich unter den Achseln und zog mich langsam unter dem Küchentisch hervor.

»Warum lag ich da drunter?«, wollte ich sie fragen, aber ich war zu müde zum Reden. Ich wusste nicht genau, was sie da machte, aber mir war wärmer als vorhin noch, ehe sie da war. Etwas Weiches lag unter meinem Kopf und auf meinen Beinen.

Zeit verging, es hätten Sekunden sein können oder Stunden. Ich starrte die ganze Zeit unverwandt in ihr ernstes Gesicht. Hin und wieder sah sie mich an, und ihr Mund bewegte sich. Ich wünschte mir, ich könnte sie hören.

Sie zog sich Gummihandschuhe über, wie zum Haarefärben, und nahm irgendwelche Sachen aus einer großen grünen Tasche, die ich noch nie gesehen hatte. Ich hatte sie noch nie als Krankenschwester erlebt. Ich wollte ihr sagen, wie stolz ich auf sie war, weil sie ihr Leben in den Dienst anderer Menschen stellte. Aber ich bekam kein Wort heraus. Wieder sagte sie was, aber diesmal ins Telefon – nicht zu mir. Ich spürte irgendwo einen Piks, und sie tätschelte ganz leicht meine Schulter. Sie führte mir einen Strohhalm an den Mund, und ich sog daran und schluckte und spürte, wie das Wasser mir übers Kinn lief und die Kehle hinunterrann. Sie redete weiter ins Telefon.

»Bin gleich wieder da«, sagte sie, und diesmal verstand ich sie klar und deutlich.

»Okay«, krächzte ich und konnte wieder sprechen. Mein Körper wurde immer schwerer. Hier und dort tat er weh – wo genau, wusste ich nicht –, aber immerhin fühlte er sich an, als gehörte er zu mir.

Ich starrte an die Decke, bis Sadie wieder da war. Sie hatte den Arm voller Sachen, darunter mein Bademantel, den sie mir falsch herum anzog, mit dem Rücken nach vorne, worüber ich fast lachen musste, mein Kissen, noch mehr weiche Sachen für Beine und Füße.

»Ist dir auch warm genug?« Sie zog die Handschuhe aus und legte mir wieder eine Hand auf die Stirn. »Weißt du noch, was gestern Abend passiert ist?«

Eine Erinnerung huschte mir durchs Hirn und war verschwunden, ehe ich sie zu fassen bekam. Ich schüttelte den Kopf.

»Du weißt nicht mehr, wie du dir die Arme aufgeschnitten hast?«

Ich sah das Messer blitzen, spürte die Hitze auf der Haut. Die Augen fest geschlossen, fühlte ich, wie Sicherheit und Wärme langsam aus meinem Körper strömten.

Sadie holte mich wieder zurück, nahm mein Gesicht in beide Hände. »Mer, es ist alles okay. Alles wird gut«, flüsterte sie. »Versprochen. Ich verspreche dir, alles wird gut.«

Wieder und wieder sagte sie mir das, während ihre warmen Hände mich hielten. Ich wollte ihr glauben. Aber ich lag auf meinem Küchenboden, nur mit einem verkehrt herum angezogenen Bademantel bekleidet, und meine beste Freundin kniete mit Tränen in den Augen neben mir. Es war ganz fraglos alles andere als gut.

Tag 1.343

Samstag, 23. März 2019

Er lässt mich einfach nicht in Ruhe.

»Meredith, ich stecke hier wirklich in der Bredouille.«

»Mir blutet das Herz«, sage ich, das Handy fest ans Ohr gedrückt.

»Bitte, sei nicht so.«

»Du bist mein Freund, Tom. Tu das nicht.«

»Ich mache mir Sorgen um dich.«

»Sag das nicht immer. Ich will nicht, dass du dir Sorgen machst. Ich will, dass du auf meiner Seite bist.«

»Es geht hier nicht darum, auf wessen Seite ich stehe.«

»Sicher. Aber wenn doch, dann wärst du auf meiner.«

»Natürlich bin ich auf deiner Seite, Meredith.«

»Ich dachte, es ginge nicht darum, auf wessen Seite du stehst, Tom.«

Er seufzt schwer. Ich weiß, ich führe mich auf wie im Kindergarten. Aber ich kann nicht anders. Er hat ein Monster entfesselt.

»Ich kann nicht anders. Versetz dich doch bitte mal in meine Lage. Würdest du an meiner Stelle nicht genau dasselbe machen?«

»Ich hasse es, wenn Leute mir mit so was kommen«, entgegne ich ungehalten. »Ich kann mir nicht mal ansatzweise vorstellen, wie es wäre, du zu sein. Und wage ja nicht zu behaupten, du hättest auch nur einen Schimmer davon, wie es wäre, an meiner Stelle zu sein.«

»Wow.«

»Was soll das denn heißen?«
»Ich glaube, ich bin ein bisschen reflektierter, als du glaubst. Ich weiß sehr wohl, wie unterschiedlich unser Leben ist. Aber wir haben mehr Gemeinsamkeiten, als du denkst.«
»Es geht hier nicht um Kekse und Katzen, Tom.«
»Ja, aber wir lieben beide Bücher ... Dir habe ich meine neu entdeckte Liebe zu Margaret Atwood zu verdanken.«
»Ich bin keine Ein-Frau-Bücherei, Tom.«
Er verstummt. Ich habe ihn gekränkt. Aber jetzt, in diesem Moment, ist mir das schnurzpiepegal.
»Ich weiß nicht mehr weiter, Meredith. Ich brauche Hilfe ... Deine Arme ... das ist ziemlich frisch. Und wenn ich mich nicht an die Vorgaben halte, darf ich dich vielleicht bald gar nicht mehr besuchen.«
So wütend ich auch bin auf Tom, bei der Vorstellung, ihn nie wiederzusehen, wird mir ganz anders. Als wäre er mein Liebhaber, und ich hätte ihn dabei erwischt, wie er mich eiskalt betrügt.
»Du betrügst mich«, sage ich zu ihm.
»Wie bitte? Was redest du denn da?«
»Du betrügst mich mit dem sozialpsychiatrischen Dienst.«
Er lacht, aber es ist ein trauriges Lachen, und es macht mich nur noch wütender. Ich kneife mir in den Nasenrücken, bis mir die Tränen kommen.
»Meredith, das Letzte, was ich will, ist dein Vertrauen zu enttäuschen. Darum ja dieses Gespräch. Ich sage dir, welche Schritte ich jetzt einleiten muss, gerade, weil ich es nicht hinter deinem Rücken tun will. Aber das ändert nichts an der Tatsache, dass ich es tun muss. Ich kann nicht anders. Ich muss alles in meiner Macht Stehende tun, um deine Unversehrtheit zu gewährleisten.«
»Die ist gewährleistet.«
»Da wäre ich mir nicht so sicher.«

»Tom, wenn ich mich umbringen wollte, hätte ich es längst getan.«

»Willst du mir damit sagen, du wirst dir nichts mehr antun?«

»Ja.«

»Das glaube ich dir nicht, Meredith. Und genau da liegt das Problem.«

»Tom, zwinge mich nicht zu betteln«, bettele ich.

»Sieh mal, vielleicht schicken sie nicht mal jemanden persönlich vorbei. Vielleicht kontaktieren sie dich bloß telefonisch. Die sind doch chronisch überlastet, oder? Wäre das in Ordnung? Würdest du am Telefon mit ihnen reden?«

»Was soll das denn bringen?«

»Meredith, bitte, sei nicht so. Ich tue, was ich kann.«

»Ich war glücklich und zufrieden, bis du dahergekommen bist. Du hast alles versaut.«

»Ich glaube nicht, dass du das wirklich ernst meinst. Nichts davon.«

»Ich bin gut ohne dich zurechtgekommen«, murre ich.

»Deine Arme sehen aber nicht so gut aus.«

Worte wie eine Ohrfeige. Ich atme tief durch.

»Meredith, es tut mir leid. Das war nicht okay.«

»Spar dir das. Geh und ruf deine Freunde vom sozialpsychiatrischen Dienst an. Mir doch egal.« Ich lege auf und drücke die Taste seitlich am Handy, bis das Display schwarz wird, umklammere es so lange, bis mir die Finger wehtun. Wenn der sozialpsychiatrische Dienst mich anruft, kann er mir gerne eine Nachricht hinterlassen.

2015

Sadie war da, aber sie war in der Küche und tat geschäftig. Ich stand im Wohnzimmer und starrte meine Bücherwand an. Ich hatte so schöne Bilder gesehen von farblich sortierten Bücherregalen. Das konnte ich mir hier auch gut vorstellen, aber ich sah schon auf den ersten Blick, dass manche Farben krass unterrepräsentiert waren. Ich brauchte mehr grüne und lila Bücher, und wie sollte ich das anstellen? Ich meine, wer rief schon in der Buchhandlung seines Vertrauens an und verlangte eine Auswahl von Büchern mit grünem und lila Rücken? Wenn die mich nicht ohnehin schon für verrückt hielten, dann spätestens nach einem solchen Anruf.

»Ich geh schon«, rief Sadie, als es an der Haustür klingelte. Als würde ich tatsächlich zur Tür gehen. Ich würde ganz bestimmt nicht auf und davon laufen – seit vier Wochen hatte ich kaum einen Schritt aus dem Haus getan.

Ich zählte immer noch die grünen und lila Bücher, als eine Frau hereinkam. »Hi Meredith, ich bin Amelia«, stellte die Frau sich gut gelaunt vor. Ich schaute kurz zu ihr rüber. Sie hatte ein fröhliches Gesicht passend zur Stimme – rosige Wangen und Eyeliner und kringelige Löckchen. Schwer zu sagen, ob sie fünfundzwanzig war oder fünfundvierzig. Sie war eine dieser Frauen, die ihr Leben lang irgendwie gleich alt aussahen.

»Was für ein hübsches Zimmer«, schwärmte Amelia. »Ich muss mich eben kurz sortieren, dann können wir uns ein bisschen unterhalten.« Ich sah zu, wie sie Schal und Jacke auszog, sich die Nase schnäuzte und auf der Suche nach Notizbuch und Stift in ihrer Tasche herumkramte – eine weiche, knautschige Aktentasche in Olivgrün. Ich hörte den Kuli klicken und zog die Ärmel meines Oberteils noch weiter über die Hände, bis nur noch die Fingerspitzen herausschauten.

»Meredith, Sie brauchen meinetwegen nicht nervös zu sein oder sich Sorgen zu machen.« Amelia schaute mich eindringlich an. »Ich möchte mich nur ein bisschen mit Ihnen unterhalten, um herauszufinden, wie wir Sie bestmöglich unterstützen können.« Ich nickte, weil sie das so von mir erwartete.

Eine Stunde später verabschiedete Amelia sich wieder. Ich hatte Abertausende von Fragen beantwortet – die meisten wahrheitsgemäß – und war völlig kaputt. Nein, ich hatte meine Antidepressiva nicht abgesetzt und würde das ohne Rücksprache mit meinem behandelnden Arzt auch in Zukunft nicht tun. Ja, meine Chefin habe mir noch ein paar Wochen Urlaub gegeben, und nein, wegen der Arbeit machte ich mir überhaupt keine Sorgen. Ja, ich würde bald wieder aus dem Haus gehen, sobald ich mich dazu bereit fühlte, aber noch sei ich nicht so weit. Ja, ich verfügte über ein ausgezeichnetes soziales Netz, das mich jederzeit auffangen würde – wobei ich ihr unterschlug, dass dieses sich zur Gänze gerade in meiner Küche befand. Nein, ich hatte mir eigentlich gar nicht ernsthaft etwas antun wollen, und ich hege keinerlei Absicht, es noch mal zu versuchen. Und ja, ich würde die Telefonseelsorge anrufen, sollten meine Gedanken wieder darum kreisen, mir das Leben zu nehmen, und ich würde sämtliche Broschüren lesen, die sie mir mitgebracht hatte, und die Möglichkeit einer Therapie in Betracht ziehen und mich vielleicht auch nach einer Online-Selbsthilfegruppe umsehen, denn ja, ich wisse, ich sei nicht allein.

Ein paar Minuten nach dem ersehnten Klicken der Haustür brachte Sadie mir einen Tee und ein Päckchen Kekse, von denen ich gar nicht mehr gewusst hatte, dass ich sie gekauft hatte. Ständig materialisierten sich auf mysteriöse Weise Dinge in meiner Küche – jedes Mal, wenn ich den Kühlschrank öffnete, war es aufs Neue eine Überraschung, was mich drinnen erwartete.

»Du hast es überlebt«, sagte sie. »War es sehr schlimm?«

»Eigentlich nicht. Ich glaube, in einer Gummizelle werde ich jedenfalls in absehbarer Zeit nicht landen.«

Sadie lächelte, aber es war ein mitleidiges Lächeln. Schnell guckte ich weg und trank meinen Tee.

»Ich könnte auch bei dir übernachten. Die Kinder sind bei meiner Mum.«

»Geht schon. Ehrlich. Ich bin lieber allein.«

»Du bist wie Greta Garbo. ›Ich will allein sein ...‹«

»Tatsächlich hat sie das nie gesagt, wusstest du das? Na ja, im Film schon ... in *Grand Hotel*. Aber im wahren Leben sagte sie: ›Ich will, dass man mir meine Ruhe lässt.‹ Ein Unterschied wie Tag und Nacht.«

»Ich nehme alles zurück und behaupte das Gegenteil. Willst du, dass man dir deine Ruhe lässt?«

»*Ja, bitte*«, sagte ich mit melodramatischer Filmdiven-Stimme und schaute sie über den Rand der Teetasse vieldeutig an. Wir mussten beide lachen.

»Okay, Garbo. Ich rufe dich morgen früh an. Und sag Bescheid, wenn du irgendwas brauchst. Tee, Kekse, Schwarz-Weiß-Filme ...«

Mir kamen die Tränen. Ich überlegte, sie doch zum Bleiben zu bitten, überlegte es mir dann aber anders. Ehe ich noch irgendwas sagen konnte, hatte sie mich schon in die Arme genommen und mich fest an sich gedrückt. Ich lehnte den Kopf an ihre Schulter und legte die Arme um ihre Taille. Meine Ärmel waren hochgerutscht, und ich sah, dass die Verbände, die Sadie gestern erst so sorgfältig gewechselt hatte, schon ein bisschen schmuddelig waren.

Tag 1.344

Sonntag, 24. März 2019

Fred ist noch immer spurlos verschwunden.

Sadie kommt, als der Nachmittag langsam in den Abend übergeht. Die Zeit verstreicht so langsam, dass ich fast glaube, sie läuft rückwärts. Ich schaue kaum noch auf die Uhr und richte mich bei meinem aufs Allernötigste beschränkten Tagesablauf stattdessen nach dem Sonnenstand. Steht sie hoch am Himmel, sollte ich mir wohl inzwischen die Zähne geputzt haben. Tanzt sie über dem Dach des roten Backsteinhauses hinter meinem, hätte ich längst zu Abend gegessen haben sollen. Steigt sie links über meinem Küchenfenster in den Himmel, bin ich wieder entweder zu lange aufgeblieben oder zu früh aufgewacht.

Fest steht, dass ich Fred seit drei Tagen nicht mehr gesehen habe. Dass mein Gesicht hager und scharfkantig geworden ist, mit tief eingegrabenen Furchen, die vorher noch nicht da waren, und dass kein Essen dieser Welt die Lücke füllen kann. Warum es also überhaupt versuchen? Ich habe mir die Woche freigenommen und meinen Kunden erzählt, ich hätte die Grippe.

Ich weiß nicht, ob meine Kraft noch für Sadies Besuch ausreicht, aber ihr abzusagen und mit den unvermeidlichen Konsequenzen zu leben, wäre vermutlich noch anstrengender gewesen. Also habe ich die Jalousien hochgezogen, habe Bettdecke und Kissen ins Schlafzimmer zurückgeschleppt und die Tassen, die sich in der Spüle stapelten, abgewaschen. Mir die Haare zu waschen würde eine unmögliche Kraftanstrengung erfordern, also setze ich mich bloß in die heiße Wanne, bis mein Gesicht krebsrot ist vor Hitze, und ziehe mir hinterher einen sauberen Pullover und frische Jeans an.

Die Mühe hätte ich mir sparen können.

»Du siehst beschissen aus«, stellt Sadie fest.

»Ich weiß. Fred fehlt mir so«, schniefe ich und breche in Tränen aus.

»Ach, Herzchen.« Sie lässt die Tasche fallen und nimmt mich in die Arme. Ich lasse mich von ihr drücken und atme ihren vertrauten Duft ein. Ein leicht keksiger Geruch nach Selbstbräuner. Die süßlichen Schokonoten ihres Thierry-Mugler-Parfums, das sie schon als Teenie getragen hat. In der ganzen Zeit, die ich sie nun schon kenne, hat Sadie sich kein bisschen verändert. Ich hingegen erkenne mich selbst nicht mehr.

»Er kommt wieder, ganz bestimmt«, wispert sie mir ins Ohr und drückt mich sachte. »Setz dich. Jetzt bin ich ja da.«

Und dann hocke ich da und sehe Sadie zu, wie sie in meiner Küche herumhantiert und alles am falschen Platz sucht.

»Ich habe umgeräumt«, erkläre ich matt.

»Besser so.« Sie findet die Tassen und hält triumphierend zwei in die Höhe. »Ich mache dir eine schöne Tasse Tee mit Zucker. Nix von diesem Wischiwaschi-Kräutergebräu.«

Ich verdrehe die Augen hinter ihrem Rücken und muss doch lächeln.

»Weißt du noch, wie erwachsen wir uns damals vorkamen, als wir anfingen, schwarzen Tee zu trinken? Nimmst du mal meine Tasche? Ich hab uns was zum Naschen mitgebracht.«

Zielstrebig marschiert sie ins Wohnzimmer, in jeder Hand eine Teetasse. »Vier Teebeutel für eine Kanne.«

Verschwörerisch zwinkert sie mir zu, und wir setzen uns auf die Couch.

Zum ersten Mal seit Tagen muss ich lachen. »Ich dachte, ein Teebeutel pro Person.«

»Und dann hast du ihn viel zu lange ziehen lassen. Höllisch bitter war der.« Sadie kramt in ihrer Tasche und angelt eine Schachtel Kekse und eine Box Muffins heraus. »Hau rein. Sehen wir zu, dass du wieder was auf die Rippen bekommst, Meredith Maggs.«

Ich breche ein Stückchen Keks ab. »Woran erinnerst du dich noch von damals?«

»An eine furchtbare Dauerwelle und gruselige Augenbrauen. Weißt du noch, wie schmal wir die immer gezupft haben? Ein Wunder, dass da überhaupt noch was wächst.«

»Dauerwelle hatte ich nie. Aber ich stand total auf diese Haarfarben, die man wieder rauswaschen konnte.«

»O ja! Ich wusste nie, mit welcher Haarfarbe du samstagsabends aufkreuzt. Dieses Lila ... das war der Knaller.«

»Mama fand es grässlich. Mit einer der Gründe, warum ich verrückt danach war. Jeden Samstagmorgen eine kleine Badezimmerrevolte.«

Wir futtern, trinken Tee und reden über unsere furchtbaren Frisuren von damals.

»Wie geht's den Kids? Und Colin?« Jetzt, wo ich es mir mit Sadie gemütlich gemacht habe, will ich nicht, dass sie gleich wieder geht. Die Geschichten über ihre entzückenden, drolligen Kinder und ihren Traummann wecken bei mir weder Neid oder Missgunst noch das Gefühl von Einsamkeit. Nein, sie sind eine wunderbare Ablenkung und ein kleiner Einblick in ein ganz gewöhnliches Leben, an dem ich meinen Kompass ausrichte. Und außerdem, je mehr Sadie redet, desto weniger brauche ich zu sagen.

»Den Kindern geht's prima. Steve fährt diese Woche mit ihnen in einen Center Parcs. Center Parcs! Er ist ja schon nach einer

Stunde Spielen fix and alle, keine Ahnung, wie er da vorhat, fünf Tage Center Parcs zu überleben. Die werden so was von durch sein, wenn sie nach Hause kommen, nach hundertzwanzig Stunden non-stop Zuckerzufuhr, aber egal.«

Ich knabbere an meinem Keks, lehne mich bequem zurück und lausche Sadies Erzählungen. Dass sie Steve ja gerne ein bisschen mehr Zeit mit den Kindern gönnt – ausnahmsweise –, weil sie weiß, dass die Kids restlos begeistert sein werden, und – seien wir ehrlich – es ihr ein bisschen Zeit für sich beschert, obwohl sie natürlich arbeiten muss und nichts Aufregendes vorhat, schon gar nicht mit Colin, dem Blödmann, der die ganze Woche mit seinem bescheuerten Bruder in Blackpool arbeiten muss. Ich höre zu und nicke und brumme hin und wieder zustimmend, bis mir irgendwann die Augen zufallen und ich gerade noch mitbekomme, wie Sadie meine Füße auf die Couch legt und mich zudeckt und mir einen Kuss auf die Stirn drückt, und wie schließlich ganz leise eine Tür zugeht.

Irgendwann wache ich wieder auf, die Sonne steht hoch am Himmel, und ich habe nicht die geringste Ahnung, welcher Wochentag es ist.

Experten – oder zumindest dem Internet – zufolge bringt die Katzenhaltung diverse gesundheitliche Vorteile mit sich, unter anderem ein verringertes Herzinfarktrisiko, eine verbesserte Schlafqualität sowie eine deutliche Reduzierung von Stress und innerer Unruhe.

Dazu kann ich eigentlich nichts sagen, aber ich finde es schon sehr beruhigend, wenn Fred am Fußende meines Bettes liegt. Und ihm mit der Hand über den Rücken zu streichen, macht mir das Atmen ein bisschen leichter. Aber es sind die kleinen Dinge, die mir am meisten fehlen. Ich weiß noch, wie Tante Linda mir mal erzählt hat, am meisten fehlten ihr die Dinge an ihrem Mann, die sonst keiner versteht. Wie er die Zeitung immer von hinten nach vorne gelesen hat. Wie er das Essen auf dem Teller so zurechtgeschoben hat, dass die Erbsen auf keinen Fall mit dem Kartoffelpüree in Berührung kommen. Wie er nie, nicht ein einziges Mal, in zwanzig Jahren Ehe an einer Weinbergschnecke vorbeigehen konnte, ohne zu sagen »Schneck, Schneck, komm heraus«.

Es fehlt mir, wie Fred immer auf der schleudernden Waschmaschine liegt. Wie er Wattebäusche mit der Nase über den Boden stupst. Wie er mich anstarrt, wenn ich Suppe esse. Ich bin nicht seit zwanzig Jahren mit demselben Mann verheiratet und werde es wohl auch nie sein. Wer weiß, womöglich ist Fred die Liebe meines Lebens.

2016

Eigentlich hatte ich Sadie mit Pizza erwartet, aber die Geräusche an der Haustür klangen so gar nicht danach. Misstrauisch machte ich auf. Und tatsächlich, da stand Sadie, ein breites Grinsen im Gesicht, in den Händen einen großen Karton, der allerdings so gar nicht nach Pizza aussah. Und Pizza schnurrt auch nicht.

Ich trat einen Schritt beiseite und ließ sie herein, und sie ließ sich nicht lange bitten, stellte den Karton im Flur auf den Boden und hob mit dramatischer Geste den Deckel. Heraus schaute ein pelziges Tierchen, das mich mit großen goldenen Augen ansah. Ich glotzte blöde zurück.

»Sadie ...«

»Warte – hör mir erst mal zu. Er ist gerade erst ein paar Monate alt, aber schon kastriert, und er ist einfach ein Traum von einem Kater. Im Tierheim meinten sie, so eine Katze kann man lange suchen. Schau ihn dir an – ein roter Kater wie aus dem Bilderbuch!«

»Das sehe ich. Aber ich will keinen Kater. Weder rot noch sonst wie.«

»Den hier wirst du wollen, Schätzchen. Guck mal.« Sie hob ihn mit beiden Händen aus dem Karton und hielt ihn mir entgegen. Er guckte mich noch immer unverwandt an. Fast, als wolle er mich um Hilfe bitten.

Ich blinzelte. »Wie hast du ...? Was ...?«

»Ich stand im Tierheim auf der Warteliste.« Sadie setzte den Kater auf den Boden, und endlich riss er den Blick von mir los, schaute auf seine eigenen Pfoten und inspizierte kurz den ungewohnten Untergrund. Dann setzte er sich und gähnte ausgiebig.

»Du willst also eine Katze?«

»Wollte ich, ja. Ich dachte, so ein Haustier wäre doch ganz schön. Für James, weißt du? Und Katzen sind so viel pflegeleichter als Hunde. Selbstständiger, reinlicher, man muss nicht mit ihnen Gassi gehen. Aber ... tja, na ja, ich bin schwanger.«

»Du bist bitte was?«

Sie zuckte die Achseln. »Ich bin schwanger. Ich kann mir jetzt keine Katze anschaffen. Nicht mit einem Baby. Ich will nicht, dass die Katze in den Kinderwagen springt oder es sich in der Wiege gemütlich macht.«

»Sadie, wie lange weißt du das schon?« Nachdrücklich packte ich sie an den Schultern und zog sie zu mir. »Freust du dich?« Schon als James noch ein ganz kleiner Knirps gewesen war, hatte sie Steve-den-Möchtegern-Casanova abservieren wollen.

Sie ließ sich von mir kurz in die Arme nehmen, dann entwand sie sich mir wieder, so wie immer.

»Seit einer Woche. Ich wollte es dir persönlich sagen. Und da bin ich nun, höchstpersönlich.«

»Mit einer Katze«, bemerkte ich spitz.

»Mit einer Katze! Und ja, natürlich freue ich mich. Es gibt nichts Süßeres als ein Baby. Außer einem Kätzchen vielleicht?« Sie schaute mich an und klimperte mit den langen Wimpern.

»Versuch bloß nicht, mich einzuwickeln, Sadie Jess«, sagte ich streng, dabei konnte ich mir das Grinsen kaum verkneifen.

»Setzt du schon mal Teewasser auf? Ich hole noch eben Rotbarts Sachen aus dem Auto, und dann richten wir es ihm hier häuslich ein.«

Ich sah ihr nach, wie sie den Gartenpfad zu ihrem verbeulten blauen Skoda entlanghopste. »Ich nenne ihn ganz bestimmt nicht Rotbart!«

Der Kater streckte sich lang auf dem Boden aus und schob die Pfote gegen meinen Fuß.

»Und ich verspreche gar nichts«, flüsterte ich ihm zu. Er schloss die Augen.

Nie im Leben hätte ich gedacht, dass eine Katze so viel Kram braucht. Ein Katzenklo. (»Er könnte natürlich auch Freigänger werden«, meinte Sadie. »Aber du willst dir ja nicht dauernd Sorgen um ihn machen, wenn er mal wieder nachts nicht nach Hause kommt.«) Dann so ein knautschiges kariertes Ding, von dem Sadie behauptete, es sei ein Katzenkörbchen. Eine Schachtel mit Medikamenten, angeblich lebensnotwendig für die kätzische Gesunderhaltung. Bürste und Kamm im Miniaturformat. Ein Dutzend glänzender Alubeutelchen mit Katzenfutter. (»Das reicht mindestens einen Monat«, meinte sie, während sie alles in meinen Vorratsschrank stopfte.) Truthahn, Forelle, Ente, Wild, Thunfisch.

»Fehlt nur noch ein Kratzbaum.«

»Ein Kratzbaum? Was zum …«

»Ich zeig's dir. Du glaubst ja gar nicht, was es im Netz alles gibt.« Sie zog das Handy aus der hinteren Hosentasche und fing an, auf dem Display herumzutippen.

»Sadie …« Ich nahm ihre Hand. »Genug jetzt mit dem Kater. Rede mit mir. Was ist los? Was sagt Steve zu dem Baby?«

»Ich hab ihm gesagt, es ist nicht von ihm. War natürlich nur ein Witz. Wollte mal sehen, wie er reagiert.«

»Und?« Ich hatte zwar schon seit geraumer Zeit keine Beziehung mehr gehabt, war mir aber trotzdem ziemlich sicher, dass man so was nicht machen sollte.

»Er hat mich ausgelacht.« Sadie nippte an ihrem Tee und sah

dem Kater zu, der tapsig das Wohnzimmer erkundete und alles interessiert beschnüffelte. »Er hat mich ausgelacht, weil er ein Arsch mit Ohren ist und meint, kein anderer Mann würde mich auch nur angucken.«

»Er ist ein Arsch mit Ohren«, stimmte ich ihr zu. »Du brauchst nicht bei ihm zu bleiben, bloß weil du schwanger bist.«

»Ich weiß. Aber eins nach dem anderen. Außerdem möchte ich keine obdachlose schwangere Alleinerziehende werden.«

»Immerhin wirst du nicht die irre alte Katzentante.«

Wir mussten beide lachen.

»Du bist das neue, frische, hinreißende Gesicht der Irre-alte-Katzentantigkeit. Heißt das, du behältst ihn?«

»Mir bleibt ja wohl nichts anderes übrig, oder?« Mit einem Nicken wies ich auf den Kater, der es sich auf dem lila Sessel im Wohnzimmer bequem gemacht hatte. Mein Lieblingsplatz. Den würde ich ab jetzt wohl teilen müssen.

»Du wirst es nicht bereuen, Mer.«

Ich sah sie an. »Und was, wenn er zum Tierarzt muss?«

»Da kommt dann Tante Sadie. Keine Sorge, Süße. Wir kriegen das schon hin.«

Und dann sah ich meiner ältesten Freundin nach, die zu ihrem Auto ging, gut gelaunt und unbeschwert, trotz allem, was sie mit sich herumschleppte. Aber das sah außer mir niemand. Sie würde zurückgehen nach Hause, zu ihrem arschigen Freund und ihrem zuckersüßen Sohn, während ich versuchte, mich mit dem roten Kater anzufreunden. Ich winkte ihr nach, als sie losfuhr, und sie warf mir eine Kusshand zu.

Ich stand noch immer in der Haustür, da schmiegte sich etwas Weiches an meine Knöchel. Der Kater drückte sich gegen meine Beine, und ich spürte ihn heftig schnurren. Nach draußen schien es ihn nicht zu ziehen. Da hatten wir schon mal was gemeinsam.

Energisch schloss ich die Tür, und dann gingen wir zusammen ins Wohnzimmer, machten es uns auf dem lila Sessel gemütlich und hielten einander warm.

Tag 1.347

Mittwoch, 27. März 2019

Ich schnibbele gerade Gemüse, als ich das Scharren höre. Es ist so leise, dass das Radio es übertönt hätte, wäre es an gewesen. Aber mir ist heute Abend nicht nach Hintergrundgedudel, nicht mal nach was Klassischem, was ja eigentlich ungeheuer entspannend sein soll.

Ich höre ihn also sofort, lasse Messer und Möhre fallen und drehe mich ganz langsam um, weil ich denke, das kann doch nicht wahr sein. Aber es ist wahr. Er ist da, er ist wirklich da. Deutlich dünner, aber unverwechselbar Fred. Er steht da und guckt mich durchdringend an, ungeduldig wie eh und je, und wartet darauf, dass ich ihn endlich reinlasse.

Er vertilgt ein ganzes Schälchen gekochtes Hühnchen, schlängelt sich bestimmt ein Dutzend Mal in kleinen Achten um meine Knöchel, ringelt sich dann in einer Couchecke zusammen und schläft prompt tief und fest ein. Ich stehe noch eine ganze Weile da, starre ihn an und frage mich, wo er wohl gewesen sein mag. Ich streichele ihn und spüre die Rippen unter den Fingern, aber ansonsten scheint er unversehrt. Augen und Ohren sind noch heil, keine offenkundigen Verletzungen. Vielleicht steckt ja doch ein Straßenkater in ihm.

Ich rufe Tom an, der erste und einzige Mensch, mit dem ich gerade reden will.

»Er ist wieder da.«

»Mensch, da bin ich aber froh. Meredith, du glaubst ja gar

nicht, wie erleichtert ich bin.« Aber ich glaube es ihm, ich höre es seiner Stimme an. »Wie geht es ihm? Gesund und munter?«

»Sieht ganz so aus. Er schlummert selig im Hühnchen-Fresskoma.«

Tom lacht. »Danke fürs Bescheidsagen. Ich habe die ganze Zeit an ihn denken müssen. Na ja ... genauer gesagt an dich.«

»Mach dir um mich keine Sorgen. Ich habe schon Schlimmeres durchgemacht.«

»Das weiß ich. Klar hast du das. Aber trotzdem ... Es ist doch Fred.«

»Ja, es ist Fred. Und er ist wieder da. Sonnenbäder auf den Betonplatten sind vorerst gestrichen.«

»Genau.«

»Ich wollte es dir nur eben sagen. Danke fürs Suchen. Und für die Plakate und ... alles. Danke, dass du da warst.«

»Ich bin immer da.«

»Ich weiß.«

»Meredith ...«

»Ja?«

»Hat der sozialpsychiatrische Dienst sich bei dir gemeldet?«

»Du hast echt da angerufen?«

»Na ja ... ja. Ich hab dir doch gesagt, dass ich das machen muss.«

»Bye, Tom.«

»Warte ... Sehen wir uns morgen?«

»Diese Woche lieber nicht.«

Tag 1.352

Montag, 1. April 2019

Grau und glänzend, mit meinem vollen Namen in kursiver Schrift vorne drauf, fällt er durch den Briefschlitz. Mir stockt der Atem. Ich weiß ganz genau, was in diesem Umschlag steckt.

Jetzt, wo er endlich da ist, frage ich mich, ob ich das wirklich will.

Ich lese *Celeste wird 30!* in fetten, glitzernden Lettern oben auf der Karte. Ich fahre mit dem Finger darüber, der Glitter fühlt sich rau und kratzig an. Zeit und Ort stehen da und darunter *Bitte keine Geschenke! Aber wenn ihr in meinem Namen an Rape Crisis Scotland spenden möchtet, würde ich mich freuen.*

Alles Liebe, Celeste steht handschriftlich unten rechts in der Ecke.

Ich halte die Karte in der Hand und betrachte sie eine ganze Weile, dann pinne ich sie mit dem Shamrock-Magneten, den Sadie und die Kids mir aus Dublin mitgebracht haben, an den Kühlschrank, gleich neben Toms Freunde-Broschüre. Einem Impuls folgend ziehe ich die Karte wieder unter dem Shamrock-Magneten hervor und schiebe sie über die Broschüre. Die Gesichter habe ich mir lange genug angesehen.

Wie um Himmels willen soll ich Celeste erklären, dass ich nicht kommen kann? Es gibt keine plausible Erklärung, keine Entschuldigung. Ich muss ihr die Wahrheit sagen. Achtlos esse ich eine Rosine aus dem Glas auf dem Küchentisch, dann wähle ich ihre Nummer, ehe ich es mir wieder anders überlegen kann.

»Meredith, das ist aber eine schöne Überraschung!« Ihre

Stimme klingt wie ein Sonnenstrahl. Und ich bin die Schlechtwetterwolke, die ihr gleich den heiteren Vormittag verhageln wird.

»Hi! Danke für die Einladung.« Ich versuche, fröhlich und unbeschwert zu klingen.

»Ach, du hast sie schon bekommen? Prima! Weißt du was, inzwischen freue ich mich richtig drauf. Und ich bin so froh, dass du auch kommst und mitfeierst, Meredith.«

Ich schließe die Augen und drücke mir den Hörer ans Ohr. *Celeste, ich kann nicht zu deiner Party kommen. Es tut mir so leid.* Das ist zwar die Wahrheit, klingt in meinem Kopf aber wie eine Lüge und will mir partout nicht über die Lippen.

»Ich freue mich auch«, sage ich stattdessen.

»Soll ich dir was sagen?«

»Was denn?« Ich setze mich ins Erkerfenster und betrachte Jacobs Kirschbaum, der noch immer in voller Blüte steht. Nur zu gern überlasse ich Celeste das Wort. Ohne es zu wissen, hat sie mich für den Moment vom Haken gelassen.

»Seit dem Überfall bin ich nachts nicht mehr aus dem Haus gegangen. Ich habe ... wohl ein bisschen Bammel. Ich meine, ich würde nie alleine rausgehen oder so. Nicht jetzt. Aber es macht mir trotzdem Angst ... verstehst du?«

»Verstehe ich«, versichere ich ihr.

»Die Mädels aus dem Salon gehen jeden Samstagabend nach getaner Arbeit gemeinsam auf die Piste. Erst was essen und dann ein paar Drinks. Seitdem bin ich nicht mehr mitgegangen. Allein beim Gedanken daran wird mir ganz komisch.«

»Celeste, ich verstehe das nur zu gut.« *Besser, als du dir vorstellen kannst.*

»Das dachte ich mir, Mer.«

»Sei nicht zu streng mit dir. Lass dir Zeit. Das wird schon wieder, versprochen.«

»Wenn das so weitergeht, wird meine Geburtstagsparty das erste Mal seit einem halben Jahr, dass ich wieder ausgehe.«

»Na und? Ist doch prima! Da hast du nur liebe Leute um dich, die dich alle von Herzen gernhaben und denen du bedingungslos vertrauen kannst.«

»Stimmt, Mer. Du bist ein Goldschatz, weißt du das?«

Ich bin genau das Gegenteil von einem Goldschatz, war ich versucht zu sagen. *Ich könnte Tom verlieren, weil er die Wahrheit kennt, und dich verliere ich vielleicht auch noch, weil ich dir nicht die Wahrheit sagen kann.* Stattdessen schwindele ich irgendwas von Scones im Ofen, und dann sitze ich die nächsten zehn Minuten da und streichele die Glitzerbuchstaben.

Tag 1.354

Mittwoch, 3. April 2019

Seit zehn Minuten suche ich nun schon ein rotes Puzzleteil, als es unvermittelt an der Tür klingelt. Ich versuche mich gerade an einem ganz neuartigen Puzzle – mal was anderes als meine üblichen Sehenswürdigkeiten und Kunstwerke. Sehr modern, sehr abstrakt – eigentlich nichts als wilde knallbunte Farbwirbel – und sehr, sehr verzwickt.

Sadie weiß längst, dass sie hier nicht unangekündigt hereinschneien sollte, und ich erwarte auch keine Online-Bestellung, für die es meine Unterschrift bräuchte. Das notiere ich mir immer auf der Kreidetafel in der Küche, damit ich mich geistig schon mal auf den unvermeidlichen Smalltalk einstellen kann. Heute ist auch kein Tesco-Liefertag. Rasch gehe ich im Kopf die verschiedenen Möglichkeiten durch, während ich unschlüssig im Flur stehe und abwarte, ob der ungebetene Besucher womöglich von selbst wieder geht. Vielleicht ist es Tom – ich habe ihm gestern Abend geschrieben, wir sollten unsere Verabredung auch diese Woche lieber noch mal ausfallen lassen. Doch dann sage ich mir, dass es vermutlich bloß die Zeugen Jehovas sind oder jemand, der mir doppelt verglaste Fenster andrehen will. Das kriege ich geregelt.

»Miss Maggs? Hören Sie mich?« Sie hat einen englischen Akzent und klingt amtlich. Und ich weiß, heute ist der Tag, vor dem es mich schon die ganze Zeit graust.

»Wer ist da?« Ich gebe mir Mühe, bestimmter zu klingen, als mir zumute ist.

»Miss Maggs, hallo. Mein Name ist Sophie Bamford. Ich komme vom sozialpsychiatrischen Dienst. Dürfte ich bitte eben reinkommen, damit wir uns ein bisschen unterhalten können?«

Sophie Bamford ist die fünfte Sozialarbeiterin in drei Jahren, die mich hier besucht. Die erste war Amelia, dann kam Theo, aber der war nur zweimal da, weil er noch ganz neu und heillos überfordert war und recht schnell hingeschmissen hat. Ich hoffe, das lag nicht nur an mir – wir haben zusammen ein Tässchen Tee getrunken, uns nett unterhalten und uns eigentlich recht gut verstanden, wie ich fand. Wer danach kam, weiß ich nicht mehr so genau, aber vor ungefähr einem Jahr stand dann Colette (oder hieß sie Colleen?) vor der Tür, und die hatte nicht gerade das beste Händchen. Ständig sagte sie »hmmm«, wenn ich auf eine ihrer Fragen antwortete, was die Vermutung nahelegte, dass sie mir nicht abnahm, was ich ihr erzählte. Einen Monat nach Colette/Colleen bekam ich einen Brief, in dem stand, meine Akte werde geschlossen, und dazu eine Liste mit Telefonnummern, sollte ich je wieder Hilfe brauchen. Die hatte ich benutzt, um meinen neuen Mini-Reißwolf auszuprobieren.

»Das passt gerade ganz schlecht. Können Sie nicht nächste Woche wiederkommen? Ich habe nicht mit Besuch gerechnet.«

»Das tut mir sehr leid, Miss Maggs. Ich kann Ihre ... Lage gut verstehen. Machen Sie mir trotzdem bitte kurz die Tür auf, damit wir uns eben unterhalten können?«

Mich beschleicht das ungute Gefühl, Sophie Bamford wird nicht wieder verschwinden, bis ich ihr die Tür aufgemacht habe. Also atme ich tief durch und mache ein paar zögerliche Schritte auf die Haustür zu. Fred kommt an meine Seite und wickelt den Schwanz um meine Knöchel. Ich nehme ihn hoch und halte ihn ganz fest. Er schmiegt sich an mich und lässt sich von mir knuddeln. Er ist, in mehr als einer Hinsicht, die unkätzischste Katze aller Zeiten.

»Sie wurden uns gemeldet, Miss Maggs. Ich will mich nur vergewissern, dass es Ihnen gut geht. Aber dazu müsste ich Sie selbst sehen und mit Ihnen sprechen. Würden Sie also bitte ...«

»Es geht mir bestens.«

»Das klingt aber nicht so, Miss Maggs. Sie klingen ein bisschen ... aufgebracht.«

»Selbstredend bin ich aufgebracht. Bis eben war es ein wunderbarer Morgen, und plötzlich stehen Sie vor meiner Tür und stellen irgendwelche Forderungen. Ist aufgebracht zu sein jetzt etwa auch schon verboten?«

»Natürlich nicht«, sagt sie besänftigend. »Entschuldigen Sie. Ich verspreche Ihnen, ich möchte mich nur vergewissern, dass es Ihnen gut geht. Mr McDermott sorgt sich, Sie könnten ...«

»Mr McDermott hat keine Ahnung.«

»Miss Maggs, Sie können sich sicher vorstellen, warum ich dieses Gespräch lieber nicht durch die geschlossene Haustür führen möchte.«

Ich löse die Kette und reiße die Tür auf. Sophie Bamford ist klein, sie reicht mir kaum bis zur Schulter. Sie trägt einen akkuraten braunen Bob, einen gestreiften Schal um den Hals und eine Brille, bei der ich an Harry Potter denken muss. Mir doch egal, dass sie hier ist, dass sie in meiner Küche sitzen und mir alle möglichen unverschämten Fragen stellen wird.

Kenne ich alles, habe ich alles schon erlebt, und wenn es sein muss, lasse ich es auch noch mal über mich ergehen. Mir doch piepegal.

Ganz und gar nicht egal ist mir allerdings, dass mein Freund Tom mich hinterrücks verraten und verkauft hat.

Eins muss ich Sophie Bamford lassen, gut vorbereitet ist sie. Sie scheint alles auswendig gelernt zu haben, was es Wissenswertes über mich gibt – alles Schlimme jedenfalls –, und muss nur gelegentlich in ihre Akte spicken. Bestimmt ist sie neu. Ein bisschen übereifrig, die Gute.

Und sie ist wirklich gründlich bei ihrer Befragung. Um mir die ganze Sache etwas erträglicher zu machen, tue ich, als sei das alles nur ein Spiel. Für die richtigen Antworten gibt es zwar keinen Gewinn – außer meiner Freiheit natürlich –, aber damit mir nicht langweilig wird, spiele ich gegen die Uhr. Keine Pausen, keine »Ähms« oder »Öhms«. Ich antworte wie aus der Pistole geschossen. Die nächste bitte. Und weiter. Weiter. *Weiter.* Bonuspunkte gibt es außerdem für Blickkontakt zur Fragestellerin. Das ist ein bisschen knifflig, weil sie ständig auf ihren Notizblock schaut. Ihre Schrift ist riesig, mit ausholenden Schleifen am »g« und »y«. Eigentlich hätte ich gedacht, sie müsse eine kleine, adrette Handschrift haben, passend zum Rest.

Von meiner Tischseite aus kann ich ein paar Wörter entziffern – »Risiko«, »kohärent«, »Zeitplan« – aber ich will nicht, dass sie mich dabei ertappt, wie ich in ihre Aufzeichnungen glotze. Früher oder später werde ich ihre Einschätzung ohnehin zu lesen bekommen. Ich kenne meine Rechte.

Wie immer kommt das Beste zum Schluss.

»Meredith, haben Sie in letzter Zeit einen Versuch unternommen, sich etwas anzutun?«

»Nein«, lüge ich. Ich lasse mich nicht davon einwickeln, dass sie mich beim Vornamen nennt. Wir sind keine Freundinnen.

»Mr McDermott glaubt, während seines letzten Besuchs frische Spuren einer Selbstverletzung bei Ihnen gesehen zu haben. Er war immerhin so besorgt, dass er sich an uns gewendet hat. Erinnern Sie sich an den fraglichen Tag? Das war am« – sie blättert in ihren Unterlagen – »einundzwanzigsten März.«

»Ich erinnere mich.«

»Und erinnern Sie sich auch daran, Mr McDermott etwas gesagt zu haben, das ihn vielleicht beunruhigt haben könnte?«

»Nein.«

Sophie Bamford schaut mich durch die kleinen runden Brillengläser an. Ihre Miene verrät nichts. Sie sollte Polizistin werden, nicht Sozialarbeiterin. »Wirklich nicht, Meredith?«

»Ganz bestimmt nicht. Danke der Nachfrage, aber es geht mir gut. Wirklich. Ich hege keinerlei Absicht, mich irgendwann in absehbarer Zeit umzubringen.«

Sie schaut mich mit einer skeptisch hochgezogenen, perfekt gewölbten Augenbraue an, während die andere sich keinen Millimeter vom Fleck rührt. Beinahe bin ich versucht, ihr zu sagen, dass nur etwa ein Drittel aller Menschen überhaupt dazu imstande ist, eine einzelne Augenbraue hochzuziehen, aber ich weiß nicht, wie das bei ihr ankommen würde.

»Entschuldigen Sie«, sage ich. »War ein blöder Witz. Ich habe nicht vor, mich umzubringen. Weder jetzt noch in Zukunft.«

»Schön«, sagt sie schließlich. »Dann danke ich Ihnen für Ihre Zeit, Meredith. Sie wissen ja, wie Sie uns erreichen, sollten Sie uns brauchen.«

Ich nicke und sehe zu, wie sie den Mantel zuknöpft, sich den Schal um den Hals wickelt, die Unterlagen ordentlich im Ordner verstaut und die Aktentasche zuschnappen lässt. Sie hält kurz inne und sieht mich an, ehe sie aus der Küche geht.

»Und sonst, wie ist Ihr Leben so, Meredith?«

Keine Ahnung, warum dieser plumpe Versuch. Als würde ich jetzt unbefangen aus dem Nähkästchen zu plaudern beginnen, nur weil sie die Aktentasche zugeklappt und den Schal angezogen hat. Seien wir ehrlich, solche Leute kennen doch gar keinen Dienstschluss.

»Mein Leben ist ganz prima, Sophie.«

Tag 1.362

Donnerstag, 11. April 2019

Das große lila »T« im Kalender – welches das ganze heutige Kästchen einnimmt, denn was sollte heute schon sonst noch passieren, das einer Kalendernotiz bedürfte? – macht mich ganz kribbelig. Zum ersten Mal seit unserem katastrophalen letzten Treffen habe ich Tom nicht abgesagt. Nicht, weil ich ihn gern sehen möchte, sondern weil ich einfach nicht die Kraft dazu hatte, mich mit irgendwelchem Alltagskram herumzuschlagen. Matte Abgeschlagenheit hat sich wie ein Schleier über alles gelegt, aber ich spüre noch den Schatten von Wut und Enttäuschung. Von Sophie Bamford habe ich nichts mehr gehört, aber ich werde das Gefühl nicht los, schnöde verraten worden zu sein. Ehe Tom bei mir aufgetaucht ist, ging es mir wunderbar. Donnerstagsvormittags habe ich an meiner Nähmaschine gesessen oder vor meiner Küchenmaschine gestanden, statt mich mit diesem borniertem Schnösel herumschlagen zu müssen, der sich dazu berufen zu fühlen scheint, mich zu erretten.

Gut möglich, dass ich immer noch sauer bin. Immer, wenn ich einen Löffel Knuspermüsli herunterzuschlucken versuche, schnürt es mir die Kehle zu, und die Milch schmeckt ganz komisch. Schließlich stelle ich mein halb gegessenes Müsli in die Spüle. Ich weiß nicht, wohin mit mir und dem Lärm in meinem Kopf, also lege ich mich wieder ins Bett, obwohl Tom vermutlich schon in einer halben Stunde da sein wird.

Ich bin heute Morgen heillos zu spät dran. Allein das Aufstehen hat mich schon unendliche Mühe gekostet. Ich habe seit fünf Tagen keinen Sport mehr gemacht, und die Äpfel in der Obstschale werden langsam braun.

Ich lege mich aufs Bett und nehme mein Buch in die Hand. Schlafen will ich eigentlich nicht, aber es kommt, wie es kommen muss. Ich habe kaum eine Seite gelesen, da werden mir die Lider schwer.

Als ich wieder aufwache, liegt Fred ausgestreckt auf meinen Füßen, und der Kopf tut mir weh. Mir ist gar nicht gut. Von allen Zimmern im Haus mag ich mein Schlafzimmer am allerliebsten. Ich habe mir alle Mühe gegeben, hier eine Oase der Ruhe und Entspannung zu schaffen. Einen sicheren Zufluchtsort. Keine wilden Muster, keine grellen Farben, kein Krimskrams. Wochenlang habe ich an den Details gefeilt, angefangen bei den cremeweißen Bodendielen bis hin zu den Stumpenkerzen in ihren schmiedeeisernen Haltern in einer Ecke des Zimmers. Die Wände habe ich zartblau gestrichen und mit meinen liebevoll zusammengestellten Lieblingsdrucken behängt. Mein Blick bleibt an Chaim Soutines Eva hängen, der Frau mit den verschränkten Armen. Was will ihr undurchdringlicher Blick mir heute sagen?

Jetzt reiß dich endlich zusammen.

Ich wende mich von ihr ab und mache fest die Augen zu. Heute sind mir sogar die sanften Farben und das gedämpfte Licht zu viel.

Zuerst denke ich, das Klopfen ist in meinem Kopf. Es kommt mir vor, als würde ein winziger Gnom von innen wütend mit den Fäusten gegen meinen Schädel trommeln. Langsam komme ich zu mir und merke schließlich, dass niemand in meinem Kopf hämmert, dafür aber irgendwer an meine Haustür klopft.

Tom.

Ich schubse Fred, der von dem Gehämmer anscheinend nichts

mitbekommen hat, von meinen Füßen und lasse die Beine aus dem Bett baumeln. Mir tut alles weh, wie nach einer Prügelei, wenn der erste Schock nachlässt. Meine Fußsohlen fühlen sich ganz seltsam an und liegen ungewohnt schwer auf dem Boden. Behutsam bücke ich mich und ziehe meine Hausschuhe unter dem Bett hervor.

Als ich schließlich steif wie eine alte Frau die Treppe hinuntergeschlurft bin, hat das Hämmern längst aufgehört. Ich bleibe stehen, klammere mich ans Geländer und überlege, mich einfach umzudrehen und wieder ins Bett zu gehen. Dann fängt es wieder an, und diesmal höre ich ihn rufen.

»Meredith, hörst du mich? Bitte, ich möchte nur wissen, ob alles okay ist.«

Irgendwas schwingt da mit in seinen Worten. Irgendwas, das ich nicht einfach ignorieren kann. Ich klappe den Mund auf, aber mir versagt die Stimme. Seit über einer Woche habe ich keinen Pieps mehr gesagt. Anrufe beantworte ich nicht, sondern warte ein paar Minuten (nicht zu kurz, damit die Anrufer nicht misstrauisch werden, aber auch nicht zu lange, damit sie nicht auf dumme Gedanken kommen und am Ende noch die Polizei verständigen), tippe dann rasch eine Entschuldigung und beginne ganz selbstverständlich eine Unterhaltung. Ein Glück, dass heutzutage fast alle nur noch mittels Tastatur und Textnachrichten kommunizieren.

Ich stehe auf der sicheren Seite der Tür und spähe durch den Spion. Tom steht ganz dicht davor, sodass sein Kopf riesig wirkt, viel zu groß für seinen Körper. Ich trete einen Schritt zurück und atme tief durch. Bis heute weiß ich nicht, ob Spione eigentlich in beide Richtungen funktionieren. Mir ist der Gedanke, beobachtet zu werden, schon in den besten Zeiten ein Graus, und ich will ganz bestimmt nicht, dass Tom mich jetzt so sieht, im schmuddeligen Pyjama mit Pelz auf den Zähnen und zerzausten Haaren.

»Meredith? Bitte sag mir nur, ob alles okay ist. Ich mache mir Sorgen.«

Ich klappe den Mund auf, versuche mich an einem Satz. Was auch immer ich hatte sagen wollen, heraus kommt nur ein Krächzen. Ich räuspere mich und schlucke schwer.

Dann klopfe ich an die Tür.

»Meredith, Gott sei Dank! Ist alles in Ordnung?«

Wieder klopfe ich.

»Okay, okay, ich höre dich. Herrje. Ganz sicher alles gut bei dir? Einmal klopfen für Ja, zweimal für Nein.«

Klopf.

»Schön. Das ist gut. Hast du heute schon was gegessen?«

Ich denke an mein Schälchen Knuspermüsli in der Spüle. Das ist inzwischen bestimmt ganz matschig geworden. *Klopf.*

»Hast du deine Medikamente genommen?«

Klopf. Klopf.

»Hast du sie gestern genommen?«

Klopf.

»Okay. Okay. Meinst du, du kannst mir die Tür aufmachen?«

Klopf. Klopf.

»Okay. Das ist okay, Meredith.«

Ich lehne den Kopf gegen die Tür und frage mich, ob er, wenn ich dreimal klopfe, versteht, dass das »Es tut mir leid« heißen soll.

»Hör zu, ich hab eine Idee. Ich gehe mir eben einen Kaffee holen und vertrete mir ein bisschen die Beine. Nimmst du in der Zwischenzeit deine Medikamente und trinkst ein Glas Wasser?

Klopf.

»Dann können wir vielleicht ein bisschen reden? Meinst du, das kriegst du hin? Oder ich rede und du hörst zu? Du weißt ja, wie gerne ich mich selbst reden höre.«

Und dann muss ich, trotz allem, lächeln. *Klopf.*

Bis Tom kurz darauf wieder zurückkommt, habe ich brav meine Pille geschluckt, in einem Zug ein Glas Wasser geleert und mich wieder auf meinen Platz gehockt, auf dem Boden auf der sicheren Seite der Haustür. Ich komme mir mies vor, weil Tom sich einen Kaffee kaufen musste, also habe ich ihm ein paar Schoko-Doppelkekse in Alufolie gewickelt. Die will ich ihm gleich durch den Briefschlitz anreichen.

»Meredith? Bist du da?« Kein Hämmern diesmal, bloß ein höfliches Klopfen.

Meine Stimme ist inzwischen wieder da, aber ich bin immer noch ganz heiser. »Hi, Tom. Ich bin hier.«

»Super. Es ist so schön, deine Stimme zu hören.«

»Ich hab was für dich.« Ich halte den Deckel des Briefschlitzes hoch und schiebe die Kekse durch.

Tom lacht. »Ganz famos. Danke, Meredith. Ich setze mich einfach hier auf die Stufe und tunke meine Kekse in den Kaffee.«

»Pass bloß auf, dass sie dir nicht reinfallen.«

Er lacht. »Ich gebe mir Mühe.«

Ich rutsche ein bisschen herum, bis ich mich mit dem Rücken gegen die Tür lehnen kann. Bestimmt sitze ich genauso nahe neben Tom wie sonst drüben auf der Couch. Vielleicht sogar noch näher. Nur, dass wir diesmal eine Tür zwischen uns haben.

»Es tut mir leid, Tom. Ich sollte dir einen Kaffee kochen. Und dich ihn in meiner Küche trinken lassen. Aber mir ist gerade nicht nach Besuch.«

»Meredith, ich verstehe das. Echt. Solche Tage habe ich auch.«

»Echt?«

»Sicher. Hat die nicht jeder?«

Darüber muss ich erst mal nachdenken. Ich glaube nicht, dass jeder Tage hat, an denen man nur durch die geschlossene Tür mit seinen Freunden reden kann, an denen man Kekse durch den

Briefschlitz schiebt, statt sie nett auf einem Teller anzurichten. Ich glaube auch nicht, dass andere eine ganze Woche lang keinen Mucks machen oder durchs Haus krücken wie jemand, der doppelt so alt ist. Aber ich schätze seine Bemühungen, mir das Gefühl zu geben, ich sei noch nicht völlig durchgeknallt.

»Was hast du so gemacht, Tom?« Ich will nicht über mich reden, ich will, dass er mir was erzählt, das mich rausholt aus meinem Flur, meinem Haus, meinem Kopf.

Wie damals, als Fiona und ich noch Kinder waren und sie mir Geschichten erzählen musste, wenn meine Gedanken mich nachts nicht schlafen ließen. Märchen mochten wir beide nicht, also erzählte sie mir Geschichten von den anderen Kindern an unserer Schule, Kinder, die auf dem Spielplatz Seil sprangen und immer was Leckeres in der Lunchbox und Eltern im Elternbeirat hatten.

Kann sein, dass die Geschichten nicht immer ganz der Wahrheit entsprachen, aber das war mir schnuppe. Sie nahmen mich mit nach anderswo.

»Ach, so dies und das. Aber hey, mir fällt was Cooles ein. Weißt du noch, Sonntagabend – dieser grandiose Sonnenuntergang?«

Ich sage kein Wort. Ich bringe es nicht über mich, ihm zu sagen, dass ich mich nicht an den grandiosen Sonnenuntergang von Sonntagabend oder sonst irgendeinen erinnere, weil ich schon seit Tagen nicht mehr aus dem Fenster geschaut habe.

»Ich war gerade auf dem Weg vom Fitnessstudio nach Hause und bin über die Brücke gelaufen, just, als die Sonne unterging. Es hat mir fast den Atem verschlagen. Dieser gewaltige feuerrote Streifen am Himmel. Das hat mich an ein Gedicht erinnert – ›Out of the Sunset's Red‹ von William Stanley Braithwaite. Kennst du es?«

»Nein«, muss ich gestehen.

»Ich schicke es dir mal. Aber egal, der Sonnenuntergang war nicht mal das Beste. Da stand ein altes Ehepaar auf der Brücke – müssen beide mindestens siebzig gewesen sein, wenn nicht noch älter –, die haben Händchen gehalten und einfach nur zugesehen, wie die Sonne unterging. Das hat mich – ich weiß auch nicht – irgendwie sehr berührt. Dieses alte Ehepaar ist mir die ganze Woche nicht mehr aus dem Kopf gegangen. Und ich musste mir eingestehen, dass das mein sehnlichster Wunsch ist. Ich möchte auch mit siebzig auf einer Brücke stehen, Hand in Hand mit dem Menschen, den ich liebe, und dem Sonnenuntergang zusehen. Jemand, mit dem man all die kleinen schönen Dinge des Lebens teilen kann.«

Ich habe die Augen geschlossen. Ich stehe auf der Brücke, warm eingepackt. Ich sehe das alte Pärchen, sehe ihre Hände, die sich umfassen. Ich spüre die Liebe, die sie umgibt.

»Tja, dann musst du wohl raus in die Welt. Wann war noch mal dein letztes Date?«

»Ist lange her. Mit Dating-Apps habe ich irgendwie kein Glück. Dieses ganze Gewische links, rechts scheint mir so seelenlos.«

»Du bist halt altmodisch, Tom McDermott.«

»Da hast du wohl recht, Meredith Maggs. Du hättest nicht zufällig noch ein paar von diesen Schokoladenkeksen für mich? Die waren köstlich.«

Tag 1.363

Freitag, 12. April 2019

Fee ruft mich an, als ich gerade Feierabend machen will und mich frage, was ich mit dem angebrochenen Abend anstellen soll. Ich bin eigenartig rastlos, als hätte ich irgendwas Wichtiges vergessen. Und ich frage mich, ob das womöglich an Celestes Party-Einladung liegt, die stumm und flitterig am Kühlschrank hängt und mich ganz hibbelig macht.

»Alles okay?«, fragt sie.

»Ja«, sage ich. »Glaub schon.«

»Mer, ich muss immer daran denken, wie es war, als wir noch Kinder waren. Wie wir versucht haben, mit alldem umzugehen. Wie du versucht hast, damit umzugehen. Ich wusste nicht, wie ich dir helfen sollte. Ich hab es Mama mal gesagt.«

Ich weiß die Antwort, frage aber trotzdem. »Und was hat sie gesagt?«

»Dass du bloß Aufmerksamkeit willst. Und dass man uns, sollte ich es je irgendwem sagen, ihr wegnehmen würde. Ich wusste nicht, was ich machen sollte, Mer. Es tut mir leid.«

»Ich habe es so satt, deine ständigen Entschuldigungen zu hören.«

»Ich auch«, sagt sie und lacht.

»Ich will, dass das aufhört«, sage ich wieder. »Ich will es meiner Therapeutin sagen. Ich will ihr alles sagen.«

»Ja, mach das. Und ich habe noch eine Idee«, sagt Fee. »Solltest du irgendwann noch mal daran denken, es zu tun … es tun zu wollen ... schreib mir, und ich rufe dich sofort an. Sollte ich gerade bei der Arbeit sein, sage ich einfach, es ist ein Notfall. Dafür haben wir unser Codewort doch erfunden, Mer.«

»Stimmt wohl«, sage ich. »Also gut.«

»Ich bin für dich da, kleine Schwester.«

1990

Wir backten Kuchen, weil uns langweilig war und wir Mama nicht in die Quere kommen wollten. Fee war lieb zu mir, ließ mich Butter und Puderzucker vermengen, immer das Beste an der ganzen Sache.

»Wir brauchen ein Codewort«, sagte sie und schmiss die Eierschalen in den Müll.

»Was?« Ich hörte nur mit einem Ohr hin. Es war herrlich, wie die Gabel durch die Butter glitt. Ich machte ein Karomuster, dann lange Streifen, dann stach ich hinein, wieder und wieder.

»Ein Codewort. Du weißt schon, wie beim Geheimdienst.«

»Wozu brauchen wir denn ein Codewort?« Ich nahm einen hölzernen Kochlöffel und strich die Mischung wieder glatt.

»Für Notfälle.« Fee kramte im Küchenschrank und schob mir eine Dose Kakao über die Arbeitsplatte zu. »Fünf Teelöffel, und keinen mehr.«

»Ich weiß«, brummte ich beleidigt. »Wir haben den schon tausend Mal gebacken. Was redest du denn da? Für was für Notfälle sollten wir ein Codewort brauchen?«

»Ernste.«

»Sind nicht alle Notfälle ernst?«

Ungehalten riss sie mir den Kakao aus der Hand und fing an, ihn löffelweise hineinzugeben. »Hier gibt es gleich einen todernsten Notfall, wenn du weiter so frech zu mir bist.«

»Zu dir darf ich so frech sein, wie ich will«, erklärte ich. »Du hast mir nämlich gar nichts zu sagen.«

Mit hochgezogenen Augenbrauen sah sie mich an. »Du wirst immer mutiger, Schwesterherz. Du lernst schnell, und ich bin eine gute Lehrerin.«

Schweigend machten wir weiter, gaben die geschmolzene Schokolade zu Butter und Puderzucker und Kakao, kippten einen Schuss Milch hinein und rührten, bis daraus eine glatte Masse wurde.

»Schokoladentorte«, sagte ich, während wir abwechselnd Buttercreme auf unseren ersten Biskuitboden strichen.

»Ja, Meredith, das ist eine Schokoladentorte«, zog Fiona mich auf.

»Nein – das könnte unser Codewort sein.«

»So ein Käse. Dann denkst du nachher jedes Mal, wenn ich Schokoladentorte backen will, es wäre irgendwas passiert.«

»Nein, tue ich nicht. Ich bin ja nicht blöd. Ich kann das schon auseinanderhalten.«

Sie nahm den zweiten Biskuitboden und legte ihn behutsam auf den ersten. Ich drückte ihn ein wenig fest, bis die Creme an den Seiten herausquoll. Die wischten wir mit dem Finger weg und leckten die klebrige Köstlichkeit ab.

»Okay«, sagte Fiona. »Dann also Schokoladentorte.«

Tag 1.370

Freitag, 19. April 2019

Ich wache an meinem vierzigsten Geburtstag auf mit einem Summen im Ohr und Fred lang ausgestreckt auf meiner Brust. Behutsam schiebe ich ihn beiseite; er maunzt empört. »Ich habe heute Geburtstag«, sage ich zu ihm und kraule ihn am Bauch. Verdattert dreht er sich weg und ringelt sich fest zusammen.

Dann erst merke ich, dass das Summen von meinem Handy kommt. »Happy Birthday!«, zirpt Sadie in überlautem, eigenartigem Flüsterton. Ich lache. »Danke. Ich bin noch im Bett.«

»Ich weiß«, erwidert sie. »Ich stehe in deiner Küche. Du bewegst jetzt sofort deinen vierzig Jahre alten Hintern hier runter, Meredith Maggs. Und zieh dir was Anständiges an. Ich will Fotos machen.«

»Wie bitte?« Verdutzt setze ich mich auf und greife nach meinem Bademantel am Fußende des Bettes. »Habe ich noch Zeit zu duschen?«

»Sorry, das muss leider warten. Ich habe gerade alle Mühe, Matildas Patschehändchen von deiner Torte fernzuhalten.«

In meiner Küche hängt ein Bettlaken an der Wand mit der Aufschrift: *Alles Liebe zum 40sten, Mer! Wir haben dich lieb!* in knallrosa Buchstaben. Die Zimmerdecke hat sich in einen rosé-goldenen Ballonhimmel verwandelt, und die gigantischste Torte, die ich je gesehen habe, steht, umgeben von Glückwunschkarten und Geschenken, mitten auf dem Tisch. Sprachlos starre ich das alles an, dann geht mein Blick zu Sadie, James und Matilda, die mit eifrig strahlenden Gesichtern danebenstehen. Ich breche in Tränen aus.

»Komm her, du Heulsuse.« Sadie breitet die Arme aus und zieht mich in einen kleinen Kuschelkreis. Lange halten wir vier uns fest umarmt, bis Matilda irgendwann anfängt herumzuhüpfen und wir es ihr alle nachtun und lachend und hopsend im Kreis durch die Küche tanzen.

»Kuchenzeit!«, kreischt James.

»Ja, Kuchenzeit«, ruft Sadie. Sie führt mich zum Tisch. »Ich kümmere mich um die Kerzen, fang du schon mal an, die Geschenke auszupacken. Wir haben bloß eine Stunde Zeit, bis die beiden hier in die Schule und die Kita müssen – ich hab heute Tagschicht.«

»Ich fasse es nicht, dass ihr euch so viel Mühe für mich macht«, stammele ich. »Du bist die Beste.«

»Ich weiß«, sagt sie und stellt mir eine Tasse Tee vor die Nase. »Du aber auch. Und jetzt bist du vierzig! Wie fühlst du dich?«

Ich zucke die Achseln. »Wie achtunddreißig?« Andächtig wickele ich eine wunderhübsche Sojawachskerze im Keramiktopf aus, einen kuscheligen blassblauen Kaschmirpullover, eine zarte Silberkette mit einem winzigen Sichelmond-Anhänger.

»Und das.« Sadie schiebt mir eine große Schachtel hin. »Die wirst du vielleicht irgendwann brauchen. Hoffentlich.« Sie guckt plötzlich ganz ernst. »Nur zu«, ermuntert sie mich sachte.

Langsam schiebe ich das Papier beiseite und nehme den Deckel von der Schachtel. Sie sind glänzend und schwer, gemacht für viele Jahre und selbst für das unwegsamste Terrain. Und sie haben grellorange Schnürsenkel.

»Wanderschuhe«, murmele ich andächtig und fahre mit den Fingerspitzen über die warme, raue Oberfläche. Ich schaue hoch zu Sadie. »Danke«, forme ich stumm mit den Lippen, weil ich plötzlich einen Kloß im Hals habe. Sie grinst mich an, und wir prosten uns mit den Teetassen zu.

Unter begeisterten Jubelrufen puste ich die Kerzen aus, wir futtern jeder ein riesengroßes Stück Schokoladentorte (»Erzählt das um Himmels willen nicht eurer Lehrerin, dass es heute Morgen Torte zum Frühstück gab«, brummt Sadie, während sie den Kindern die verräterischen Schokoladenspuren aus den verschmierten Gesichtern wischt), und dann probiere ich meine neuen Stiefel an.

»Gut fühlen die sich an«, sage ich zu Sadie. »Aber ehe ich damit den Ben Nevis besteige, sollte ich sie wohl lieber ein bisschen einlaufen.«

»Lauf einfach den Gartenpfad lang, immer hin und her«, sagt sie, umarmt mich noch mal feste, vergewissert sich dann, dass die Kinder keine Kuchenkrümel an den Klamotten haben, und packt sie in die Jacken. Ich stehe in meinen neuen Wanderstiefeln an der Tür und winke ihnen zum Abschied nach.

In der Küche warten noch etliche Geburtstagskarten auf mich – Sadie hat sie mir in einem ordentlichen, kleinen Stapel ans Tischende gelegt. Eine ist von Tom, darauf eine Comic-Katze mit Partyhut und »40«-Anstecker, die mit großen, verdutzten Augen auf eine Geburtstagstorte starrt. Ich muss laut lachen.

In Celestes Karte – auf der *Du bist 40 und fantastisch* steht – liegt ein Geschenkgutschein von ihrem Friseursalon. »Komm vorbei und lass dich mal so richtig verwöhnen ... Das hast du dir verdient!«

Ich werd's versuchen, denke ich.

Von Tante Linda ist die Karte mit dem gigantischen Blumenstrauß und der noch größeren »40« vorne drauf. Ich lese, was sie dazu geschrieben hat – *Auf viele weitere glückliche Jahre, Meredith.*

Ich denke oft an dich. Alles Liebe, Tante Linda –, und mein Magen schlägt einen Purzelbaum. Ich weiß nicht, was ich davon halten soll. Nachdenklich streiche ich über die glitzernden Blütenblätter. Sie erinnern mich an den Lidschatten, den Mama und Tante Linda früher immer getragen haben, damals in den Achtzigern, wenn sie abends tanzen gingen.

Seit meinem sechsunddreißigsten Geburtstag habe ich keine Karte mehr von Mama und Fee bekommen, aber ich erkenne ihre Handschrift auf Anhieb. Fees Schrift ist klein und ordentlich, während Mamas Großbuchstaben mich schon vom Umschlag anschreien: *Meredith!* Ich nehme ihre zuerst und reiße sie rasch auf, ehe ich es mir anders überlegen kann. Auf ihrer Karte sind auch Blumen, aber keine »40«, kein Glitzer. Und es stehen auch keine Glückwünsche drin, nur das, was sie gleich unter einen Zehn-Pfund-Schein geschrieben hat: *Meredith, ich hoffe, du hast einen schönen 40sten Geburtstag. Mama. (Kauf dir was Schönes, wenn du wieder aus dem Haus gehst.)* Ich drehe sie um, hinten klebt noch der Preis drauf. 99 Pence.

Ich mache mir noch einen Tee, ehe ich Fees Karte öffne, und überlege mir dabei, ob ich mich darüber freuen soll, dass sie sich eigens die Mühe gemacht hat, mir eine Karte zu schicken, statt bloß ihrer üblichen täglichen Textnachrichten. Die beantworte ich manchmal und manchmal auch nicht – es ist immer noch ein eigenartiges, seltsames Gefühl. Die heutige Sitzung mit Diane habe ich abgesagt, weil ich keine Lust habe, mich an meinem Geburtstag therapieren zu lassen, aber auch, weil ich nicht weiß, woher ich die Kraft dazu nehmen soll, ihr zu erzählen, was inzwischen alles passiert ist. Dass meine ganze Welt zusammengeklappt ist wie ein Kartenhaus, als mein Kater plötzlich verschwunden war. Dass ich einen meiner wenigen Freunde vergrault habe, nur weil er einen winzigen Blick erhascht hat auf den Teil meiner selbst, für den ich mich am allermeisten schäme. Dass ich, allen Fortschritten zum Schluss, keinerlei Antrieb mehr habe, auch nur die Haustür aufzumachen. Doch dann denke ich mir, ich kann meinen Geburtstag nicht damit verbringen, wütend zu sein, vor allem nicht in einem Raum voller rosa und goldener Ballons und eigens für mich handgemaltem Spruchband. Also mache ich Fees Karte auf. Es ist eine dieser personalisierten Glückwunschkarten, wie man sie aus der Fernsehwerbung kennt. Fee und ich als Kinder, wie wir gemeinsam die Kerzen auf einer Geburtstagstorte aufblasen. Das haben wir immer so gemacht – gemeinsam die Kerzen auspusten. Bei uns gab es keine Partys, keine Ballons, keinen Spruchbandschmuck an der Wand. Aber immer gab es eine Torte mit Kerzen, und die Freude darüber war viel zu groß, um sie nicht zu teilen.

So alt wie ich wirst du nie!!!

Das hat sie früher immer zu mir gesagt – zum Angeben, wenn sie sich mit ihren anderthalb Jahren Altersvorsprung wichtig machen wollte. Wann genau kippt das eigentlich, und wir fangen an, uns zu wünschen, wir könnten die Uhr zurückdrehen statt vor?

Unter dem gedruckten *Happy Birthday!* steht: *Du fehlst mir.*

1993

Ich wusste gleich beim Hereinkommen, dass irgendwas nicht stimmte. Es war viel zu still für einen Sonntagabend. Wenn ich sonst von meinem Imbissjob zurückkam, klapperte Fee immer lautstark in der Küche herum, während im Hintergrund das Radio dudelte. Mama schaute entweder fern oder machte sich gerade fertig, um später auszugehen. Aber die Küchentür öffnete sich in gähnende Leere, und die Stille von oben war erdrückend.

Ich ließ Rucksack und Jacke im Flur fallen. Wie gewöhnlich stanken meine Hände durchdringend nach Fisch und Essig, und die Haare klebten mir nach der stundenlangen Arbeit mit Netzhäubchen an der Fritteuse wie angeklatscht am Kopf. Ich musste dringend duschen, ehe ich irgendwas anderes machte.

»Du bist spät dran.«

Ich fuhr fast aus der Haut vor Schreck. Da saß sie, am oberen Treppenabsatz, und rauchte.

»Ziemlicher Andrang. Sind schließlich Sommerferien.« Das hatte mir gerade noch gefehlt. »Du aschst den ganzen Teppich voll.«

»Scheiß auf den Teppich. Wo ist deine Schwester?«

Ich starrte sie nur an. »Keine Ahnung. Ich hab den ganzen Tag gearbeitet. Wo ist deine Tochter?«

»Hast du mir was mitgebracht? Ich hab den ganzen Tag noch nichts gegessen.«

»Du hättest mir was sagen sollen.« Ich hatte tatsächlich eine

Gratis-Portion Pommes bekommen, sie aber schon auf dem Heimweg verputzt.

Die Asche am Ende der Zigarette zitterte bedenklich. Ein kleines Zucken der Hand, und schon würde sie sich über die ganze Treppe verteilen. Am liebsten wäre ich hingegangen und hätte ihr die Zigarette im Nasenloch ausgedrückt. Ich hatte jetzt wirklich keinen Nerv für diesen Quatsch. »Und du weißt wirklich nicht, wo Fiona steckt?«

»Nein, ich weiß wirklich nicht, wo Fiona steckt«, blaffte sie mich an.

»Ich muss erst mal duschen.« Ich wartete ab, dass sie beiseiterückte, tat sie aber nicht. Ich holte tief Luft und drückte mich an ihr vorbei.

»Du stinkst.« Ihre Worte trafen mich von hinten, noch bevor ich an meiner Zimmertür war.

Ich besah mir das Durcheinander, das meine Schwester hinterlassen hatte. Toastrinde auf einem Teller und eine schwarzbraune Kaffeepfütze in einem Becher. Der Inhalt ihres gepunkteten Schminktäschchens auf dem ungemachten Bett verstreut. Achtlos auf den Boden geworfene Klamotten. All der Kram und Krempel, über den ich ständig steigen und den ich tagtäglich von meinem Bett fegen musste, jammernd, dass er nicht dahin gehörte, und warum sie ihre Sachen nicht einfach auf ihrer Zimmerseite behalten konnte. Die Brust wurde mir eng. Ich wollte sie hierhaben, inmitten ihrer ganzen Lotterwirtschaft. Ich wollte sie anpflaumen, wie heute Morgen noch, als ich mich hektisch für die Arbeit fertig gemacht hatte.

Ich öffnete den Schrank und atmete aus, als ich ihren abgetragenen grünen Pulli sah, die Tarnjacke mit den Flicken am Ellbogen, ihren Jeansrucksack. Wo auch immer sie stecken mochte, weit konnte sie nicht sein.

»Was hast du gemacht?« Ich verschränkte die Arme über dem zerknitterten T-Shirt.

Sie trank Rotwein und schaute ganz leise fern.

»Was hast du gemacht?« Ich zwang mich, lauter zu reden – leicht fiel mir das nicht.

Aus den Augenwinkeln sah sie mich an. »Nichts habe ich gemacht. Deine Schwester ist ganz einfach bekloppt. Ich dachte ja immer, du bist die Bekloppte, aber inzwischen bin ich mir da nicht mehr so sicher.«

»Du bist eine Lügnerin.«

Ich duckte mich gerade noch rechtzeitig, Sekunden bevor das Weinglas an der Wand hinter meinem Kopf zerschellte. »Ich habe keine Angst vor dir«, sagte ich zu ihr, aber sie lachte bloß.

Ich knallte die Haustür hinter mir zu und lief los, ohne zu wissen, wohin. Um den Block, vorbei an der Schule, hinter dem Laden her, dann drehte ich schließlich um und marschierte den ganzen Weg wieder zurück. Eine Stunde später fand ich mich unversehens im Park wieder. Er war menschenleer, bis auf jemanden ganz weit hinten, am anderen Ende, eine Gestalt auf einer Schaukel, die langsam hin und her schwang. Kaum hatte ich die Puzzleteile zusammengefügt – schnittlauchgerade blonde Haare, dünne Beine, schmale Schultern, an den Knien zerrissene Jeans –, jagte ich los.

Sie schaute auf, sah mich, wie ich auf sie zurannte. Ich winkte, versuchte, mich beim Laufen komisch zu verrenken, um sie zum Lachen zu bringen, zog die Knie so hoch ich konnte. Sie sah mich nur an. Ihr Gesicht war anders. Erst als ich auf ein paar Meter herangekommen war, sah ich, dass es ganz rot und fleckig war. Sie wandte sich ab.

Unmittelbar vor ihr blieb ich stehen. »Fiona Maggs, was ist los?«

Sie zuckte die Achseln. »Nix.«

»Nach nix sieht das aber nicht aus.« Ich hielt ihr die Hand hin. Sie nahm sie, fasste sie ganz fest, blieb aber auf der Schaukel sitzen. So standen wir da, ohne irgendwas zu sagen, bis sie mich mit ihrem fleckigen Gesicht wieder ansah.

»Fee.«

»Lass es, Meredith. Lass es einfach.«

»Was machst du hier?«

»Ich weiß es nicht. Ich musste bloß mal raus.«

Noch nie hatte ich meine Schwester so mutlos gesehen. Sie war die Starke. Die Mutige. Die Ist-mir-doch-Egal. Nicht die, die allein im Park auf einer Schaukel sitzt. So was machte ich sonst.

»Ist was passiert?«

Sie zuckte mit den Schultern.

»Okay, es ist was passiert. Du brauchst es mir nicht zu sagen, wenn du nicht willst. Aber komm bitte wieder mit nach Hause. Bitte. Du musst deine Toastrinde noch wegräumen.«

Sie lachte, dann sagte sie: »Noch nicht.«

»Okay.« Ich sah mich um. »Dann setze ich mich da drüben hin. Und warte auf dich.«

Ich spürte ihre Blicke im Rücken, als ich auf ein kleines Kinderkarussell stieg. Es drehte sich ein bisschen, als ich mich setzte, und ich musste an damals denken, als ich noch ganz klein gewesen war und Fiona mich im Kreis gedreht hatte, immer herum und herum, bis ich irgendwann geschrien hatte, sie solle aufhören.

Ein paar Minuten später kam sie und setzte sich zu mir. Ich rückte ein bisschen beiseite, um ihr Platz zu machen.

Wir legten uns auf den Rücken, ließen die Beine baumeln und drückten uns mit den Füßen vom Asphalt ab, bis wir uns drehten. Händchen haltend warteten wir auf den unvermeidlichen Drehwurm.

»Entschuldige«, keuchte sie, als das Karussell schließlich wieder langsamer wurde.

Ich hielt mir den Bauch, bis mein Magen sich beruhigt hatte.

»Wofür?«

»Dass ich nicht da war, als du nach Hause gekommen bist. Ich bin deine große Schwester. Ich muss auf dich aufpassen.«

»Gar nicht wahr«, widersprach ich. »Wir passen gegenseitig auf uns auf.«

Und dann liefen wir hinaus aus dem großen Park und zurück in unser kleines Häuschen, unser kleines Leben. In geschwisterlichem Schweigen gingen wir nebeneinanderher, und ich sah zu, wie unsere Füße im Gleichschritt marschierten, und spürte, wie meine Hand beim Vor- und Zurückschwingen ihre streifte. Just als die Sonne über der Stadt unterging, kamen wir an die Haustür.

Tag 1.371

Samstag, 20. April 2019

Ich trage die neuen Stiefel von Sadie, wie gemacht für matschige Pfade und steile Aufstiege. Meine Füße stehen fest auf dem Boden, alles andere an mir schlottert ein bisschen. Ich tappe zur Haustür und hole tief Luft, ehe ich einen Schritt nach draußen wage. »Ich bin vierzig, und ich habe meine Wanderstiefel an«, sage ich mir streng. »Also kann ich auch bis zum Ende des Gartenpfads gehen.« Celestes Geburtstagsparty – in gerade einmal sechs Wochen – hängt wie ein Damoklesschwert über mir.

Das blonde Mädchen sehe ich zuerst; es läuft außen auf dem Bürgersteig, auf meiner Fensterseite. Sie sieht aus wie zwölf, könnte aber auch jünger sein. Das ist heutzutage ja schwer zu sagen. Sie hat sich bei einem anderen Mädchen untergehakt – etwas kleiner als sie, mit dunkleren Haaren. Die beiden marschieren im Gleichschritt, wie zwei, die sich seit Jahren kennen. Wie Schwestern.

Ich sehe ihnen von meinem Platz an der Haustür nach, wie sie mit wippenden Pferdeschwänzen und schlenkernden Armen vorbeilaufen. So unbeschwert und leicht. Ich frage mich, ob je irgendwer Fee und mich so zusammen die Straße entlanglaufen gesehen hat und für sich lächeln musste und dachte, wie sorglos und unbekümmert wir doch waren.

Irgendwann sehe ich die beiden Mädchen nicht mehr. Zaghaft mache ich ein paar Schritte den Pfad hinunter, bis ich wieder einen Blick auf sie erhaschen kann. Je weiter sie gehen, desto näher komme ich dem Bürgersteig. Am Ende des Pfades angekommen, sehe ich sie noch einmal, ehe sie um eine Straßenecke biegen. *Ja*, überlege ich, *es sind bestimmt Schwestern, auf dem Weg nach Hause.*

Ich weiß nicht genau, wie lange ich am Ende des Pfads stehen bleibe. Ich weiß, weiter werde ich nicht kommen, aber das ist okay. Ich bleibe lange genug stehen, um einer alten Dame zuzusehen, die ganz langsam, Schrittchen für Schrittchen, vorbeigeht. Ich schaue sie erwartungsvoll an, bereit zu lächeln und vielleicht ein, zwei nette Sätze mit ihr zu wechseln, aber sie lässt mir keine Gelegenheit dazu. Sie hat nur Augen für die Straße, starrt durch dicke Brillengläser auf ihre Füße, den ausgezehrten Körper zur Erde gekrümmt.

Lange sehe ich ihr nach auf ihrem langsamen, mühsamen Weg, bis sie ein paar Häuser weiter von einer braunen Haustür verschluckt wird, die mit einem Knall hinter ihr ins Schloss fällt. Sie war auch mal ein junges Mädchen, und vielleicht waren ihre weißen Haare früher sonnenblond und zu einem wippenden Pferdeschwanz hochgebunden, und sie ist Hand in Hand mit ihrer Schwester die Straße entlanggehüpft.

Am Abend sitze ich mit Fred gemütlich eingekuschelt auf der Couch, meine neue Geburtstagskerze verbreitet einen verführerischen Duft nach Vanille und Ylang-Ylang, und ich beschließe, meiner Schwester zu schreiben, einfach, weil ich es will.

Ich bin vierzig, aber so alt wie du werde ich nie, schreibe ich ihr.

# Tag 1.372

Sonntag, 21. April 2019

Ich meinen Träumen reise ich – an unbestimmte fremde Orte, an endlose Meere mit kolossalen Wellen, wie man sie an der schottischen Küste nie zu sehen bekommt. Ich bin furchtlos, laufe mitten hinein, sehe zu, wie das Wasser über meinem Kopf zusammenschlägt. Und genauso schnell bin ich wieder zu Hause und wasche mir in meinem limettengrünen Badezimmer das Salz vom Körper.

Letzte Nacht hörte ich die Wellen in der Ferne anbranden, aber ich selbst stand in einer faulig stinkenden Höhle. Eine Taschenlampe hatte ich nicht, und ich konnte überhaupt nichts sehen. Der Rucksack, den ich auf dem Rücken trug, war so schwer, dass er tiefe Striemen auf meinen nackten Schultern hinterließ. Ganz gleich, wie sehr ich es auch versuchte, ich konnte ihn einfach nicht abnehmen. Schwankend unter der Last stand ich in der Dunkelheit, bemüht, nicht durch die Nase zu atmen. Das Gewicht wurde schließlich zu schwer, und just, als meine Knie nachgeben wollten, fingen starke Männerarme mich auf und nahmen mir behutsam den Rucksack von den Schultern.

Ich wachte auf, ehe ich sein Gesicht erkennen konnte.

Tag 1.377

Freitag, 26. April 2019

Ich sitze im Erkerfenster, trinke gerade eine Tasse Tee und schlage ein bisschen die Zeit tot, ehe ich mit der Arbeit anfange, da sehe ich ihn – zumindest Kopf und Schultern. Er fliegt nur so vorbei, viel schneller, als man es selbst von einem Zehnjährigen erwarten würde. Und dann ist er auch schon wieder verschwunden. Ich warte kurz, und als er nicht wieder auftaucht, stelle ich meine Teetasse ab und flitze los, um ihm die Haustür aufzumachen.

»Jacob, ist was passiert?«

Er antwortet irgendwas, aber es ist hinter der Mauer nicht zu verstehen. Ich schaue mich um. Niemand sonst zu sehen. Ich atme tief durch und schlüpfe in die Turnschuhe. Ich bin vor sechs Tagen rausgegangen, also schaffe ich das jetzt auch.

Ich bin gerade auf halbem Weg den Pfad hinunter, da erscheint sein Kopf unvermittelt oberhalb der Mauer. »Hey, Meredith. Wie geht's? Bin gerade nur vom Skateboard gefallen.«

»Hast du dir wehgetan?« Am Ende des Pfades stehen wir uns gegenüber.

»Nö, bloß ein kleiner Kratzer.« Er weist auf seinen Ellbogen, von dem das Blut tropft.

Ich muss mir das Grinsen verkneifen. »Tapfer bist du. Was meinst du, soll ich es eben desinfizieren und dir ein Pflaster draufkleben?«

Er denkt kurz über mein Angebot nach. »Ich glaube, es geht schon.«

»Ganz sicher? Meinst du, ein Keks würde vielleicht helfen?«

»Ja, kann sein. Was für ein Keks denn?«

»Schoko mit Schoko.«

Er grinst. »Na schön.«

»Bin gleich wieder da.«

Als ich kurz darauf mit Keksdose und Erste-Hilfe-Set wieder nach draußen komme, sitzt er auf meiner Gartenmauer und inspiziert seine Knie. »Hier blutet's auch«, sagt er zu mir.

»Na, dann ist es ja gut, dass ich reichlich Pflaster dabeihabe.« Ich reiche ihm die Blechdose. »Hier, nimm dir einen. Und sag mir, wie sie dir schmecken.«

Er mümmelt eine Weile, während ich Ellbogen und Knie verarzte. »Gut. Ein bisschen weich in der Mitte.«

»Genau richtig weich? Oder zu weich?«

Er denkt kurz nach. »Da müsste ich schon noch einen probieren, um ganz sicher zu sein.«

»Klingt logisch.« Ich krame im Verbandszeug nach einem Pflaster. »Und, ist das Skateboard neu?«

»Ist für meinen Cousin zu klein geworden«, erklärt er, den Mund voller Kekskrümel. »Meine Mum flippt aus, wenn sie das sieht. Immer ist sie hinter mir her, ich soll die Knieschoner anziehen. Aber die sind so uncool.«

»Ja, aber damit wäre das nicht passiert.« Behutsam drücke ich ein Pflaster auf sein aufgeschürftes Knie. »Na, wie du schon sagtest, bloß ein kleiner Kratzer. Das heilt im Handumdrehen.«

»Danke, Meredith. Du bist 'ne tolle Krankenschwester.« Er hopst von der Mauer. »Willst du mal einen Trick sehen?«

»Klar.« Ich nehme mir einen Keks aus der Dose und setze mich auf die Mauer, so wie er eben. Ich weiß nicht, wann ich das letzte Mal auf einer Mauer gesessen und mit den Beinen gebaumelt und dabei Süßkram gefuttert habe. Vielleicht noch nie. Ich sehe zu, wie er in die Knie geht und springt und das Skateboard mit einem Tritt auf einer Seite in die Luft schnellen lässt.

»Das nennt man einen Ollie«, sagt er. »Die Profis springen richtig hoch. Aber ich bin ja noch Anfänger, wie man sieht.«

»Du bist bestimmt auch ruckzuck ein Profi, Jacob.«

Er zuckt die Achseln.

»Pass auf, ich muss wieder rein und mich an die Arbeit setzen. Aber ... möchtest du die Kekse vielleicht mitnehmen? Für dich und deinen Bruder? Ich lasse sie dir hier auf der Mauer stehen, dann kannst du sie später mitnehmen, wenn du nach Hause gehst.«

Er strahlt mich an. »Ja, bitte, gerne. Aber mein Bruder kriegt keine ab. Der ist ein Schwein. Die verstecke ich unterm Bett.«

Ich lache. »Versprich mir, dass du sie deiner Mum gibst.«

Er verdreht die Augen. »Versprochen.«

»War schön, dich zu sehen, Jacob.«

»Gleichfalls, Meredith.«

»Und falls noch mal was passiert, du weißt ja, wo ich bin.«

»Jep.«

Eigentlich müsste ich mich dringend an die Arbeit setzen. Aber es ist so schön, hier auf der Mauer zu hocken und mit den Beinen zu baumeln. Also bleibe ich noch ein bisschen sitzen und sehe zu, wie Jacob die Straße hoch und runter rollt und mit wechselndem Erfolg seine Kunststücke übt. Hin und wieder schaut er zu mir rüber, und ich zeige ihm die gereckten Daumen. Dann rücke ich ein bisschen nach vorne, bis zur Mauerkante, und merke, dass ich von da mit den Zehen auf den Bürgersteig komme. Nur ein Schritt, und ich würde draufstehen. Viel anders als mein Gartenpfad ist er auch nicht. Aber nicht heute, und nicht vor Jacob. Ich finde, für heute reicht es. Also schwinge ich die Beine wieder über die Mauer, rüber auf die sichere Seite. Ich gehe ins Haus und lasse nur die Keksdose zurück.

Tag 1.385

Samstag, 4. Mai 2019

Ich sitze gerade an einer besonders kniffeligen Stelle des Himmels über dem Ponte Vecchio und suche den ganzen Tisch nach einem Teil in genau dem richtigen Himmelblau mit einem Hauch Lila ab, als das Telefon klingelt.

»Hallo, Engelchen.«

Ich atme tief durch. »Hallo, Mama. Wie geht's?«

»Tja, ging schon besser. Ich sitze hier und zerbreche mir den Kopf, was ich bloß falsch gemacht habe. Wie in Gottes Namen ist es nur so weit gekommen? Ganz allein am Samstagabend. Wäre deine Schwester nicht, ich hätte gar niemanden mehr. Niemanden!«

Ich suche weiter nach dem fehlenden Stückchen italienischen Himmels.

»Hast du mich gehört, Meredith?«

»Ja, Mama.«

»Und, ist dir das völlig egal? Gibst du keinen feuchten Dreck mehr auf deine arme alte Mutter?«

Ich seufze. »Was soll ich denn deiner Meinung nach machen, Mama?«

Ich höre, wie sie einen tiefen Zug von ihrer Zigarette nimmt und vernehmlich den Rauch auspustet. Ich sehe sie vor mir, die geschürzten Lippen, die gelben Fingerspitzen mit den viel zu langen Nägeln, die Haare wie ein starrer wasserstoffblonder Helm. Sie war mal eine bildschöne Frau – zumindest äußerlich.

»Dann darf ich nicht annehmen, dass du mich demnächst mal besuchen kommst?«

»Nein, Mama. Leider.«

»Ha! Spar dir deine Entschuldigungen. Bleib einfach in deiner erbärmlichen kleinen Bude hocken, Meredith, mit deinen erbärmlichen kleinen Puzzlespielen und deiner erbärmlichen kleinen Miezekatze. Weißt du eigentlich, was für eine Schande du über unsere Familie gebracht hast?«

Nein, aber du wirst es mir bestimmt gleich sagen, denke ich. Ich stehe unter Strom, als hätte ich gerade vier Espresso gekippt. Ich schließe die Augen und versuche mir vorzustellen, ich stünde auf dem Ponte Vecchio und bewunderte den Anblick der schimmernden Sonnenflecken auf dem Arno.

Es hilft nichts. Das Telefon wiegt schwer in meiner Hand. Ich lege es auf den Tisch neben das fast vollendete Puzzle und stelle es auf laut.

»Gott sei Dank habe ich noch deine Schwester.« Die Stimme meiner Mutter hallt harsch und unwillkommen durch meine Küche. »Wenn sie nicht wäre, ich glaube, ich wäre schon gar nicht mehr da. Ich wäre längst an Einsamkeit gestorben, und niemand hätte es gemerkt.«

»Was ist denn mit Tante Linda?«

»Die ist nicht deine Tante, du dummes Stück. Und nein, die habe ich schon seit Monaten nicht mehr gesehen. Seit sie was mit Tony, dem Deppen aus dem Wettbüro, angefangen hat, ist sie die halbe Zeit in Spanien.«

»Wie schön für sie«, brumme ich. Ich kann es mir einfach nicht verkneifen.

»Deine Schwester war gestern hier. Mit Lucas.«

Hitze flutet meinen Körper wie eine Welle. »Mit Lucas?«

»Ja, Meredith. Mit Lucas. Ihrem Ehemann Lucas.« Ihre Stimme

trieft vor Selbstzufriedenheit. Sie zieht an ihrer Zigarette. »Ach, wusstest du das nicht? Sie sind wieder zusammen. War alles bloß ein blödes Missverständnis.« Falsche Zuckrigkeit überzieht jedes ihrer Worte. Ich kenne ihre Tricks, und trotzdem trifft sie mich jedes Mal bis ins Mark.

»Aha.«

»Tolle Neuigkeiten, oder? Ich freue mich ja so für die beiden. Was bin ich stolz! Wenigstens eine meiner Töchter ist verheiratet, hat einen festen Job und macht was aus sich.«

Ich weiß einfach nicht, ob sie lügt. Wusste ich noch nie. Und ich weiß nicht, was schlimmer wäre: dass Fiona wieder mit Lucas zusammen ist oder dass meine Mutter so ein offensichtliches Vergnügen daran hat, mir davon zu erzählen, ob es nun stimmt oder nicht. Mein ganzer Kiefer ist verspannt, der Druck steigt in die Schläfen, hinter die Augen. Die Puzzleteile verschwimmen.

»Ich habe einen Job, Mama.« Ich versuche mich wieder darauf zu konzentrieren, was ich weiß.

»Ach ja ... dein kleines Schreibhobby. Vergesse ich immer wieder. In letzter Zeit irgendwelche Preise gewonnen?«

Mein Schweigen macht sie rasend.

»Ach, Herrgott noch mal, Meredith! Verstehst du denn gar keinen Spaß? Ich will doch bloß für ein bisschen gute Laune sorgen. Aber Witze waren ja noch nie deins, stimmt's? Dabei könnten wir doch beide was zu lachen gebrauchen. Findest du es nicht auch blöde, dass wir am Samstagabend allein zu Hause sitzen? Wir sollten was unternehmen, zusammen ausgehen, ein bisschen über die guten alten Zeiten reden.«

»Wie damals, als Fionas Mann mich in deiner Küche vergewaltigt hat, meinst du?«

»Du musst wirklich aufhören, immer solche Märchen zu erzählen, Engelchen.«

»Er hat mich *vergewaltigt*.« Meine Stimme zittert.

»Ach, Meredith. Warum willst du ihm denn unbedingt das ganze Leben verpfuschen?«

Wie oft hört man Leute sagen, ihnen fehlten die Worte, meist gefolgt von einem wasserfallartigen Wortschwall, um zu beschreiben, wie schockiert/verstört/begeistert sie doch sind. Aber mir hat es tatsächlich die Sprache verschlagen. Ich balle die Hände zu Fäusten, bis die Fingernägel sich in meine Handflächen bohren. Eine kurze, willkommene Ablenkung vom unerträglichen Schmerz in mir.

Meine Mutter plappert immer weiter, aber ihre Worte ergeben keinen Sinn. Ich nehme das Telefon vom Tisch und schmeiße es quer durch die Küche.

Tag 1.386

Sonntag, 5. Mai 2019

Immer wieder sage ich mir, dass Mama lügt, aber ich werde die nagenden Zweifel ganz tief drinnen nicht los. Um mich irgendwie auf andere Gedanken zu bringen, bestelle ich mir spontan was Neues für Celestes Party. Es ist meine erste Party seit Jahren, das verdient etwas Besonderes. Mir Kleider über Kleider über Kleider anzuschauen erweist sich als ausgezeichnete Ablenkung, sowohl von den nagenden Zweifeln als auch von der Stimme, die mir ins Ohr flüstert, was ich mir eigentlich einbilde, und dass ich nie im Leben auf diese Party gehen werde. *Aber ich will unbedingt da hin*, zischele ich ungehalten zurück, als zählte mein Wille irgendwas. *Kinderwillen ist Kälberdreck*, hat Mama immer gesagt.

Trotzdem kaufe ich mir was Neues. Statt eines Kleides entscheide ich mich für einen Jumpsuit. Hatte ich noch nie, aber im Fernsehen und im Internet führt momentan kein Weg daran vorbei.

Meine einzige Sorge ist der unvermeidliche Gang zum Klo, aber das kriege ich bestimmt auch irgendwie hin. Vielleicht kann Celeste ja mitkommen und mir die Ärmel festhalten, damit sie nicht auf dem Boden schleifen. Sind wir schon so eng, uns zusammen in eine Toilettenkabine zu quetschen? Nach ein paar Gläschen Wein bestimmt. Sadie und ich haben das früher immer so gemacht. Man sparte ein paar Minuten Anstehzeit in der Schlange vor dem Pubklo, und eine von uns konnte Schmiere stehen, falls das Schloss mal wieder kaputt war. Lustig waren sie, die Abend mit Sadie, damals, in einem anderen Leben.

Von Celestes Party habe ich Sadie noch nichts erzählt. Ich will mich nicht noch mehr unter Zugzwang setzen. Celeste zu enttäuschen wäre schon schlimm genug, da will ich nicht auch noch vor Sadie wie eine Versagerin dastehen. Diane weiß Bescheid, aber der blättere ich ja auch fünfzig Pfund die Stunde hin für dieses Privileg, jetzt, wo ich meine Sitzungen selbst bezahlen muss. Bei unserem letzten Termin hat sie die Entscheidung, meiner besten Freundin nichts von der Einladung zu sagen, noch mal kritisch hinterfragt.

»Sadie ist Ihre treueste Unterstützerin«, erklärte sie nachdrücklich. »Ich glaube, sie könnte Ihnen in mehrfacher Hinsicht eine große Hilfe sein – egal, ob Sie letztendlich hingehen oder nicht. Vielleicht könnte sie ja sogar mitkommen?«

Ich nickte nur und wechselte das Thema. Diane ist zwar gut, aber sie versteht auch nicht alles. Ich habe Sadie Celeste und Tom noch immer nicht vorgestellt, weil ich nicht weiß, wie ich es anstellen soll, mein Davor und mein Danach unter einen Hut zu bringen, ohne dabei in kalten Schweiß auszubrechen.

Ich bestelle mir den Jumpsuit, Riemchensandalen und eine süße kleine Clutch, dann rufe ich Fee an. Sie geht nicht ran. Ich wähle ihre Nummer noch elf Mal, wie ein irrer Stalker, aber sie antwortet nicht.

Gerade habe ich mein Buch beiseitegelegt und meine Nachttischlampe ausgeknipst, da fängt mein Handy an zu vibrieren.

»Meredith.« Ihre Stimme ist kaum mehr als ein Wispern. »Ich wollte dich schon die ganze Zeit anrufen.«

»Tja, ich hab dich bestimmt nicht davon abgehalten«, entgegne ich angesäuert.

»Ich weiß.«
»Bist du wieder mit Lucas zusammen?«
»Meredith ...«
»*Bist du wieder mit Lucas zusammen?*«
»Nein ... nicht so richtig.«
»Nicht so richtig? Was zum Teufel soll das denn heißen? Entweder du bist mit ihm zusammen oder nicht. Und wenn ja, dann ist das hier das letzte Gespräch, das wir beide je miteinander führen werden, das schwöre ich dir.«

Sie sagt nichts mehr. Im Hintergrund höre ich gedämpfte Geräusche, dann eine Stimme.

»Ich muss Schluss machen«, sagt sie. »Ich bringe dir morgen die Schokoladentorte vorbei.«

Dann ist die Leitung tot. *Schokoladentorte.*

Ich schlucke die aufsteigende Panik herunter und knipse die Nachttischlampe an. Dann rufe ich sie zurück. Sofort geht die Mailbox dran und fordert mich auf, eine Nachricht zu hinterlassen.

Meine Finger stolpern über die Tastatur. *Tut er dir weh?*

Die nächsten vier Minuten laufe ich im Schlafzimmer auf und ab, bis sie endlich antwortet: *Gerade nicht.*

Wo ist er?
Besoffen eingepennt.
Fee, verschwinde auf der Stelle.
Wo soll ich denn hin?
Hierher. Komm hierher.
Sicher?
Sicher sicher. Ruf dir ein Taxi. Jetzt sofort. xx
Ok. xx

Über ein Jahr ist es her, seit Sadie das letzte Mal ein bisschen zu viel Gin getrunken hatte und nicht mehr nach Hause fahren konnte und die ganze Nacht kotzend in meinem Badezimmer zubrachte. Seitdem hat niemand mehr bei mir übernachtet. Ich klappe die Schlafcouch in dem Zimmer auf, das ein Kinderzimmer hätte werden können oder ein Büro, und doch nie mehr geworden ist als eine Gerümpelkammer für aussortierte Möbel. Ich mache das Fenster auf, um ein bisschen frische Luft reinzulassen, und wische mit dem Pyjama-Ärmel den Staub vom Fensterbrett. Fee achtet zwar nicht auf so was, aber ich schon. Ich gehe nach unten, stelle Teewasser auf und setze mich dann, die Knie an die Brust gezogen, auf meinen Fensterplatz und warte.

Mit gleißend hellen Scheinwerfern hält das Taxi vor dem Haus. Ich warte nicht, bis sie klopft. Ich stehe schon in der offenen Tür, noch ehe sie unten am Gartenpfad ist. Sie hat die Kapuze tief ins Gesicht gezogen, obwohl es gar nicht regnet. Ich sehe die dunklen Schatten auf der einen Seite ihres Gesichts schon von Weitem. Dann kommt sie näher, und sie sind unübersehbar.

»Fee! Was hat er mit dir gemacht?«

Sie sagt kein Wort. Ich breite die Arme aus, und sie fällt haltlos schluchzend hinein.

Der Bluterguss ist schon älter, ich kann also nicht viel für sie tun.

»Mit Schminke im Gesicht sieht es nur halb so schlimm aus«, versichert sie und nippt an ihrem Tee.

»Willst du mir erzählen, wie das passiert ist?«

Sie zuckt die Achseln. »Wie immer eigentlich. Zu viel Bier. Ein paar Widerworte von mir. Weiß gar nicht mehr, worum es ging.«

»Wie lange ...« Ich kann den Blick nicht von dem Veilchen an ihrem linken Auge wenden. Es schillert in dunklem Lila und

Grün und Rot, fast wie eine Ölpfütze. Genauso stellt man sich ein blaues Auge vor; fast wirkt es wie aufgemalt.

»Die körperlichen Misshandlungen ... vor ein, zwei Jahren. Alles andere ... vor Ewigkeiten schon.«

Ich greife nach ihrer Hand. »Du musst ja fix und fertig sein. Geh ins Bett – wir reden morgen weiter.«

Sie hat eine Zahnbürste dabei, aber keinen Pyjama. Ich gebe ihr meinen Lieblingsschlafanzug – kuschelig warm und rotweiß kariert, und dazu ein Paar dicke weiße Socken.

»Hast du nachts immer noch so kalte Füße?«

»Ja, manchmal.«

Unschlüssig drücke ich mich vor dem Badezimmer herum, bis sie schließlich wieder rauskommt, und denke, dass ich womöglich noch viel zu lernen habe über diese Frau, die ich doch eigentlich in- und auswendig kenne.

Irgendwann legt sie sich schlafen, und nachdem ich mich vergewissert habe, dass Haustür und Hintertür auch wirklich abgeschlossen sind, gehe ich ebenfalls ins Bett. Um vier Uhr morgens bin ich immer noch wach. Ich nehme Bettdecke und Kissen und schleiche mich ins Gästezimmer. Auf dem Boden mache ich mir ein kleines Nachtlager, und wir schlafen beide bis mittags.

Tag 1.387

Montag, 6. Mai 2019

»Meredith, ich kann nicht ewig hierbleiben.«
 Ich spüle weiter unbeirrt das Geschirr vom Mittagessen. »Das weiß ich. Aber zu ihm kannst du auch nicht zurück.«
 »Will ich auch nicht.«
 »Hat er sich bei dir gemeldet?«
 »Acht verpasste Anrufe.«
 »Mach das Handy aus und bleib noch eine Nacht«, sage ich zu ihr. »Uns fällt schon irgendwas ein.«
 »Ich möchte zur Polizei gehen«, sagt sie. »Nicht bloß meinetwegen.«
 »Meinetwegen brauchst du das nicht. Ich will diesen Abend nicht noch mal durchmachen müssen.« Ich lege die letzte Schüssel in das Abtropfgestell und drücke den Schwamm aus.
 »Mer.« Sie streift meinen Arm. »Warum hast du das damals nicht gemacht? Warum bist du nicht zur Polizei gegangen?«
 Ich drehe den Wasserhahn auf, lasse mir das kalte Wasser über die Hände laufen, spüre, wie sie langsam taub werden. Ganz unerwartet legt sie mir von hinten die Hände auf die Schultern. Dreht mich sachte zu sich um. Ich schaue sie an und sehe ihr geschundenes Gesicht. »Ich fasse es nicht, dass du mich das fragst.« Die Worte bleiben mir fast im Hals stecken, als ich mir vorstelle, wie seine Hand ihren Wangenknochen trifft, dieselbe Hand, die fünf lila Striemen an meinen Schultern hinterlassen hat.

»Es tut mir leid«, stammelt sie mit erstickter Stimme. »Meredith, es tut mir so leid.«

Mit einem Achselzucken tue ich ihre Entschuldigung ab. »Du weißt, was das bedeutet? Es der Polizei zu sagen? Oder? Das ist ein großer Schritt. Sicher, dass du das wirklich willst?«

»Ja«, sagt sie, ohne zu zögern. »Ja, ganz sicher.«

Ich liege auf dem Bett und kraule Fred das weiche Bäuchlein. Noch nie in meinem Leben war ich so müde. Hin und wieder höre ich meine Schwester unten herumhantieren. Ich kann mir selbst nicht erklären, wie ich mich mit jeder Faser meines Körpers nach Ruhe und Alleinsein sehnen kann und sie doch unbedingt in meiner Nähe wissen will. Es ist, als würde ich in der Mitte zerrissen – und eine gezackte Bruchkante liefe mitten durch mich hindurch. Wie ein unvollkommenes Puzzlestück.

Als ich irgendwann nach unten gehe, liegt sie abgeschlagen auf der Couch und zappt sich durch die Fernsehsender.

»Ich will nicht darüber reden«, sage ich leise. »Aber hast du Lust auf einen Film?«

Sofort fangen ihre Augen an zu strahlen.

»Such du einen aus«, sage ich und setze mich ans andere Ende der Couch, ein Samtkissen fest auf den Bauch gedrückt.

Sie fängt an zu scrollen, weiter und immer weiter, bis sie zum *Zauberer von Oz* kommt.

»Echt jetzt?«

»Ja.« Und mit einem Mal bin ich wieder zehn Jahre alt und sehe Dorothy auf der ausgeleierten VHS-Kassette zu, wie sie die rot glitzernden Hacken zusammenknallt.

»Weißt du noch, wie du mich damals an Halloween als Toto verkleidet hast?«

Sie lacht. »Ich brauchte halt einen Hund.«

Jede an ihrem Couchende, schauen wir einträchtig den Film. Irgendwann springt Fred mir auf den Schoß, und ich kraule ihm das Köpfchen, bis er eingeschlafen ist. Als Dorothy schließlich in der Smaragdstadt ankommt, schläft auch Fee längst tief und fest. Ich decke sie zu, vorsichtig, um sie nicht zu wecken, und schaue mir den Film zu Ende an. Noch nie war meine Couch so warm und gemütlich.

Tag 1.388

Dienstag, 7. Mai 2019

Zwei Polizeibeamte mit freundlichen, ernsten Gesichtern stehen vor der Tür, ein Mann und eine Frau. Ich führe sie ins Wohnzimmer. »Soll ich …?«, flüstere ich Fee zu.

»Nein, ich schaffe das schon«, erwidert sie mit einem Kopfschütteln und macht mir die Tür vor der Nase zu.

Zwei Stunden später fällt die Haustür hinter den Beamten ins Schloss. Ich rühre in der Suppe, bis ich ihre Stimme höre.

»Geschafft. Sie holen ihn jetzt.«

»Meinst du, er wird angeklagt?«

»Ich glaube schon. Sie scheinen ziemlich zuversichtlich, genug Beweise gegen ihn zu haben.«

Ich starre sie an. »Tja, die Beweise trägst du ja im Gesicht.«

Sie senkt den Blick. »Nicht nur da.«

Ich sehe, wie sie die Arme um den Bauch schlingt, und endlich kapiere ich es.

»Oh, Fee … das Baby?« Ich kann die Worte nur wispern, und doch scheint das Echo durchs ganze Haus zu hallen.

Sie beißt sich auf die Lippe. »Es ging alles so schnell.«

»Erzähl.« Ich ziehe sie an mich. »Oder auch nicht. Wie du willst. Ich bin da. Immer.«

»Danke«, murmelt sie an meiner Schulter. »Scheiße. Was für ein Mist.«

»Wir stehen das durch«, sage ich zu ihr, und zum ersten Mal glaube ich selbst daran.

»Sie meinten, sie melden sich nachher und halten mich auf dem Laufenden, was gerade passiert. Und ob ich unbesorgt nach Hause gehen kann.«

Unvermittelt muss ich schlucken, was mir schwerer fällt als erwartet. Ich wende mich wieder der Suppe zu und rühre weiter, ganz langsam, immer im Kreis, sehe zu, wie die Blasen aufsteigen. Ich drehe die Herdplatte herunter und versuche das Brennen in meiner Brust zu ignorieren, das immer heftiger wird.

»Warum wolltest du nicht, dass ich dabei bin?«

»Ich wollte nicht, dass du hörst, was er mit mir macht ... gemacht hat.«

Ich sehe mein Gesicht, das sich im Küchenfenster spiegelt, und die dunkle Gestalt dahinter. Ich schließe die Augen und versuche, den Schmerz wegzuatmen.

»Willst du Suppe?«

»Meredith.« Sie legt mir die Hand auf die Schulter, und ich zucke zusammen. Als hätte ich vergessen, dass sie auch noch da ist.

Ich lasse den Kochlöffel fallen und kleckere mir Suppe auf die Jeans.

Immer, wenn er zustößt, stöhnt er. Fasst mich fester an den Schultern. Ich habe furchtbare Angst – vor allem. Dass jemand hereinkommt. Dass niemand hereinkommt. Ich ziehe den Kopf ein, drücke die Ellbogen fest gegen den Körper. Alles, um mich noch kleiner zu machen.

Ich öffne den Mund, aber es kommt kein Ton heraus. Meine Hände zittern. »Ich habe eine Panikattacke«, sage ich mir, oder vielleicht auch meiner Schwester. »Ich habe eine Panikattacke. Es fühlt sich an, als würde ich sterben. Tue ich aber nicht.«

Ich stemme die Zehen in den Boden und fahre mit den Händen über die Oberschenkel, auf und ab, auf und ab, immer wieder. Der Boden ist hart, der Jeansstoff ist fest und glatt. Ich atme ein, ganz langsam und ganz tief, und wieder aus, ganz langsam und ganz tief.

Irgendwann bin ich wieder da, und ich lasse mich halten von meiner Schwester, ganz lange noch.

Die Polizistin kommt noch mal wieder. Sie ist klein, hat einen blassen, sommersprossigen Teint und braune Haare, im Nacken zu einem ordentlichen Dutt hochgesteckt. Sie sagt, Lucas sei festgenommen worden und werde wegen schwerer Körperverletzung angeklagt. Er ist verhört worden, wird die Nacht auf der Wache verbringen müssen und morgen dem Haftrichter vorgeführt werden. Vermutlich wird er auf »nicht schuldig« plädieren und gegen Kaution auf freien Fuß kommen, sagt sie. Aber sollte er sich Fee irgendwie nähern, wird er bis zum Prozessbeginn in Gewahrsam genommen.

»Was, wenn er herkommt?«, flüstere ich.

»Wählen Sie sofort den Notruf, sollte er irgendwie versuchen, Kontakt aufzunehmen«, sagt sie. »Und wenn es bloß eine Textnachricht ist. Oder Sie rufen mich an. Meine Nummer haben Sie ja.«

»Wann ist denn der Prozess?«, fragt Fee, das Gesicht ganz blass unter den Blutergüssen. Manche der dunklen Flecken haben sich inzwischen gelblich braun verfärbt.

»Das kann bis zu einem halben Jahr dauern«, erklärt die Polizistin. Sie hat große, freundliche Augen. Ich frage mich, welche Entsetzlichkeiten die wohl schon zu sehen bekommen haben.

»Und was passiert dann mit ihm?«, frage ich.

»Das kann ich Ihnen leider nicht sagen«, antwortet sie entschuldigend. »Vermutlich bekommt er eine Geldstrafe. Ein paar Monate Gefängnis vielleicht. Kommt darauf an, wie er sich bis dahin aufführt.«

Ehe sie geht, drückt sie Fee noch einen Stapel Broschüren in die Hand. »Ich wünschte, wir könnten allen Opfern die Hilfe anbieten, die sie brauchen«, sagt sie. »Aber hier finden Sie einige Organisationen vor Ort, die Menschen nach Missbrauchserfahrungen in Beziehungen helfen.«

»Geh nicht wieder dahin«, sage ich, während wir dastehen und zusehen, wie die Polizistin wegfährt. »Bleib hier. Bei mir.«

»Ich muss meine Sachen holen, Meredith. Ehe sie ihn wieder laufen lassen. Ich will mich nicht darauf verlassen, dass er sich wirklich fernhält.«

»Ich auch nicht«, sage ich. Ich gehe in die Küche und mache uns einen Tee. Als ich wiederkomme, sitzt sie weinend auf dem Fensterplatz.

»Ich hätte schon vor Jahren gehen sollen«, schluchzt sie.

»Sag das nicht. Sag niemals ›hätte sollen‹.«

Sie drückt meinen Arm. »Du bist viel stärker, als du glaubst, Mer.«

Ich streiche ihr mit den Fingerspitzen übers Gesicht. »Der tut uns nie wieder weh.«

Sie schreibt mir: *Ich bin da. Bei Shirley.*

Ich rufe sie an, sobald ich die Nachricht sehe, wie eine übervorsichtige Glucke.

»Sicher ist sicher«, sage ich. »Hast du alles, was du brauchst?«

»Ich habe nicht viel mitgenommen. Aber ich habe den Flachbildfernseher von der Wand gerissen. Den habe ich ihm gekauft, also gehört er mir. Sonst nur meine Klamotten und ein paar Kleinigkeiten. Ich brauche nicht viel. Neuanfang und so.«

Ich weiß, dass sie nicht so gelassen ist, wie sie gerade tut.

»Ich bin so was von alle«, gesteht sie. »Ich bin gerade in Shirleys Gästebett gekrabbelt, und gleich daneben steht mein Fernseher.«

»Du fehlst mir«, sage ich.

»Ich weiß«, sagt sie. »Aber es ist besser so. Wäre ich länger geblieben, ich wäre womöglich nie mehr ausgezogen. Und hätte dich nebenbei in den Wahnsinn getrieben. Ich bin immer noch die absolute Chaos-Queen.«

Dass das nicht der eigentliche Grund ist, warum sie ausgezogen ist, weiß ich. Sie geht wie auf rohen Eiern, will mir Zeit lassen, mich auf die neue Situation einzustellen. Und vermutlich will sie mich vor Lucas schützen. Wenn sie nicht hier ist, warum sollte er dann herkommen. Jahrelang ist er für mich nur eine widerliche Erinnerung gewesen, aber keine akute Bedrohung. Jetzt ist er plötzlich zurück aus der Versenkung.

»Hat Shirley die Haustür abgeschlossen? Und die Hintertür auch?«

»Ja. Und ihr Mann wiegt hundertfünfzig Kilo und arbeitet als Schließer im Barlinnie-Knast. Quasi mein hauseigener Bodyguard.«

Der Druck in der Brust lässt ein klitzekleines bisschen nach. »Gut.«

»Bitte, mach dir keine Sorgen«, sagt sie.

»Mir zu sagen, ich soll mir keine Sorgen machen, ist, wie mir zu sagen, ich solle nicht atmen.«

»Ich weiß. Versuch dir nicht so viele Sorgen zu machen. Das ist nicht gut für dich.«

»Moment«, sage ich. »Ich stelle dich mal eben auf Lautsprecher, dann kann ich mir schon mal den Pyjama anziehen und die Zähne putzen.«

Sie gähnt. »Beeil dich, ich bin todmüde.«

Drei Minuten später liege ich im Bett. Ich platziere das Handy auf dem anderen Kissen und schalte das Licht aus.

»Fee?«

»Hm?«

»Danke.«

»Wofür, zum Teufel?«

»Dass du zurückgekommen bist.«

»Danke, dass ich bleiben durfte«, murmelt sie.

Ich mache meine Bauchatmung, atme tief durch die Nase ein und durch den Mund wieder aus, eine Hand auf der Brust, die andere auf dem Bauch.

»Mach nicht so einen Wind«, meckert Fee.

»Komm, versuch's doch auch mal«, erwidere ich. »Ist sehr entspannend.«

»Herrje. Als Nächstes kommt dann Meditationsgesang oder was?«

Ich muss lachen. »Leg dich auf den Rücken und lege eine Hand oben auf die Brust. Die andere Hand kommt knapp unterhalb des Brustkorbs auf den Bauch. Jetzt atmest du durch die Nase ein, aber mit dem Bauch. Deine Brust soll sich dabei nicht heben. Probier's. Und denk dran, schön langsam.« Ich mache es ihr vor und spüre, wie mein Bauch sanft gegen die Handfläche drückt. »Dann spannst du die Bauchmuskeln an und atmest durch den Mund aus. Auch ganz langsam.«

»Da muss man sich aber eine Menge merken«, brummt sie.

»Mach es einfach. Ist eigentlich ganz leicht.«

Ich stelle mir vor, wie Fee und ich gleichzeitig ein- und ausatmen, unsere Bäuche sich im Einklang heben und senken. Ich weiß nicht, wie lange wir so daliegen, während ich langsam in der Dunkelheit versinke – es ist mitten in der Nacht, wo Stunden und Minuten ineinanderfließen und die Zeit uns Streiche spielt.

»Du fehlst mir auch, Meredith«, sagt Fee, gerade, als ich schon glaube, sie sei eingeschlafen.

Tag 1.392

Samstag, 11. Mai 2019

»Mer, ich glaube, es wird Zeit für was Neues.« Celeste und ich sitzen gerade an der Skyline von Manhattan in eintausendfünfhundert Teilen. Im Puzzeln ist sie eine Niete – viel zu ungeduldig –, aber ich freue mich, dass sie sich für mein Hobby interessiert. Eigentlich wollte ich sie unauffällig zu etwas Einfacherem dirigieren, aber sie war partout nicht davon abzubringen, sich am Big Apple zu versuchen.

»Soll ich uns ein anderes holen? Oder willst du lieber ein bisschen quatschen?«

Sie lacht. »Ich meine die Männer betreffend.«

»Ehrlich? Du willst dich wieder verabreden?«

»Ich glaube schon.« Ihre Wangen sind gerötet, und sie sieht aus wie ein aufgeregtes kleines Mädchen.

»Dann brauchst du zuerst eine Dating-App.« Ich entdecke ein Randstück und lege es auf die Matte, ungefähr da, wo es hingehören müsste.

»Gute Idee! Meinst du, drei Monate reichen, um jemanden kennenzulernen? Pünktlich zu meiner Party?«

Ich muss lachen, wende den Blick aber nicht vom Puzzle. Ich habe das Gefühl, der Traum von ihrer Party rückt für mich in immer unerreichbarere Ferne.

»Wir könnten es doch zusammen probieren.«

»Ha! Wer will denn schon mit mir ausgehen?«

»Meredith Maggs, was redest du denn da?« Sie beugt sich über die Puzzleteile und versperrt mir mit den Armen die Sicht. »Du bist ein Hauptgewinn.«

»Das ist echt lieb von dir, Celeste, aber das glaube ich kaum.«

»Dafür, dass du eigentlich eine furchtbar kluge Frau bist, hast du manchmal echt überhaupt keinen Schimmer, Meredith.«

»Da sagst du was, Celeste.«

»Und ... was machen wir jetzt? Uns kopfüber ins kalte Wasser stürzen?«

»Ich glaube, so weit bin ich noch nicht.«

»Wie lange ist deine letzte Beziehung her?«

»Ach ... schon ein Weilchen. Ich bin halt alt und schrullig«, erkläre ich lachend.

Sie sagt keinen Ton, schaut mich nur an. »Stimmt doch gar nicht.«

»Ich bin ein alter Miesmuffel. Eine Stubenhockerin. Ich gehe nie aus dem Haus«, sage ich zu ihr. So nahe bin ich der Wahrheit noch nie gekommen.

»Tja, dann solltest du das vielleicht ändern.«

»Sollte ich vielleicht«, muss ich ihr beipflichten.

»Wie hieß er? Dein letzter Freund?«

»Gavin.« Abrupt stehe ich auf. »Ich hole uns mal was zu trinken.«

Als ich kurz darauf zurückkomme, scrollt sie auf ihrem Handy herum. »Ich habe die perfekte App für uns beide gefunden«, verkündet sie stolz. »Absolut bedienerfreundlich und im ersten Monat kostenlos! Komm schon, Mer – das wird bestimmt lustig. Wir könnten uns gegenseitig die schlimmsten Anmachsprüche vorlesen.«

»Lieber helfe ich dir suchen«, sage ich. »Hast du deinen Traumprinzen schon gesichtet?«

»Ach bitte, den gibt's doch gar nicht. Ich will bloß einen halbwegs anständigen Kerl.«

Die nächsten zwei Stunden erstellen wir Wunschlisten, echte wie imaginäre: nett, groß, eigenständig, muss Katzen mögen (ich); Sinn für Humor, treu, gelassen, muss Kinder wollen (Celeste). Wir schauen uns verschiedene Dating-Apps an, aus denen wir schließlich zwei aussuchen, dann laden wir Celestes Profilfoto hoch, eine Nahaufnahme von ihr, wie sie in die Kamera lacht und aussieht wie das bezaubernde Mädchen von nebenan. Ich brauche zwar kein Profilfoto, sie besteht aber trotzdem darauf, eins von mir zu knipsen.

Sie bequatscht mich, ein hübscheres Oberteil anzuziehen, und lässt mich dann vor der Wand im Wohnzimmer posieren. Zuerst kommt mir das Ganze ziemlich lächerlich vor, aber dann erzählt sie mir einen Witz und bauscht die Pointe so maßlos auf, dass ich laut lachen muss, und sie schafft es doch tatsächlich, ein Foto von mir zu schießen, auf dem ich aussehe wie eine ganz normale, fröhliche vierzigjährige Frau, die ihr Leben vielleicht nicht immer liebt, sich aber zumindest die allergrößte Mühe gibt.

2014

Hübsch war er, sogar im Schlaf. Sogar, wenn ihm der Mund offen stand und der Sabber übers Kinn lief. Hübsch war er und ganz schrecklich süß und entzückend und nett und geduldig, und es gab eigentlich gar nichts an ihm auszusetzen.

Aber ich musste mich von ihm trennen. Ich machte mitten in der Nacht mit ihm Schluss, noch ehe er richtig wach und wieder so süß und hübsch war und mir ein leckeres Frühstück zauberte und ich es mir doch noch mal anders überlegte.

»Gavin.« Ich knipste die Nachtischlampe an und rüttelte ihn unsanft an der Schulter.

Brummend drehte er sich um. »'Tschuldigung.«

»Was?«

»Entschuldigung. Habe ich geschnarcht?«

»Nein, du hast nicht geschnarcht. Ich muss mit dir reden.«

Er drehte sich wieder zu mir um und blinzelte mich verschlafen an. »Was ist denn los? Wie spät ist es? Ist alles okay?«

»Ja. Na ja ... fast. Eigentlich nicht.«

»Was ist passiert, Meredith?« Er setzte sich auf und stopfte sich das Kissen hinter den Kopf.

»Ich muss dir was sagen.«

Er gähnte. »Entschuldige. Ich bin hundemüde. Ich höre.«

Mir war schlecht. Er sah mich an und wartete geduldig, was ich zu sagen hatte.

Ich zog die Knie an die Brust und schlang die Arme darum. Ich wollte nicht, dass er mich berührte, aber ich musste irgendwas sagen.

»Meredith, was ist los?« Er war die Sanftmut in Person. Er wurde nicht mal sauer, wenn ein anderer Autofahrer ohne zu blinken auf seine Spur wechselte oder im Kino ein Handy klingelte.

»Nichts. Entschuldige. Vergiss es.«

»Nein, sag's mir. Wirklich.«

Ich wandte den Kopf ab und starrte ins Licht, bis mir die Augen wehtaten.

»Meredith, ich weiß, wie schwer es dir fällt, Menschen an dich heranzulassen.«

»Tatsache.«

Ich drehte mich wieder zu ihm um, und wir sahen uns an, über das Bett hinweg, das mir irgendwie breiter vorkam als sonst. Er wollte mich trösten – ich wusste es. Ich rückte von ihm ab. Nur einen Zentimeter oder zwei, aber er merkte es sofort und seufzte.

»Du hast Mauern, höher als der Hadrianswall.«

»Du bist doch ein großer, starker Kerl. Bestimmt könntest du mühelos den Hadrianswall erklettern.« Was für ein lahmer Versuch, das Ganze ein bisschen aufzuheitern.

»Darum geht es doch gar nicht. Du willst überhaupt nicht, dass ich es auch nur versuche.«

Ich dachte einen Moment nach. »Da hast du wohl recht. Aber es liegt nicht an dir. Ich weiß, ein schreckliches Klischee. Es liegt nicht an dir, es liegt an mir. Aber es stimmt. Ich meine, du bist perfekt.«

»Ist es wegen deiner Mum?«

»Irgendwie schon.«

Langsam streckte er die Hand nach mir aus. Er nahm meine Hand, drückte sie sachte, dann ließ er wieder locker.

»Es tut mir leid, Gavin.«

»Es muss dir nicht leidtun. Und du brauchst dich auch nicht

zu entschuldigen. Ich will dir helfen. Kann ich dir irgendwie helfen?«

»Du kannst gehen.« Ich sagte es ganz behutsam, aber es war trotzdem ein Schlag in die Magengrube. Er sah mich an, als hätte ich ihm gerade gestanden, einen Welpen umgebracht zu haben.

»Ich soll *gehen*?« Linkisch tastete er neben dem Bett nach seinem Handy. »Um ... halb zwei Uhr nachts? Ist das dein Ernst?« Sein sanfter Blick wich heilloser Verwirrung.

»Es tut mir leid. Es ist bloß ... wenn du hier bist, ist alles noch viel schwerer.«

»Ich wusste nicht, dass ich dir so eine Last bin.« Er ließ meine Hand endgültig los, und ich wusste, er würde sie nie wieder nehmen.

Ich sah ihm dabei zu, wie er sich anzog, wütend und ein bisschen unbeholfen. *Das ist so ziemlich das Letzte, was du bist,* dachte ich. *Es ist bloß einfacher, allein zu sein.* Aber das wollte ich nicht laut sagen, ich wollte nicht zugeben, dass ich anders war als andere.

»Also ... nur, damit ich dich richtig verstehe.« Er hatte sich von mir abgewendet, saß auf der Bettkante und zog sich die Socken an. »Du willst, dass ich gehe, weil dein Dad euch verlassen hat und deine Mum behauptet, das sei alles deine Schuld gewesen.«

Sein Ärger traf mich mit voller Wucht. Ich hatte es nicht anders verdient. Es war nur ein Bruchteil der Wahrheit, aber mehr konnte ich ihm nicht sagen.

»So ungefähr«, sagte ich zu seinem Hinterkopf. Er hatte weiche, wellige Haare – seit Wochen jammerte er schon, er müsse dringend zum Friseur. Sie lockten sich im Nacken wie bei einem Kind.

»Soll ich noch mal wiederkommen?«

Ich schüttelte den Kopf.

»Gar nicht?«

»Ich glaube nicht«, flüsterte ich.

»Meredith, ich verstehe das nicht.«

»Ich auch nicht.«

»Tu das nicht.« Er stand auf und zerrte sich den Pulli über den Kopf.

»Was soll ich nicht tun?«

»So passiv tun. Dich selbst bemitleiden. Du bist es, die das hier gerade macht. Nicht ich.«

»Das weiß ich.«

Das war die Gelegenheit, ihm zu sagen, dass es mir leidtat, mir selbst einzugestehen, was für ein Scherbenhaufen ich war, ihn zu bitten, den Pulli wieder auszuziehen und sich zu mir ins Bett zu legen und mich den Rest der Nacht ganz fest im Arm zu halten. Ihm zu sagen, dass ich ihn liebte, denn das tat ich, glaube ich – nur nicht genug, um gegen alles andere anzukommen.

Aber ich tat nichts von alledem. Ich wartete nur darauf, dass er aus dem Zimmer ging, die Treppe hinunter, und die Haustür hinter sich zumachte, ein bisschen lauter als sonst.

Tag 1.397

Donnerstag, 16. Mai 2019

»Hallo!« Tom strahlt mich hinter seiner dunklen Sonnenbrille an. »Was für ein herrlicher Tag.«

»Hallo. Ja, und wie«, sage ich und lächele zurück. Ich bin heute Morgen fleißig gewesen und habe gute Laune. Ich habe das Haus von oben bis unten geschrubbt, zwei Vanille-Biskuit-Böden gebacken und endlich die Skyline von Manhattan vollendet. Die Wärme hier draußen umschmeichelt angenehm mein Gesicht, aber Tom will eigentlich hereinkommen. Widerwillig trete ich einen Schritt zurück, heraus aus der Sonne.

»Willst du mir bei der Torte helfen?«, frage ich.

»O ja, unbedingt.« Tom schiebt sich die Sonnenbrille in die Haare. »Aber natürlich nur, wenn ich dann auch ein Stück davon abbekomme.«

»Das wird sich einrichten lassen.« Vermutlich gebe ich ihm nachher ohnehin die Hälfte der Torte mit. Ich hasse es, Lebensmittel wegwerfen zu müssen, aber ich möchte auch nicht tagein, tagaus Torte essen. Also verschenke ich immer so viel wie möglich – an Sadie und die Kinder, an Tom, an Jacob, an meine Nachbarin Jackie, die jede Woche die Mülltonnen für mich rausstellt. Ich lasse ihr das Gebäck in einer Tupperdose auf dem Küchenfensterbrett stehen, die sie mir dann beim nächsten Mal leer und gespült wieder zurückbringt. Manchmal hinterlässt sie einen kleinen Zettel mit ihrer Kritik in der Dose wie *köstlich* oder *Die Schokomuffins fand ich besser.*

Tom weiß also, dass er so viel Torte bekommt, wie er essen kann, er zieht mich einfach nur gerne auf.

»Ich habe noch nie eine Torte gebacken«, gesteht er.

»Wir brauchen nur noch die Buttercreme für die Füllung zu machen. Aber wenn du magst, können wir nächste Woche auch mal gemeinsam backen. Ist eigentlich ganz einfach, ehrlich.«

»Für dich vielleicht. Meine kulinarischen Fertigkeiten beschränken sich auf Wokgemüse.«

»Gemüse schnibbeln und im Wok schwenken kriegst du also hin?« Ich kann nicht anders, der kleine Seitenhieb muss sein.

»Exakt, du Schlaumeierin. Manchmal tue ich sogar noch ein paar Nudeln dazu.« Tom stupst mich mit dem Ellbogen an.

Er berührt mich nur für den Bruchteil einer Sekunde, aber kaum ist es vorbei, spüre ich nur noch die Abwesenheit seines Arms. Sogar durch den Ärmel habe ich die Wärme seiner bloßen Haut gefühlt. Aber ich sollte mich lieber darauf konzentrieren, sämtliche Zutaten bereitzustellen: Butter, Zucker, Vanille-Extrakt, Erdbeerkonfitüre.

»Kann ich mich irgendwie nützlich machen?«

Ich drehe mich um und sehe ihn auf der Arbeitsplatte sitzen und mit den Beinen baumeln wie ein Teenager.

»Zuerst mal kannst du da runterkommen«, schimpfe ich streng. »Wir brauchen eine große Rührschüssel und eine Gabel. Einen Holzlöffel und ein Sieb.«

Schwungvoll springt er von der Arbeitsplatte. »Alles klar. Dann wollen wir doch mal sehen, wie lange es dauert, bis ich das alles beisammenhabe.« Er fängt an, Schubladen und Schranktüren aufzureißen und an den völlig falschen Stellen zu suchen. Es ist eigenartig intim, ihn so in meinen Sachen wühlen zu sehen. Und irgendwie auch ziemlich komisch. Wer würde schon ein Sieb im selben Schrank aufbewahren wie Baked Beans und Dosenobst?

»Zuerst muss die Butter etwas weicher werden«, erkläre ich ihm und drücke ein paar Knöpfe an der Mikrowelle.

Als ich mich wieder umdrehe, hat er Gabel und Schüssel und Sieb in den Händen und ein breites Grinsen im Gesicht.

»Fertig?«

»Fertig.«

Ich zeige Tom, wie man die Butter aufschlägt, bis sie glatt und fluffig ist. Wir sieben den Zucker hinein, geben die Vanille dazu und verteilen schließlich die Creme auf einem der Biskuit-Böden. Zum Schluss streichen wir eine dicke Schicht Erdbeerkonfitüre darauf und legen dann den zweiten Boden darauf.

Die meiste Zeit arbeiten wir schweigend, ohne dass es irgendwie komisch wäre. Ich glaube, es gibt kaum jemanden, mit dem ich so gerne auch einfach mal gar nichts sage. Ich lasse diese sonderbare Erkenntnis einen Moment sacken, dann reiche ich ihm den Puderzucker.

»Nur noch eins, dann sind wir so weit. Die Ehre gebührt dir. Du musst die Torte damit bestäuben. Ganz leicht nur, wie Pulverschnee.«

»Also. Das sieht ja unglaublich aus. Wobei du natürlich den Löwenanteil gemacht hast.« Tom tritt einen Schritt zurück, um unser Werk gebührend zu bewundern.

Ich lächele. »Teamarbeit. Und jetzt zum besten Teil – der Verkostung.«

Ich schneide zwei großzügige Stücke ab, und Tom nimmt Kuchenteller aus dem Eckschrank. Nach seiner Suchexpedition vorhin scheint er den Inhalt meiner Küchenschränke jetzt in- und auswendig zu kennen.

»Aber nicht ohne Tee«, sagt er. »Ich mache uns welchen.«

Ich setze mich an den Küchentisch und warte. »Die Torte ist nach Königin Victoria benannt, wusstest du das? Angeblich hat sie jeden Nachmittag zum Tee ein Stück davon gegessen.« Ich fahre mit dem Finger an der herausquellenden Füllung entlang und lecke sie ab.

»Ich bin ja kein Monarchist, aber sie ist definitiv meine Lieblingskönigin.« Tom setzt sich mit zwei Teetassen zu mir an den Tisch. »Sie war ihrer Zeit weit voraus. Wusstest du, dass sie Prinz Albert den Antrag gemacht hat?«

Ich schüttele den Kopf. »Ich mag Maria Stuart.«

»Oh-oh, heikles Thema. Die Torte ist der Hammer, übrigens.«

»Ja. Ja, stimmt.«

»Nächstes Mal machst du mir besser einen Salat. Ich werde noch kugelrund, wenn das so weitergeht.«

Mit hochgezogenen Augenbrauen schaue ich ihn über den Rand meiner Teetasse an. »Du hast doch kein Gramm Fett am Körper.«

»Soll ich dir mal was sagen?«

»Immer.«

»Ich bin einsam.«

Sprachlos starre ich ihn an. Damit habe ich nicht gerechnet.

»Ich muss oft daran denken, wie anders mein Leben sein könnte, wenn Laura noch da wäre, wenn unsere Babys noch da wären. Wäre es nur ein bisschen anders gelaufen, hätte ich jetzt eine Familie.«

Ich versuche mir den anderen Tom vorzustellen, der mit einem krähenden Baby vor der Brust durch den Park spaziert, und mein Herz zieht sich zusammen.

»Ich bin auch manchmal einsam«, gestehe ich ihm. »Aber du bist immerhin da draußen in der Welt. Du könntest morgen deiner Seelenverwandten über den Weg laufen, wenn du einfach bloß die Straße entlanggehst.«

»Glaubst du an Seelenverwandtschaft?«

Ich überlege kurz. »Nein, eigentlich nicht.«
»Du könntest auch wen kennenlernen, Meredith.«
Ich sehe ihn an und verdrehe die Augen.
»Wart's nur ab. Wenn du es willst, wird es passieren.«
Ich zucke mit den Schultern. »Vielleicht finde ich ja jemanden, der auch ein Einsiedler ist, dann kann er hier einziehen, und wir werden Zweisiedler.«
»Und ihr könntet ganz viele Einsiedlerbabys machen.«
»Eine Vielsiedelei.«
Wir lachen.
»Du weißt aber schon, dass du eigentlich keine Einsiedlerin bist, oder?«
»Meinst du nicht?«
Er grinst. »Einsiedler sind meistens religiöse Eremiten. Du bist bloß eine ganz gewöhnliche, ungläubige Eigenbrötlerin.«
Bei Tee und Torte plauschen wir noch eine Weile weiter. Er erzählt mir, dass er mit dem Laufen angefangen hat, und meint, dass es schwer für ihn wird, sich an seinen gesunden Essensplan zu halten, wenn ich ihn immer mit Kuchen und Keksen vollstopfe. Ich schlage vor, ihm zukünftig nur noch gesunde Süßigkeiten ohne Butter und Zucker vorzusetzen. Später beim Gehen überrumpelt er mich mit einer festen Umarmung.
Als er weg ist, setze ich mich an mein Puzzle, aber ich kann mich nicht konzentrieren. Meine Knie sind ganz steif, weil ich zu lange am Kaffeetisch gesessen habe. Ich stehe auf und schaue nach draußen. Der Himmel ist bewölkt, aber es ist trocken. Ich schaue auf die Uhr und dann wieder hinaus. Sieben Minuten dauert es, bis jemand an meinem Haus vorbeigeht.
Langsam tappe ich von einem Zimmer ins nächste, sammele Schuhe und Pullover ein. Ich denke an Tom, als ich die paar Schritte den Gartenpfad hinuntergehe. Ich will nicht, dass er ein-

sam ist. Ich habe den Keim einer Idee im Kopf, noch zu vage, um greifbar zu sein. Ich komme ans Ende des Pfades, und es fühlt sich fast schon alltäglich an.

1991

Es war ein ruhiger Sonntag. Wir saßen am Küchentisch und schnitten Anziehpuppen aus Papier aus, während Mama Brot backte. Sie summte zur Musik aus dem Radio und war ganz versunken ins Rühren und Mischen und Kneten. Gelegentlich warf sie einen Blick über die Schulter rüber zu uns, ob wir auch ja nichts zerschnibbelten, was nicht zerschnibbelt werden sollte. Fee hatte mal sämtlichen Puppen die Köpfe abgeschnitten. Das war nicht besonders gut angekommen.

»Wir sind zu alt für diesen Quatsch«, flüsterte Fee mir zu. Ich guckte schnell zu Mama, aber die war ganz mit ihrem Brot beschäftigt. Die Muskeln in den Unterarmen spannten sich, immer, wenn sie mit den Handflächen den Teig platt drückte. Wieder und wieder machte sie das, stundenlang, wie es schien. Ich sah ihr gerne dabei zu. Es hatte etwas Hypnotisches.

Fee hatte recht – wir waren zu alt für Anziehpüppchen aus Papier. Aber Mama wollte verhindern, dass aus uns frühreife Früchtchen wurden. Und außerdem, mit der scharfen Schere das dicke Papier zu zerschneiden, machte irgendwie Spaß. Ich ließ mir Zeit, schnitt sorgfältig an den Linien entlang. Ich bastelte mir das Mädchen zurecht, das ich nie sein würde – mit dicken blonden Locken, Stupsnase und breitem Lächeln. Ich zog ihr ein türkisblaues Kleid mit großen weißen Punkten an und faltete vorsichtig die Laschen um den flachen Körper.

Es klingelte an der Haustür. »Wer platzt einem denn sonntagsnachmittags unangemeldet ins Haus?« Mit dem Ellbogen drückte sie den Wasserhahn hoch und wusch sich Öl und Mehl von den Händen. »Würde eine von euch bitte die Tür aufmachen?«

Fee sprang auf. »Ich geh schon.« Alles, nur um von den langweiligen Papierpuppen wegzukommen.

Ich schnibbelte schweigend weiter, während Mama sich die Hände abtrocknete, in der Ofentür kurz ihr Spiegelbild begutachtete und sich die Haare glatt strich.

Fee spähte um die Küchentür. Ihre Augen waren groß und rund. »Unsere Tante ist hier«, sagte sie.

»Tante Linda?« Ich freute mich. Manchmal brachte sie am Wochenende Fish and Chips mit und Limo aus der Dose. Vielleicht mussten wir Mamas Brot doch nicht essen.

»Sie sagt, sie ist unsere Tante Anna.«

»Scheiße«, fluchte Mama.

»Ist das eine Freundin von dir?« Diese Tante-aber-keine-richtige-Tante-Sache war irgendwie verwirrend.

»Nicht unbedingt.« Mama legte mir eine Hand auf die Schulter. »Benehmt euch, Mädels. Macht mir keine Schande.«

Die Dame, die sich als Tante Anna vorgestellt hatte, saß in einem Sessel im Wohnzimmer, wir drei anderen ihr gegenüber auf der Couch, Mama inmitten ihrer Mädchen. Ihre Hand lag warm und mehlstaubig auf meiner, und ihre Finger schlossen sich fest um meine, wann immer Tante Anna mich etwas fragte. Wie eine wortlose Warnung.

Tante Anna erzählte uns, dass sie die ältere Schwester unseres Vaters sei, dass sie uns nicht mehr gesehen habe, seit wir ganz klein gewesen waren, und dass wir ihr gefehlt hätten. Sie sagte, sie sei nur für ein paar Tage aus Irland zu Besuch. Ich wollte sie fragen, ob unser Vater auch in Irland war. Ich wollte sie alles fragen, aber meine Stimme wollte mir nicht gehorchen.

Fee dagegen schien keinerlei derartige Schwierigkeiten zu haben. »Wo ist unser Dad?«

Ich spürte, wie Mama stocksteif wurde. Ich wünschte, sie würde meine Hand loslassen und mich nicht so bedrängen. Meine Kehle war wie zugeschnürt, als legten sich ihre Finger auch darum und drückten erbarmungslos zu. Ich hielt die Luft an und wartete ab, was Tante Anna dazu zu sagen hatte.

Sie war klein und rundlich, hatte ein freundliches Gesicht und dunkle Löckchen, die sich bis auf ihre Schultern ringelten. »Momentan ist er in Liverpool. Er würde euch so gerne sehen.«

Liverpool. Ich hatte keine Ahnung, wo das war – ich hoffte bloß, nicht allzu weit weg. Ich starrte rüber zu Fee, flehte sie mit Blicken an, mir irgendwas zu verstehen zu geben, aber sie verzog keine Miene.

»Hat er dir Geld für uns mitgegeben?«, fragte Mama.

»Also ... ähm, nein, aber ...«

»Tja. Da sieht man es wieder. Gute Väter kümmern sich um ihre Kinder.« Mama stand auf und zog uns auf die Füße. »Kommt, Mädels, kochen wir unserem Gast erst mal eine Kanne Tee.«

Ich wollte lieber bleiben und mit Tante Anna reden. Ich hatte so viele Fragen. Aber Mama wollte nichts davon wissen. Unerbittlich zerrte sie Fee und mich hinter sich her in die Küche.

»Unser Dad ist in Liverpool?«, fragte Fee aufgebracht, kaum, dass die Tür zugegangen war. »Du hast uns doch gesagt, er ist im Ausland.«

»Fiona, ich habe nicht die leiseste Ahnung, wo euer Vater sich nach all den Jahren herumtreibt. Was weiß ich, er könnte genauso gut in Australien oder auf dem Mond sein.« Mama hatte uns den Rücken zugekehrt, während sie den Wasserkocher füllte und Tassen und Untertassen auf ein Tablett stellte.

»Wo ist denn Liverpool?«, fragte ich Fee im Flüsterton.

Sie zuckte die Achseln. »Nicht weit. Die Beatles kommen da her. Die mit dem »Yellow Submarine«- Song.«

»Können wir nach Liverpool fahren?«, fragte ich Mama. Sie lachte. »Natürlich könnt ihr das, Engelchen. Wenn ihr alt genug seid, allein zu fahren. Euer Vater weiß ganz genau, wo ihr seid. Er kann jederzeit herkommen und euch besuchen.« Sie riss die Besteckschublade auf.

»Aber ... aber ...«

»Aber, aber. Du klingst wie ein Roboter. Los, hol die Milch aus dem Kühlschrank, aber schnell. Ich setze mich jetzt zu Tante Anna und trinke in Ruhe eine Tasse Tee mit ihr.« Sie wies auf die liegen gebliebenen Papierpuppen. »Und ihr beide spielt schön weiter. Ihr könnt euch nachher noch verabschieden, ehe sie wieder geht.«

Verzweifelt guckte ich Fee an, aber sie starrte bloß stur auf den Boden. Auf jeder Wange hatte sie einen knallrosa Fleck. Wütend riss ich die Milchflasche heraus und knallte die Kühlschranktür zu. Entweder merkte Mama es nicht oder es war ihr egal. Ungerührt nahm sie mir die Milch aus der Hand, rauschte aus der Küche und schloss nachdrücklich die Tür hinter sich.

Bevor sie ging, steckte Tante Anna mir und Fee noch je einen knistrigen Fünf-Pfund-Schein und einen Schokoriegel zu.

»Danke«, sagten wir im Chor. Zögerlich machte ich einen Schritt auf sie zu, just als Mamas Arm sich unter meinen hakte und mich langsam, aber bestimmt zurückzog. Kaum hatte sich die Tür hinter Tante Anna geschlossen, stürmte Mama wieder in die Küche. Fee und ich flitzten ins Wohnzimmer, stützten die Hände aufs Fensterbrett und schauten Tante Anna nach, wie sie in ihr kleines rotes Auto stieg.

Dort blieb sie so lange reglos sitzen, dass ich mich schon fragte, ob sie wohl gerade all ihren Mut zusammennahm, um noch mal reinzukommen. Vielleicht könnten wir uns aber auch durchs Fenster quetschen, zu ihr ins Auto hopsen und mit nach Liverpool fahren? Schließlich schaute sie noch einmal hoch zum Haus und sah uns am Fenster. Sie lächelte und winkte. Wir winkten wie wild zurück, bis sie schließlich losfuhr. Dann drückte Fee meine Schulter und rannte nach oben.

Die Hände gegen die Scheibe gepresst, blieb ich am Fenster stehen, bis das kleine rote Auto verschwunden war.

Meinen Schokoriegel aß ich heimlich im Badezimmer und schob den Fünfer unter die Matratze. Ich hatte zwar keine Ahnung, wie weit ich damit kommen würde, aber ich war wild entschlossen, nach Liverpool zu fahren.

Immer wieder habe ich im Laufe der Jahre von Tante Anna geträumt. Manchmal läuft sie mir über einen Strand nach, ich strauchele, sie fängt mich auf, und just in dem Moment wache ich auf. Manchmal jage ich ihr auch nach, aber immer ist sie zu schnell für mich. Sie wird kleiner und kleiner und immer kleiner, bis sie nur noch ein winziger Punkt am Horizont ist, aber ich kann nicht anders, ich muss ihr immer weiter nachlaufen. Beide Träume sind gleichermaßen verstörend.

In den Wochen nach Tante Annas Besuch musste ich immer wieder daran denken, wie anders alles hätte ausgehen können, wäre ich doch bloß ein bisschen mutiger gewesen. Unerschrockener. Wenn ich mich nicht von Mamas Hand zum Schweigen hätte bringen lassen. Die Last der verpassten Chance wog schwer auf meinen Schultern. Immer musste ich an Liverpool denken. Wenn Fiona und ich allein waren, wollte ich über nichts anderes mehr reden.

»Willst du denn gar nicht hin? Willst du ihn überhaupt nicht sehen? Vielleicht könnten wir ja bei ihm bleiben«, sagte ich und setzte fast beiläufig hinterher: »In Liverpool.« Als könne es irgendeinen Zweifel daran geben, was ich wirklich meinte. Als wäre es eine Rückkehr in altvertraute Straßen, ich, ein Mädchen, das nie über die Stadtgrenzen von Glasgow hinausgekommen war.

»In Liverpool wäre das Leben auch nicht leichter.« Fiona verschränkte die Arme hinter dem Kopf und legte sich ausgestreckt ins Gras. Es war ein sonniger Tag. Mama hatte seit letztem Monat einen neuen Job im Pub um die Ecke und arbeitete den ganzen Tag. Sie hatte uns eine Liste geschrieben, was alles im Haushalt zu erledigen war, bevor sie nach Hause kam, *sonst* ... Aber sie unterschätzte uns. Wir waren schnell und gründlich und ein gutes Team, solange ich machte, was Fiona mir sagte. Die letzte Aufgabe für heute war es, die Wäsche an die Leine zu hängen. Ich sah zu, wie die vergilbten Kissenbezüge sich in der leichten Brise bauschten.

»Woher willst du das wissen?«, murrte ich. »Du weißt doch gar nicht, wie es ist, woanders zu wohnen.«

»Ich weiß mehr als du. Du bist nicht Annie, das kleine Waisenkind, und es gibt auch keinen Daddy Walton, der kommt und dich rettet.«

»Ich weiß, dass ich nicht Annie bin, und er heißt Daddy Warbucks.« Ich drehte mich auf die Seite und starrte das Profil meiner Schwester an. Wie ich sie um ihre Stupsnase beneidete. Mama meinte, ich hätte eine spitze Nase, wie eine Hexe. Fionas Himmelfahrtsnase zierten ein paar verstreute Sommersprossen, nicht zu viele, gerade genug. *Sonnenküsschen*, nannte Mama sie.

»Sie hat uns schon so lange«, brummte ich. »Jetzt ist er mal dran.«

»Meredith, sie würde uns nie gehen lassen.«

Ich zuckte mit den Schultern. »Wir könnten trotzdem gehen. Wir könnten auf der Stelle verschwinden. Sei nicht so feige.«

Fiona guckte mich mit zusammengekniffenen Augen an. »Wir sind nicht feige. Darum sind wir noch hier.«

Ich ließ mich auf den Rücken fallen und starrte in die Sonne, bis mir die Augen wehtaten.

»Liverpool ist bestimmt gigantisch groß«, sagte sie. »Viel größer als Glasgow. Wie sollen wir ihn da überhaupt finden?«

Sie hatte recht. Immer hatte sie recht. Ich hasste sie dafür. Irgendwas in meiner Brust wurde ganz hart. Vielleicht war es mein Herz, das langsam zu Stein wurde.

»Am liebsten würde ich die ganze Wäsche von der Leine reißen und darauf herumtrampeln«, schimpfte ich. »Ich will alles kurz und klein schlagen. Ihre Klamotten einfach verbrennen.«

»Was ziemlich blöd wäre«, wandte meine Schwester sachte ein. »Wie wäre es, wenn ich dir die Fingernägel lackiere? Du darfst dir auch die Farbe aussuchen.«

Sie sprang auf und hielt mir die Hand hin. Ich ließ mich von ihr auf die Füße ziehen. Sie war immer noch größer als ich, aber langsam schloss ich auf. Ich dackelte hinter ihr her ins Haus und fragte mich, ob sie mich wohl in alle Ewigkeiten herumkommandieren würde. Ob ich je würde selbst entscheiden dürfen.

Meine Schwester legte mir den Arm um die Schultern. »Vielleicht kommt er ja auch her und holt uns.« Keine von uns beiden glaubte daran, aber wir waren gut im So-tun-als-Ob.

Tag 1.405

Freitag, 24. Mai 2019

Barbara meint, ich habe bei unserem Gespräch das Heft in der Hand, aber das will ich gar nicht. Sie scheint nett zu sein, eine Frau mit großen braunen Augen, die irgendwie ein bisschen traurig gucken, selbst wenn sie lächelt. Sie trägt enge Jeans und eine weiße Bluse, bis oben hin zugeknöpft, eine kastige Strickjacke in knallbuntem Color Blocking und tolle weiße Schnürschuhe mit dicker Sohle. Die Haare sind grau mit silbrig hellen Strähnchen und raspelkurz geschnitten.

Gleich beim Reinkommen musste sie erst mal im Flur stehen bleiben, um Fred unter dem Kinn zu kraulen, das er ihr fordernd entgegenreckte. Sie erzählte mir, sie sei mit Katzen groß geworden, wohne aber mittlerweile mit einem Dalmatiner namens Doris zusammen. Das half, ein bisschen zumindest. Ich mag Menschen, die ihre Haustiere als Familienmitglieder sehen.

»Was für ein gewaltiger Schritt das für Sie gewesen sein muss, Meredith, sich an unsere Beratungsstelle zu wenden«, findet Barbara. »Ich weiß, das ist vermutlich gerade alles ein bisschen viel für Sie. Vielleicht macht Ihnen das auch Angst. Bitte denken Sie immer daran – was auch immer gerade in Ihnen vorgeht, ist vollkommen normal. Wenn Sie lieber über etwas anderes reden möchten, sehr gerne. Oder wir sitzen einfach bloß hier. Ich habe Zeit. Ich bin für Sie da, solange Sie mich brauchen.«

Der Druck in meiner Brust lässt ein bisschen nach. »Wie ist Doris so?«

Barbara lächelt. »Doris. Doris ist echt eine Marke. Ich habe sie als Welpe von einem Tierschutzverein adoptiert. Sie war nach einer Zwangsräumung in einer fast leeren Wohnung zurückgelassen worden. Mit einem Seil an den Bettpfosten gebunden. Keine Ahnung, was sie in ihren ersten Lebensmonaten erlebt hat, aber ich glaube, viel Zuwendung hat sie nicht bekommen – und Futter auch nicht. Rappeldürr war sie, als sie bei mir ankam. Inzwischen ist sie fünf und groß und stark wie ein Ochse. Sie ist zwar nicht die hellste Kerze auf der Torte, aber meine allerbeste Freundin.«

»Klingt sehr liebenswert.«

»Ist sie auch. Außer, sie liegt mit im Bett und furzt die ganze Nacht wie eine Wildsau.«

Wir müssen beide lachen.

»Fred ist ein halbes Jahr nach der Vergewaltigung bei mir eingezogen«, sage ich. Das Wort klingt seltsam aus meinem Mund, als versuchte ich mich zum ersten Mal an einer Fremdsprache und wisse nicht genau, wie man die Wörter richtig ausspricht.

»Und wie sind Sie an Fred gekommen?«

»Meine Freundin Sadie hat ihn aus dem Tierheim geholt. Ohne mich zu fragen. Sie dachte, er würde mir vielleicht guttun. Eines Tages stand sie unangemeldet mit einem großen Karton vor der Tür.«

»Hat er Ihnen denn gutgetan?«

»Ich weiß es nicht. Ich meine, er ist der weltbeste Mitbewohner, und ich habe ihn schrecklich gerne um mich. Aber er ist mir nicht unbedingt eine große Stütze dabei, das Haus zu verlassen. Gassigehen oder so muss er ja nicht.«

Und just in dem Moment wird mir alles klar, und ich bin Sadie unendlich dankbar für die umsichtige Auswahl meines Haustiers. Sie wollte mich nicht zu irgendwas zwingen oder drängen. Sie wollte mir einfach nur was Gutes tun. Ein bisschen pelzig verpackte Liebe ins Haus bringen.

»Wobei, eigentlich tut er mir sehr gut. Ungeheuer gut sogar«, gestehe ich Barbara mit Tränen in den Augen.

»Das ist schön. Tiere sind halt die besten Therapeuten.«

Und dann sitzen wir noch eine Weile einträchtig beisammen und trinken schweigend unseren Tee.

Die Uhr in der Küche tickt, die Waschmaschine summt und brummt.

»Wie machen Sie eigentlich, was Sie machen?«, frage ich Barbara zwischen zwei Tassen Tee. Ich vergesse immer, meinen zu trinken. Dann wird er kalt, und obenauf bildet sich so ein fieser Film, und es sieht aus wie ein veralgter Tümpel. Ich stehe auf, um frisches Teewasser aufzusetzen, froh um die kleine Ablenkung. Sie trinkt ihren Tee ohne Milch und Zucker. Wie ein Bauarbeiter.

»Wie meinen Sie das?« Ihre Stimme bleibt freundlich, aber irgendwas ist da in ihren Augen. Sie will nicht vom Thema ablenken.

»Ist das nicht schrecklich? Immer über solche Dinge reden zu müssen?«

»Sicher, schön ist das nicht. Aber so schwer es mir manchmal auch fällt, das ist nichts dagegen, was Sie und all die anderen mutigen Frauen und Männer, die mir ihre Geschichten erzählen, durchgemacht haben.«

»Sie müssen doch schlimme Sachen zu hören bekommen. Ich meine, so richtig, richtig schlimm.«

»Meredith, was Ihnen zugestoßen ist, war richtig schlimm.«

»Aber im Vergleich doch eigentlich auch nicht. Ich wurde nicht geschlagen. Ich wurde nicht mitten in der Nacht in eine dunkle Gasse gezerrt. Ich wurde nicht halbtot liegen gelassen. Sie müssen doch bestimmt schon mit Menschen gesprochen haben, denen das alles zugestoßen ist.«

»Sie können Ihre eigenen Erfahrungen nicht mit denen anderer Menschen vergleichen. Ihnen ist Schreckliches angetan worden, Punkt. Wir führen hier keine Rangliste der Abscheulichkeiten. Traumata sind komplex und zutiefst persönlich. Ich bin für Sie da und möchte Sie unterstützen und Ihnen helfen, das Erlebte zu verarbeiten – ganz gleich, was Ihnen auch zugestoßen ist.«

Mit einer frischen Tasse Tee setze ich mich wieder zu ihr. »Ich hätte ihn aufhalten müssen. Ich habe es einfach zugelassen. Ich hätte schreien sollen oder ihn wegstoßen. Ich habe es gar nicht erst versucht.«

»Meredith, Sie sind nicht allein mit derlei Gedanken. Viele Opfer sexualisierter Gewalt geben sich selbst die Schuld, vor allem dann, wenn sie den Täter kennen. Lucas hat Sie vergewaltigt. Daran gibt es nichts zu rütteln.«

Meine Wangen brennen plötzlich vor Scham. Ich möchte überall sein, nur nicht hier, am Tisch neben dieser Frau, von der ich nichts weiter weiß, als dass sie einen Dalmatiner namens Doris hat und ihren Tee schwarz trinkt.

In Gedanken versuche ich, Fred, der bestimmt lang ausgestreckt auf meinem Bett liegt und gerade ein kleines Nickerchen hält, eine telepathische Nachricht zu senden. Ich will, dass er herkommt und mir um die Knöchel streicht oder auf den Schoß springt. Das macht er sonst ständig. Eigentlich nichts Besonderes. Aber just in diesem Moment kann ich mir nichts Schöneres vorstellen. Ich brauche irgendwas, das mich hier rausholt, weg von der Vergangenheit.

»Es ist ganz normal, an sich zu zweifeln. Es ist normal, sich selbst die Schuld zu geben. Der Angriff gegen Sie liegt schon länger zurück. Viel Zeit für Schuldgefühle und Selbstvorwürfe.«

Ich bin müde. Am liebsten würde ich die Treppe hochkriechen und mir die Bettdecke über den Kopf ziehen.

»Er ist gewaltsam in mich eingedrungen. Er hat mir ein Geschirrtuch auf den Mund gepresst. Es ging alles ganz schnell.«

Es ist, als stünde ich neben mir. Fast fühlt es sich wie ein Jetlag an. Den hatte ich erst einmal im Leben, als ich mit Anfang zwanzig von einer Kanadareise zurückgekommen bin. Ich erinnere mich noch gut an die Übelkeit, die Erschöpfung, die mich in Wellen überkam, und das Gefühl nasser Watte im Kopf. Ich bin kaputt.

»Haben Sie damals überlegt, zur Polizei zu gehen?« Ich bin heilfroh, dass Barbara das Gespräch auf etwas anderes bringt.

Ich schüttele den Kopf. »Er war – ist – der Mann meiner Schwester. Ich weiß, ich hätte hingehen sollen. Ich kann das nur schwer erklären. Tut mir leid.«

»Sie brauchen sich nicht zu entschuldigen, Meredith«, sagt Barbara, nicht zum ersten Mal, seit wir uns vor inzwischen beinahe drei Stunden an meinen Küchentisch gesetzt haben. »Auch hier ist Ihre Reaktion absolut normal. Viele Vergewaltigungsopfer zeigen den Täter nicht an. Insbesondere dann nicht, wenn sie den Täter kennen. In Ihrem Fall kann ich sehr gut nachvollziehen, warum Sie nicht zur Polizei gegangen sind.«

»Können Sie?«

»Ja. Absolut. Haben Sie irgendwem davon erzählt?«

»Sadie – meiner Freundin, die mir Fred mitgebracht hat.«

»Wann haben Sie es ihr gesagt?«

»Gleich am nächsten Morgen. Eigentlich waren wir zum Mittagessen verabredet. Ich habe sie angerufen und wollte absagen, da ist es mir einfach so rausgerutscht. Ich wollte es ihr gar nicht sagen. Ich konnte ja selbst kaum glauben, was da passiert war.«

»Und was hat Sadie gemacht?«

»Sie ist hergekommen, auf der Stelle. Hat mir die Pille danach mitgebracht – sie ist Krankenschwester. Hat Fotos gemacht von den blauen Flecken an meinen Armen und versucht, mich zu überreden, dass ich zur Polizei gehe.«

»Sind Sie aber nicht.«

Ich schüttele den Kopf. »Ein paar Wochen später habe ich es meiner Mutter und meiner Schwester gesagt.«

»Wie haben die reagiert?«

»Sie wollten mir nicht glauben.«

Die Worte hallen lange nach. Barbaras Blick verdunkelt sich.

»Fee – meine Schwester –, sie glaubt mir inzwischen. Es ist kompliziert. Er ist kein netter Mensch.«

»Sie sind wirklich mutig, Meredith.«

Wie gern will ich ihr das abnehmen. Vielleicht eines Tages.

»Eigentlich sind Sie nur wegen Fee hier«, erkläre ich ihr. »Er hat sie verprügelt, und sie hat ihn bei der Polizei angezeigt, und die haben uns einen Stapel Broschüren hiergelassen. Unter anderem auch die von Ihrem Verein.«

»Meredith, es ist noch nicht zu spät.« Ihre Stimme klingt plötzlich anders, drängender. »Vergewaltigungen kann man auch Jahre später noch anzeigen, ganz gleich, wie lange sie schon zurückliegen. Wir würden Ihnen jemanden an die Seite stellen, der Sie durch das gesamte juristische Prozedere begleitet.«

»Ich überlege es mir«, sage ich zu ihr. »Wirklich.«

Der Himmel ist dunkel, als sie wieder geht, aber es liegt so eine Leichtigkeit in der Luft, ein kleiner Vorgeschmack auf den kommenden Sommer. Ich höre Autos in der Ferne, und irgendwo ganz in der Nähe weint ein Baby. Ansonsten ist alles still. Nichts, was einem Angst machen müsste.

»Ich bringe Sie noch zum Auto«, sage ich unvermittelt.

»Danke«, sagt sie.

Es erscheint mir so selbstverständlich, mich bei ihr unterzuhaken, dass ich gar nicht darüber nachdenke. Und so schlendern wir also Arm in Arm den Gartenpfad hinunter. Eine leichte Brise weht mir in den Nacken, der bloß ist, weil ich die Haare zum Pferdeschwanz hochgebunden habe. Erst nach etlichen Schritten fällt mir auf, dass ich gar keine Schuhe anhabe und meine Socken pitschnass werden. Barbara hat nichts davon mitbekommen – oder es ist ihr egal, ich bin schließlich eine erwachsene Frau und kann in Strümpfen auf der Straße herumlaufen, solange ich will –, also spaziere ich unbeirrt weiter.

»Meinen Sie, Sie schaffen das, Meredith?«

»Ja«, versichere ich ihr. »Meine Freundin Celeste kommt morgen früh vorbei. Sie bringt mir Kalligraphieren bei.«

»Eine schöne Beschäftigung für einen Samstag«, meint Barbara. Sie drückt ganz kurz meinen Arm und zieht ihren dann behutsam fort. Ich sehe zu, wie sie das Auto aufschließt und die große Tasche auf den Rücksitz stellt. Ich stehe in nassen Socken auf dem Bürgersteig vor meinem Haus, und mein Atem geht ganz ruhig, mein Herz schlägt ganz gleichmäßig.

»Passen Sie gut auf sich auf, Meredith. Sie wissen ja jetzt, wie Sie uns erreichen, sollten Sie uns brauchen. Sie können jederzeit anrufen. Und schauen Sie sich die Infobroschüren mal an, die ich Ihnen dagelassen habe. Es gibt so viele verschiedene Möglichkeiten, sich Unterstützung zu holen: Beratung, Gruppentherapie ... Überlegen Sie es sich.«

Ich nicke. Ich werde es mir überlegen. Und in dem Moment geht mir auf, dass ich Barbara mit den traurigen Augen und der kastigen Strickjacke vermutlich nie wiedersehen werde. Vielleicht laufen wir uns irgendwann mal im Supermarkt über den Weg, wobei ich, glaube ich, noch nicht so weit bin, das Online-Shopping endgültig dranzugeben. Aber so wie heute wird es nie wieder. Ich habe ihr ein Stück von meinem Herzen anvertraut, ein Stück, das niemand sonst hat. Ich weiß, sie wird gut darauf achtgeben.

Sie bleibt kurz stehen, ehe sie ins Auto steigt. »Meredith, sollten Sie die Polizei einschalten wollen, werden wir alles tun, um Sie zu unterstützen. Die Ermittlungen würden genau so ablaufen, als wäre es erst gestern passiert.«

»Ich weiß«, sage ich. Und ich weiß auch, dass die Ermittlungen vermutlich im Sande verlaufen werden. Es gibt keine gerichtlich verwertbaren Beweise, keine Zeugen. Mein Wort stünde gegen seins. Und augenblicklich weiß ich nicht, ob ich seine Ausflüchte ertragen würde. Ich versuche gerade, mir meine Welt neu aufzubauen, und will nicht, dass er sie gleich wieder einreißt.

»Ich bin sehr stolz auf Sie«, sagt Barbara, als könne sie Gedanken lesen.

»Ich bin auch stolz auf mich«, sage ich, und wir müssen beide lachen. Es wird Zeit, sich zu verabschieden, aber sich einfach die Hand zu geben kommt mir irgendwie komisch vor. Und weil wir anscheinend beide denselben Gedanken haben, nehmen wir uns kurz in die Arme.

Als Barbara dann schließlich fort ist, bleibe ich noch eine ganze Weile auf dem nassen Gehweg stehen und suche hinter den Wolken nach dem Mond.

Tag 1.406

Samstag, 25. Mai 2019

Ich wache vor Tagesanbruch auf, aber noch will die Nacht nicht weichen. Ich bin schweißgebadet, die Bettdecke klebt zusammengeknüllt zwischen meinen Beinen. Und ehe ich mich wehren kann, überfällt mich wieder der Traum von vorhin. Ich bin auf Celestes Party, aber ich finde sie nirgends. Ich laufe herum, halte Ausschau nach dem adretten Bob und dem Zahnlückelächeln, und werde immer hektischer, bis ich schließlich anfange zu rennen, genauso schnell, wie mein Herz rast. Ich renne und renne, und die Leute lachen, und dann ist da plötzlich ein großer Schuh, und ich segele im hohen Bogen hin. Der Schuh gehört Lucas, der über mir steht und lacht, lauter als alle anderen.

Ich reiße das Schlafzimmerfenster auf und atme tief die frische Luft ein. Dann rufe ich Fee an, aber von meinem Traum sage ich ihr nichts. Lieber erzählen wir uns die Geschichte, wie wir uns einmal gegenseitig die Haare mit bunten Sprühfarben färben wollten und ich danach wochenlang mit lila Ohren herumgelaufen bin.

Tag 1.408

Montag, 27. Mai 2019

Ich stehe am Küchenfenster, schaue in den Garten und denke an gar nichts, als ich sie sehe. Kleine Vögel über den Zaun hüpfen zu sehen ist nicht weiter ungewöhnlich. Aber noch nie habe ich einen mit quietschgrünen Federn und pfirsichfarbenem Köpfchen gesehen, geschweige denn gleich zwei. Zumindest nicht in freier Wildbahn.

Ich kann den Blick einfach nicht von ihnen wenden. Hingerissen sehe ich zu, wie sie, dicht an dicht, umeinander tanzen. Die Farben erinnern mich an Lutschbonbons aus der Blechdose.

Irgendwo habe ich mal gelesen, Schwäne seien einander ein Leben lang treu. Ich weiß nicht, ob das womöglich auch für andere Vogelarten gilt, aber diese beiden scheinen wahrhaft unzertrennlich. Sobald einer davonhopst, hüpft der andere ihm hinterher. Ich warte, bis sie zu mir rüberschauen, und schieße schnell ein Foto, wie sie aneinandergekuschelt dasitzen – nicht ganz scharf, aber in leuchtenden Farben. Ich weiß nicht, wer sich mehr dafür begeistern würde, Tom oder Celeste, also schicke ich das Foto einfach an beide.

Celeste antwortet innerhalb von Sekunden: *Ohhhhh! Sind das Unzertrennliche?*

Ich muss lächeln. Typisch Celeste.

Ich trinke zwei Tassen Tee und sehe den Vögeln zu, bis Fred mir um die Knöchel streicht und nach Futter verlangt. Ich fülle seine Näpfe und stelle einen Topf Wasser auf den Herd. Ich habe den Vögeln so lange zugeschaut, dass ich das Risotto, das ich eigentlich zum Abendessen kochen wollte, ganz vergessen habe. Also gibt's stattdessen Pasta. Ich schnappe mir ein Glas Pesto aus dem Schrank und schneide eine Handvoll Pilze in Scheiben. Alle paar Minuten spähe ich nach draußen und vergewissere mich, dass die beiden Vögel noch da sind. Ich habe Angst, sie könnten davonfliegen, sobald ich sie aus den Augen lasse.

Ich esse gerade meine Pasta, vor dem Fenster natürlich, als mein Handy summt.

Es ist Tom. *Die sehen aus wie Unzertrennliche!*

Hat Celeste auch gesagt, denke ich.

Eine rasche Internetsuche, und ich erfahre, dass Unzertrennliche eine kleine Papageiengattung sind. Ich bin ganz aufgeregt, als ich auf das Bild klicke – die sehen genauso aus wie die Vögel auf meinem Zaun. Vielleicht sollte ich ein Futterhäuschen für sie kaufen, damit sie hierbleiben.

Widerstrebend reiße ich mich schließlich von den Vögeln los und mache mich an die Arbeit. Eine Stunde später, als ich in die Küche gehe, um mir noch einen Tee zu kochen, sind sie verschwunden.

Später, ich mache mich gerade bettfertig, kommt noch eine Nachricht von Tom.

Du rätst nie, was ich eben gefunden habe.

Ich will ihm schon antworten, dass ich zu müde bin zum Rätselraten, da schickt er mir den Link zu einer Nachrichtenseite.

Exotische Papageien bringen die Liebe nach Glasgow

11. März 2018

Schottische Vogelbeobachter schauen derzeit noch gebannter als sonst in den Himmel, nachdem in etlichen Gärten im Glasgower East End mehrere Unzertrennliche mit ihrem typisch giftgrünen Gefieder und den pfirsichfarbenen Köpfen gesichtet wurden.

Bei den Papageien handelt es sich vermutlich um entflogene Haustiere, die aufgrund des reichhaltigen Nahrungsangebots der zahllosen Vogelfutterhäuschen in freier Wildbahn überleben konnten. Experten versuchen nachzuverfolgen, wo die exotischen Vögel sich bevorzugt aufhalten.

Denise Prentice, Pressesprecherin der Schottischen Ornithologen-Vereinigung, sagte, eine erste Sichtung der Vögel habe es im September 2017 gegeben – und dass es sich womöglich um bis zu sechs Exemplare handelt. »Wir staunen nicht schlecht, dass es diesen exotischen Vögeln hier im Westen Schottlands gelingt, ihre Brut aufzuziehen«, sagte Prentice. »Nur sehr wenige Papageienarten haben bisher in Großbritannien erfolgreich in freier Wildbahn gebrütet, und noch nie nördlich der Grenze.«

Die Unzertrennlichen, die sich von Beeren, Sämereien und Knospen ernähren, werden in Gefangenschaft bis zu fünfzehn Jahre alt. Ihren Namen verdanken sie ihrem monogamen Bindungsverhalten und der Tatsache, dass die Vogelpaare am liebsten ganz nahe beieinandersitzen.

Jetzt fühle ich mich aber geehrt!, schreibe ich Tom zurück und schicke dann den Artikel an Celeste weiter.

Du bist halt was Besonderes, antwortet er.

Wow, Mer – du bist was ganz Besonderes!, schreibt Celeste.

Ich muss so laut lachen, dass Fred den Kopf von den Pfoten nimmt und mich vorwurfsvoll anstiert.

»Du würdest es nicht verstehen«, sage ich zu ihm und steige ins Bett.

WEEJAN: Wie geht's euch allen heute Morgen?
RESCUEMEPLZ: Ging schon besser, wenn du mich so fragst.
PUZZLEGIRL: Was ist los, Gary?
RESCUEMEPLZ: Ich habe mich gestern mit meinem Bruder getroffen. Wir waren Burger essen.
PUZZLEGIRL: Und, nicht so gut gelaufen?
RESCUEMEPLZ: Nicht so richtig. Er hat mich gefragt, ob ich immer noch meine Happy-Pillen nehme. Ich habe Ja gesagt. Da hat er gelacht.
WEEJAN: Klingt nach meinem Ex-Mann.
RESCUEMEPLZ: Ich will doch bloß, dass er es versteht. Aber er versucht es nicht mal. Für meine Familie bin ich ein Witz.
PUZZLEGIRL: Für uns nicht.
WEEJAN: Ich finde dich nicht mal witzig.
PUZZLEGIRL: Ich hasse es, wenn man sie Happy-Pillen nennt. Als wären sie ein wundersames Allheilmittel. Schön wär's ...
WEEJAN: Ja, oder?
RESCUEMEPLZ: *If you're happy and you know it clap your hands*
PUZZLEGIRL: Ich klatsche in die Hände!
WEEJAN: LOL! Ich auch.
RESCUEMEPLZ: *If you're happy and you know it stomp your feet*
PUZZLEGIRL: Stampf, stampf!
WEEJAN: Mit den Füßen stampfen ist mir zu anstrengend. Kann ich lieber noch mal klatschen?
RESCUEMEPLZ: Ach, du nun wieder.
PUZZLEGIRL: Und was kommt nach den Füßen?
WEEJAN: Mit dem Kopf nicken?

PUZZLEGIRL: Hm, ich glaube nicht. Ich google mal schnell.
RESCUEMEPLZ: *verdreht die Augen*
PUUZLEGIRL: *If you're happy and you know it shout hooray!*
WEEJAN: Hurra!
RESCUEMEPLZ: Hurra!
PUZZLEGIRL: Das könnt ihr noch besser!
WEEJAN: HURRA!!!!
RESCUEMEPLZ: HURRA!
PUZZLEGIRL: Gary, geht's dir ein bisschen besser?
RESCUEMEPLZ: Tatsächlich. Aber nur, weil ihr beiden so was von plemplem seid.
PUZZLEGIRL: Du hast angefangen.
RESCUEMEPLZ: Touché. Aber danke.
WEEJAN: Stets zu Diensten.
PUZZLEGIRL: Gerne wieder. 😊

Tag 1.413

Samstag, 1. Juni 2019

Zuerst meine Liste. Vorbereitung ist alles.

Zwiebeln
Hafermilch
Pfirsiche/Nektarinen
Toilettenpapier
Spüli

Vor zwei Tagen bin ich bis ans Ende der Straße gelaufen. An der Ecke bin ich dann stehen geblieben und habe mich umgeschaut. Mein Blick ging über eine Häuserzeile: alle meinem eigenen Häuschen ganz ähnlich, aber jedes irgendwie auch ein bisschen anders, und mal größer, mal kleiner. Ich habe die geparkten Autos nach Farben eingeteilt – vier schwarze, zwei weiße, ein silbernes, drei rote, ein blaues –, bis ich auf die Entfernung die genaue Farbe nicht mehr erkennen konnte. Auf dem Weg zur Ecke ist mir niemand begegnet, aber auf dem Rückweg kam mir ein Mann mit einem kleinen Hund entgegen. Plötzlich war da wieder was in meiner Brust, aber ich habe mir gesagt, das ist bloß Freude, keine Panik, und habe ruhig weitergeatmet, wie Diane es mir gesagt hat.

Ich bin ein bisschen langsamer gegangen, aber ohne stehen zu bleiben – wie hätte das denn ausgesehen. Habe ihm ein bisschen Platz gemacht auf dem Bürgersteig, um ihn vorbeizulassen. Und war froh, dass er den Hund dabeihatte – so wusste ich wenigstens, wo ich hingucken soll. Er hatte krauses rotes Fell und Schlappohren.

»Hallo«, sagte der Mann.

Ich schaute auf und sah gerade noch sein Gesicht. Grau melierte Haare und ein langes Kinn. Er lächelte.

»Hallo«, sagte ich.

»Einen schönen Tag noch«, sagte er.

»Ihnen auch«, erwiderte ich.

Ich hatte schon ganz vergessen, wie nett Menschen sein können. Den ganzen restlichen Tag kann ich mich auf nichts anderes mehr konzentrieren. Immer muss ich an den Mann mit den grau melierten Haaren und den Hund mit den Schlappohren denken.

Gestern bin ich ein bisschen weiter gelaufen. Ich bin immer weiter gegangen, bis ich sehen konnte, wo die Häuserreihe aufhört und die kleine Ladenzeile beginnt. Es gibt einen Zeitungskiosk, einen klitzekleinen Lebensmittelladen, einen Friseur für Menschen und einen für Hunde. Man konnte die Leute drinnen zwar sehen, aber von hier draußen wirkten sie wie gesichtslose, fließende Schatten.

Es war ein warmer Tag. Ich habe den Kopf in den Nacken gelegt, das Gesicht in die Sonne gereckt und die angenehm warmen Strahlen auf der Haut genossen. Es fühlte sich genauso an wie auf meiner Türschwelle zu Hause oder am Ende des Gartenpfads, und doch irgendwie anders.

Auf dem Nachhauseweg bin ich an zwei Teenagern vorbeigekommen, einem Jungen und einem Mädchen. Beide schauten auf ein Handy und lachten. Das Mädchen stupste den Jungen mit dem Ellbogen in die Rippen, und er krümmte sich vor Lachen. Dann zeigte sie ihm noch was auf dem Handy. Verstohlen schaute ich in ihre Gesichter, aber keiner von beiden sah mich an. Ich atmete aus.

Heute ist der große Tag. Rasch versuche ich noch, alles zu visualisieren, ehe ich aus dem Haus gehe, wie von Diane empfohlen, aber verfranze mich, als ich mir die Aufteilung des Lebensmittellädchens vorzustellen versuche. Ich muss es einfach drauf ankommen lassen. Sollte ich die Zwiebeln nicht finden, ist das nicht das Ende der Welt. Mein Einkaufszettel ist ohnehin mehr eine Requisite. Ich habe genug Vorräte im Haus, um wochenlang zu überleben.

Ich habe mir lange den Kopf zerbrochen, was ich heute anziehen soll. Schwarze Leggings und Turnschuhe des Tragekomforts wegen. Ein weißes Longsleeve – locker und atmungsaktiv. Eigentlich wollte ich noch ein Hoodie drüberziehen, aber es ist ziemlich warm, und ich will nicht allzu sehr ins Schwitzen kommen. Und so gerne ich auch einen Kapuzenpulli tragen würde, damit würde ich höchstens ungewollte Aufmerksamkeit auf mich ziehen. Leute mit Hoodie werden immer misstrauisch beäugt, warum auch immer. Also entscheide ich mich schließlich für die Jeansjacke, die hat mehr als genug Taschen für Einkaufszettel, Bankkarte, Telefon und Schlüssel. Ich will nicht umständlich in einer Handtasche herumkramen müssen.

Vor dem Spiegel im Flur bürste ich mir die Haare, bis sie fast elektrisch sind. Dann vergewissere ich mich, dass ich nichts zwischen den Zähnen habe – unwahrscheinlich, zum Mittagessen gab es Suppe, aber man weiß ja nie –, und trage ein wenig Lippenbalsam auf. Er schmeckt nach Minze und kribbelt ein bisschen.

Ich drehe mich um, mache die Haustür auf und gehe los.

Eine Reise von tausend Meilen beginnt mit einem einzigen Schritt, hat Diane mir gestern Abend in einer E-Mail geschrieben. Ich bin mir nicht sicher, ob sie weiß, wer das gesagt hat – ich hoffe sehr, sie will es nicht als ihr geistiges Eigentum ausgeben. Zugegeben, ich musste auch erst noch mal googeln – eigentlich dachte ich, es war Konfuzius, aber nein, es war sein Zeitgenosse Laotse.

Meine Reise ist keine tausend Meilen lang. Vermutlich eher eine halbe Meile hin und zurück.

Ich habe einen Knoten im Magen, aber das ist ja nichts Neues. Nur, dass er sich heute irgendwie anders anfühlt. Manchmal ist er wie ein fest verschnürter Ball aus Gummibändern. Dehnt man eins der Bänder so sehr, dass es reißt, fliegt einem alles um die Ohren. Aber heute ist da so ein angenehmes Gefühl der Schwere. Womöglich erdet der Knoten mich sogar, hilft mir, mit beiden Beinen auf dem Boden zu bleiben.

Es ist Samstag, der vermutlich hektischste Einkaufstag der Woche. Als ich Diane gesagt habe, was ich vorhabe, hat sie ein ganz ernstes Gesicht gemacht.

»Sicher, dass das eine so gute Idee ist? Vielleicht wäre ein ruhigerer Wochentag für den Anfang besser?«

»Ich will ja nicht am letzten Vorweihnachtswochenende in die Innenstadt«, sagte ich zu ihr. »Ich glaube, das kriege ich hin.«

Ich hatte keine Ahnung, ob ich es hinkriegen würde. Aber ich wollte es selbst entscheiden, nicht Diane.

»Sie haben meine Nummer«, sagte sie. »Ich bleibe neben dem Telefon. Rufen Sie mich an, wenn Sie jemanden zum Reden brauchen. Oder ich rede und Sie hören einfach zu.«

»Danke«, sagte ich.

Ich stecke die Hand in die Tasche, und meine Finger schließen sich um das Handy.

Auf der anderen Straßenseite bummelt Arm in Arm ein Pärchen vorbei. Ein Stückchen die Straße hinunter geht vor mir eine Frau mit Kinderwagen. Sie scheint recht zügig unterwegs zu sein. Wenn ich in diesem Schneckentempo weitergehe, hole ich sie nicht mehr ein. Davon abgesehen ist die Straße menschenleer. Ich frage mich, wie viele der Häuser gerade genauso leer sind. Was macht man so am Samstagnachmittag? Sich auf einen Kaffee treffen, mit den Kindern ins Schwimmbad oder mit Freunden ins Kino gehen. Rumjammern, dass man nichts mit sich anzufangen wisse, wo einem doch eigentlich die ganze Welt offen steht.

Verstohlen schaue ich zum nächsten Haus. Es hat eine blaue Haustür mit je einem kleinen Topf orange blühender Blumen links und rechts der Treppe. Das danach hat ein Vogelbad auf den Steinplatten vor dem Erkerfenster. Ich frage mich, wo die Unzertrennlichen mit ihren Pfirsichköpfchen wohl hingeflogen sind.

Auch die nächsten zehn Häuser schaue ich mir heimlich im Vorbeigehen an und überlege mir, wer wohl dort in den Betten schläft, in der Küche kocht, die Vorhänge zuzieht und abends die Türen abschließt. Hin und wieder erhasche ich einen flüchtigen Blick auf jemanden im Haus und gucke ganz schnell weg. Ich will nicht irgendwann die komische Eule sein, die anderen Leuten ins Fenster glotzt.

Ich bin schon fast an dem Haus mit der schwarzen Tür. Um die oberen Fenster hängen Lichterketten – keine Ahnung, ob das ein Überbleibsel der Weihnachtsbeleuchtung ist oder ob die das ganze Jahr dort blinken, aber mir gefällt's.

Das Haus mit der schwarzen Tür und den Lichterketten ist das letzte in der Straße. Ich atme tief durch und lege eine Hand unten auf den Bauch. Der Knoten ist noch da, unversehrt. Zeit zum Einkaufen.

Die junge Frau hinter dem Tresen schaut nicht mal auf, als ich die Tür aufstoße. Meine Hand, die sie aufdrückt, ist ein bisschen klammer als eben noch. Rasch gehe ich nach hinten durch und ziehe den Einkaufszettel aus der Tasche.

Zwiebeln
Hafermilch
Pfirsiche/Nektarinen
Toilettenpapier
Spüli

Wie es der Zufall so will, stehe ich direkt neben dem Toilettenpapier, also nehme ich eine Packung aus dem Regal. Noch ein paar Schritte, und ich stehe vor dem Geschirrspülmittel. Ich hätte mir ein Körbchen mitnehmen sollen. Beim Gedanken daran, ein Dutzend Pfirsiche über den Boden kullern zu lassen, wird mir ganz flau. Ich schaue wieder auf die Liste. Eins nach dem anderen.

In der kleinen Obstabteilung steht noch ein anderer Kunde – ein groß gewachsener Mann mit Kappe und Baggy Jeans. Langsam gehe ich auf ihn zu, Toilettenpapier und Spüli fest an die Brust gedrückt.

Er entscheidet sich derweil für eine Banane. Ich sehe, wie er sie in die Hand nimmt, und muss daran denken, was Fee früher immer gesagt hat. *Ist das eine Banane oder freust du dich bloß, mich zu sehen?*

Ich frage mich, was sie wohl gerade macht. Vielleicht rufe ich sie nachher mal an.

»Alles klar?« Der Mann mit der Banane wartet meine Antwort gar nicht ab und geht.

»Alles klar«, erwidere ich.

Es gibt weder frische Pfirsiche noch Nektarinen. Ich könnte

Dosenpfirsiche kaufen, greife aber stattdessen zu einer Banane. Die könnte ich gleich auf dem Heimweg mümmeln. Ich habe Hunger, wie ich jetzt merke. Für diese Expedition hätte es mehr gebraucht als nur ein Süppchen zum Mittagessen. Ich komme mir richtig verwegen vor, einfach so vom Einkaufszettel abzuweichen. Ich schaue mich um, was mir sonst noch ins Auge fällt. Es gibt einen Aufsteller mit frischen Donuts, der letztes Mal noch nicht da war, und eine ganze Abteilung mit gluten-, laktose-, milch- und sojafreien Produkten. Ich entscheide mich für einen Fudge Donut und ein Knuspermüsli, das ich auf der Tesco-Seite noch nie gesehen habe. Ich brauche noch Zwiebeln für das Pfannengemüse, das ich heute Abend machen will. Davon gibt es, im Gegensatz zu Pfirsichen, mehr als genug. Ich suche zwei unversehrte heraus und tausche die eine dann noch mal aus. Wenn ich noch mehr brauche, kann ich ja wiederkommen.

Ich war so in Gedanken, dass ich gar nicht auf die junge Frau geachtet habe, die hinter dem Tresen hervorgekommen ist und nun auf mich zusteuert. Ich sehe sie erst, als sie schon fast neben mir steht.

»Kann ich Ihnen helfen?« Die langen blonden Haare sind zu einem Dutt oben auf dem Kopf hochgesteckt, und in einer Augenbraue blitzt ein Metallstäbchen.

Ich glotze erst sie an, dann meinen Einkaufszettel. »Haben Sie Hafermilch?«

»Hmmm, ich glaube nicht«, sagt sie. »Moment, ich schau mal eben nach.«

Brav bleibe ich neben den Zwiebeln stehen und warte, bis sie wiederkommt. Eine Frau und ein kleiner Junge mit einem großen Spielzeugsaurier betreten den Laden.

Die Frau sieht, wie ich rübergucke, und lächelt. »Ohne den geht er nicht aus dem Haus.«

Ich lächele zurück. »Kann ich verstehen.«

Die Frau mit dem Dutt ist wieder da. Siegesgewiss hält sie einen Getränkekarton in die Höhe. »Ginge Mandelmilch auch? Hafermilch ist leider aus, aber am Dienstag müsste die neue Lieferung kommen. Wenn Sie möchten, lege ich Ihnen was davon zurück.«

»Mandelmilch ist prima.« Erleichtert nehme ich den Karton entgegen. »Danke.«

»Gern geschehen.« Sie geht weiter zu der Frau und dem kleinen Jungen.

Währenddessen drehe ich noch eine Runde durch den Laden und sehe mich neugierig um. Ich nehme Pilze mit und ein Päckchen getrockneter Cranberrys und gehe dann zur Kasse. Die Frau und der kleine Junge sind schon wieder weg. Jetzt sind nur noch ich und die Frau mit dem Dutt da.

»Machen Sie heute was Schönes?«

»Ähm, weiß nicht«, antworte ich wahrheitsgemäß. »Vielleicht backe ich noch was.«

»Cool«, sagt sie. »Haben Sie einen Beutel mit?«

Ich gucke sie mit großen Augen an. »Ähm ... nein.«

»Die Plastiktüten kosten fünf Pence«, sagt sie.

»Klar«, erwidere ich rasch. »Sicher.«

Ich schaue zu, wie sie meine Einkäufe in die Fünf-Pence-Tüte packt. Im letzten Augenblick greife ich nach einem neuen Schokoriegel, den ich noch nie gesehen habe, und reiche ihn ihr. Als es ans Zahlen geht, stecke ich die Karte erst falsch herum in das Gerät und werde ein bisschen hektisch. Ich versuche es noch mal, und dann klappt es. »Nein danke, den Kassenbon brauche ich nicht«, sage ich.

»Schönen Tag noch«, verabschiede ich mich, ehe ich mich zum Gehen wende. Unsere Blicke treffen sich, und erst da bemerke ich, was für atemberaubend schöne Augen sie hat, grünbraun mit gelben Sprenkeln.

»Merci. Gleichfalls«, sagt sie.

Die Tüte in der Hand, marschiere ich aus dem Laden und überlege, irgendwen anzurufen – Sadie oder Tom oder Celeste oder sogar Diane –, entschließe mich aber dann, lieber damit zu warten, bis ich wieder zu Hause bin. Ich möchte diesen Moment noch ein bisschen genießen.

Draußen stelle ich die Tüte auf den Gehweg und schäle meine Banane. Die ist genau, wie sie sein sollte, gelb und reif – viel besser als die Bananen vom Lieferdienst, die immer erst vier Tage im Obstkorb liegen müssen, ehe sie genießbar sind.

»Meredith – bist du's?«

Ich höre sie, ehe ich sie sehe, weil ich gerade für nichts anderes Augen habe als für meine Banane. Keine Ahnung, wer das ist, eine ältere Dame im schicken roten Mantel.

»Tatsächlich, du bist es! Ich habe dich ja ewig nicht mehr gesehen!«

Ich lächele und halte linkisch die Banane hoch, die ich, weil geschält, nicht einfach wieder in die Tüte stecken kann. »Hallo … wie geht's?«

»Ich bin's, Marie – Marie Rossiter. Mrs Rossiter.«

Siebte Klasse, Geschichte. »Mrs Rossiter … wow. Entschuldigen Sie, ich habe Sie gar nicht wiedererkannt.«

»Ach, nicht schlimm, Liebes. Ich bin ja auch viel älter als damals!« Sie lacht. »Du aber auch. Wie geht es dir? Du hast dich kein bisschen verändert.«

»Gut geht's mir«, versichere ich ihr.

»Schön, das zu hören, Liebes. Was machst du denn inzwischen so?«

»Ich bin Texterin. Ich wohne gleich hier die Straße runter.«

»Wow, Texterin, ja? Tja, das wundert mich nicht. Du hast immer schon grandiose Aufsätze geschrieben. Aber ich muss los, mir die Haare machen lassen.« Wieder lacht sie. »Wir haben heute Abend Gäste.«

»Einen schönen Tag noch«, sage ich zu ihr.

»Danke, Liebes. Und alles Gute.«

Ich bin schon auf halbem Weg nach Hause, als mir aufgeht, dass Mrs Rossiter nicht mehr über mich weiß als das, was ich ihr eben erzählt habe. Sie weiß nicht, was sie nicht weiß. Womöglich geht sie jetzt nach Hause und erzählt ihrem Mann: »Ich habe heute eine ehemalige Schülerin getroffen. Sie ist jetzt Texterin.« Und das war's.

Tag 1.414

Sonntag, 2. Juni 2019

Fiona sieht irgendwie so anders aus. Dicke weißblonde Strähnchen in den Haaren und eine zarte Röte auf den Wangen. Ihre Augen strahlen – kommt das vom Lidschatten? Keine Ahnung, aber wenn, dann ist er sein Geld wert. Sie sieht zehn Jahre jünger aus als bei ihrem letzten Besuch.

»Ich hab Kuchen dabei«, verkündet sie und drückt mir eine weiße Pappschachtel in die Hand.

»Danke.«

Sie folgt mir in die Küche, lässt die Handtasche auf den Boden fallen und streift die Jacke ab.

»Wie war es mit der Frau von der Opferhilfe?«

»Barbara. Die war nett.« Ich klappe die Tortenschachtel auf und muss lächeln. Karottenkuchen. Mein Lieblingskuchen. Ich mache mich daran, Teller, ein Messer und Gäbelchen herauszuholen und Teewasser aufzusetzen.

»Magst du mir erzählen, wie es war?«

»Weiß nicht. Vielleicht. Aber nicht jetzt.«

»Wann immer du willst. Ich bin so stolz auf dich, Mer.«

»Ich bin so stolz auf *uns*«, sage ich. »Und, wie läuft's bei dir? Alles okay?« Sie weiß nicht, dass ich aus Sorge um sie oft nachts wachliege. Fast jeden Abend vor dem Einschlafen schreiben wir uns eine Gute-Nacht-Nachricht, doch selbst die hilft nicht immer gegen die Angst. Lucas' übermächtiger Schatten liegt über allem.

»Ganz gut eigentlich. Er ist zu seinem Onkel nach Dundee gezogen.«

»Hat er sich etwa bei dir gemeldet?« Fassungslos sehe ich sie an.

»Nein, nein.« Sie schüttelt den Kopf. »Ich bin seiner Mutter im Postamt begegnet.«

»Karen.« Ich erinnere mich noch gut an die schüchterne Frau, damals beim Grillen zu Hause bei Mama, als Lucas Fiona den Antrag gemacht hat, und später dann bei der Hochzeit.

»Sie hat sich bei mir entschuldigt. Meinte, sie sei schockiert und wüsste gar nicht, was da in ihn gefahren ist.«

»*Was in ihn gefahren ist?*« Aufgebracht greife ich nach dem Wasserkocher und konzentriere mich darauf, das brodelnde Wasser in die Becher zu gießen.

»Ich weiß, ich weiß.« Sie kommt einen Schritt näher und streift ganz leicht meinen Rücken, wie eine wortlose Rückversicherung.

»Was du da gemacht hast, muss ich vielleicht auch irgendwann machen – mit Barbara oder sonst wem«, sagt sie, vielleicht zu mir oder zu sich selbst oder zu uns beiden.

»Kann bestimmt nicht schaden«, sage ich.

»Irgendwann mal«, sagt sie rasch. »Wenn ich so weit bin.«

»Sicher«, sage ich. Ich weiß selbst nur zu gut, dass man dazu bereit sein muss. Und wo wir gerade dabei sind ... »Ich war gestern einkaufen.«

»Scheiße! Echt jetzt? Meredith, das ist ja der Wahnsinn! Ich bin oberstolz auf dich.«

»Danke.« Wir setzen uns, und ich esse ein Stückchen Kuchen. »Wow. Der ist toll. Wo hast du den denn her?«

»Selbst gemacht«, erklärt meine Schwester strahlend.

»Nie im Leben. Der ist viel zu gut.«

Sie lacht. »Großes Ehrenwort. Ich habe viel gebacken in den letzten Jahren. Sonst wäre ich verrückt geworden.«

Sprachlos starre ich sie an. »Ich auch. Aber ich bin nicht halb so gut wie du. Du solltest eine Bäckerei eröffnen – der ist unglaublich.«

»Ich backe hin und wieder Geburtstagstorten für Freunde. Vielleicht wäre das wirklich was – wer weiß? Dann käme ich endlich raus aus dem Supermarkt.«

»Wenn das so weitergeht, werde ich noch dick und rund.«

Einen Moment sagt keine von uns was. »Fände ich schön«, sagt sie schließlich. »Also, nicht, dass du dick wirst. Dass es so weitergeht, meine ich.«

»Weißt du noch, wie du mich als Kind immer Mops genannt hast?«, frage ich. Ich kann nicht anders.

»Ich war ganz schön blöd als Kind. Ich war schrecklich eifersüchtig auf dich. Du hattest so tolle dunkle Haare und wunderschöne große Augen. Du warst irgendwie so ... geheimnisvoll.«

Wortlos starre ich sie an. »Davon hast du nie einen Ton gesagt. Ich war immer eifersüchtig auf *dich*. Ich wollte auch so schöne blonde Haare und Sommersprossen wie du.«

»Sonnenküsse«, rufen wir im Chor.

Ich futtere meinen Kuchen, schaue Fiona zu, wie sie an ihrem Tee nippt, besehe mir ihre Sommersprossen, die Himmelfahrtsnase, die blauen Augen. So vertraut, als schaute ich in mein eigenes Gesicht, auch jetzt noch, nach alledem. *Geheimnisvoll.* Stumm flüstere ich dieses Wort, wende es hin und her, probiere, ob es passt. Vielleicht ist es doch noch nicht zu spät, ein anderes Ich anzuprobieren als das, in das Mama mich gepresst hat wie in einen zu engen Mantel.

»Zu mir war sie auch mies, weißt du«, sagt Fiona.

Ich stelle unsere leeren Teller in die Spüle und drehe den Wasserhahn auf. Ein winziges braunes Vögelchen hopst über den Gartenzaun hinter dem Haus. Ich sehe ihm zu, wie es seinen federleichten, einbeinigen Tanz aufführt.

»Meredith«, sagt sie.

»Das ist kein Wettbewerb, Fee.«

»Ich will auch keinen daraus machen. Aber du solltest wissen, dass es nicht nur dir so ging. Sie hat dich auch nicht mehr gehasst als mich.« Sie tritt zu mir an die Spüle, nimmt das Geschirrtuch. »Komm her, ich trockne das schnell ab.«

Ich reiche ihr einen nassen Teller. »Ich kann mich nicht daran erinnern, dass sie dich genauso schlimm getrietzt hätte wie mich.«

»Sogar noch schlimmer, wenn du nicht da warst.«

»Irgendwie logisch.« Ich drehe den Wasserhahn ab und sehe sie an. »Das tut mir leid. Auch wenn dir das nichts nützt.«

»Dir braucht gar nichts leidzutun. Was hättest du denn machen sollen?«

»Weiß auch nicht. Aber du hättest es mir sagen können.«

»Ich wollte nicht, dass du es weißt. Ich wollte, dass du glaubst, wenigstens eine von uns hätte ein kleines bisschen Gewalt über sie.« Sie streift ganz sachte meinen Arm – leicht, flüchtig. »Wenn ich heute so darüber nachdenke, hätte ich es dir sagen sollen. Ich wollte dich wohl schützen. Dumm von mir.«

»Wir waren noch so jung. Du warst so jung. Wie hätten wir das denn wissen sollen?«

Versöhnliche Sätze, die uns nach so viel Ungesagtem wieder zusammenbringen.

»Ich weiß. Trotzdem ...« Sie schaut aus dem Fenster, die Lippen zu einem schmalen Strich verzogen. Ich folge ihrem Blick. Das winzige braune Vögelchen ist verschwunden. Nichts rührt sich mehr.

Eine halbe Ewigkeit stehen wir so da und halten uns an den Händen. Ich weiß gar nicht, wer zuerst wessen Hand genommen hat.

»Ich weiß nicht, was ich sagen soll, Mer.«

»Ich auch nicht. Kuchen?«, frage ich, lasse ihre Hand los und beuge mich über die Arbeitsplatte, um das Radio einzuschalten. Fröhliche Popmusik flutet die Küche.

Wir setzen uns und essen zum Sound der Beatles Kuchen. Ich muss an meinen Kindheitstraum denken, nach Liverpool zu fahren und unseren Vater zu suchen. Der war schnell ausgeträumt, als mir aufging, dass es noch Jahre dauern würde, bis ich genug Geld und die Freiheit hätte, überhaupt irgendwohin zu fahren. Und da war unser Vater schon so lange fort, dass ich mich fast fragte, ob es ihn je gegeben hatte.

Eine Stunde später stehe ich am Ende des Gartenpfads und winke meiner Schwester zum Abschied hinterher. Drei Jahre haben wir uns nicht gesehen. Es fühlt sich an wie ein ganzes Leben. Wir haben beide Ähnliches durchgemacht, aber statt den Weg gemeinsam zu gehen, haben wir uns tumb jede für sich weitergekämpft. Bei Tee und Kuchen sind wir kurz in die Vergangenheit eingetaucht, ganz flüchtig nur. Ich weiß nicht, ob wir je wirklich in die Tiefe gehen werden. Aber fürs Erste reicht es.

Tag 1.420

Samstag, 8. Juni 2019

Mein Party-Jumpsuit liegt auf dem Bett. Ich stehe in der Schlafzimmertür und gucke ihn an. Vorne ist er hochgeschlossen und hinten hat er einen tiefen Rückenausschnitt, so tief, dass ich unmöglich einen BH darunter tragen kann. Ein komisches Kribbeln überläuft mich. Vorfreude? Angst? Der ganzen Welt – oder zumindest Celestes engsten Freunden und ihrer Familie – den bloßen Rücken zu zeigen, ist eine der zahlreichen Herausforderungen, denen ich mich stellen muss. Aber heute fühle ich mich mutig und unerschrocken.

Ich musste mich zwischen Schwarz, Dunkelgrün und Lila entscheiden. Zuerst wollte ich schon das Schwarze nehmen, doch dann dachte ich mir, man lebt nur einmal, und habe im letzten Moment das Lilane genommen. Ein wunderschöner Farbton, mehr ins Blaue als ins Rote spielend, wie eine nicht ganz reife Pflaume. Der Jumpsuit hat lange Ärmel und winzige Satinknöpfchen an den Aufschlägen. Ganz leicht ausgestellte Beine, lang genug für hochhackige Schuhe, aber nicht so lang, dass er auf dem Boden schleift. Ich habe ihn gleich, als er ankam, mit den neuen Riemchensandalen anprobiert. Fred ist mir durchs ganze Haus nachgelaufen, treppauf, treppab, hinsetzen, aufstehen, strecken, recken, hocken, tief bücken. Und hielt dabei stets einen kleinen Sicherheitsabstand, als wüsste er, dass Katzenhaare sich auf dem neuen Jumpsuit nicht gut machen würden.

»Das ist wirklich wichtig«, habe ich ihm erklärt. »Auf gar keinen Fall darf beim Outfit irgendwas schiefgehen. Das wäre mörderpeinlich.«

Um sich schon fertig zu machen, ist es noch zu früh, also kümmere ich mich erst mal um Celestes Geschenk. Ich habe ihr ein Kalligrafie-Set besorgt: einen Federhalter, glatt wie polierter Marmor, einen Stiftehalter aus Holz, verschiedene Füllfederspitzen in unterschiedlichen Breiten und acht kleine Tintentöpfchen in schillernden Farben.

Ich wickele die Schachtel in sommerhimmelblaues Papier und verziere es mit einer Schleife aus breitem Organza-Band.

Keine der Karten zum dreißigsten Geburtstag, die ich gefunden habe, wollte so recht zu Celeste passen. Viel zu überladen, mit alldem Glitzer, den glänzenden Ballons und den perlenden Champagnerbläschen. Nach viel Scrollen habe ich sie schließlich gefunden. Eine kleine quadratische Grußkarte aus festem Karton mit einer schlichten Botschaft, gerahmt von einem Herzen: »Ein Freund kann das ganze Leben verändern.«

Um es mit der ganzen Freundschaftsduselei aber nicht zu übertreiben, halte ich mich lieber kurz:

Liebe Celeste,
einen wundervollen Geburtstag wünsche ich dir!
Von Herzen,
Mer

Ich stecke das eingewickelte Kalligrafie-Set und die Karte in eine steife Geschenktüte und stelle sie auf das kleine Tischchen im Flur gleich neben meinen Schlüssel. Ein Blick aufs Handy. Es wird Zeit.

Ich kriege ja wirklich vieles allein hin, aber um den Selbstbräuner auf dem Rücken zu verteilen, hätte ich gut zwei zusätzliche Hände gebrauchen können. Damit musste ich mich gestern Abend rumplagen. Ich habe mich im Schlafzimmer auf den Boden vor dem Spiegel gesetzt und mir den Hals verrenkt, um irgendwie zu sehen, was ich da mache. Ich wollte es nicht erst im allerletzten Moment machen, damit ich am Ende nicht aussehe wie ein Mahagoni-Schrank, und eigentlich ist es ganz okay geworden – soweit sich das von vorne beurteilen lässt. Die Webseite versprach vollmundig eine »natürliche Bräune, wie von der Sonne geküsst« – mir reicht es schon, wenn ich nicht aussehe wie jemand, der die letzten drei Jahre keinen Fuß vor die Tür gesetzt hat.

Nach einem Bad wäre ich viel zu entspannt, also dusche ich nur, wasche mir die Haare und gebe eine Spülung hinein, rasiere mir die Beine und die Achseln. Dann bleibe ich sechs Minuten lang unter dem heißen Wasserstrahl stehen und versuche, nicht an die nächste halbe Stunde zu denken.

Mit meinen Haaren mache ich eigentlich nie irgendwas Besonderes und wollte es darum heute Abend mal mit Locken versuchen. Die ganze Woche habe ich vor irgendwelchen YouTube-Tutorials gesessen und geübt und bin eigentlich ganz zuversichtlich, wobei meine ersten Versuche wirklich lachhaft waren. Von zweien habe ich Sadie Fotos geschickt. Sie antwortete mit einer ganzen Batterie an Lach-Wein-Emojis und zwei Worten: *Shirley Temple*.

Nachdem ich mir die Haare nicht wie ein Kinderstar aus den dreißiger Jahren gestylt habe, stecke ich sie seitlich ein bisschen nach hinten und knie mich auf das Kissen vor dem großen Spiegel, um mich zu schminken. Ich habe mehrere verschiedene Looks ausprobiert, fühlte mich aber immer ein bisschen angemalt. Also gehe ich lieber auf Nummer sicher und halte mich an mein Alltagsritual bestehend aus Feuchtigkeitscreme, Wimperntusche und rosa Lipgloss, wobei ich eigentlich mehr will – ich gehe schließlich auf eine Party.

Aus den Untiefen des Badezimmerschränkchens krame ich ein altes Schminktäschchen und finde, was ich gesucht habe – Eyeliner und Bronzepuder. Die habe ich das letzte Mal gut zwei Monate vor meinem Rückzug benutzt. Eine Last-Minute-Woche auf Teneriffa mit Sadie. Wir haben im Flieger lauwarmen Weißwein getrunken, sind jeden Tag nach dem Mittagessen auf unseren Sonnenliegen eingeschlafen und haben uns über die Urlaubslektüre der jeweils anderen schlappgelacht – sie las die neueste Fortsetzung der *Fifty-Shades*-Reihe, ich Madeline Thiens *Sag nicht, wir hätten gar nichts.* Wir ließen uns auf lächerlichen Schwimmdingern im Pool treiben: ihrs war ein Flamingo, meins ein gigantisches Stück Pizza. Ich kam zurück mit roter Nase und sich schälenden Schultern. Sie kam zurück mit der Telefonnummer eines Typen, der sie im Flieger angequatscht hatte, während ich selig schlummerte.

»Den rufst du doch im Leben nicht an«, hatte ich lachend gesagt, als sie ihn mir in der Schlange vor der Passkontrolle zeigte. »Er wohnt in Edinburgh.« Unser Leben war damals so klein und überschaubar, dass sechzig Kilometer Entfernung schon eine Fernbeziehung ausgemacht hätten, aber uns gefiel es so.

Ich hatte ja keine Ahnung, dass mein Leben bald noch kleiner und überschaubarer werden sollte.

Ich muss an Sadie denken, während ich den Lidstrich aufmale und mir Bronzepuder auf die Wangenknochen stäube. Ich habe ihr nicht gesagt, was ich vorhabe. Aber ich weiß ja auch nicht, was sie heute Abend macht. Vielleicht rufe ich sie nachher von der Party an und verkündige die frohe Botschaft: »Du rätst nie, wo ich gerade bin!«

Sadie wird ausflippen. Und ziemlich oft »verdammt« sagen. Und es als Lob meinen.

Ich löse die Spängchen, schließe die Schnallen der Sandalen um die Knöchel und begutachte mein Spiegelbild.

Ich bin so weit, aber es ist noch eine halbe Stunde hin, bis das Taxi da sein wird. Das habe ich heute Nachmittag schon vorbestellt, weil ich keinen Schimmer habe, wie begehrt Taxis heutzutage so sind, und ich will auf gar keinen Fall zu spät kommen.

Ein Gedanke tänzelt mir durch den Kopf. Ich muss da nicht hin. Ich kann auch einfach meine Taxi-Bestellung stornieren, mir die Haare hochbinden und in meinen Pyjama schlüpfen.

»Nein«, sage ich streng zu mir und schaue der Frau mit den verschränkten Armen an der Wand fest in die Augen. »Ich ziehe das jetzt durch.«

Am besten, überlege ich, gehe ich schon mal nach unten und trinke zur Beruhigung einen Tee und puzzele vielleicht noch ein bisschen. Gebe Fred noch mal frisches Wasser und vergewissere mich, dass die Hintertür auch wirklich abgeschlossen ist. Ist sie ganz bestimmt, aber noch mal nachzuschauen kann ja nicht schaden. Vorsicht ist die Mutter der Porzellankiste.

Blicklos starre ich auf die über den ganzen Couchtisch verstreuten Teile von Van Goghs *Kaffeeterrasse am Abend*. Noch zwanzig Minuten. *Wenn ich bis dahin alle Randstücke gefunden habe, schaffe ich es auch zur Party*, sage ich mir.

Als die Benachrichtigung kommt, habe ich gerade mal eine Handvoll Puzzle-Randteile zusammen.

Ihr Taxi, ein VW Passat, ist auf dem Weg zu Ihnen und wird in voraussichtlich 6 Minuten eintreffen.

Ich lasse Van Gogh links liegen und trete ans Fenster, um alle zehn Sekunden nach draußen zu spähen. Langsam wird mir ein bisschen warm. Ich zupfe am Halsausschnitt meines Jumpsuits.

Vielleicht hätte ich doch lieber ein Kleid anziehen sollen. Aber dann hätte ich mir auch noch die Beine mit Selbstbräuner einreiben müssen, nicht nur den Rücken.

Draußen vor dem Haus bremst ein Wagen, und mein Herz setzt kurz aus. Das Auto fährt weiter.

Wieder schaue ich auf die Uhr.

Ich glaube, ich brauche einen Schluck Wasser. Oder auch mehrere. Vielleicht sollte ich mich eben kurz hinlegen.

Celeste wird heute ganz bestimmt einen wunderschönen Abend haben, ob ich nun dabei bin oder nicht. Ich bin schließlich nicht der Ehrengast. Ich kenne sie ja kaum. Und außerdem: Ich hätte lieber eine Null-Acht-Fünfzehn-Glitzerkarte nehmen sollen.

Mit zittrigen Fingern gehe ich in den Taxi-Nachrichtenverlauf und tippe auf die Nummer des Unternehmens.

Eine gut gelaunte Dame erklärt mir, das Taxi sei schon auf dem Weg zu mir. »Tut mir leid, aber der Verkehr heute Abend ist die Hölle.«

Ein paar Minuten verticken, langsam wie die Unendlichkeit. Ein Mann mit einem klitzekleinen Hund an der Leine spaziert am Haus vorbei, ihm auf den Fersen ein kleines blondes Mädchen auf einem Tretroller. Der Mann dreht sich nach ihm um und sagt etwas zu dem Mädchen. Dann sieht er mich im Fenster stehen und lächelt. Ich lächele zurück. Und versuche mir vorzustellen, ich wäre er. Wie ich, meine kleine Tochter im Schlepptau, mit dem Hund Gassi gehe und eine Runde durch die Nachbarschaft drehe. Auf dem Weg vielleicht noch in einen Laden springe und ein paar Samstagabend-Snacks besorge.

Ich kann es nicht. Ich kann in den Supermarkt um die Ecke gehen und Zwiebeln und Mandelmilch einkaufen, aber ich kann zu keiner Party gehen. Nein. Nein. Nein. In meinem Kopf hat sich alles nur darum gedreht, das Haus zu verlassen, und ich habe keinen Gedanken daran verschwendet, was mich da draußen eigentlich erwartet. Ein Raum voller unbekannter Menschen. Smalltalk und tanzen und die Angst, zu alt zu sein, um ohne BH vor die Tür zu gehen. Vermutlich werde ich nicht mal in Ruhe mit Celeste reden können. Genau wie bei einer Hochzeit – man kann bis zum letzten Tanz bleiben und doch nicht mehr als ein paar Worte mit dem Brautpaar gewechselt haben.

Ein Auto vor dem Haus. Ich atme tief durch, nehme meine Handtasche und gehe zur Tür.

Es dauert einen Moment, bis der Taxifahrer mich bemerkt. Als ihm aufgeht, dass ich ihm nicht bloß winke, weil ich gleich komme, steigt er schließlich aus.

»Kann ich Ihnen helfen?« Er kommt den Pfad hoch.

»Ja«, erwidere ich. Ich krame in meiner Handtasche und ziehe zwei ordentlich gefaltete Zwanzig-Pfund-Noten heraus.

»Hier. Und hier.« Ich drücke ihm Celestes Geschenktüte in die Hand. »Würden Sie das bitte zum Bowling-Club bringen? Ich kann leider nicht selbst hin. Da ist eine Geburtstagsfeier. Geben Sie die einfach da ab und sagen Sie, sie ist für Celeste.«

»Celeste?«

»Der Name steht auf der Karte.«

Er nimmt die Tüte. »Und Sie wollen nicht mitkommen?«, fragt er verdattert, aber nicht unfreundlich. Ich bezahle ihm ja auch den doppelten Preis.

»Nein. Mir ist nicht gut.«

»Sie sind auch ein bisschen blass um die Nase. Vielleicht legen Sie sich lieber einen Moment hin.«

»Danke für Ihre Mühe.«

»Da nicht für. Passen Sie auf sich auf.«

Ich sehe ihm nach, wie er zum Auto zurückgeht, die Geschenktüte fest in der rechten Hand. Bevor er losfährt, winkt er mir noch mal zu.

Ich winke zurück, dann schließe ich ganz langsam die Haustür vor diesem Samstagabend.

1989

»Das kannst du unmöglich anziehen.« Die Hände in die Hüften gestemmt, stand Fiona vor mir. Sie war elf, tat aber, als wäre sie einundzwanzig.

»Wieso, was ist denn damit?«, wollte ich wissen und drehte mich um die eigene Achse. Ich fand es toll, wie der rosa Rock sich bauschte. Er war ein bisschen eng, aber es würde gehen, solange ich nicht zu viel Party-Snacks futterte.

»Du siehst aus wie ein Baby.« Fiona machte die Schranktür auf und fing an, drinnen herumzukramen. »Hier, probier die mal.« Sie warf mir eine Jeans zu.

»Ich gehe doch nicht in Jeans zu einer Geburtstagsparty.«

»Wie alt bist du noch mal? Fünf?«

»Nein«, musste ich zugeben, ließ die Jeans aber trotzdem links liegen. Unschlüssig zupfte ich an einem losen Fädchen am Rocksaum. Seit letztem Jahr hatte ich ihn nicht mehr angehabt, als Tante Linda mich damals mit ins Ballett genommen hatte. Ihr Chef hatte ihr Freikarten geschenkt, und eigentlich hatte Mama mitgehen sollen, aber die hatte es sich im letzten Moment anders überlegt. Das war einer der schönsten Abende meines Lebens. Ich fand, der rosa Rock verdiente es, mal wieder ausgeführt zu werden. Warum nicht zu Sarah Littles Geburtstagsparty?

»Meredith, keine deiner Freundinnen wird in so einem Babyfummel aufkreuzen.«

»Mir doch egal. Mir gefällt's«, entgegnete ich wesentlich forscher, als mir eigentlich zumute war.

»Jetzt probier schon die Jeans an.« Fiona drehte sich um und steckte den Kopf in den Schrank. »Ich suche dir ein passendes Top raus.«

Hin und her gerissen zwischen dem Wunsch, mich nicht von meiner Schwester herumkommandieren zu lassen und von meinen Freundinnen nicht für ein Wickelkind gehalten zu werden, stand ich da. Und musste mir schließlich widerstrebend eingestehen, dass Fiona so oder so dachte, mich immer herumkommandieren zu können.

Folgsam wurschtelte ich mich also aus dem Rock und schlüpfte in die Jeans. Sie war eigentlich ganz okay – der Stoff war weich und elastisch, und sie saß bombig. Immer zog Fiona mich damit auf, ich wäre pummeliger als sie, aber nicht in dieser Jeans.

Als ich schließlich fertig war, das weiße T-Shirt in die Jeans gestopft und eine kurze blaue Strickjacke drübergezogen hatte, gab meine Schwester endlich ihr Okay.

»Perfekt«, meinte sie.

»Echt?« Unsicher betrachtete ich mich im Spiegel.

»Vertrau mir«, sagte sie.

Rasch packte ich das Geschenk für Sarah ein, ein Set mit drei verschiedenen Glitzernagellacken, das ich aus der Drogerie mitgebracht hatte, als ich das Hustenmedikament für Mama holen musste. Dann unterschrieb ich die Karte, auf der vorne eine große Zehn in allen Regenbogenfarben prangte, mit der Inschrift *Herzlichen Glückwunsch, du bist was Besonderes!* Ich wünschte, ich hätte nachgesehen, was drinstand, bevor ich die Karte gekauft hatte, Sarah war nämlich gar nicht so besonders. Sie war bloß eine Klassenkameradin, die vermutlich von ihrer Mutter gezwungen worden war, mich einzuladen, als kleine Nettigkeit. Aber jetzt war es zu spät. Für heute würde Sarah jemand ganz Besonderes für mich sein. Ich schrieb also *Meredith* hinein, ohne Küsschen – nicht, dass sie noch dachte, ich wolle mich anbiedern oder so.

Sarah wohnte ganz in der Nähe, zwei Straßen weiter, nicht weit vom Bahnhof.

»Ich bringe dich hin«, sagte Fiona. »Und ich hole dich nachher auch wieder ab.«

»Danke«, sagte ich, als sei nichts weiter dabei, aber ich war schrecklich erleichtert, dass Mama nicht da sein würde, um mich vor meinen Freundinnen in Verlegenheit zu bringen.

Wir gingen nach unten, wo Mama in der Küche stand und zu einem Song aus dem Radio mitsang, irgendwas von wegen Respekt. Sie schien blendender Laune. Fiona stupste mich an und wies mit dem Kopf auf meine Mutter.

»Mama, ich gehe jetzt zu Sarahs Party«, sagte ich so beiläufig wie möglich.

Binnen Sekunden hatte sie das Radio abgedreht und baute sich vor mir auf.

»Was für eine Party?«

»Sarahs Party. Habe ich dir schon vor einer Ewigkeit erzählt. Und gestern noch mal. Die Einladung hängt am Kühlschrank.«

»Komm mir nicht wieder mit deinen Lügengeschichten, Meredith. Wer sollte dich schon zu einer Party einladen?«

»Sarah Little«, antwortete ich zunehmend verzweifelt. »Aus meiner Klasse. Bloß eine kleine Feier bei ihr zu Hause. Eigentlich gar keine richtige Party. Es gibt bloß Pizza und einen Film.«

»*Bloß Pizza und einen Film*«, äffte sie mich mit Kleinkindstimme nach. Ich schaute rüber zu meiner Schwester, die auf der Treppe saß. Sie zuckte mit den Schultern.

»Fiona bringt mich hin und holt mich ab. Um halb neun bin ich wieder zu Hause.«

»So, so.«

»Mama, bitte.« Ich hasste es zu betteln, aber jetzt war es auch egal. Ich hätte alles getan, um ein paar Stunden von hier wegzukommen. Woanders zu sein. Irgendwo, wo die Leute lachten und Filme schauten und sich keine Sorgen zu machen brauchten, ein falsches Geräusch zu machen oder am falschen Platz zu stehen oder was Falsches zu sagen.

Mama verschränkte die Arme und musterte mich von oben bis unten. »Hast du dich im Dunkeln angezogen?«

»Fiona hat mir geholfen«, sagte ich und wich dem Blick meiner Schwester aus.

Sie schnalzte abfällig mit der Zunge. »Deine Schwester ist wirklich die Allerletzte, die irgendwem Modetipps geben sollte.«

»Ich kann mich ja schnell umziehen«, flehte ich.

Sie lachte. »Na, dann mal los. Beeil dich, sonst verpasst du noch die ganze Party.«

Hals über Kopf stürmte ich die Treppe hinauf und riss mir die Sachen vom Leib. Rasch schlüpfte ich in den bauschigen rosa Rock – der würde Mama gefallen, überlegte ich, und nie wieder würde ich auf meine Schwester hören – und in eine cremeweiße Bluse mit Rüschenkragen. Dann strich ich mir die Haare glatt und atmete tief durch.

Die meisten anderen Mädchen auf Sarah Littles Geburtstagsparty waren in Jeans gekommen. Einzig Sarahs Cousine Emma trug einen langen silbernen Rock, der glitzerte, wann immer sie sich bewegte. Als Sarahs Mum irgendwann eine Platte auflegte, drehten Emma und ich ein paar Pirouetten und ließen unsere Röckchen fliegen und lächelten einander verlegen zu.

Tag 1.421

Sonntag, 9. Juni 2019

Gleich nach dem Aufwachen rufe ich Celeste an, denn ich weiß, wenn ich es jetzt nicht mache, dann mache ich es nie.

»Ich bin seit eintausendvierhundertzwanzig Tagen nicht mehr aus dem Haus gegangen«, platze ich heraus.

»Meredith – bist du das? Was redest du denn da?« Sie klingt verschlafen. Verdattert, aber nicht verärgert.

»Entschuldige ... Ja, ich bin's. Ich bin seit eintausendvierhundertzwanzig Tagen nicht mehr aus dem Haus gegangen. Drei Jahre und dreihundertfünfundzwanzig Tage. Über zweihundert Wochen. Ungefähr siebenundvierzig Monate. Vielleicht auch achtundvierzig.« Atemlos schnappe ich nach Luft. »Darum konnte ich gestern Abend auch nicht zu deiner Party kommen. Ich habe es versucht, wirklich. Ich habe mich aufgebrezelt und alles. Und dann ... na ja, dann ging es doch nicht. Es tut mir so leid, Celeste. Ich wollte so gern kommen.«

»Was hattest du denn an?«

»Was? Ähm ... einen Jumpsuit.«

»Welche Farbe?«

»Lila.«

»Meine Lieblingsfarbe.«

»Echt? Meine auch.«

»Wetten, du hast umwerfend ausgesehen.«

Ich muss an den Jumpsuit denken, die Riemchensandalen, den Selbstbräuner, die gelockten Haare, den Lidstrich, das Bronzepuder. Ich fühle mich lächerlich und klein. Ich möchte Celeste dieses peinliche Gespräch ersparen, aber sie redet einfach weiter, ehe ich mit irgendwelchen Entschuldigungen ankommen kann.

»Mer, ich habe mich so über dein Geschenk gefreut. Absolut perfekt.«

Das sagt ja eigentlich jeder, aber ich glaube ihr. Und trotzdem – weil ich es bin – muss ich noch mal nachhaken. »Wirklich?«

»Wirklich. Ich freue mich schon so darauf, es auszuprobieren. Vielen lieben Dank.«

Ich bin sehr froh, aber gleichzeitig frage ich mich, was ich mir eigentlich dabei gedacht hatte. Hatte ich wirklich geglaubt, nachdem ich drei Jahre nicht aus dem Haus gegangen bin, könnte ich mir einfach so einen lila Jumpsuit anziehen, zur Tür rausspazieren, in ein Taxi steigen und mit einer glänzenden Geschenketüte bewaffnet zu einer Party marschieren? Ich sacke kraftlos auf den Tisch. Ich bin kaputt, der Kopf fängt an mir wehzutun, und ich bekomme wieder einen Kloß im Hals.

»Ich war noch nicht so weit«, flüstere ich.

»Schon okay, Meredith«, sagt sie. Sie klingt sanft und mitfühlend. »Echt. Hör zu, ich muss erst mal wach werden und duschen. Kann ich dich heute Abend anrufen? Und wir reden ganz in Ruhe?«

»Ja. Aber ... ich weiß gar nicht, wo ich anfangen soll.«

»Wir fangen vorne an, und dann sehen wir weiter. Du kannst mir so viel oder so wenig erzählen, wie du magst.«

Celeste einfach machen zu lassen, ist ein gutes Gefühl. Ich lege mich wieder ins Bett und verschlafe fast den ganzen Tag. Um sieben Uhr abends ruft sie mich an, und wir reden. Ich erzähle ihr von Lucas und muss weinen bei der Erinnerung daran. Sie weint mit mir. Sagt mir, wie tapfer ich bin, wie mutig, und dass ich das irgendwann hinter mir lassen werde, dass sie für mich da ist, wenn ich sie brauche, dass ich Freunde habe, die immer zu mir stehen.

Tag 1.425

Donnerstag, 13. Juni 2019

Celeste hat recht – ich habe Freunde, die fest zu mir stehen. Tom kommt mit einem warmen Sauerteigbrot und einem Körbchen Kirschen vorbei. »Nur so«, meint er grinsend.

Ich gebe Olivenöl und Balsamico in zwei kleine Schälchen, und wir reißen mit den Händen Stückchen vom Brot ab. »Die einfachen Dinge im Leben sind doch immer noch die Besten«, sagt er, und irgendwie trifft er mich damit mitten ins Herz, und auf einmal sprudelt es nur so aus mir heraus. Ich erzähle ihm von Celestes Geburtstagsparty, alles, bis zum Jumpsuit und den Riemchensandalen, und er hört zu, ohne mich auch nur ein einziges Mal zu unterbrechen.

»Meredith, was du da machst … all die Mühe, die du dir gibst … das ist alles nur für dich«, sagt er, als ich endlich fertig bin und mir wieder ein Stückchen Brot in den Mund stopfe. »Du machst das nicht für mich oder für Sadie oder für Celeste oder sonst wen. Du tust es nur für dich – und das solltest du auch, du hast es verdient. Verstehst du das?«

»Ich versuche es.«

»Niemand erwartet von dir, perfekt zu sein, Meredith.«

»Herrje. Das klingt wie eine von Dianes Affirmationen.«

Er grinst. »Vielleicht hilft es dir ja ein bisschen.«

»Ja, vielleicht.«

Tag 1.426

Freitag, 14. Juni 2019

»Ich würde heute gerne einfach nur reden. Keine Verhaltenstherapie.«

»Natürlich, Meredith. Gibt es irgendwas, worüber Sie gerne reden möchten?« Diane stützt den Ellbogen auf den Schreibtisch und beugt sich ganz leicht nach vorne. Wieder fällt mir auf, wie hübsch sie ist. Kastanienbraunes Haar, Alabasterhaut, Augen wie Seen.

»Ich möchte über meine Mutter reden.«

»Okay. Wir haben länger nicht mehr über sie gesprochen. Hatten Sie Kontakt?«

»Sie hat mich vor ein paar Wochen angerufen. Kein gutes Gespräch.«

»Kann ich mir vorstellen.«

»Mir wird immer kotzschlecht, wenn sie mich anruft. Aber jetzt ... bin ich wütend. Ich bin wütend auf sie, und ich will sie nur noch vergessen. Ich weiß nicht, was ich machen soll.«

»Es wäre schon ziemlich verwunderlich, wenn Sie nicht wütend auf sie wären.«

»Ich glaube, ich kann ihr das nicht verzeihen ...«

»Sie waren so lange Opfer, Meredith. Fast Ihr ganzes Leben lang eigentlich.«

»Ich bin kein Opfer«, entgegne ich, leise zwar, aber empört. »Mama hat immer gesagt ...«

»Was hat Ihre Mutter gesagt, Meredith?«

»Sie hat gesagt, Opfer sind schwach und suchen bloß Aufmerksamkeit.« Ich kann förmlich hören, wie sie es sagt, mit schneidender Stimme inmitten der Rauchschwaden. Der vernichtende Blick, bei dem mir ganz anders wird, bei dem mir das Adrenalin in den Körper schießt, mein Bauch sich zusammenzieht. Ich habe meine Periode. Oder eine Mandelentzündung. Oder den Finger gebrochen, weil sie ihn mir in der Hintertür eingeklemmt hat. Es ist ganz gleich. Die Botschaft war immer dieselbe: Ich bin melodramatisch und selbstsüchtig.

»Meinen Sie, Ihre Mutter könnte womöglich unrecht gehabt haben, Meredith? Was, wenn sie jetzt hier wäre, hier bei uns, und zuhören könnte, ohne Sie mit Worten oder Taten verletzen zu können. Was würden Sie ihr sagen?«

»Ich würde sie fragen, warum sie mich so behandelt hat.«

»Und was glauben Sie, würde sie darauf antworten?«

»Sie würde vermutlich lachen.«

»Okay, aber was, wenn sie ganz ehrlich wäre, wenn sie Sie um Verzeihung bitten würde?«

Ich versuche, mir Mama so vorzustellen – als ehrlichen, aufrichtigen Menschen. Als eine Frau, der die Gefühle anderer Menschen nicht egal sind, der es kein klammheimliches Vergnügen bereitet, besonders grausam zu sein, die »Es tut mir leid« sagen kann. Unmöglich. Einfacher wäre es, sie ganz neu zu erfinden, Zelle für Zelle.

Ich merke gar nicht, dass ich meinen Gedanken nachhänge, bis Diane plötzlich laut wird. »Meredith.« So, wie sie das sagt, sagt sie es nicht zum ersten Mal.

Ich schaue ihr wieder ins Gesicht. »Entschuldigung.«

»Sie waren gerade ganz woanders. Alles okay? Möchten Sie eine kurze Pause machen? Sich ein Glas Wasser holen?«

»Hab ich schon.« Ich greife nach der glänzenden Flasche auf

dem Tisch und trinke einen Schluck. Ich hatte gar nicht gemerkt, was für einen trockenen Hals ich habe. In großen, gierigen Schlucken trinke ich weiter.

»Lassen Sie es mich anders versuchen. Was würden Sie gerne von Ihrer Mutter hören? Was wünschten Sie sich, was sie sagen sollte, wenn sie sich Ihnen von ihrer verletzlichen Seite zeigen könnte?«

»Sie hat keine verletzliche Seite.«

»Die haben wir alle, Meredith.«

»Tja, dann hat sie ihre gut versteckt.«

»Ja, scheint so. Meredith, was ich hier gerade versuche, ist, Sie vom Verhalten Ihrer Mutter zu trennen. Ja, sie hat Ihnen Grausames angetan. Aber sie hat es nicht getan, weil Sie Sie sind. Fällt Ihnen vielleicht ein anderer Grund für ihr Verhalten ein?«

Ich seufze tief. Dianes Fragen sind so anstrengend. Es wäre mir sehr lieb, wenn sie hin und wieder einfach eine Antwort für mich parat hätte, auch wenn ich inzwischen natürlich längst weiß, dass es darum nicht geht.

»Ich weiß es nicht«, sage ich. »Vermutlich, weil sie unglücklich war. Ich weiß eigentlich überhaupt nichts über ihre eigene Kindheit, sie war für mich die meiste Zeit wie eine Fremde. Sie hat so einen Schutzschild um sich – da kommt keiner durch.«

»Sie erwähnten vorhin, dass Ihnen jedes Mal schlecht wird, wenn sie anruft. Was könnten Sie Ihrer Meinung nach dagegen tun?«

»Ihr sagen, sie soll mich nicht mehr anrufen?«

»Hmm ... könnten Sie. Oder Sie könnten einfach nicht mehr rangehen, wenn sie anruft.«

»So einfach ist das nicht.«

»Nein?«

Ich schaue überallhin, nur nicht zu Diane. An die Küchenwand. Auf den Boden. Auf meine Fingernägel – die dringend eine Maniküre bräuchten. Ich trage heute ein Top mit kurzen Ärmeln. Ich gucke auf das Muttermal unten am Daumen. Drehe den Arm um, taste mit den Fingern nach den weichen Furchen, lasse sie einen Moment darauf liegen. Folge mit den Fingerspitzen der Zeitleiste meiner Narben.

Irgendwann schaue ich sie wieder an. »Schon.«

»Sehen Sie, Sie haben das Heft in der Hand. Sie können Grenzen setzen. Sie brauchen nicht mit ihr zu reden. Sie brauchen sie nicht zu besuchen. Und Sie brauchen diese Entscheidungen auch vor niemandem zu rechtfertigen. Vor ihr nicht, vor ihrer Schwester nicht – vor niemandem.«

»Okay«, murmele ich und reibe mir den Arm. *Es tut mir leid*, sage ich stumm zu meinem jüngeren Ich: dem vierjährigen, neunjährigen, zwölfjährigen, dreizehnjährigen Ich.

»Das ist der erste Schritt. Der nächste ist, Vergangenes loszulassen. Nicht, weil Ihre Mutter Vergebung verdient. Sondern weil die Vergangenheit Sie daran hindert, Ihr Leben so zu leben, wie Sie das gerne möchten. Und ich meine nicht bloß, das Haus zu verlassen.«

»Nicht?«

Sie schüttelt den Kopf. »Ich meine damit, dass Sie selbst die Kontrolle über Ihr Leben übernehmen, Meredith.«

Ich kann mich an keine Berührung von ihr erinnern. Dabei sollte das doch eigentlich etwas sein, worüber ich gar nicht erst nachzudenken brauche, weil es so selbstverständlich ist. Etwas so Grundlegendes und Natürliches, dass es fast ein Teil von ihr gewesen sein müsste. Aber so sehr ich mich auch bemühe, ich finde keine einzige Erinnerung.

In meinen Träumen strecke ich die Arme nach ihr aus. Aber meine Arme werden zu Stein und zerfallen zu Staub.

Heute Nacht habe ich einen anderen Traum. Ich träume, gehalten zu werden. Eine feste, wohlige Umarmung, in der ich mich sicher und geborgen fühle. Warm und schläfrig. Ehe mir die Augen zufallen, schaue ich auf. Ich sehe ein Gesicht, aber es ist nicht ihrs – es ist das eines Mannes.

Ich wache auf, ehe ich träume, wie es sich anfühlt, in seinen Armen aufzuwachen. Ich schließe die Augen gegen das frühmorgendliche Licht und will den Traum nicht ziehen lassen, aber es nützt alles nichts. Sein Gesicht verschwimmt, und die Leere, die es hinterlässt, verfolgt mich noch den ganzen Tag.

Tag 1.427

Samstag, 15. Juni 2019

Erstaunlich, was man alles findet, wenn man »soziale Einsiedler« googelt. Wobei ich mir nicht ganz sicher bin, ob das so eine gute Idee ist. So habe ich zum Beispiel erfahren, dass es in Japan einen Begriff für Menschen wie mich gibt. Würde ich dort leben, wäre ich ganz offiziell ein Hikikomori – definiert vom japanischen Ministerium für Gesundheit, Arbeit und Soziales als jemand, der sich seit mindestens sechs Monaten zu Hause isoliert, nicht zur Arbeit oder in die Schule geht und kaum Kontakt zu Menschen außerhalb des engsten Familienkreises hat.

Sechs Monate? Ha, ich biete drei Jahre, ihr Hikikomori Japans.

Ich habe einen Artikel gelesen über Haru, einen fünfundvierzigjährigen Mann, der mit seiner ältlichen Mutter im Großraum Tokio lebt. Er ist, mehr oder minder, seit fünfzehn Jahren Hikikomori. »Die meisten von uns sind ganz gewöhnliche Menschen, die in die Isolation getrieben wurden«, sagt er. »Wir tun das nicht aus freien Stücken.«

Ich glaube, ich würde Haru mögen. Er macht mir einen klugen Eindruck. Wobei die Wahrscheinlichkeit, ihm tatsächlich zu begegnen, natürlich verschwindend gering ist, aus den bekannten Gründen. Aber es gibt ja auch immer noch Zoom.

Der Begriff »Hikikomori« wurde wohl in den späten neunziger Jahren von einem Psychiater geprägt, um junge Menschen zu beschreiben, die sich aus der Gesellschaft zurückgezogen hatten. Meine Begeisterung für das neu entdeckte Etikett gerät allerdings etwas ins Wanken, als ich lese, dass Hikikomori einen Ruf als gefährliche Soziopathen haben. Ein Hikikomori wurde verhaftet, weil er ein siebenjähriges Mädchen entführt und über fünf Jahre lang in seinem Zimmer gefangen gehalten hat. Ein anderer ist aus seiner selbst gewählten Isolation ausgebrochen, nur um im Supermarkt um die Ecke zwei Kunden mit einem Messer zu attackieren.

Der Artikel zitiert einen japanischen Psychologen, der sagt: »Menschen werden aus den unterschiedlichsten Gründen zu Hikikomori, und in jedem Alter. Oft haben die Betroffenen schlechte Erfahrungen in der Schule oder im College machen müssen, haben ein katastrophales Ereignis miterlebt oder ein persönliches Trauma erlitten oder mussten ihre Arbeit aufgeben, um sich um die hilfsbedürftigen Eltern zu kümmern, und sind dann nicht mehr ins Berufsleben zurückgekehrt.«

Harus Eltern haben sich scheiden lassen, als er sechs Jahre alt war, und seitdem hat er seinen Vater nicht mehr gesehen. In der Schule hatte er von Anfang an Schwierigkeiten, fühlte sich immer wie ein Außenseiter inmitten seiner Klassenkameraden. Im College schaffte er es nicht, Abgabetermine einzuhalten, weshalb er sein Studium schließlich abbrach. Fürs Berufsleben fühlte er sich nicht geeignet, es fiel ihm schwer, längere Zeit in einem Job zu bleiben. Irgendwann versuchte er es gar nicht mehr. Mit fünfunddreißig wurde bei ihm Autismus diagnostiziert.

»Ich schlafe viel und lese Bücher«, sagt Haru. »Ich bin nicht gerne dauernd im Haus, aber lieber hier als auf der Arbeit, wo ich mir nur wie ein Totalversager vorkomme.«

Ich kopiere den Artikel in eine E-Mail an Celeste, dazu nur eine Zeile – *Könnte das mein Traummann sein?* – und klicke auf Senden, ehe ich es mir noch mal anders überlege.

Tag 1.428

Samstag, 16. Juni 2019

Ich höre die Briefkastenklappe, aber es ist Sonntag, also nehme ich an, dass es bloß Werbeblättchen sind, Reklame für Zwei-zum-Preis-von-einem-Angebote im Laden um die Ecke oder sonstige Papierkorbpost. Weshalb ich auch erst nach meinem Treppentraining, nach Duschen und Haarkur und Blaubeer-Bananen-Smoothie und nachdem ich Fred ein Flohmittel zwischen die knochigen Schulterblätter gerieben habe nachschaue.

Es ist keine Reklamepost, keine Lieferdienstbroschüre und keine Einladung, sich gemeinsam auf die Suche nach Gott zu machen.

Es ist ein dicker cremeweißer Umschlag mit meinem Namen in hübscher, leicht altmodischer Schönschrift. Die »M«s sind weich gerundet, und die Schwänzchen der »g«s ringeln sich wie Freds Katzenschwanz, wenn er halb entspannt auf der Küchenfensterbank sitzt.

Ich reiße den Umschlag nicht gleich auf. Dazu ist das alles viel zu aufregend. Ich habe so ein Kribbeln im Bauch, ein herrliches Gefühl. So was passiert mir nicht alle Tage. Mal abgesehen von Sadies alljährlicher Urlaubspostkarte, die sie und die Kinder mir immer aus einem Center Parcs schicken, bekomme ich nie Post, bloß Rechnungen und irgendwelche unverlangt zugesandten Kataloge. Jedenfalls nicht so was hier, mit meinem verschnörkelten Namen auf teurem Briefpapier.

Schließlich siegt dann doch die Neugier. Ich hocke mich auf

die dritte Treppenstufe von unten und mache den Umschlag auf, ganz vorsichtig, damit er ja nicht kaputtgeht.

Der Briefbogen ist genauso dick und cremeweiß wie der Umschlag und liegt schwer in der Hand. Ich weiß gleich, dass es japanische Schriftzeichen sein müssen, ohne zu wissen, was sie wohl bedeuten. Sprachlos starre ich auf die dicken schwarzen Striche und frage mich, warum vier Schriftzeichen, die ich nicht einmal zu lesen vermag, mich derart berühren. Ich drehe das Blatt um, und dort, ganz unten rechts in der Ecke, steht, wie erwartet, ein verschnörkeltes großes »C«.

Dank Google brauche ich nicht lange, um die japanische Botschaft zu verstehen. Wenn ich in meinen drei Jahren Hikikomoritum eins gelernt habe, dann die blitzschnelle Internetrecherche.

In Japan stehen die Kanji-Zeichen für die vier Bäume und ihre Blüte, die den Frühling versinnbildlichen (Kirsche, Pflaume, Pfirsich und Aprikose), und gemeinsam bilden sie das Konzept des »Oubaitori«. In der japanischen Philosophie bezeichnet das die Kunst, sich nicht mit anderen zu vergleichen und stattdessen den Wert des eigenen, einzigartigen Wesens zu erkennen.

Ich schicke Celeste eine Textnachricht – *Du bist die Beste* –, und sie antwortet mit einem einzelnen »x«. Dann setze ich mich an den Küchentisch, trinke eine Tasse Pfefferminztee und bewundere mein Oubaitori. Irgendwann lichtet sich das Himmelsgrau, und ein schmaler, schimmernder Sonnenstrahl fällt auf das cremeweiße Papier und lässt Celestes kalligrafische Schriftzeichen noch ein bisschen brillanter strahlen.

Tag 1.434

Samstag, 22. Juni 2019

»Bist du beschäftigt?«, fragt Fee ohne Umschweife.
»Ich komme gerade vom Einkaufen.«
»Das ist ja toll. Du wirst noch Stammgast im Tante-Emma-Laden.«
»Mühsam ernährt sich das Eichhörnchen«, entgegne ich.
»Hey, das war ein Witz! Du machst das großartig. Du bist meine Heldin.«
»Ach, jetzt hör aber auf«, sage ich, freue mich aber insgeheim.
»Kann ich vorbeikommen?« Ihre Stimme klingt ernst.
»Jetzt gleich?«
»Ich komme«, sagt sie und legt auf.

Sie braucht keine zwanzig Minuten, aber mir kommt es wie Stunden vor. Ich putze den Küchenboden, während ich auf sie warte, und schwinge den Mopp in ausholenden Kreisen.
»Machst du heimlich Sport?«, fragt sie mich, als ich ihr die Tür aufmache.
Ich fahre mir über die Wange – sie ist heiß und schwitzig. »Hab gerade geputzt«, sage ich.
»Wäre aber nicht nötig gewesen.«
»Mache ich ja nicht deinetwegen.« Ich verdrehe hinter ihrem Rücken die Augen, dann dackele ich hinter ihr her in die Küche. Ich vergesse ihr zu sagen, dass sie bitte nicht über die frisch geputzten Fliesen laufen soll, und als ich daran denke, ist es

schon zu spät – man sieht die Abdrücke ihrer Turnschuhe überall.

»Wie läuft's mit Shirley?«, frage ich sie.

»Ganz gut«, sagt sie. »Bloß ein bisschen eng. Ich suche mir gerade was Eigenes.«

Ich kehre ihr den Rücken zu, um das schmutzige Putzwasser in den Ausguss zu kippen.

»Ich habe Mama seit Wochen nicht gesehen«, bricht es aus ihr hervor.

»Okay«, sage ich zum Wasserhahn.

»Ich wollte dir das nur sagen.«

»Okay.«

»Sie findet das gar nicht nett. Ständig ruft sie mich an.«

»Besser dich als mich.«

Fee zuckt die Achseln. »Wenn du meinst. Aber darum bin ich nicht hier.«

»Nicht?«, frage ich und drehe mich wieder zu ihr um.

Sie zieht einen braunen Umschlag aus der Tasche. »Vor ein paar Monaten hat sie mich gebeten, was von ihrem Krempel auf eBay zu verticken. Lauter Kisten voller Kram, der seit Jahren bloß rumsteht. Jedenfalls habe ich gestern Abend endlich angefangen, die Kartons durchzugehen.« Es blitzt in ihren Augen. »Und guck mal, was ich gefunden habe.«

Mir wird kurz schwindelig, und ich sage mir, dass das nur die Aufregung ist. Ich schaue meine Schwester an und versuche zu erahnen, ob sie gute oder schlechte Nachrichten hat. Sie nickt mir aufmunternd zu.

In dem Umschlag steckt ein kleiner Zeitungsausschnitt, altersvergilbt. Nur vier Zeilen, gerahmt von einem schwarzen Rechteck:

> *Michael Young, 36, aus Glasgow, verstarb am 12. August 1993 zu Hause im Kreise seiner Angehörigen. Er hinterlässt seine beiden Töchter Fiona, 16, und Meredith, 14. Die Beisetzung findet am Donnerstag, den 19. August, um 14 Uhr in der Blackstone Chapel im engsten Familienkreis statt. Von Blumenspenden bitten wir abzusehen.*

Ich weine um einen Mann, den ich nie kennengelernt habe. Fiona geht aus der Küche und kommt mit einer Handvoll Klopapier zurück. Schluchzend vergrabe ich das Gesicht darin.

»Er war noch so jung«, sage ich, als ich schließlich wieder sprechen kann.

»Ich weiß.«

»Michael. Er hieß Michael. Ein schöner Name. Ein guter Name.«

»Meredith, es kann durchaus sein, dass er kein guter Mensch war. Wir wissen überhaupt nichts über ihn.«

»Das weiß ich selbst«, blaffe ich sie an.

Ich betrachte das kleine Stückchen Zeitungspapier, auf dem Schwarz auf Weiß der Name meines Vaters steht. Was Fiona sagt, stimmt natürlich. Eine Möchtegern-Version seiner Lebensgeschichte zu erfinden wäre naiv.

»Ich wünsche mir genauso sehr wie du, dass er ein guter Mensch gewesen ist«, sagt Fiona. »Aber wir wissen eigentlich nur eins über ihn, und zwar, dass er nie da war. Dass er nie Anstalten gemacht hat, uns zu besuchen oder uns zu sich zu holen.«

»Wir haben Familie und kennen sie nicht«, sage ich, um nicht zugeben zu müssen, dass sie recht hat. »Erinnerst du dich noch an Tante Anna?«

»Ja. Die war nett. Aber ich weiß nicht, ob ich jetzt noch ihre Nichte sein will. Vielleicht später irgendwann.«

Ich bin mir da auch nicht so sicher. Aber es ist schön zu wissen, dass wir es könnten.

»Du weißt, dass es nur eine Möglichkeit gibt herauszufinden, wo sie sind, und wie er gestorben ist?«

Sie nickt. »Ich habe sie vorhin angerufen. Sie ist wütend wie immer.«

»Vielleicht ist es an der Zeit, dass *wir* mal wütend werden.«

»Vielleicht ist es an der Zeit, endlich loszulassen.«

»Vierzig Jahre lang habe ich versucht loszulassen, Fiona.« Ich muss daran denken, was Diane gesagt hat. »Ich will alles über ihn wissen.«

»Es gibt Webseiten, auf denen kann man Register durchsuchen. Wir müssten ein bisschen Privatdetektiv spielen. Du wolltest doch immer wie Nancy Drew sein.«

Ich muss lachen. »Stimmt, wollte ich.«

Sie zieht die Jacke aus und bleibt eine ganze Stunde. Ich lege den Zeitungsausschnitt zwischen uns auf den Tisch und mache die Flasche Rotwein auf, die seit Jahren in meinem Küchenschrank steht. Ohne die Wahrheit zu kennen, spinnen wir uns die Lebensgeschichte von Michael Young zurecht.

»Ich glaube, er wollte ein guter Vater sein«, sage ich.

»Kann sein. Aber es reicht nicht, etwas bloß zu wollen, oder? Man muss es auch machen.«

»Manche Menschen sind eben keine geborenen Kümmerer.«

Sie nickt. »In mehrfacher Hinsicht nicht.«

»Ob er lieb zu uns gewesen wäre, wenn er die Gelegenheit gehabt hätte?«

Fee zuckt mit den Schultern. »Das weiß ich nicht, Meredith. Und wir werden es wohl auch nie erfahren. Damit müssen wir uns abfinden.«

Am Ende einigen wir uns darauf, dass Michael Young ein

Mann mit Fehlern, aber einem großen Herzen gewesen sein muss, der nicht den Mumm hatte, für das zu kämpfen, was er wirklich wollte, und der sich in eine Frau verliebt hatte, die seine Liebe nicht erwidern konnte.

Abends ruft Celeste mich an und erkundigt sich, wie ich mit meiner »Mission« vorankomme. Kurz überkommt mich die Scham. Ich habe ja nicht vor, eine Kolonie auf dem Mars zu gründen. Aber eine Mission ist es schon, irgendwie.

»Du machst das so toll«, sagt sie. »Und wer weiß, vielleicht bist du schon in ein paar Wochen so weit, ins Kino zu gehen, zum Tanzen oder in ein schickes Restaurant.«

Ich muss laut lachen. »Weißt du was, die Vorstellung, ins Kino zu gehen, ist ein absoluter Abtörner. Wer will schon im Dunklen sitzen und zuhören müssen, wie wildfremde Menschen geräuschvoll Popcorn kauen? Man hat keinen Platz für die Beine, die Sitze sind total unbequem ...«

»Die Leute schalten ihre Handys nicht aus. Ganz großes Thema.«

»Genau! Die Leute schalten ihre Handys nicht aus. Warum also sollte man sich das alles antun – und auch noch dafür bezahlen –, wenn man genauso gut gemütlich zu Hause bleiben und in aller Ruhe im heimischen Wohnzimmer sitzen, einen Film nach Wahl anschauen und auf Pause drücken kann, wenn man mal aufs Klo muss oder sich Snack-Nachschub besorgen will? Und wo wir schon mal bei Snacks sind, hier bei mir kann ich essen, was ich mag, nicht bloß Popcorn und Hotdogs und klebrigen Süßkram, der einem an den Zähnen pappt. Außerdem kann ich die ganze Zeit eine kuschelig warme, schnurrende Katze auf dem Schoß haben. Und sollte ich zwischendurch einschlafen, hört mich niemand schnarchen. Bloß Fred, und den stört es nicht.«

Celeste lacht. »Da sagst du was. Ich würde trotzdem gerne mit dir ins Kino gehen. Du kannst Fred ja in der Handtasche reinschmuggeln, wenn du willst.«

»Mal sehen. Und du, was machst du so?«

»Nicht viel. Ich räume gerade die Wohnung um. Ach, und mein Bruder war gestern Abend zum Essen da, aber der ist so ein Stinkstiefel. Frisst einem die Haare vom Kopf, meckert nur rum und verschwindet dann wochenlang wieder spurlos.«

Ich muss lachen. »Familienbande, hm?«

»Echt, man fasst es nicht. Der verwöhnteste Mistkerl überhaupt. Hat sich auf meiner Geburtstagsparty mit seiner Freundin verkracht und eine Riesenszene gemacht.«

»Was ich wohl mit eigenen Augen gesehen hätte, wäre ich dagewesen.«

»Mensch, Meredith, tut mir leid.«

»Muss dir nicht leidtun. Stimmt doch, oder?«

»Tja, sei froh, dass du das nicht mit ansehen musstest. Ehrlich, es war einfach nur todpeinlich. Er hat so lange gestichelt, bis sie ein Tablett Schnapsgläser nach ihm geworfen hat und Hals über Kopf rausgestürmt ist. Gerade, als meine Mum mit der Torte um die Ecke kam.«

»Ein Geburtstag, den man nicht vergisst«, murmele ich beschämt. »Es tut mir so leid, dass ich nicht dabei war. Es tut mir so leid, dass ich dir keine bessere Freundin gewesen bin. Das wird hoffentlich irgendwann noch mal anders.«

Im ersten Moment sagt sie gar nichts, und als sie es doch tut, ist ihre Stimme ganz leise und unsicher. »Meredith, sag so was nicht. Das stimmt doch gar nicht.«

»Es war so schön, dich kennenzulernen und nicht darüber reden zu müssen. Ich tue den Leuten immer gleich leid. Ich weiß, das ist nicht böse gemeint. Aber ich kann das nicht ausstehen.«

»Meredith, alles ist gut. Wirklich.«

»Aber ich hätte es dir früher sagen müssen. Das war so dumm von mir.«

»Nein – ich verstehe dich. Wirklich wahr.«

»Ehrlich?«

»Sicher. Du wolltest, dass ich die echte Meredith kennenlerne. Du bist nicht das, was dich umgibt, Meredith. Das Haus nicht zu verlassen, betrifft dich sicher auf tausendundeine Art, aber es ändert nichts daran, wer du wirklich bist – dein tiefstes Inneres. Und es ändert auch nichts daran, was du mir bedeutest. Nein, ich mag dich deswegen nur umso mehr.«

Ich glaube, ich muss gleich weinen. Ich atme tief durch. »Celeste, hat dir schon mal jemand gesagt, was für eine weise, weise Frau du bist?«

Sie lacht. »Das ist nicht unbedingt, was ich sonst so zu hören bekomme, ehrlich gesagt. Aber es gefällt mir.«

»Danke«, sage ich zu ihr.

»Wofür denn, zum Kuckuck?«

»Du hast mir eine Last von den Schultern genommen, die ich jahrelang mit mir herumgeschleppt habe.«

»Ich bin bloß ehrlich, Mer. Aber bitte schön, gern geschehen.«

Und dann erzählt sie mir, was sie mit ihrer Wohnung vorhat und wie satt sie die ganzen Dating-Apps hat.

»Es funkt einfach nicht, bei keinem«, jammert sie.

»Aber du brauchst doch nur einen zu finden, das reicht doch«, meine ich. »Wobei ...«

»Was? Was wolltest du gerade sagen?«

»Na ja, ich glaube, ich wüsste da jemanden, den du vielleicht gerne kennenlernen würdest.«

»Ernsthaft? Oh, wie aufregend! Erzähl mir mehr.«

Erzählen reicht nicht, denke ich. »Komm nächste Woche vorbei, dann verrate ich dir alles«, sage ich zu ihr. »Wann musst du arbeiten?«

»Ich habe Donnerstag und Freitag frei.«

»Perfekt.« Ich schaue in meinen Kalender, auf das nächste lila »T«. Bemüht, ganz beiläufig zu klingen, sage ich: »Wie wäre es am Donnerstag um halb zwölf?«

»Gebongt. Soll ich was mitbringen?«

»Nur dich selbst.«

»Okay. Prima. Und dann erzählst du mir auch von dem Kerl, der was für mich sein könnte?«

»Natürlich.«

Tag 1.439

Donnerstag, 27. Juni 2019

Meine Küche ist eigentlich immer sauber, aber heute blitzt und blinkt sie. Beim Putzen habe ich mir alles genau überlegt. Zuerst mal koche ich uns natürlich einen Tee. Das werden sie von mir erwarten. Das mache ich ja immer.

Dass uns der Gesprächsstoff ausgehen könnte, glaube ich kaum. Celeste redet für ihr Leben gern, und Tom kann auch eine ganz schöne Plaudertasche sein. Auf dem Tisch stehen drei Tortenplatten, die nur auf ihre Enthüllung warten – Ingwerkuchen mit Zitronenzuckerguss, knusprige Mandelkekse und ein Schokoladen-Rote-Beete-Kuchen, auf den ich besonders stolz bin.

Ich werde ein Tässchen Tee mit ihnen trinken, bis Sadie mich dann anruft. Sie ist entscheidend für das Gelingen meines Plans. »Finde ich grandios«, hat sie gestern Abend gesagt, als ich sie eingeweiht und um Hilfe gebeten habe. »Was soll ich denn sagen, wenn ich anrufe?«

»Egal«, erwiderte ich lachend. »Dein übliches Gequatsche reicht.«

»Ich lasse mir was richtig Dramatisches einfallen.«

»Okay, von mir aus. Du weißt aber schon, dass sie dich nicht hören können?«

Sadie wird mich also um Punkt Viertel vor zwölf anrufen, woraufhin ich mich entschuldigen und ins Wohnzimmer gehen und Tom und Celeste bei Kuchen und Tee allein lassen werde.

Es ist lange her, dass ich mehr als einen Besucher im Haus hatte, von Sadie und den Kids mal abgesehen, und Mini-Menschen zählen nicht. Ich ertappe mich dabei, wie ich irgendwelchen Blödsinn mache, der gar nicht nötig wäre, wie die Heizungen abzustauben und die Gardinen abzusaugen. Und bin heilfroh, als das Telefon klingelt und ich den Staubwedel beiseitelegen und die Gummihandschuhe ausziehen muss.

Es ist Celeste. »Meredith, es ist der reinste Albtraum.« Sie klingt ganz aufgelöst.

»Was ist denn los?«

»Mein Auto ist auf dem Weg in die Stadt liegen geblieben. Die Pannenhilfe ist gekommen und hat mich in eine Werkstatt geschleppt. Gerade sitze ich nebenan und warte – im kleinsten Café der Welt –, dass sie es reparieren. Könnte Stunden dauern. Es tut mir so leid ... aber ich schaffe es heute nicht zu dir. Oder erst viel später.«

»Ach, wie blöd.«

»Ich weiß, großer Mist.«

Ich muss an den Schoko-Beete-Kuchen denken, an Celeste und Tom, wie sie in meiner Fantasie plaudernd in meiner Küche sitzen. Ich habe mich so darauf gefreut, die beiden miteinander zu verkuppeln, und nicht nur aus reiner Uneigennützigkeit. Wie gerne hätte ich fröhliche Stimmen im Haus gehört. Worüber sie lachen, wäre mir ganz egal. Ich wünsche es mir nur als beruhigendes Hintergrundgeräusch. Ich weiß gar nicht, wann ich mich das letzte Mal so unbändig auf etwas gefreut habe.

»Ich komme zu dir und leiste dir Gesellschaft beim Warten.« Kaum gesagt, weiß ich, dass ich das unbedingt machen will.

»Was? Echt jetzt?«

»Ja, sicher.«

»Aber ... bist du denn schon so weit? Ich meine, ich weiß, dass du große Fortschritte machst. Aber ich bin mitten in der Stadt. Wie willst du denn überhaupt herkommen?«

»Ich nehme einfach den Bus«, sage ich. »Wird langsam Zeit.«

Es dauert noch ein paar Minuten, bis ich Celeste überzeugt habe, dass mir zwischen zu Hause und dem Café Retro nichts Schlimmes zustoßen wird. Als ich schließlich auflege, habe ich keine Zeit mehr zum Nachdenken, Tom soll nämlich eigentlich schon in einer halben Stunde hier sein. Ich schreibe ihm, statt ihn anzurufen, das macht es einfacher, den unvermeidlichen Fragen auszuweichen.

Tom, wollen wir uns zur Abwechslung heute mal woanders treffen?
Hey! Wollte gerade los. Klar ... wenn du meinst.
Meine ich. Treffen wir uns im Café Retro auf der Mitchell Grove?
Mitchell Grove? In der Innenstadt?
Genau da. Ist gleich neben einer Autowerkstatt.
Finde ich schon. Aber warum zum Kuckuck willst du dich ausgerechnet da mit mir treffen?
Weil's mir gefällt. Der Kaffee ist erstaunlich gut.
Meredith, du trinkst überhaupt keinen Kaffee. Was ist los? Ist alles okay? Warum bist du auf einmal so komisch?

Zum Teufel mit dir, Tom, denke ich. *Du und deine ewige Fragerei!*

Ich bin immer komisch.
Meredith, was ist los?
Gehört alles zu meiner Verhaltenstherapie. Kommst du? Ist wirklich wichtig.

Klar komme ich. Wann soll ich da sein?
Sobald wie möglich. Also, bis gleich! X

Ich bin ein bisschen schmuddelig vom Putzen, aber die Zeit reicht nicht zum Duschen, also wasche ich mir bloß schnell das Gesicht und die Achseln. Deo, Pferdeschwanz, getönte Tagescreme und frische Klamotten, und ich bin so weit.

Soweit ich so weit sein kann.

Vorher setze ich mich noch einen Moment aufs Bett und mache meine Atemübungen. Ein durch die Nase, aus durch den Mund.

Der Tag läuft gerade so gar nicht nach Plan. Was Diane wohl sagen würde, wenn ich sie jetzt vor mir auf dem Bildschirm hätte?

Sie würde sagen: »Meredith, was ist das Schlimmste, das passieren kann?«

Und ich würde innerlich die Augen verdrehen, weil ich das schon tausend Mal gehört habe, aber ich würde brav antworten: »Eine Panikattacke.«

Und dann würde sie so was sagen wie: »Und wissen Sie, was Sie tun können, wenn Sie eine Panikattacke bekommen?«

Ich würde nicken, weil ich es weiß.

Und dann würde sie fragen: »Wann hatten Sie die letzte Panikattacke?«

Und ich würde sagen: »Vor zwei Monaten.«

Und sie würde sagen: »Und möchten Sie lieber rausgehen und sich mit Ihren Freunden treffen und eine Panikattacke riskieren, die Sie in den Griff bekommen können, oder möchten Sie lieber zu Hause bleiben und Ihre Freunde nicht sehen?«

Und ich würde sagen: »Ich möchte lieber rausgehen und mich mit meinen Freunden treffen.«

»Ich möchte lieber rausgehen und mich mit meinen Freunden treffen«, sage ich laut. Und vertraue darauf, dass die Welt da draußen sich in den letzten drei Jahren nicht so sehr verändert hat, dass der X19 Bus nicht mehr alle zwanzig Minuten vom Ende der Straße ins Stadtzentrum fährt.

»*Ich steige in einen Bus*«, sage ich mir wieder und wieder vor wie ein Mantra, während ich die Straße entlanglaufe. Die Straße, die mir inzwischen so vertraut ist. Ich weiß, dass in dem Haus mit dem akkurat gemähten Rasen immer ein frischer Blumenstrauß in einer Vase vorne im Fenster steht. Dass das weiße Auto auf halbem Weg die Straße hinunter schon seit Wochen einen Platten hat. Und ich weiß, wo Jacob mit den Sommersprossen auf der Nase und der fröhlichen Piepsstimme wohnt.

»Hey, Meredith!«

»Jacob, hi!« Er kommt auf mich zu, und ich laufe ein bisschen langsamer. »Wie geht's?«

»Gut geht's mir, danke. Ich war gerade mit meinem Papa im Science Centre. Kennst du das? Ist ein Technik- und Naturkundemuseum. Hab ihn eben nach Hause gebracht, er wohnt gleich die Straße runter.«

»Im Science Centre? Wow. Da war ich schon ewig nicht mehr.«

»Bist du mal oben auf den Turm gestiegen?«

»Nein, Jacob, leider nicht.«

»Der ist über dreißig Doppeldeckerbusse hoch. Und das höchste freistehende Gebäude in Schottland.«

»Also, das ist aber wirklich ganz schön hoch.«

»Das kannst du laut sagen, Meredith. Und weißt du was? Er bewegt sich im Wind! Ist das cool oder was?«

»Ich weiß nicht, ob ich dann an einem windigen Tag raufsteigen wollen würde?«

»Ich glaube, du musst hin und wieder raus aus deiner Komfortzone, Meredith. Das sagt meine Lehrerin immer, wenn ich mir die leichtesten Matheaufgaben rauspicke.«

Grinsend schaue ich ihn an. »Da hast du wohl recht, Jacob. Aber ich muss jetzt weiter, sonst verpasse ich den Bus.«

»Gute Fahrt, Meredith. Bis bald mal.«

Außer mir sind nur zwei weitere Fahrgäste im Bus. Ich setze mich ganz nach hinten, von wo ich alles im Blick habe.

Dann schreibe ich Celeste eine Nachricht: *Auf dem Weg.*

Und Tom: *Bist du schon da? Sitze noch im Bus.*

Ich schaue aus dem Fenster und lasse mich sachte hin und her schaukeln. Von hier hinten hat man eine prima Aussicht. Ich sehe alles, was draußen auf der Straße passiert, all die vielen Leute: große, kleine, alte, junge, dicke, dünne. Aber nur für einen Augenblick, weil der Bus immer weiterfährt. Und nie, wirklich nie schaut irgendwer zu mir in den Bus. Ich kann die Leute draußen ganz ungeniert beobachten, versteckt hinter Stahl und Glas und was so einen Bus sonst noch zusammenhält. Ich muss in Zukunft mehr Busfahren. Mich mal einen ganzen Tag lang im Bus durch die Stadt kutschieren lassen.

Das Handy in meinem Schoß summt. Eine Nachricht von Celeste: *Pass auf dich auf! Bis gleich xx*

Ich schaue mir weiter Passanten an. Und wie viele das sind. Das letzte Stück des Weges muss ich zu Fuß gehen, und das womöglich durch überfüllte Straßen – der Bus hält leider nicht direkt vor dem Café.

Einen Schritt nach dem anderen, sage ich mir. *Darum kümmere ich mich, wenn es so weit ist.*

Der Bus hält. Ein Fahrgast steigt aus, und eine ganze Menschentraube drängt herein. Von meinem Aussichtspunkt sehe ich zu, wie gut ein Dutzend Menschen sich auf die Sitze verteilt und die Einkaufstüten fallen lässt. Ganz vorne im Bus steht ein Fünfer-Grüppchen Teenager zusammen, die sich mit langen schlanken Fingern an den Haltestangen festhalten. Ob die wohl hier sitzen würden, wenn ich nicht wäre? Ich sitze, wie mir jetzt auffällt, auf dem Platz der Kiddies, und komme mir dabei fast ein bisschen wie eine Rebellin vor. Im Schulbus habe ich nie ganz hinten gesessen. Wenn es nach Fee gegangen wäre, dann schon, aber ich habe immer darauf bestanden, dass sie sich brav zu mir in die Mitte setzt.

Niemand im Bus achtet auch nur im Geringsten auf mich. Niemand schaut mich an. Alle unterhalten sich entweder mit ihrer Begleitung oder schauen aus dem Fenster oder glotzen auf ihre Displays. Ein Blick auf mein Handy – ein verpasster Anruf von Tom.

Er geht gleich ran. »Meredith, ist alles okay?«

»Alles bestens. Ich bin im Bus. Wo steckst du?«

»Auf dem Weg nach Mitchell Grove. Meredith, das ist ein echt schräger Treffpunkt. Was ist los? Geht es dir auch ganz bestimmt gut?«

»Es geht mir prima, wirklich. Ich muss nur mal raus aus meiner Komfortzone.«

»Aber Hallo«, sagt Tom und lacht. Man hört Verkehrslärm im Hintergrund. »Hättest du dir nicht irgendwas außerhalb deiner Komfortzone, aber etwas näher an zu Hause aussuchen können?«

»Mir war nach Risiko«, erkläre ich ihm – was nicht gelogen ist.

»Wo zum Kuckuck ist dieser Laden eigentlich? Warst du schon mal da?«

»Gleich neben einer Autowerkstatt. Vertrau mir einfach.«

»Ich vertraue dir. Darum treffe ich mich ja auch mitten im Nirgendwo mit dir. Wie lange brauchst du noch?«

»Weiß nicht so genau. Noch ein paar Haltestellen und dann

so ungefähr fünf Minuten Fußweg. Bestell dir schon mal was zu trinken und schau dir die Speisekarte an.«

»Jetzt sehe ich es. Und ich weiß nicht, ob die überhaupt eine Speisekarte haben, Meredith. Sieht mir mehr nach Wandtafel aus.«

Ich muss grinsen. »Du bist so ein Snob, Tom.«

»Mir ist deine Küche halt einfach lieber als das Café Retro. Aber nun gut, da wären wir. Beeil dich, ja?«

»Ich sage dem Busfahrer, er soll aufs Gas drücken. Ist viel los?«

»Gähnende Leere. Wobei, nein ... da sitzt noch ein anderer Gast.«

»Also dann, such dir einen hübschen Platz und rühr dich nicht vom Fleck, ich bin gleich da.«

»Da mach dir mal keine Sorgen – ich gehe hier nicht weg. Du schuldest mir ein riesengroßes Stück von was auch immer die hier als Kuchen verkaufen.«

Ich lege auf und stecke mein Handy wieder ein. Ich kann mir das Grinsen nicht verkneifen.

An der Haltestelle steige ich aus dem Bus, suche die Postleitzahl des Cafés heraus und gebe sie in die Karten-App ein. Die meint, ich brauche sieben Minuten. Ich tippe eher auf fünf – ich laufe zügiger als die meisten anderen Leute, und das Kribbeln im Bauch lässt mich die Beine in die Hand nehmen.

Ich biege um die Ecke und sehe die Frau schon aus zweihundert Metern Entfernung. Sie streitet sich mit einem Mann in einer Lederjacke, fuchtelt mit der Zigarette in der Luft herum und tippt ihm mit dem Zeigefinger der anderen Hand gegen die Brust. Er baut sich vor ihr auf, und sie wird noch lauter. Sie ist betrunken. Sie hat kurze weißblonde Haare. Sie trägt eine pinke Jacke, kurz und kastig, eine enge schwarze Hose und Sandaletten mit offenen Zehen.

Ich bleibe wie angewurzelt stehen und habe plötzlich so einen Druck auf der Brust. Gesichter blitzen vor mir auf: Fee, Sadie, Tom, Celeste, Diane – mein kleines Sicherheitsnetz, das mich verlässlich auffängt, wenn ich es am meisten brauche. Ich atme tief durch, einmal, dann noch mal. Sie streiten sich immer noch, aber jetzt laufen sie weiter. Sie kommen auf mich zu, und ich kann mich nicht vom Fleck rühren.

Der Mann mit der Lederjacke ist mir egal. Ich kann den Blick nicht von der Frau wenden. Ich starre sie an, bis sie so nahe herangekommen ist, dass ich sehe, es ist nicht meine Mutter. Und in dem Moment geben meine Knie nach, und ich muss mich kurz auf den Boden setzen, damit die Welt wieder aufhört sich zu drehen.

Das Pärchen kniet sich neben mich, die besorgten Gesichter ganz dicht vor meinem.

»Alles okay, Schätzchen?«, fragt die Frau und guckt mich durchdringend an. Ihr Atem riecht schal, aber es ist ganz zweifellos nicht meine Mutter. Sie sieht ihr nicht mal ähnlich. »Willste 'ne Kippe?«

»Nein, danke. Geht schon wieder.« Ich versuche mich aufzurappeln, und beide fassen mich unter den Armen.

»Brauchst du irgendwie Hilfe?«, fragt der Mann.

»Mir ist nur kurz schwindelig geworden. Geht schon wieder. Trotzdem danke.«

»Okay, Schätzchen. Immer schön langsam.« Die Frau zwinkert mir zu. Dann gehen sie weiter und fangen gleich wieder an zu streiten. Irgendwas wegen Geld in der Blechdose unter dem Bett und nehmen, nehmen, nehmen und nie irgendwas zurückgeben.

Ich schaue aufs Handy und gehe weiter. Meine Freunde warten schon auf mich.

Das Café Retro ist eher verlebt als retro. Die Buchstaben auf dem Schild sind so verblasst, dass sie kaum noch zu lesen sind, als hätte der Regen sie im Laufe der Jahrzehnte abgewaschen. Um nur keinen Zweifel aufkommen zu lassen, hat jemand mit dickem schwarzem Marker *Café Retro* auf ein großes Blatt Papier geschrieben und von innen an die Tür geklebt. Es funktioniert – ich sehe es schon von der anderen Straßenseite.

Ich warte auf eine kleine Lücke im Verkehr und laufe rüber. Mein Handy klingelt – es ist Sadie. Pünktlich auf die Minute. Ich habe ganz vergessen, sie über die Planänderung zu informieren.

Sie gibt mir nicht mal die Gelegenheit, Hallo zu sagen. »Meredith, Gott sei Dank! Es ist der reinste Albtraum. James hat die Kackerei, und Tilly hat die Küchenwände bekritzelt.«

»Und trotzdem hast du noch Zeit, mich anzurufen?«

»Was? Das war doch der Plan, oder nicht? Mein fingierter Notfall?«

»Ich mache nur Spaß«, sage ich und steuere auf die Cafétür zu. Tom sehe ich als Erstes. Er sitzt in der Ecke vorne am Fenster und liest eine Zeitschrift. Der einzige andere Mensch – von der Frau in der gestreiften Schürze, die gerade den Boden fegt, mal abgesehen – ist Celeste. Sie sitzt an einem Tisch weiter hinten und scrollt auf ihrem Handy herum.

»Meredith, was zum Kuckuck ist los?«

»Sorry, Sadie – Planänderung. Erkläre ich dir später … muss Schluss machen.«

»Hey, Süße, nicht so schnell. Wo steckst du? Ich höre … Bist du auf der Autobahn?«

Ich muss lachen. »Nein. Aber die Richtung stimmt schon mal.«

»Meredith Maggs, du sagst mir jetzt sofort, was los ist.«

»Mache ich. Ich muss nur eben noch was erledigen. Ich rufe dich gleich zurück, versprochen.«

»Und wehe, wenn nicht.«
»Ganz bestimmt. Und, Sadie ... ich hab dich ganz schrecklich lieb.«
Ich lege auf und drücke die Tür zum Café auf.

Beide schauen gleichzeitig hoch.
»Mer, da bist du ja!«, ruft Celeste, just als Tom sagt: »Du hast es geschafft – Wahnsinn!«
Ich strahle sie an und werde auf einmal ein bisschen nervös. Lächele, als sie mit Fragezeichen in den Augen erst einander anschauen und dann wieder mich.
»Ich bestelle nur eben eine Tasse Tee, ja?«, sage ich fröhlich. »Braucht ihr noch was?«
»Meredith, ich fasse es nicht, dass du wirklich hier bist – das ist echt unglaublich.« Tom tritt zu mir. »Aber was ist hier los?« Er senkt die Stimme. »Kennst du die Frau da drüben?«
»Ja, die kenne ich. Das ist meine Freundin Celeste. Ich hab dir schon von ihr erzählt, weißt du noch? Die Geburtstagsparty? Entschuldigung, könnte ich bitte eine Kanne Breakfast Tea bekommen? Danke.«
Noch ehe er was sagen kann, habe ich Tom am Arm gepackt. »Komm mit.« Wir gehen zu Celeste an den Tisch, und sie steht auf und fällt mir um den Hals.
»Mer, das ist unfassbar! Ich bin ja so stolz auf dich! Bist du mit dem Bus gekommen? War es okay? Ich bewundere dich so dermaßen.«
Ich drücke sie. »Danke. Ich bin auch ein bisschen stolz auf mich. Was macht dein Auto?«
Sie verdreht die Augen. »Keine Ahnung. Hoffentlich bald wieder fahren. Du bist echt ein Schatz, extra herzukommen und mir Gesellschaft zu leisten.«

»Celeste, das ist mein Freund Tom. Tom, das ist meine Freundin Celeste. Ich wollte euch beide gerne miteinander bekannt machen.« Ich stupse Tom mit dem Ellbogen an. »Komm schon, setzen wir uns.«

Am Ende setzen wir uns an einen größeren Tisch, und dann trinken wir die nächsten anderthalb Stunden Tee und essen Scones und reden über alles Mögliche, unsere Lieblingssendungen beispielsweise und Busreisen und die interessantesten Vögel, die wir je gesehen haben. Wir nehmen uns vor, gemeinsam nach Kelvingrove zu fahren und uns den *Christus des Heiligen Johannes vom Kreuz* anzuschauen und dann durch die Universität zu schlendern und vielleicht in einem der entzückenden kleinen Cafés auf der Great Western Road einen Nachmittagstee zu trinken. Das ist, glaube ich, etwas, worauf ich hinarbeiten kann, statt nur davon zu träumen. Wir sind uns einig, dem Café Retro nie wieder einen Besuch abzustatten, und genauso einig, dass die Dame in der gestreiften Schürze ein besonders dickes Trinkgeld verdient, denn die Scones sind verblüffend locker und frisch und krümelig, genau, wie sie sein sollen. Ein paar Mal meine ich fast, etwas zwischen Tom und Celeste zu bemerken. Also lehne ich mich zurück und nippe an meinem Tee, damit sie ein bisschen unter sich sind, aber sie beziehen mich immer gleich wieder ins Gespräch mit ein, und ich frage mich, ob ich womöglich bloß sehe, was ich sehen will.

Irgendwann bimmelt dann Celestes Handy, und die Werkstatt ist dran und sagt Bescheid, dass ihr Auto fertig ist. Sie besteht darauf, mich nach Hause zu bringen. Ich willige schließlich ein – ich bin fröhlich und beschwingt, aber gleichzeitig hundemüde. Wir verabschieden uns also von Tom, und ich beobachte, wie Celeste ihm nachschaut, als er zum Auto geht, und sich schließlich wieder zu mir umdreht und mich mit einem kleinen Lächeln im Gesicht fragt: »Was?«

»Nichts«, sage ich, und dann müssen wir beide lachen, und ich glaube, sie weiß, was los ist, aber wir verlieren kein Wort darüber. Tatsächlich reden wir auf dem Weg zu mir nach Hause fast gar nicht. Wir hören Radio, und Celeste singt mit, wann immer sie den Text kennt, und ihre sanfte, klare Stimme erfüllt das Auto, und irgendwann mache ich die Augen zu und denke, ich könnte glatt einschlafen.

Tag 1.445

Mittwoch, 3. Juli 2019

»Sie ist krank, Meredith.«

»Wer?«

»Du weißt schon, wer.«

Stimmt. Ich weiß auch nicht, warum ich tue, als müsste ich nicht zuallererst an meine Mutter denken. Sie lauert hinter jeder Ecke, wie der Schulhofschläger, der immer hinter einem steht. Wenn mich irgendwer durchschaut, dann meine Schwester. Wir mögen uns in den letzten drei Jahren vielleicht aus den Augen verloren haben, aber sie kennt mich immer noch besser als jeder andere.

»Woher weißt du das?«

Ich setze mich auf die Couch, stehe wieder auf. Laufe auf und ab.

»Tante Linda hat mich angerufen. Sie hat Krebs. Sie liegt im Sterben.«

Nie hätte ich gedacht, eines Tages diese Worte zu hören. Ich dachte, es würde heißen: »Sie ist tot.« Und dass das der einzige Grund wäre, warum meine Schwester mich bis ans Ende unseres Lebens überhaupt jemals wieder anrufen würde. Zu hören, dass sie im Sterben liegt, ist schlimmer, als zu hören, dass sie tot ist. Denn jetzt muss ich mich entscheiden.

»Was willst du jetzt machen?«

»Nein, Mer.« Fees Stimme klingt entschieden. »Was wollen *wir* jetzt machen?«

»Keine Ahnung«, sage ich. »Aber ich muss jetzt auflegen. Ich glaube, ich muss mich übergeben.«

Tante Linda sieht noch genauso aus wie vor vier Jahren und eigentlich auch wie vor zwanzig Jahren. Haare, Lippenstift, womöglich sogar der Mantel. Die tiefgründigen, ernsten Augen, die immer strahlen, wenn sie mich sehen.

»Ach, Liebes. Wie schön, dich zu sehen.« Sie nimmt mich in die Arme und drückt mich fest. Sie ist klein, aber stämmig. Sie riecht auch so wie immer – nach Rosen und Seife. Und ich bin plötzlich wieder zehn Jahre alt.

»Hallo, Tante Linda«, murmele ich in ihre Haare. »Danke, dass du gleich gekommen bist.«

Erst muss sie mich in Augenschein nehmen – ich bin anscheinend zu dünn, aber dafür kein bisschen älter geworden – und besteht dann darauf, dass ich sie durchs Haus führe, bevor Fee ankommt. Sie sagt an genau den richtigen Stellen »oh« und »ah«, findet, ich habe es wirklich weit gebracht mit meinem eigenen Haus und allem, und das auch noch ganz allein, man stelle sich das vor, ohne Mann an meiner Seite. Tante Linda ist damals aus ihrem Elternhaus aus- und gleich bei ihrem Mann (Gott hab ihn selig) eingezogen, sagt sie.

Ich lächele und sage Danke, bin aber irgendwie angespannt. Tante Linda war – ist – eine entzückende Person, die sich ihren Ehrentitel mehr als verdient hat, aber sie ist auch Mamas Freundin. Damals mit zehn habe ich ihre Sonderstellung in unserer Familie unhinterfragt hingenommen. Dreißig Jahre später bleibt irgendwie ein schaler Nachgeschmack.

Mir fällt ein Stein vom Herzen, als es an der Tür klingelt.

»Du kommst zu spät«, zische ich Fiona an.

Sie zuckt mit den Schultern. »Ich komme immer zu spät.«

Tante Linda macht um Fiona nicht so ein Gewese wie um mich, aber das mit den beiden ist auch was anderes als mit ihr und mir. Ich habe die Frau die letzten zehn Jahre kaum gesehen. Fiona war vermutlich noch vor ein paar Monaten mit ihr im Pub.

Ich koche uns einen Tee, während wir über Tante Lindas Tochter Maggie plaudern, die gerade ihr drittes Kind erwartet. Tante Linda hat alle Hände voll damit zu tun, eine Garderobe in sämtlichen Regenbogenfarben zu stricken, weil sie nicht wissen, was es wird, und kleine Mädchen in Tante Lindas Welt einfach kein Blau tragen.

»Du hast mir das Stricken beigebracht«, sage ich, als ich ein Tablett mit Tassen und Keksen auf den Tisch stelle.

»Stimmt, Liebes, habe ich. Das hatte ich beinahe schon vergessen. Du warst so geduldig. Ich habe es dir mit der rechten Hand beigebracht, weil ich nicht wusste, dass du eigentlich Linkshänderin bist.« Sie lacht und nimmt sich noch ein Butterplätzchen.

Ich habe ihr immer gerne beim Stricken zugesehen. Das war irgendwie sehr beruhigend.

»Wann hast du Mama das letzte Mal gesehen?«, fragt Fiona und erinnert uns damit alle daran, warum wir eigentlich da sind.

»Gestern. Es geht ihr nicht gut, Liebes. Sie hat fast die ganze Zeit, die ich da war, geschlafen.«

»Was sagen denn die Ärzte?« Ich klammere mich haltsuchend an meine Tasse.

»Die geben ihr höchstens noch ein, zwei Monate. Vielleicht auch weniger.«

»Ich wusste, dass die Kippen sie eines Tages umbringen würden.« Fee findet keine Ruhe, zerbröselt ihren Keks und verstreut die Krümel auf meinem ganzen Tisch.

Tante Linda nippt an ihrem Tee. »Sie hat nach euch gefragt. Euch beiden.«

Fee und ich schauen uns an. Ich sehe meine Schwester fast

unmerklich die Schultern zucken. Keine Ahnung, ob Tante Linda es auch bemerkt.

Die Stimmung im Raum ist gekippt, als hätte sich eine dunkle Wolke vor die strahlende Morgensonne geschoben.

»Wir müssen uns das erst noch überlegen«, sage ich zu Tante Linda.

Sie nickt. »Verstehe ich, Liebes.«

»Warum bist du eigentlich mit ihr befreundet?«

Ich weiß nicht, ob meine Frage sie überrascht, sie lässt sich jedenfalls nichts anmerken. »Wir sind zusammen aufgewachsen. Wobei ich natürlich ein paar Jahre älter bin. Alt genug, um mich noch daran zu erinnern, wie sie auf die Welt gekommen ist. Ihre Mutter hat sie immer in einem riesengroßen altmodischen Kinderwagen vor die Tür gestellt. Und mein Bruder und ich sind über den Zaun gestiegen und haben ihr Lieder vorgesungen, damit sie aufhört zu weinen. Bis unsere Mutter rauskam und uns den Hosenboden strammgezogen hat.«

»Wie waren ihre Eltern eigentlich?«, frage ich. »Wir haben sie nie kennengelernt.«

»Ihr Vater war ein stiller Mensch. Immer für sich. Ihre Mutter war knallhart. Wie oft haben wir sie durch die Wand nebenan rumbrüllen gehört. Wenn ihr Bruder zu Besuch kam, wurde es schlagartig leiser. Joe, der Onkel eurer Mutter.«

Wir haben einen Großonkel, von dem wir nichts wussten. Erwartungsvoll schaue ich Tante Linda an, aber sie wendet den Blick ab und betrachtet angestrengt ihre Hände. Irgendwann sieht sie mich wieder an, aber ihr Blick ist ganz traurig.

»Joe war kein netter Mensch. Eure Mutter hat ihn nur zweimal erwähnt. Sie hat mir nie gesagt, was genau passiert ist ...«

»Ich will das nicht hören.« Fee schiebt den Stuhl geräuschvoll zurück und springt mit einem Satz auf. »Warum das alles? Wir kommen aus einer komplett kaputten Familie. Unsere Mutter hatte ein komplett kaputtes Leben, und uns hat sie auch kaputtzumachen versucht. Ende Gelände.«

Ich strecke die Hand nach ihr aus, damit sie still ist, aber fasse ins Leere. Aufgebracht stürmt Fee aus dem Zimmer.

»Lass sie, Liebes«, sagt Tante Linda. »Das nimmt sie alles sehr mit.«

Ich starre sie an. »Mich nimmt das alles auch sehr mit.«

»Ich weiß, Liebes. Ihr geht nur anders damit um.«

»Warum bist du mit ihr befreundet?«, frage ich sie wieder.

Sie seufzt. »Ich habe getan, was ich konnte.«

Ich weiß zwar nicht genau, was sie damit meint, aber dann muss ich an unsere Ausflüge ins Ballett denken, die Übernachtungen bei ihr und die Salz-und-Essig-Chips nach dem Schwimmunterricht, und mein Herz schmilzt ein bisschen.

»Ich weiß, wie schwer es ihr immer gefallen ist, euch zu zeigen, dass sie euch liebhat.«

»Es war mehr als nur das, Tante Linda.«

Quer über den Tisch schauen wir uns an. Sollte es je einen Moment gegeben haben, alles auszupacken, dann jetzt. Aber das ganze Schlamassel hat schon genug Schaden angerichtet. Ich will nicht, dass Tante Linda sich Vorwürfe macht für die Dinge, die sie nicht getan hat. Sie konnte nicht verhindern, wovon sie nichts ahnte. Warum es ihr also jetzt erzählen?

»Ich mache uns noch einen Tee, und dann schaue ich eben nach Fiona.« Im Aufstehen lege ich Tante Linda eine Hand auf die Schulter. Ich will nicht, dass sie geht, noch nicht.

Fiona ist im Badezimmer und starrt Soutines *Eva* an.

»Was soll das denn bitte?«, fragt sie und deutet darauf. Dann verschränkt sie die Arme vor der Brust wie die Frau auf dem Bild.

»Sie erinnert mich an dich«, sage ich ihr.

Sie lacht nicht. Schulter an Schulter stehen wir da.

»Meredith, es tut mir leid.« Ihre Stimme klingt belegt. »Es tut mir so verdammt leid.«

»Ich weiß.« Ich zupfe an ihrem Arm, bis sie ihn fallen lässt, und nehme ihre Hand. »Komm schon. Wir können Tante Linda nicht allein da unten sitzen lassen.«

Hand in Hand gehen wir wieder nach unten. Tante Linda spült inzwischen mein Frühstücksgeschirr und summt leise vor sich hin. Sie schaut auf, als wir hereinkommen. »Ich war immer so froh, dass ihr Mädchen einander hattet.«

Ich drücke meiner Schwester die Hand. »Ich auch.«

Fee erwidert den Druck, aber ich spüre, wie angespannt sie ist. Für sie ist alles viel schlimmer als für mich, geht mir da auf. Ich habe mich schon vor einer Ewigkeit von unserer Mutter verabschiedet.

»Du sollst doch nicht meinen Abwasch machen«, sage ich streng und dirigiere Tante Linda weg vom Spülbecken.

»Was weißt du über unseren Vater?«, platzt Fee heraus.

Tante Linda trocknet sich die Hände ab und setzt sich wieder an den Tisch.

»Sie waren damals so jung – Teenager noch. Das ging jahrelang, mal hüh, mal hott. Richtig ernst war es nie. Was ich immer jammerschade fand. Er tat eurer Mutter gut, wirklich.«

Fiona und ich schauen einander an. Sie beißt sich auf die Lippe; ich spüre, wie meine zu zittern anfängt.

»War er nett?«, frage ich unsicher.

»Das war er, Liebes. Wobei ich ihn nicht besonders gut gekannt habe. Das letzte Mal habe ich ihn gesehen, da warst du noch ein kleines Mädchen. Er war ein stiller Mann, hat nicht viele Worte gemacht.«

»Im Gegensatz zu ihr, hm?« Fiona verschränkt die Arme vor der Brust.

»Die beiden waren wie Feuer und Wasser.«

»Und was ist passiert? Warum ist er gegangen?« Ich beuge mich noch weiter über den Tisch, will die Garstigkeit meiner Schwester ein bisschen wettmachen. Aber dann fällt mir wieder ein, dass Tante Linda ja die beste Freundin meiner Mutter ist. Sie scheint also kein Problem mit streitlustigen Weibern zu haben.

Tante Linda seufzt. »Liebes, ich weiß es nicht. Damals habe ich eure Mutter oft wochenlang nicht gesehen. Das war nicht wie heute, mit Handys und Facebook und dem ganzen Quatsch. Ich wusste ja manchmal selbst nicht, wo mir der Kopf steht mit den Kindern und der Arbeit und allem. Ich weiß noch, ich konnte sie eine ganze Weile nicht erreichen. Als wir uns dann schließlich wiedergesehen haben, hat sie mir erzählt, er sei weg. Endgültig. Er hätte einen Job auf einer Bohrinsel.«

Sie trinkt einen Schluck Tee. »Sie war froh, dass er weg war. Aber danach war sie oft so bedrückt. Ihr Leben geriet aus den Fugen. Und ihr beiden Süßen wart noch so klein.«

Ich gucke Fee aus den Augenwinkeln an. Die kaut auf der Unterlippe.

»Tante Linda, du kannst nichts dafür, dass sie ihr Leben nicht in den Griff bekommen hat«, sage ich sehr bestimmt.

Tante Linda hat die Lippen zu einem schmalen Strich verzogen. »Hinterher ist man immer schlauer, Liebes«, sagt sie schließlich.

Sie bleibt noch eine Stunde und schreibt alles auf, was sie über unseren Vater weiß, in ordentlicher Handschrift hinten auf den Lieferschein meiner letzten Tesco-Bestellung. Ich pinne den Zettel an die Kühlschranktür – eine spärliche Liste von Namen und Orten, derer sie sich nicht mehr ganz sicher ist.

Am Ende der Auflistung steht der Name des behandelnden Arztes unserer Mutter und ihre Zimmernummer im Krankenhaus.

1987

Wir kamen vom Einkaufen und nahmen auf dem Heimweg die Abkürzung durch den Park. Die Plastiktüte trugen wir zwischen uns und ließen sie mit jedem Schritt vor und zurück schlenkern. Sie flog gefährlich hoch in die Luft und drohte, jeden Augenblick Brötchen und Suppendosen auf uns herabregnen zu lassen – Linsen für mich, Pilze für Fiona und Erbsen mit Speck für Mama.

Ein paar Kinder scharten sich um die Schaukeln, hockten oben auf der Rutsche und ließen die langen Beine baumeln. Ich sah sie als Erste und legte einen Zahn zu. Fee machte genau das Gegenteil. Sie ging immer langsamer und funkelte böse zurück.

»Fee, lass das«, zischte ich ihr leise zu.

»Du bist so ein Angsthase«, schimpfte sie und zog an der Tüte, bis ich neben ihr stehen bleiben musste. Mir blieb nichts anderes übrig – wäre ich weitergegangen, wäre die Tüte zerrissen. Wie immer hatte sie das letzte Wort.

»Ich muss aufs Klo«, flehte ich sie an.

»Nein, musst du nicht«, blaffte sie zurück. Und zu den Kids brüllte sie rüber: »Was glotzt ihr so? Wollt ihr ein Foto? Dann habt ihr länger was davon!«

Ein paar von ihnen lachten. Einer der größeren Jungs sprang von der Schaukel, stopfte die Hände in die Taschen und kam betont lässig zu uns rübergeschlendert.

Ich hielt den Griff der Tragetasche ganz fest, er schnitt sich schmerzhaft in meine Handfläche. »Lass uns gehen«, sagte ich, bemüht, mir nichts anmerken zu lassen. »Echt jetzt. Der könnte eine Pistole haben oder ein Messer oder so was.«

Fiona lachte nur. »Mer, der ist zwölf. Der hat keine Pistole.« Sie richtete sich kerzengerade auf und streckte die Brust raus.

»Dann lächele doch mal für das Foto.« Der Junge hatte die Haare an den Seiten kurz rasiert, und im Gesicht wimmelte es nur so vor Pickeln. Er war groß, beinahe wie ein erwachsener Mann, aber mit schmalen Schultern und magerer Hühnerbrust, wie ein Kind. Ein paar Schritte vor uns blieb er stehen, steckte sich eine Zigarette in den Mund und zündete sie an. Uns ließ er dabei die ganze Zeit nicht aus den Augen.

Ich guckte meine Schwester an. Sie guckte den Jungen an. »Was quatschst du da?«

»Du hast gefragt, ob wir ein Foto wollen, also, dann lächle doch mal. Du hast doch bestimmt ein paar Wachsmalstifte in der Tasche, Kleine. Kannst mir ja eins malen.« Er zog an der Zigarette, und dann machte er eine komische, ruckartige Bewegung mit dem Unterkiefer und pustete einen großen, kreisrunden Rauchkringel aus. Verdutzt starrte ich ihm nach.

»Zisch ab und nimm deine stinkenden Glimmstängel gleich mit«, antwortete Fiona unbeeindruckt.

Der Junge lachte. »Du hast ein ganz schön großes Mundwerk. Genau wie deine Mutter.«

Irgendwas war da in meiner Brust – als hätte mein Herz kurz ausgesetzt. Mir wurde kotzschlecht. Ich schaute meine Schwester an. Ihre Nase zuckte, ganz kurz, ansonsten schien sie gänzlich ungerührt.

»Was weißt du schon über unsere Mutter?«, herrschte sie ihn an.

»Dass sie 'ne Schlampe ist.«

»Ist sie nicht.«

»Wenn du meinst. Du siehst jedenfalls aus wie sie.«

Und dann ging auf einmal alles so schnell, dass ich kaum Zeit hatte, Luft zu holen. Zuerst dachte ich, ich hätte die Tüte fallen gelassen, aber dann merkte ich, dass Fiona sie mir aus der Hand gerissen hatte. Ich sah, wie sie auf den Boden fiel, sah, wie meine Schwester eine Suppendose herausholte und damit auf den Kopf des Jungen zielte.

Sie traf ihn nicht – die Dose landete genau vor seinen Füßen und rollte dann ganz langsam wieder zurück zu uns.

»Gut gezielt«, spottete der Junge und grinste träge.

Ich musste jetzt wirklich ganz dringend aufs Klo. Eben hatte ich noch geschwindelt, damit sie sich beeilte, aber nun war der Druck auf der Blase echt, und es waren immer noch fünf Minuten bis nach Hause.

»Woher kennst du meine Mutter?« Fionas Stimme wurde lauter. Die Suppendose rollte immer weiter. Wenn wir sie nicht wiederholten, würden wir beide heute zum Abendessen nur eine halbe Portion bekommen. Aber ich hatte viel zu viel Angst, um mich vom Fleck zu rühren.

»Jeder kennt doch deine Mutter.«

»Lügner.«

Der Junge zuckte die Achseln. Wir fingen an, ihn zu langweilen. Er guckte sich nach seinen Freunden um und nickte einem von ihnen zu. »Na schön, Kleine. Dann sag deiner Ma mal schöne Grüße von Donnies Jungen.«

»Wer zum Teufel ist Donnie?«

Aber da hatte der Junge sich längst umgedreht. Er ging zurück zu den anderen und brummte irgendwas Unverständliches.

»Wer ist Donnie?«, raunte ich.

»Ach, verdammt noch mal, Meredith.« Fiona marschierte los, um die verirrte Suppendose wieder einzusammeln. Ich nahm die Tüte und hielt sie auf, aber sie stakste einfach an mir vorbei.

Ich musste laufen, um sie wieder einzuholen. »Ich weiß echt nicht, wieso du jetzt sauer auf mich bist.«

»Bin ich gar nicht.«

»Fee, jetzt renn nicht so. Ich muss aufs Klo.«

»Du bist so ein Baby.« Sie ging ein bisschen langsamer, aber ich blieb trotzdem einen Schritt hinter ihr.

Ich wartete ein paar Minuten, bis sie die Schultern nicht mehr ganz so arg hochzog. »Was meinst du, was der eben gemeint hat?«

»Tja, wir wissen ja nicht, was sie so alles treibt, oder?«

»Wie meinst du das?«

»Wenn sie abends weggeht und die ganze Nacht nicht nach Hause kommt – was glaubst du, wo sie da übernachtet?«

»Keine Ahnung«, antwortete ich. »Bei Tante Linda?«

»Sie zieht vielleicht mit Tante Linda los, aber ich glaube kaum, dass sie mit ihr nach Hause geht.«

Ich verstand nicht so recht, was sie damit sagen wollte, und wir waren schon fast in unserer Straße. Ich wollte nur noch aufs Klo. Es war mir egal, wer dieser Donnie war oder woher er Mama kannte. »Komm, wir gehen nach Hause und machen uns was zu essen. Sie wundert sich sicher schon, wo wir bleiben.«

Kaum kam unser Haus in Sicht, rannte ich los, die Einkaufstüte fest gegen den Bauch gepresst. Vor der Tür ließ ich sie fallen, die Suppendosen waren mir schnurz, und wollte die Tür aufdrücken. Sie rührte sich nicht. Ich drückte die Klinke fest herunter.

»Ach, jetzt komm schon.« Unwirsch schubste Fiona mich beiseite. Aber auch sie bekam die Tür nicht auf.

»Sie hat uns ausgesperrt, das irre Miststück.« Wütend fing sie an, gegen die Tür zu trommeln. Ich schaute hoch zu den Fenstern. Die Gardinen waren alle zugezogen, dabei war es nicht mal fünf Uhr nachmittags. Kurz dachte ich, ich hätte eine davon zucken gesehen, aber das bildete ich mir womöglich nur ein.

Ich setzte mich auf die Stufe, und dann war alles zu spät. Ich spürte es warm und nass innen an den Oberschenkeln herunterlaufen.

»Komm, wir gehen hinten rum.« Fiona sprang von der Stufe. »Ich werfe das Fenster mit ihrer Erbsensuppe ein, wenn es sein muss.«

Ich kniff die Knie zusammen, vergrub das Gesicht in den Händen und wünschte mir, die ganze Welt dahinter würde verschwinden. Ich wusste nicht, dass Fee noch dastand, bis sie mir die Hand auf die Schulter legte.

»Lass dich von ihr nicht unterkriegen«, flüsterte sie.

Ich schaute zu ihr auf. »Ich hab mich nass gemacht.«

Unbeirrt sah sie mich an. »Na und? Die Jogginghose gehört sowieso in den Müll. Komm, wir gehen rein, und du ziehst dich um.«

Ich schüttelte den Kopf. »Kann ich nicht.«

»Okay, Meredith. Du hast es nicht anders gewollt.« Stumm sah ich zu, wie sie die Schuhe von den Füßen schleuderte und die Jeans auszog. Sie stopfte beides in die Plastiktüte und warf sie sich mit dramatischer Geste über die Schulter. Ihr verwaschenes Höschen zierte ein Muster mit dem grinsenden Gesicht einer Comic-Katze.

Ich prustete laut los.

»Lachst du etwa über meine langen dünnen Spinnenbeine?« Fee wackelte mit den Hüften und schlug dann die Knie zusammen.

»Ja«, sagte ich. »Aber auch, weil ... ich genau das gleiche Höschen anhabe.«

Tag 1.446

Donnerstag, 4. Juli 2019

Vor uns das Krankenhaus, kalter Stahl und glänzendes Glas. Draußen drängen sich geschätzte drei Millionen Menschen. Zumindest sieht es so aus.

»Ich glaube, ich schaffe das nicht«, sage ich und klammere mich von innen an den Türgriff des Autos.

»Klar schaffst du das.« Fee reißt die Handbremse hoch und fängt an, in ihrer Handtasche herumzukramen. »Sie ist bestimmt ganz handzahm. Sind schließlich ringsum Ärzte und Schwestern.«

»Nicht nur deswegen. Hier sind so viele Leute. Die sind überall.«

Seufzend löst Fee ihren Sitzgurt. »Meredith, die Leute da draußen scheren sich alle den Teufel um dich. Die gucken dich nicht mal an, wenn du nicht gerade dumm im Weg rumstehst. Jetzt komm schon – bringen wir es hinter uns.«

Wieder schaue ich rüber zum Krankenhauseingang, auf das wogende Menschenmeer vor den Türen. »Ich glaube, ich bin noch nicht so weit. Das ist mir zu viel.«

»Guck dir den an.« Sie weist auf einen Mann mittleren Alters, der mit nacktem Oberkörper an der Bushaltestelle steht und wartet. »Meinst du, die Dumpfbacke kümmert sich einen feuchten Kehricht darum, was die anderen Leute über ihn denken? Wenn der völlig ungeniert halb nackt hier rumlaufen kann, dann kannst du auch aus dem Auto steigen.«

»Das kannst du doch überhaupt nicht vergleichen, Fee.«

»Dann willst du also einfach hier sitzen bleiben? Und was ist mit Mama?«

»Was soll mit ihr sein?«

»Sie liegt im Sterben, Meredith. Wenn du sie heute nicht besuchst, könnte es vielleicht zu spät sein. Aber das ist deine Entscheidung. Ich will nur nicht, dass es dir hinterher leidtut.«

»Fee, es ist mir offen gestanden ziemlich schnuppe, ob ich sie noch mal sehe oder nicht«, erkläre ich. »Ich bin nur deinetwegen mitgekommen.«

»Dann lass mich jetzt nicht im Stich. Lass uns das zusammen durchziehen.«

Allmählich wird es heiß in Fees Auto. Ich drücke auf das Knöpfchen, um das Fenster herunterzulassen, und schnappe gierig nach Luft. Ein Mann läuft mit zwei kleinen Jungs an uns vorbei; der eine sieht mich und streckt mir die Zunge raus. Ohne nachzudenken strecke ich ihm auch die Zunge raus. Der kleine Junge grinst.

Ich versuche meiner Schwester zuzuhören, während ich dem Jungen nachsehe. Er klammert sich fest an die Hand des Mannes und hopst mehr, als er geht, wie kleine Kinder mit ihren kurzen Beinchen es so gern machen.

»Hast du dich nicht mittlerweile wieder dran gewöhnt, draußen zu sein? Du gehst doch auch wieder einkaufen, oder?«

»Ja, aber nicht ins Einkaufszentrum«, murre ich.

Das Trio kommt an den Krankenhauseingang, und dann ist es plötzlich verschwunden, verschluckt von der Drehtür. Ich frage mich, warum die drei wohl hier sind – hoffentlich ist es was Schönes. Um ein neues Schwesterchen abzuholen vielleicht oder jemanden, der nach viel zu langer Zeit endlich wieder nach Hause darf.

»Du verstehst das nicht«, sage ich zu Fee.

»Behaupte ich auch gar nicht.« Sie zuckt die Achseln und lässt dann den Wagen wieder an.

»Was soll das denn jetzt?«

»Wir fahren. Ich habe keinen Bock, den ganzen Tag auf einem Krankenhausparkplatz rumzusitzen. Ich habe Besseres zu tun.«

»Das ist nicht fair. Ich halte dich doch nicht davon ab reinzugehen.«

Sie schaltet den Motor wieder aus. »Okay. Es ist jetzt halb zwei. Wir bleiben noch fünf Minuten sitzen, und dann entscheidest du dich. Einverstanden?«

»Einverstanden.« Ich atme aus und lasse mich in den Sitz sinken. »Danke für deine Geduld.«

Sie zieht eine Grimasse.

»Leute gucken hat mir richtig gefehlt«, sage ich zu ihr, während ich einer älteren Dame dabei zusehe, wie sie, einen monumentalen Obstkorb in beiden Händen, vor uns die Straße überquert. »Das ist so was, das kann man allein zu Hause nicht machen. Früher bin ich hin und wieder in den Park gegangen, ehe ... du weißt schon. Hab mich einfach auf eine Bank gesetzt und die Leute beobachtet, die an mir vorbeispazierten. Ungeheuer entspannend.«

»Ganz allein?« Wieder verzieht sie das Gesicht.

»Klar. Solltest du auch mal versuchen. Ein sehr befreiendes Gefühl.«

»Vielleicht mache ich das wirklich«, sagt sie. Und dann, einen Augenblick später: »Was hast du sonst noch vermisst?«

Ich muss kurz nachdenken. »Am meisten habe ich vermisst, was ich schon vor einer Ewigkeit verloren habe. Uns beide als kleine Mädchen. Unzertrennlich.«

Sie lacht. »Dahin gibt es kein Zurück mehr, Mer.«

»Ich weiß. Und trotzdem fehlt es mir. Damals war alles leichter, auch wenn es ungleich schwerer war. Ich weiß, das klingt total verquer.«

»Nein, eigentlich nicht. Damals haben wir noch gehofft.«

Ich drehe mich zu ihr um und schaue sie an. »Fee – wir können auch heute noch hoffen.« Sie schaut mich an, und ihre Augen glänzen. Ich nehme ihre Hand. »Los, lass uns reingehen.«

Wie ein kleines Vögelchen liegt sie da in ihrem Krankenhausbett. Ein winziges Vögelchen mit einem Rasseln in der Brust, angeschlossen an unzählige Schläuche und Kabel. Nicht die Frau im Paillettenkleid und Trenchcoat, die barfuß vor dem Haus steht und mich am einsamsten Abend meines Lebens um Geld anschnorrt. Und unvermittelt überkommt mich eine Welle des Mitleids für diese sterbende Frau am Ende eines Lebens ohne Liebe. Dass sie mir so leidtun würde, damit hatte ich nicht gerechnet. Das Leben ist voller Überraschungen.

»Sie hatte eine schlimme Nacht«, erklärt die Schwester uns. »Wundern Sie sich nicht, dass sie so schwer atmet – es fällt ihr zunehmend schwer, die Flüssigkeit aus der Lunge abzuhusten. Wenn sie aufwacht, können Sie ihr ein bisschen Wasser anbieten.«

Wir nicken und warten, bis die Schwester wieder rausgeht.

»Sie liegt echt im Sterben«, wispert Fee.

»Ich sehe es«, wispere ich zurück. Fast hatte ich erwartet, sie würde im Bett sitzen und fernsehen und vor sich hingackern und den Schwestern die Hölle heißmachen, weil sie hier nicht rauchen darf. Aber die Tage des Gegackers sind unwiederbringlich vorüber. Ihre Haut ist dünn wie Papier und schimmert bläulich. Sie war immer schon hager, aber jetzt sieht sie aus, als könne sie jeden Augenblick entzweibrechen.

Fee setzt sich ans Bett, ich bleibe hinter ihr stehen. Eine halbe Stunde lang sehen wir zu, wie unsere Mutter langsam ihrem

Lebensende entgegendämmert. Sie schlägt die Augen kein einziges Mal auf. Bevor wir gehen, schaue ich ihr lange ins Gesicht auf der Suche nach dem winzigsten Fitzelchen Liebe.

Tag 1.449

Sonntag, 7. Juli 2019

Sadie und ich spazieren gemeinsam zum Tante-Emma-Laden, um mich ein bisschen von meiner sterbenden Mutter abzulenken. Was heute doppelt so lange dauert wie sonst, weil sie mich alle paar Schritte am Arm packen und mir sagen muss, wie unglaublich es doch ist, dass wir beide hier draußen sind, und wie schrecklich stolz sie auf mich ist und wie sie sich schon auf unsere gemeinsamen Unternehmungen freut.

»Komm, wir gehen ins Kino«, ruft sie. »Da läuft ein neuer Film mit Rebel Wilson, den will ich unbedingt sehen. Wir könnten in das schicke neue Kino am Princes Square gehen. Da gibt's sogar Sofas!«

Ich muss über ihren Überschwang lachen. »Einen Schritt nach dem anderen. Das kommt mir alles noch ganz ungewohnt vor – einfach so meine eigene Straße entlangzulaufen.«

»Und was meinst du, wann es sich wieder normal anfühlen wird?« Sie fragt das rein aus Neugier, ohne Vorwurf.

»Keine Ahnung. An manchen Tagen ist es leichter als an anderen. Manchmal kommt es mir vor, als müsste ich alles noch mal neu lernen. Weil alles ganz anders ist. Ich bin nicht mehr die, die ich früher war.«

Sie hakt sich bei mir unter. »Für mich bist du immer noch meine Mer. Für mich bist du immer noch dieselbe.«

Arm in Arm gehen wir weiter, wie damals in der Schule.

»Rate mal, wen ich neulich in der Stadt getroffen habe«, sagt sie betont beiläufig, und ich weiß sofort, wen sie neulich in der Stadt getroffen hat, weil es nur einen gibt, den sie meinen kann. Nur ein Mensch – zumindest in meinem Leben – hat so eine Einleitung verdient.

»Du hast Gavin gesehen?«, frage ich bemüht lässig.

Mit offenem Mund starrt sie mich an. »Woher weißt du …? Ja, ich habe Gavin gesehen.«

»Immer noch so groß und gut aussehend und weiß es selbst nicht?«

»Immer noch so groß und gut aussehend und weiß es selbst nicht«, bestätigt sie grinsend.

»Hast du lange mit ihm geredet?«

»Nein. Ich hatte die Kinder dabei, die mir die Hosenbeine hochgekrabbelt sind, weil sie unbedingt zu Burger King wollten.«

Ich lächele und warte, weil ich weiß, da kommt noch was.

Sie spannt mich nicht lange auf die Folter. »Er ist verlobt, Mer. Nächsten Monat heiratet er seine Julia. Wer auch immer das ist.«

»Ein Glückspilz«, sage ich zu ihr.

»Alles okay?«

»Ja. Ehrlich. Gavin und ich … das hätte nie funktioniert. Vielleicht ein typischer Fall von miserablem Timing. Richtiger Mensch, falscher Moment. Oder womöglich nicht mal der richtige Mensch. Es hat nicht sollen sein. Ich weiß, das klingt schrecklich fatalistisch. Aber ich glaube, es stimmt.«

Und das meine ich auch so. Ich kann mir beim besten Willen nicht vorstellen, mit Gavin vor den Altar zu treten. Oder mit überhaupt irgendwem. Vielleicht eines schönen Tages, aber das steht nicht besonders weit oben auf meiner To-do-Liste. Vorher mache ich noch eine Reise in die Toskana und trinke ein Glas besten italienischen Rotwein auf Gavin und seine Julia – wer auch immer das ist.

Sadie besteht darauf, Brötchen und schottische Wurst in Scheiben und Irn-Bru-Limo in Dosen zu kaufen. »Das haben wir früher immer gegessen, wenn wir nach der Schule zu mir gegangen sind«, erklärt sie, als ich sie skeptisch angucke.

»Weiß ich doch«, sage ich. »Ich weiß nur nicht, ob meine Gedärme das heutzutage noch aushalten.«

Wir warten gerade in der Schlange, um unser Teenie-Nostalgie-Paket zu bezahlen, als ein Pulk junger Männer in Fußballtrikots hereinschneit. Laut und ausgelassen sind sie – vielleicht nach einem Sixpack Tennant's. Uns bemerken sie gar nicht, aber als sie an uns vorbeigehen, stellen sich mir schlagartig die Nackenhaare auf.

»Alles okay?«, raunt Sadie mir zu und rückt ein Stückchen näher heran.

Ich drücke mich mit dem Arm gegen sie und versuche, die Stresshormone runterzuschlucken, die meinen ganzen Körper fluten. Diane hat recht. Sadie erdet mich, einfach nur, indem sie da ist.

»Alles gut«, flüstere ich zurück, ohne das Grüppchen aus den Augen zu lassen, das jetzt am anderen Ende des Ladens steht. Sie lachen und witzeln und ziehen sich gegenseitig lautstark auf. Auch die Kassiererin habe ich im Blick. Ich sage mir, wenn die ihr keine Angst machen, brauche ich mich auch nicht vor ihnen zu fürchten.

Die alte Dame vor uns nimmt ihre Tasche und schlurft zur Tür hinaus. Sadie und ich treten an die Kasse, ihr Arm noch immer an meinem, just als es hinter uns laut knallt.

»Verdammt noch mal.« Entnervt verdreht die Kassiererin die Augen und marschiert rüber in Richtung des wiehernden Gelächters.

Mein Blick geht zu Brötchen und Wurst und Limo, und

dann sehe ich, dass die Männer kehrtgemacht haben und wieder zurückkommen, und im nächsten Augenblick stehe ich draußen auf der Straße, ringe keuchend um Luft und versuche, meinen unkontrolliert zitternden Körper zu beruhigen.

Tag 1.453

Donnerstag, 11. Juli 2019

Ich mag vielleicht hin und wieder aus dem Haus gehen, aber im Grunde genommen hat sich mein Leben kaum verändert. Ich lebe immer noch in meinem gewohnten Rhythmus. Ich kann die Treppe in acht Minuten und siebenundvierzig Sekunden fünfzig Mal hoch und runter laufen. Warum ins Fitnessstudio gehen, wenn ich genauso gut zu Hause schwitzen kann?

Tom kommt heute zum Mittagessen. Er ist nicht mehr im Verein der Händchenhalter, sondern macht jetzt eine Ausbildung zum psychologischen Berater. Er hat mir versprechen müssen, mich nicht zur Fallstudie zu machen. Wir sind mittlerweile Freunde geworden – richtig echte Freunde –, und außerdem hätte ich ein schlechtes Gewissen, Diane so sang- und klanglos abzuservieren.

Aber alte Gewohnheiten halten sich hartnäckig, und so haben Tom und ich unsere donnerstäglichen Verabredungen einfach beibehalten. Celeste hat heute frei und kommt dazu. Vielleicht sollte ich vorschlagen, Sandwiches zu schmieren und ein Picknick im Park zu machen. Es ist so ein schöner sonniger Tag, und ich hätte Lust, ein bisschen vor die Tür zu gehen. Beide behaupten zwar hartnäckig, bloß Freunde zu sein, aber ich habe genau gesehen, wie sie einander anschauen. Also warte ich einfach ab, denn ich bin überzeugt, daraus wird noch mehr.

Ich bin gerade dabei, den Inhalt meines Kühlschranks auf sandwichtaugliche Beläge zu inspizieren, als mein Handy plötzlich summt.

Es ist Fee. *Bist du zu Hause? Ich komme rüber.*

Und ich weiß, ohne den Hauch eines Zweifels, unsere Mutter ist tot.

Tag 1.461

Freitag, 19. Juli 2019

Tante Linda besteht darauf, die Beerdigung zu organisieren, und weder Fee noch ich haben etwas dagegen einzuwenden. Erstaunlicherweise hatte Mama genug Geld gespart, um sämtliche Kosten zu decken; es bleiben sogar noch ein paar hundert Pfund übrig. Wir wollen sie einem örtlichen Kinderschutzverein spenden.

Und so versammelt sich an einem nassen Sommertag eine Handvoll Leute, die wir nicht kennen, um sich von unserer Mama zu verabschieden. Der Pfarrer fasst sich kurz und bleibt im Allgemeinen – keine anrührenden Anekdoten, keine Aufzählung von Lebensleistungen, keine Erwähnung irgendwelcher besonderer menschlicher Qualitäten. Auf Fees und meine Bitte hin nennt er uns nicht namentlich.

Tante Linda ist die Einzige, die ein paar persönliche Worte sagt. Im schwarzen Kostüm steht sie vor der kleinen Trauergemeinde und trägt ein kurzes Gedicht vor, irgendwas mit Engeln.

Fee und ich gehen anschließend nicht mit den anderen in den Pub. Stattdessen fahren wir zum Strand, futtern salzige Fritten, die Füße tief im Sand vergraben, und reden nicht über unsere Mutter.

Als sie mich schließlich Stunden später zu Hause abliefert, sitzt Tom vor meiner Tür.

»Ist das der Typ, von dem du dauern erzählst?« Neugierig beguckt ihn Fee sich durchs Autofenster.

»Ja, das ist Tom.« Ich winke ihm zu, und er hebt die Hand.

»Und was läuft da zwischen euch beiden? Bist du in ihn verknallt?«

Ich muss lachen. »Himmel, nein! Er ist bloß ein guter Freund.«

»Ein Freund?«

»Ja, Fiona. Männer und Frauen können miteinander befreundet sein, weißt du.«

»Immer so progressiv, Meredith«, spöttelt sie grinsend.

»Ich bringe ihm Schwimmen bei.«

»Um diese nachtschlafende Zeit?«

»Nein, du Doofi. Heute Abend waren wir gar nicht verabredet. Er will bestimmt nur wissen, wie es mir geht.« Ich lächele ihm zu, meinem lieben Freund, der da auf meiner Schwelle sitzt.

»Na ja, vielleicht lerne ich ihn ja irgendwann auch mal kennen.«

»Bestimmt.« Ich löse den Sitzgurt. »Ich lade dich gelegentlich mal zum Essen ein, mit Tom und Celeste.«

»Wer zum Geier ist Celeste?«

»Ach, auch eine Freundin. Sie macht diese Woche ein Yoga-Retreat.«

Celeste hat mir morgens ein Foto geschickt, eine einzelne prächtige Gladiole. *Die soll dir heute Kraft geben*, hatte sie dazugeschrieben.

»Sie haben mich beide gefragt, ob sie heute mitkommen sollen«, erkläre ich Fee.

»Wie nett von ihnen.« Sie versteht, warum ich sie nicht dabeihaben wollte. Ich verteidige mein neues Leben und die Menschen, die dazugehören, mit Klauen und Zähnen.

»Danke für die Fritten.« Ich umarme meine Schwester kurz, dann steige ich aus und laufe zum Haus.

Tag 1466

Mittwoch, 24. Juli 2019

Jetzt, wo Mama weg ist, machen wir uns daran, die verborgenen Geheimnisse des winzigen, heruntergekommenen Häuschens, in dem wir aufgewachsen sind, zu lüften. Wortlos einigen wir uns darauf, dass ich unser altes, beinahe völlig leer geräumtes Kinderzimmer und das Wohnzimmer übernehme, und Fee alles andere. Tante Lindas Cousin kommt mit seinem Kastenwagen und ein paar Kumpels vorbei, und nach einem halben Dutzend Fahrten zur Müllkippe sind die Möbel, die ihre besten Tage ohnehin längst hinter sich hatten, allesamt weg.

Zwei Tage dauert es, bis wir fertig sind – das Leben unserer Mutter, zusammengeschrumpft auf vier Umzugskartons, und alles an uns riecht durchdringend nach Nikotin.

»Ich stinke«, murre ich, als Fee mich nach Hause fährt. »Ich muss dringend duschen. Um drei treffe ich mich mit Sadie.« Meine Gedanken streben weiter, weg von dem alten, vernachlässigten Haus und den hässlichen Erinnerungen, die überall ihre Spuren hinterlassen haben.

»Ich komme noch kurz mit rein«, sagt Fee, als wir vor meinem Haus halten. »Ich muss dir was zeigen.« Sie greift hinter sich auf den Rücksitz, hebt den Deckel von einem der Kartons an und zieht eine alte weiße Schuhschachtel heraus, zusammengehalten von einem Gummiband.

Mir stockt der Atem. »Die Fotos?«

»Ich habe die Fotos gefunden. Und was noch viel Besseres.«

Was auch immer es ist, sie drückt es sich fest an die Brust, bis wir drinnen sind, und packt mich dann am Arm. »Meredith, das hier musst du dir unbedingt ansehen.«

Ich lasse mich von ihr ins Wohnzimmer dirigieren und sehe ihr zu, wie sie sich auf den Boden setzt und die Schuhschachtel öffnet. Fred streicht mir wie immer in kleinen Achten um die Beine und schnurrt leise dazu, und ich nehme ihn auf den Arm und lege das Kinn auf seinen Kopf. Unter meiner Hand kann ich seinen Herzschlag spüren.

»Hier, lies.« Fee reicht mir einen kleinen braunen Umschlag.

Ich setze Fred ab, nehme den Umschlag und schaue sie fragend an. Ich kann ihren Blick nicht deuten – ist das Vorfreude? Sie setzt sich neben mich auf die Couch, während ich den Umschlag öffne und etliche zweimal quer gefaltete Briefbögen herausziehe.

»Ich wollte das nicht drüben im Haus machen. Schien irgendwie unpassend.«

Liebe Fiona, liebe Meredith,
ich hoffe, es geht euch beiden gut. Ich schreibe euch aus Belfast! Wisst ihr, wo das ist? Sagt Mama, sie soll es euch auf der Landkarte zeigen. Alle hier sind sehr nett, aber meine beiden süßen Mädchen fehlen mir ganz schrecklich.
Ich hoffe, ihr beiden habt Spaß in der Schule und lernt fleißig. Ich denke jeden Tag an euch. Ich schreibe euch weiter. Ich würde mich freuen, wenn ich einen Brief von euch bekomme.
Passt gut aufeinander auf.
Alles Liebe
Dad

Ich klappe den nächsten auf.

Liebe Fiona, liebe Meredith,
wie geht es euch? Ich bin immer noch in Liverpool – die Leute hier sind sehr nett. Ich würde mich freuen, wenn ihr mich mal besuchen kommt. Vielleicht in den Schulferien?
Es ist bestimmt kalt in Glasgow – ich hoffe, ihr haltet euch schön warm. Mögt ihr immer noch heißen Kakao? Den habe ich euch früher immer nach dem Baden gemacht. Kommt mir vor, als wäre es erst gestern gewesen! Kaum zu glauben, dass ihr beide jetzt schon nicht mehr in der Grundschule seid.
Ihr fehlt mir so sehr.
Alles Liebe
Dad

»Wie viele sind es?«, flüstere ich und fahre mit dem Finger über das »Dad«.

»Hunderte«, flüstert sie zurück.

Ich rufe Sadie an, um abzusagen, und dann sitzen Fee und ich für den Rest des Tages in meinem Wohnzimmer und lesen jeden einzelnen Brief.

Tag 1.484

Sonntag, 11. August 2019

Ich habe mir ein gebrauchtes Auto gekauft, eine knallgelbe Knutschkugel, die mich immer, wenn ich sie sehe, zum Lächeln bringt.

»Das ist so cool!«, hatte Jacob von der anderen Straßenseite rübergebrüllt, und wir einigten uns darauf, dass er das gute Stück einmal im Monat für einen Fünfer waschen darf. Er spart auf ein Weihnachtsgeschenk für seine Mum.

Wann immer sich die Gelegenheit ergibt, fahre ich zu meinem neuen Lieblingsfleckchen – an den Strand. Wenn man raus will in die Welt und trotzdem nicht ins Gedrängel, gibt es kaum einen besseren Ort. Ich fahre eine halbe Stunde und habe das Gefühl, die Stadt weit hinter mir zu lassen. Im Kofferraum habe ich alles, was ich brauche, ob es regnet, stürmt oder die Sonne scheint: Flipflops, Gummistiefel, ein Handtuch, eine Decke, ein Schlapphut aus Stroh, Sonnencreme. Die Selbstfürsorgeausrüstung sieht bei jedem Menschen anders aus, hat Diane mir letztes Mal erklärt. Regeln gibt es nicht.

Heute sind auch noch ein Eimer und ein Spaten für Mathilda mit dabei. Sie liebt den Strand genauso sehr wie ich. Wir ziehen die Schuhe aus und rennen Hand in Hand über den Sand und tanzen auf Zehenspitzen am Saum des eiskalten Wassers entlang. Wir füllen den Eimer mit Muscheln und Stöckchen, buddeln ein Loch und vergraben unseren Schatz, dann buddeln wir ihn wieder aus, achtmal, bis sie irgendwann genug davon hat.

Manchmal kommen Sadie und James mit, und das ist auch toll, aber es ist, als hätte ich bei Mathilda was nachzuholen. Ich habe sie erst mit fünf Tagen kennengelernt. Sie musste mit einem Not-Kaiserschnitt geholt werden, und Sadie verlor dabei so viel Blut, dass sie noch eine ganze Weile im Krankenhaus bleiben musste. Mir kommen jedes Mal die Tränen, wenn ich daran denke, was ich alles versäumt habe und wie oft ich nicht für Sadie habe da sein können.

»Sei nicht albern«, meinte sie nur, als ich sie in Tränen aufgelöst angerufen habe, weil mir mit einem Mal bewusst wurde, dass ich drei Jahre in selbst gewählter Isolation verbracht hatte.

»Du warst immer für mich da«, sagte sie. »Immer. Ich meine, ich konnte mich schließlich immer darauf verlassen, dass du zu Hause bist, oder?« Und dann hat sie gelacht, und ich habe gelacht und geweint, und dann habe ich ihr hoch und heilig versprochen, dass ich die Erste bin, die sie im Krankenhaus besucht, sollte sie je wieder ein Kind bekommen.

»Ich bin viel zu alt für Kinder«, sagte sie, aber dann hat sie schnell das Thema gewechselt, und ich wusste, irgendwie hofft sie vielleicht, dass es doch noch nicht zu spät ist. Sollte sie noch ein Kind bekommen, bin ich froh, dass es von Colin sein wird. Er ist genau der liebevolle, treue, großherzige Mensch, den man seiner besten Freundin wünscht, und er ist genau der Mann, den Sadie braucht – witzig und geduldig und toll mit den Kindern. Natürlich war es zuerst ein bisschen komisch, als wir uns kennengelernt haben. Aber er schien auch etwas nervös, und als Sadie irgendwann kurz aufs Klo gegangen ist und uns in der stillsten Ecke des Pubs, die wir hatten finden können, allein gelassen hat, da beugte er sich über den Tisch zu mir rüber und sagte, Sadie sei ja so unglaublich stolz auf mich.

Letzte Woche haben James und Mathilda bei mir übernachtet, und Colin hat Sadie in ihr Lieblingsrestaurant ausgeführt und sie gefragt, ob sie ihn heiraten will. Um Mitternacht hat sie mich angerufen und ins Telefon gequietscht: »Ob du es willst oder nicht, Meredith Maggs, du wirst meine Trauzeugin!« Sie planen eine Winterhochzeit, und ich habe Sadie noch nie so aufgekratzt erlebt.

»Du kannst auch eine Begleitung zur Hochzeit mitbringen«, meinte sie heute Morgen, als sie Mathilda abgeholt hat.

»Das sagtest du schon«, erwiderte ich.

»Ist ja auch so.«

»Mal sehen«, sagte ich. Bis Dezember scheint es noch so unendlich lange hin.

»Colin hat ein paar nette Single-Freunde ...«, sagte sie und zwinkerte mir vielsagend zu.

»Stopp«, entgegnete ich.

Es ist nicht gelogen, wenn ich ihr sage, dass ein Mann wirklich das Allerletzte ist, was ich gerade brauche. Es heißt ja immer, es gebe nichts Schöneres, als das Leben mit einem anderen Menschen zu teilen, aber ich bin noch nicht bereit, meins zu teilen. Und außerdem, ich teile mein Leben sehr wohl – mit meiner Schwester und meinen Freunden und James. Und Mathilda, die mit kleinen, sandigen Fingerchen meine Hand umklammert, während wir quer über den Strand zurück zum Auto laufen.

Sie bleibt stehen und streckt die Arme nach mir aus. »Meh«, sagt sie, und ich nehme sie schwungvoll hoch und drücke sie ganz fest. Dann ziehe ich das Handy aus der Tasche und knipse ein Selfie von uns, wie wir in die Kamera grinsen.

Tag 1.510

Freitag, 6. September 2019

Fee kommt ausnahmsweise pünktlich. »Maggies Baby ist da«, sagt sie, als sie mir die Beifahrertür von innen aufmacht.
»Tante Lindas Maggie?«
»Ja. Ein kleiner Junge. Schade um die vielen rosa Strickjäckchen.«
Ich grinse. »Gratulierst du ihr von mir?«
»Mache ich. Sie hat nach dir gefragt.«
»Was hast du ihr gesagt?«
»Nicht viel. Nur, dass es dir gut geht.« Sie wartet, bis ich mich angeschnallt habe, dann fährt sie los. »Es geht dir doch gut, oder?«
Ich schaue aus dem Autofenster auf die Häuser von Menschen, die ich nicht kenne. »Ja, ich glaube schon.«
Sie schaltet das Radio ein, und ohrenbetäubend laute Musik dröhnt durch den Wagen. Ich regele die Lautstärke ein bisschen runter und konzentriere mich auf die Straße vor uns, beobachte die Menschen, die da draußen ihr Leben leben – alleine, als Pärchen, als Familie. Ein paar Minuten, dann fahren wir über die Kingston Bridge, wo die spektakuläre Aussicht den Blick auf imposante viktorianische Gebäude und poppige Straßenkunst freigibt.
»Ich bin nervös.«
»Ich auch.« Fee umfasst das Lenkrad noch ein bisschen fester. Ich starre auf ihre Knöchel, die blassen, schmalen Hände.
»Okay.« Ich wende mich wieder meiner Weltbetrachtung zu.

Der Friedhof ist weitläufig, keine Menschenseele ist zu sehen, aber die Gräber drängen sich dicht an dicht. »Wir haben gar keine Blumen mitgebracht«, bemerkt Fee, als sie den Motor abstellt.

»Daran hab ich auch nicht gedacht«, muss ich gestehen. »Aber ich glaube, das ist nicht weiter schlimm.«

»Wie zum Teufel sollen wir ihn hier bloß finden?«

Wir trennen uns und fangen an entgegengesetzten Enden an zu suchen, unter einem Himmel mit tief hängenden Wolken, die sich langsam auf uns herabzusenken scheinen. Ich hoffe, wir finden ihn, ehe es anfängt zu regnen. Ich habe keinen Schirm dabei.

Im Vorbeigehen lese ich Namen und Daten und erfahre, wofür Menschen der Nachwelt in Erinnerung bleiben. Ein treusorgender Ehemann oder eine liebende Mutter oder ein Engel auf Erden oder jemand, der *viel zu früh heimgegangen* ist. Manche Verstorbenen haben keine Beschreibung mitbekommen, nicht einmal ein mickriges Adjektiv. Ich überlege, was das wohl zu bedeuten hat, warum niemand es für nötig gehalten hat, ihnen ein, zwei liebe Worte mit auf den Weg zu geben.

Michael Youngs Grabstein ist hoch und schmal. Wir erfahren, dass er mit zweitem Namen Angus hieß, dass er ein *Sohn, Bruder, Vater* war. Unten auf dem Stein steht:

> Er kommt nicht ins Gericht, sondern ist aus dem Tod ins Leben hinübergegangen.
> Johannes 5:24

»Das kann er nicht sein«, sage ich.

»Aber Geburts- und Todesdatum stimmen.« Fee geht vor dem Grabstein in die Hocke. »Das muss er sein.«

»Aber war er gläubig? Das kann ich mir überhaupt nicht vorstellen.«

»Warum? Wir wissen doch eigentlich gar nichts über ihn.«

Ich schaue erst sie an und dann den Stein. »Stimmt. Aber wundern tut es mich trotzdem.«

»Es kann doch gut sein, dass er sich gar nicht selbst ausgesucht hat, was auf seinem Grabstein stehen soll, Meredith. Vielleicht war derjenige, der ihn hat anfertigen lassen, fromm. Oder einer von denen, die angeblich an Gott glauben, aber nur zu Weihnachten in die Kirche gehen.«

Ich starre auf die eingemeißelten Worte. *Sohn, Bruder, Vater.*

»Ich spüre gar nichts«, wispere ich – eigentlich nur für mich, aber Fee hört es.

»Ich auch nicht«, sagt sie und verzieht beim Aufstehen das Gesicht. »Autsch. Meine armen alten Knochen.«

»Sonst gibt es eigentlich nichts Befriedigenderes, als das letzte Puzzleteil einzusetzen. Aber das hier fühlt sich so gar nicht danach an.«

»Vielleicht ist es nicht das letzte Teil«, brummt sie.

Lange sagt keine von uns ein Wort, während ich darüber nachdenke, was sie gesagt hat, und hoffe, dass sie recht behält.

»Ich bin vier Jahre älter, als er damals war, als er gestorben ist. Er hatte sein halbes Leben noch vor sich. Was würdest du zu ihm sagen, wenn er jetzt hier wäre? Wenn er noch am Leben wäre und einfach eines Tages aus heiterem Himmel vor der Tür stünde?«

Fee lacht. »Ich würde sagen: ›Was zum Teufel hast du dir dabei gedacht, dich mit ihr einzulassen?‹«

»Na ja, aber dann …«

»Ich weiß.«

»Ich will ihm so vieles sagen.« Ich rede mit Fee, aber eigentlich meine ich ihn. Ich habe jetzt eine viel bessere Vorstellung von ihm, auch dank der alten Fotos, die Tante Linda für uns aufgestöbert hat.

Schweigend stehen wir eine Weile nebeneinander. Ich muss mich noch immer daran gewöhnen, draußen zu sein, und es ist eisig kalt. Anscheinend habe ich vergessen, dass Anfang September in Schottland schon Winterjackenwetter sein kann. Ich ziehe die Strickjacke fester um mich und die Ärmel bis über die Hände.
»Hey. Alles okay?«
»Alles bestens«, sagt sie.
»Ehrlich?«
»Ehrlich. Es ist, als würde mein Leben gerade erst anfangen.«
»Ich hasse dich.« Ich ziehe eine Grimasse. »Ich brauche immer so lange, um mit allem klarzukommen.«
Und dann lachen wir, laut und befreit, bis uns wieder einfällt, dass wir auf einem Friedhof sind, und dann müssen wir noch mehr lachen.
»Tut mir leid«, sagt sie. »Ich weiß, ich bin eine Landplage.«
»Wir sind so verschieden.«
Sie nickt. »Aber irgendwie auch gleich.«
»Ich will Lucas bei der Polizei anzeigen. Dafür, was damals passiert ist. Anders geht es nicht.« Seit Tagen schon versuche ich all meinen Mut zusammenzunehmen, und es laut auszusprechen ist, als fiele eine gewaltige Last von mir ab.
Fee nimmt mich fest in die Arme. »Ich bin so stolz auf dich, Mer.«
»Ich bin so stolz auf dich, Fee.«
Einen Augenblick bleiben wir so stehen, nur wir beide. Gerade will ich schon vorschlagen, wieder zu fahren, da sagt sie: »Wollen wir zusammen Mittagessen gehen?«
Ich hake mich bei ihr unter, und dann verabschieden wir uns zum ersten und zum letzten Mal von Michael Angus Young.

Tag 1.516

Donnerstag, 12. September 2019

Ich kann einfach nicht aufhören zu lachen.
»Du hast das halbe Schwimmbad geschluckt«, prustet Tom.
Ich kann nicht anders. »Hier bin ich glücklich«, erkläre ich ihm. Ich rücke die Schwimmbrille zurecht und hole ein paar Mal tief Luft. »Fertig?«
Er nickt, den Finger auf der Stoppuhr seiner Smartwatch. »Auf die Plätze, fertig, los!«
Ich tauche mit dem Kopf unter Wasser und katapultiere mich dann bis zum Beckenboden. Ich bin erst zum dritten Mal hier, aber ich merke jetzt schon, wie Schulter- und Rückenmuskeln langsam kräftiger werden. So lange es geht schwebe ich schwerelos über dem gefliesten Boden, bis mir die Brust eng und das Bedürfnis, dringend Luft zu holen, überwältigend wird. Und dann höre ich meine eigene Stimme im Kopf, die mir zuraunt: *Was für ein Glück, hier sein zu dürfen.* Ich lasse mich nach oben treiben und stelle mir vor, genauso beherrscht und heiter-gelassen zu sein wie die Synchronschwimmerinnen, die ich mir immer im Fernsehen angeguckt habe, wenn Mama mich die Olympischen Spiele hat schauen lassen.
Tom grinst.
»Spuck's aus«, sage ich und schnappe nach Luft.
»Persönliche Bestleistung – zweiundsiebzig Sekunden! Zehn Sekunden länger als beim letzten Mal.«
»Woohoo!«, kreische ich und spritze ihn mit Wasser nass. Ist

mir doch egal, wenn die Leute gucken. Vielleicht heule ich sogar ein bisschen, aber das merkt Tom hoffentlich nicht, wenn mir die Tränen über das ohnehin schon tropfnasse Gesicht laufen.

Er lacht und spritzt zurück. »Du siehst aus wie ein Seehund mit deinen angeklatschten Haaren.« Also versuche ich mich an einer unterirdisch schlechten Seehundimitation, und noch mehr Leute drehen sich nach mir um, aber das ist mir schnuppe.

Offiziell sind wir hier, damit Tom Rückenschwimmen üben kann, also machen wir uns an die Arbeit. Nebenher bekommt er auch noch richtigen Schwimmunterricht, ich mag nämlich unter Wasser zweiundsiebzig Sekunden lang (und länger) die Luft anhalten können, aber eine Schwimmlehrerin bin ich nicht. Was er mir auch immer wieder genüsslich unter die Nase reibt.

»Die Beine nicht vergessen«, rufe ich ihm zu. »Schnelle Rückenschwimmer haben starke Beine.«

»Ich will nicht unbedingt zur nächsten Weltmeisterschaft, Meredith«, murrt er. »Ich will es bloß ohne treiben lassen bis ans andere Ende des Beckens schaffen.«

»Vertrau dem Wasser, Tom! Augen nach oben! Und den Körper so lang gestreckt lassen, wie es geht. Lang und schlank und stark.«

Wir machen gerade Pause, als ich sie in den Zuschauerrängen sehe. Sie liest ein Buch und hat den Kopf nach vorn geneigt, und die glänzenden schwarzen Haare fallen ihr über die Schulter.

»Ich dachte gerade ... Ich habe lange nichts mehr von Celeste gehört«, sage ich ganz beiläufig.

Tom sieht mich nicht an. »Warst du nicht neulich erst mit ihr Kaffeetrinken?«

»Ach ja, stimmt. Kommt mir wie eine Ewigkeit vor. Tja, jedenfalls habe ich seitdem nichts mehr von ihr gehört.«

»Hm. Bestimmt hat sie gerade viel um die Ohren.«

»Meinst du?« Ich starre ihn von der Seite an, bis er sich zu mir umdreht, dann weise ich überdeutlich mit dem Kopf in Richtung Zuschauerränge. Er folgt meinem Blick und tut überrascht.

»Ach. Mensch. Da ist sie ja.«

»Ja, da ist sie.« Ich weiß nicht, ob sie unsere bohrenden Blicke gespürt hat, aber just in diesem Moment schaut Celeste von ihrem Buch auf. Sie lächelt und winkt zaghaft und wirkt dabei ungewohnt schüchtern.

»Ich kann mich gar nicht erinnern, Celeste erzählt zu haben, dass wir heute hier sind«, sage ich ganz unbeteiligt. »Muss ich wohl erwähnt haben, als wir das letzte Mal miteinander geredet haben. Ist es nicht süß, dass sie eigens herkommt, nur um uns zu sehen?«

»Ja, stimmt wohl. Vielleicht können wir ja gleich alle zusammen Mittagessen gehen?«

»Ach, ich habe leider schon was anderes vor«, erkläre ich leichthin.

»Wie schade«, sagt er.

Ich boxe ihn ganz sachte gegen den Arm. »Ich glaube, für heute bist du genug geschwommen. Bestnoten, Tom. Ich bleibe noch ein Weilchen und schwimme ein paar Bahnen.«

Er täuscht einen Vergeltungsschlag an. »Danke, Mer. Du bist ein Goldstück, weißt du das?«

»Na klar.« Ich grinse ihn an, und er grinst zurück.

Ich sehe, wie Celeste ihm zusieht, als er aus dem Becken steigt. Dann guckt sie zu mir rüber, und ich zwinkere ihr zu. Sie hebt das Buch vors Gesicht, bis man nur noch ihre strahlenden Augen sieht. Ich hole tief Luft und gleite durch das Wasser, und meine nackten Arme, mit Narben und allem, schlagen kleine Wellen. Ich schwimme rüber ins tiefe Becken.

Danksagung

Meine Mum ist eine Leseratte. Vor der eBook-Revolution bestand ihr Reisegepäck meist hauptsächlich aus Urlaubslektüre. Schon früh hat sie mich mitgenommen in die Welt der Bücher, hat meine Liebe zum Geschichtenschreiben von klein auf gefördert und dafür gesorgt, dass ich stets genügend Schreibblöcke und Bleistifte hatte.

Sie las also immer all diese Bücher, und manchmal sagte sie zu mir, vielleicht nicht, als ich zehn war, aber später, als ich fünfundzwanzig oder zweiunddreißig war oder neununddreißig: »Weißt du, das könntest du doch auch.« Ich habe ihr nicht geglaubt, bis ich schließlich einen leibhaftigen Roman geschrieben hatte, und das Jahrzehnte, nachdem ich das letzte Mal irgendwas angefangen hatte, das auch nur entfernt in diese Richtung ging.

Hätte ich von meiner Mum nicht die Liebe zur Literatur und von meinem Dad die unermüdliche Arbeitsmoral geerbt, ich hätte es nie so weit gebracht. Zuerst und allermeist gilt mein Dank also meiner Mum und meinem Dad, Elaine und Alan, dafür, dass sie immer an mich geglaubt haben. Dafür, dass sie mich sanft in die richtige Richtung gestupst, aber mich nie gedrängt haben.

Ganz großer Dank gilt auch:
Meiner Tour-de-Force-Agentin Juliet Mushens, die immer genau das sagt, was ich gerade hören muss (und ganz genau weiß, wann ich schreiben sollte), und dem unglaublichen Team von Mushens Entertainment. Ein dickes Dankeschön auch meiner Agen-

tin Jenny Bent, die in Nordamerika die Werbetrommel für Meredith gerührt hat.

Meiner Lektorin Jessica Leeke von Penguin Michael Joseph – du hast meinen Traum wahr gemacht. Schon nach unserem ersten Gespräch wusste ich, du bist es und keine andere.

Außerdem bei Penguin Michael Joseph: Jen Breslin, Sriya Varadharanjan und Ciara Berry. Danke, ihr seid einfach spitze, für eure Umsicht und Kreativität, das Engagement und die Energie, mit der ihr an dieses Buch herangegangen seid, und fürs Händchenhalten, wann immer es nötig war.

Beth deGuzman von Grand Central Publishing, die Meredith den nordamerikanischen Leserinnen und Lesern mit einer solchen Hingabe nähergebracht hat, dass es mich schlicht umgehauen hat.

Lee Motley (UK), Albert Tang und Grace Han (US) – was für fantastische Cover ihr entworfen habt!

GinaMarie Guarino, LMHC, Katie Thomas und Nicola Williams – dafür, dass ihr mir all meine Fragen zu Therapie und sozialen Diensten so offen und geduldig beantwortet habt.

Meine Kameradinnen und Kameraden des CBC–Creative-Kurses Claire, Katharina, Lisa, Lucy und John – ihr habt an Meredith geglaubt, als ich selbst noch nicht recht wusste, wer sie eigentlich ist oder was aus ihr werden soll.

Gillian Spiller (geb. Craig), meine BFF (Busen-Freundin Für immer), schon so lange eine Konstante in meinem Leben, dass ich aufgehört habe, die Jahre zu zählen. Wir beide sind schon länger beste Freundinnen als Meredith und Sadie. Danke, dass du das Buch gelesen hast, als es noch den Titel hatte, der nicht genannt werden darf (IYKYK), und dass du dich trotzdem dafür begeistert hast.

Joanna Blackwood (geb. Craig), meine liebste Jo, meine verwandte Seele. Ich weiß nicht, wo ich ohne dich wäre (du hast mich öfter gerettet, als ich zählen kann). Mit niemandem habe ich je so gelacht wie mit dir. Lass uns weiter Gipfel stürmen!

Claire Frances Clark-Medina – wo fange ich da an? Du bist mein größter Fan, was ganz auf Gegenseitigkeit beruht. Das alles hier wäre ohne dich nicht, wie es ist. Auf viele, viele weitere Jahre täglicher Sprachnachrichten, gegenseitiger Therapie-Sitzungen und Diskussionen über die Tugenden von Reality-TV.

Louise und Robbie, eure große Schwester hat ein Buch geschrieben! Ihr findet euch in kleinen, aber bedeutenden Momenten zwischen diesen beiden Buchdeckeln, denn es gibt nichts, was ich tue, das ganz losgelöst wäre von euch.

Nana Betty, Gran, Nana Bibith, Papa, Onkel Willie und Onkel Hugh – ich weiß, wie stolz ihr auf mich seid. Ich wünschte so sehr, ihr wärt hier.

Benji, Elizabeth und Alice – hier ist es. Das Ding, an dem ich mit meinen Notizblöcken und auf meinem iPad gebastelt habe, während ihr schlieft und gelernt habt und geschwommen seid und getanzt und Hockey gespielt habt. Das hier ist für euch.

Autorin
Claire Alexander lebt mit ihrer kleinen Familie an der Westküste Schottlands. Sie schreibt als freie Journalistin für *The Washington Post*, *The Independent*, *The Huffington Post* und *Glamour*. Wenn sie nicht gerade arbeitet oder Zeit mit ihrer Familie und den beiden Hunden verbringt, denkt sie beim Stand-Up-Paddeln über ihr nächstes Buch nach. »Und morgen ein neuer Tag« ist ihr Debütroman bei Goldmann.